The Brief Wondrous Life of Oscar Wao

Junot Díaz

オスカー・ワオの短く凄まじい人生

ジュノ・ディアス

都甲幸治　久保尚美 訳

CREST BOOKS
Shinchosha

エリザベス・デ・レオンに捧げる

THE BRIEF WONDROUS LIFE OF OSCAR WAO

by

Junot Díaz

Illustration by Mizuki Goto

Design by Shinchosha Book Design Division

オスカー・ワオの短く凄まじい人生

各頁左の注は原注、文中の割注は訳注。

「短く名もなき人生など……
ギャラクタスにとって何の意味がある??」

スタン・リー、ジャック・カービー
『ファンタスティック・フォー』
(一九六六年四月第一巻第四九号より)

キリストよ、眠れるものたちすべてに御慈悲を！
ライトソン通りをうろつく犬に、
そしてかつては道をうろつく犬だったおれにも。
もしこの島々への愛がおれの背負った重荷ならば
堕落からおれは魂に翼を生えさせてやる。
でもやつらはその魂に毒を盛り始めていた
でっかい家、でっかい車、でっかい腐敗という毒を
インド系労働者、黒人奴隷、シリア人、フランス系クレオールたち
だからそんな魂なんて、やつらやそのバカ騒ぎの中に置いていくよ――
海風呂に浸かってくる、そう言っておれは道を下った。
モノスからナッソーまでの島々をおれは全部知っている
赤錆色の髪をした水夫、海の緑の目をしたおれは。
やつらはおれをシャビーンって呼ぶ。訛ったフランス語で
肌の赤い黒人のことだ、そしておれ、シャビーンは、
かつてこの帝国のスラム街が天国だったころを知っている。
おれはただの、海が大好きな赤い黒人だ
おれはちゃんとした植民地式の教育も受けている
おれにはオランダ人、黒人、イギリス人の血が流れている
おれが誰でもない人間じゃないとすれば、言わば一人で一国家だ。

デレク・ウォルコット

そもそもそれはアフリカから運ばれて来たのだという。奴隷たちの叫び声とともに。あるいはタイノ族を殺した呪いだという。一つの世界が消え、もう一つが生まれたとき発せられた呪いだと。あるいはアンティル諸島に開いた悪夢のドアから天地創造のただ中に引きずり出された悪魔だという。フク・アメリカヌス、通称フク——それは、広義には何らかの呪い、または凶運を指し、狭義には新世界の呪いや凶運を指す。それがコロンブス提督のフクとも呼ばれるのは、彼こそがフクを取り上げた産婆であり、かつヨーロッパの偉大なる犠牲者のひとりでもあるからだ。新世界を発見したにもかかわらず、提督は惨めにも梅毒に冒され、神の声を聞きながら死んだらしい。サント・ドミンゴ、彼がもっとも愛した土地で（最後にはオスカーが新世界のゼロ地点《グラウンド・ゼロ》と呼ぶようになる場所で）、提督の名前は広義も狭義も兼ねたフクの同義語となった。その名を口にすることはおろか、それを耳にするだけで、あなたやあなたの家族にも災難が降りかかるのだ。

その呼び名や出所がどうあれ、イスパニョーラ島にヨーロッパ人が来たせいで、フクがこの世に解き放たれたのだとみんなは信じている。それからこのかた、我々はみんなひどい目にあい続けてきた。サント・ドミンゴはもしかするとフクの出発点《キロメートル・ゼロ》であり、フクが上陸した港かもしれない。だが知ると知らざるとにかかわらず、我々みながフクの子供なのは確かだ。

だがフクはもう終わった話でもなければ、もう誰も怖がらなくなった、昔からある幽霊ばなしでもない。両親の時代にはフクは間違いなくリアルなもので、誰でも当たり前に信じることのできるものだった。誰にでもフクにやられたという知り合いがいて、それはちょうど、誰にでも宮殿《パラシオ》で出世した知り合いがいるようなものだった。フクは空気の中を漂っていたとも言える。けれども、あの島にあるすべてのとても重要なもの同様、誰もそれについて本当に語りはしなかった。だがその時、フクはとても恵まれていた。フクにはちょっとした宣伝係までいたのだ。大指導者と言ってもいい。それが当時の終身独裁者ラファエル・レオニダス・トルヒーヨ・モリナだ。[*1]トルヒーヨがその「呪い」の僕《しもべ》なのか主《あるじ》なのか、使いなのか支配者なのかは誰も知らなかった。だが、彼と呪いのあいだには何らかの了解があり、その結びつきが固いものであることは明らかだった。トルヒーヨに対して陰謀を企てたものは誰でも、すさまじく強力なフクを七代後はおろかその先の子孫にもわたって招いてしまうと、教養ある人々でさえ信じていた。トルヒーヨに対してなにか悪いことを考

*1　必修の「二秒で分かるドミニカ史」を聞き逃した者のために記しておく。トルヒーヨは二十世紀における最も悪名高い独裁者の一人で、無慈悲で冷酷な残忍さにより、一九三〇年から一九六一年までドミニカ共和国を支配した。恰幅がよく、残忍で、豚の目をした白人と黒人の混血で、肌を漂白し厚底靴を履き、ナポレオン時代の服飾品が好きだった。トルヒーヨ（「ボス《エル・ヘフェ》」とも「出来損ないの牛泥棒」とも「くそったれ」とも呼ばれていた）はドミニカ共和国の政治的、文化的、社会的、経済的な面をすべて支配下におくことになった。暴力、

脅迫、虐殺、レイプ、反対者の切り崩し、テロといった強力な（そしてお馴染みの）手段を様々に取り混ぜてである。まるで国自体がプランテーションであり、彼はその所有者といったふうだった。一見したところ彼はよくいるラテンアメリカの軍事独裁者だが、彼の権力は絶望的なほど強大だったので、歴史家や作家のうちその全体像を捉えきれた者はおろか、想像さえできた者もほとんどいない。彼は我々のサウロン（英小説家・文献学者のJ・R・R・トールキン（一八九二—一九七三）『指輪物語』（一九五四—五五）に主に登場する架空の神格で、冥王。「身の毛もよだつ者」の意。『指輪物語』の中核を為す「すべてを統べ、すべてを見つけ、すべてを捕えて、くらやみのなかにつなぎとめる」、「一つの指輪」の製造者）、アラウン（ウェールズ神話における神格で、異界アンヌンの王。ロイド・アリグザンダ—（一九二四—二〇〇七）『プリデイン物語』（一九六四—六八）にも登場）、ダークサイド（『スーパーマン』（一九三八—）等DCコミックス作品に登場する、最も強力な悪役の一人）、永遠の独裁者で、あまりに異様で邪悪で恐ろし過ぎて、彼のような登場人物はSF作家さえ思いつけないほどであった。彼は自らを讃えるためにドミニカ共和国にある**すべての史跡のすべての名前**を変えた（ドゥアルテ山はトルヒーヨ山に、新世界最初で最古の都市サント・ドミンゴ・デ・グスマンはトルヒーヨ市に変えた）。国有財産のあらゆる部門を不正に独占した（そして彼はすぐ、地球上でもっとも裕福な一人になった）。西半球でもっとも大きな軍隊の一つを作り上げた（なんと爆撃機団まで持っていたのだ）。目に入るすべてのセクシーな女と寝た。部下の妻たちをも含む、何千何万何十万という女たちとである。国民からの絶対の崇拝を期待した、いや、**強制**した（国のスローガンが「神とトルヒーヨ」だったことからもよくわかる）。海軍の新兵訓練所のように国家を運営した。なんら理由なしに仲間から地位や財産を奪った。彼はほとんど**超自然的**な能力を持っていた。これらすべてのことでトルヒーヨは知られている。

また目覚しい業績でも知られている。一九三七年にはハイチ人を虐殺し、ハイチ系の村々を壊滅させた。西半球で合衆国の支援を受けた独裁政権の中でも彼のものはもっとも長くもっともたちが悪い政権のひとつとなった（そして我々ラテン系の人々が得意なものがあるとすれば、それは合衆国の支援を受けた独裁者に耐えることである。こうした評判こそ、苦労の末に手に入れた勝利とでも言うべきものだ。チリ人やアルゼンチン人がいまだ知らしめようとしているように、である）。近代における最初の盗賊政治を彼は打ち立てた（モブツ（コンゴ民主共和国の独裁者（一九三〇—一九七））がモブツである前から、トルヒーヨはモブツだったのだ）。彼はアメリカの上院議員を組織的に買収した。そして忘れてはならないのは、ドミニカを近代国家に仕立てあげたことだ（占領期のあいだ彼を訓練した海軍の教官たちが成し得なかったことである）。

えただけで、うわっ、ハリケーンがやってきて家族全員を海まで吹き飛ばしてしまう、うわっ、雲一つない空から岩が落ちてきて叩きつぶされる、うわっ、今日食べたエビで腹を壊し、明日には死んでしまう。だからこそ彼を暗殺しようとした者たちはみな失敗することになり、彼に逆らった人々はみなあれほど悲惨な死に方をしたのだ。そしてあのケネディの奴はどうだ？ 彼は一九六一年にトルヒーヨの暗殺許可を出し、あの島までCIAに武器を運ばせた。そいつはマズいよ、キャプテン。諜報専門家たちはドミニカ人なら一人残らず知っていることをケネディに言いそびれた。すべてのドミニカ人たち、つまりマオで一番金持ちの色の白い混血《ハバオ》の男からエルブエイに住む極貧《ゲエイ》の男まで、サン・フランシスコ・デ・マコリス生まれの長老《アンシアノ》からサンフランシスコに住むほんの小さな子供《カラヒート》まで知っていることをだ。トルヒーヨを殺したものは誰であれ、その家族はあまりにも恐ろしいフクに苦しめられることになるだろう。提督に取り憑いたフクだって、それに比べればたいしたもんじゃなかった《ホホテ》と思えるほどだ。ケネディを殺したのは誰か、というウォーレン委員会の質問に最終的な答えが欲しいかい？ この慎み深きウォッチャー（マーベル・コミックス刊のコミック『ファンタスティック・フォー』（一九六一―）等に登場する超種族。宇宙のすべての出来事を監視し、記録する）が神掛けてきっぱり真実を明かそうじゃないか。マフィアでもリンドン・ジョンソンでもマリリン・モンローの亡霊でもないよ。宇宙人でもKGBでも孤独なガンマンでもない。テキサスのハント兄弟でもリー・ハーヴェイでも三者委員会[*2]でもない。トルヒーヨだ。フクだ。あのケネディ家の呪いがどこから来たのか知ってるかい？ ベトナムはどうだ？ どうして世界最強の国家がベトナムなんて第三世界の国相手の初めての戦争に負けたんだい？ **考えてもごらんよ。**興味深い話を教えてやる。アメリカ合衆国がベトナムに深入りしていったころ、リンドン・ジョンソンはドミニカ共和国に不法に軍事侵攻した（一九六五年四月二十八日。イラクがイラクになる前から、サント・ドミンゴはイラクだった）。アメリカのめざましい勝利だった。そしてサント・ドミンゴの「民主化」に関与した部隊や諜報チームはそのまますぐにサイゴンに送られた。これらの兵士たち、技術者たち、秘密工作員たちは何を持って行ったと思う？　リュックの中、スーツケースの中、シャツのポケットの中、鼻毛の中、靴にこびりついた泥の中に？　我々がアメリカ人たちに贈ったちょっとしたプレゼントだよ。不正な戦争のお返しってわけだ。そうさ、フクだよ。

だから、フクがいつでも雷みたいに一瞬で襲ってくるわけじゃないってことは覚えておいたほうがいい。ときにフクはじわじわと効果を現す。徐々に人を溺れさせるのだ。提督のときもそうだったし、サイゴン郊外の水田にはまり込んだアメリカ人たちのときもそうだった。ときにゆっくり、ときに素早く作用する。フクはまるで運命のようなもので、その原因を突き止めることも、あらかじめ心の準備をしておくこともできない。でもこれだけは確実だ。ダークサイドのオメガエフェクト（ダークサイドが両目から発する特殊なビームで、追跡能力を有する）のように、モルゴス（トールキンの『シルマリルの物語』（一九七七）『終わらざりし物語』（一九八〇）に主に登場する架空の神格で、「この世の黒き敵」の意。かつてサウロンの主人だった）[*3]の毒のように、どんなに曲がりくねろうが脱線しようが、フクは決して——本当に、決して——狙った獲物は逃さない。

＊2　陰謀に目がないあなたに教えたいことがある。ジョン・ケネディ・ジュニアとキャロリン・ベセット、彼女の姉ローレンがパイパー・サラトガ機で墜落したとき、ジョンジョンの父親お気に入りだったドミニカ人の女中プロビデンシア・パレデスは、マーサズヴィニヤードでジョンジョンの好きな料理を作っていた。チチャロン・デ・ポヨだ。だが最初に食べるのはいつでもフクで、フクしか食べることはないのだ。

「偉大なるアメリカの悲運」だと多くの人々が言ってきたが、おれがそれを信じているかどうかはあまり重要ではない。おれみたいにフクの国の真ん中で長く暮らしたことがあれば、この類の話はしじゅう耳にする。サント・ドミンゴに住んでいる人なら誰でも、身内を荒らして回るフクの話を聞く。シバオに住むおれの叔父には十二人の娘がいるが、以前の恋人が呪いをかけたせいで男の子に恵まれないのだと信じている。フクだ。おれの叔母は恋敵の葬式で笑ったせいで幸福になれないのだと信じている。フクだ。父方の祖父《アブエロ》の信じるところでは、ドミニカ人が国外に離散するはめになったのは、自分を裏切った国民《プエブロ》にトルヒーヨが報復をしているのだということだ。フクだ。

あなたがこうした「迷信」を信じなくてもまったくかまわない。実を言えば、かまわないどころではない——それで完璧だ。なぜなら、あなたがなにを信じていようとおかまいなしに、フクのほうであなたを見込むのだから。

二週間ほど前、この本を書き終えようとしているとき、まったくの好奇心からおれはＤＲ１（ドミニカ共和国についての英語サイト）のフォーラムにフクについてのスレッドを立てた。最近けっこうオタクなのだ。するとすさまじい数の書き込みが続いた。どれだけたくさんの反応があったか見るといい。新しいのがどんどん書き込まれていくのだ。ドミニカ人だけじゃない。プエルトリコ人もフフスについてしゃべりたがり、ハイチ人もそんな話をしたがる。フクの話は何兆億だってあるのだ。サント・ドミンゴについてはほとんど話すことのないおれの母親でさえ、自分の知っているフクの話をしてくれた。

もうお気づきだろうが、おれにもフクの話がある。いろんな話の中でも一番だと——フク一等賞だと——言えればいいがそうはいかない。おれのが一番怖いわけでも、一番はっきりとしているわけでも、一番痛ましいわけでも、一番美しいわけでもない。たまたまおれの首に手をかけているのがその話だというだけだ。

こう呼んでしまうことをオスカーが気に入るかどうか、おれには自信がない。フクの話だと。オスカーは筋金入りのSFファンタジー野郎で、我々みなが生きているのもそうしたSFファンタジーの世界だと信じていたのだから。彼なら言うだろう。サント・ドミンゴぐらいSF的な場所があるかい？　アンティル諸島ぐらいファンタジー的な場所が？

だがすべての成り行きがわかった今、代わりにおれはこう言わなくてはならない。これ以上のフクがあるかい？

最後にこう記しておこう、トト（米のファンタジー小説家ライマン・フランク・ボーム（一八五六―一九一九）『オズの魔法使い』（一九〇〇）に登場する犬の名前）。カンザスにさよならする前に。昔からサント・ドミンゴには、提督の名前を口にしたり聞いてしまったと

＊3　「予こそ長上王なり。われはメルコール、全ヴァラールのうち、最初にあって最も力ある存在、世の開闢《かいびゃく》以前にあって世を創りし者。わがもくろむ影はアルダを覆い、地上に起こるすべてのことはひそやかに、だが着実に、わが意を表してゆくであろう。しかして汝が愛する者のことごとくに、わが意図が宿命《さだめ》の雲のごとくに重く垂れ、暗黒と絶望の中にそやつらを繫ぎとめるであろう。そやつらが何処《いずこ》に行くとも禍《わざわい》が生じよう。いかなる時にもそやつらの言葉は禍事《まがごと》をもたらそう。そやつらのいかなる行為も自身に凶と転じよう。生死のいずれをも呪い、希望もなく死ぬことになろう。」（J・R・R・トールキン『終わらざりし物語』（上）、山下なるや訳、河出書房新社、二〇〇三年）

き、あるいはフクがそのたくさんの頭をもたげたとき、災難があなたに絡み付くのを避けるたった一つの方法、家族の安全を保つたった一つの確かな呪文がある。驚くことではないが、それはたった一語の言葉だ。単純な一語だ（そのあとに両手の人差し指を力強く交差させるのが普通だ）。

サファ。

この言葉は昔はもっとよく使われていた。いわばマックーオンドになる前のマコンド（コロンビアの小説家ガブリエル・ホセ・ガルシア＝マルケス（一九二八―）の小説『百年の孤独』（一九六七）の舞台となる村）ではもっと大事な言葉だったのだ。それでもブロンクスに住む叔父《ティオ》ミゲルのように、いまだすべてにサファと言う者もいる。叔父はそれぐらい昔気質なのだ。ヤンキーズが終盤のイニングでエラーしてしまったらサファと言う。誰かが海岸で貝を拾ってきたらサファと言う。男が男とやっている《バルチャ》のを見たらサファと言う。二十四時間サファと言い続けて、悪運に取り憑く隙を与えまいとしているわけだ。この本を書いている今も、これもある種のサファではないかとおれは思う。おれ自身の呪文だ。

第一部

第1章

世界の終わりとゲットーのオタク

GhettoNerd at the End of the World

1974-1987

黄金時代

われらがヒーローは、いつも皆が噂しているようなドミニカ男とは違う。――ホームラン打者でもかっこいいバチャタ・ミュージシャン《バチャテロ》（バチャタはドミニカ発祥の音楽）でも、百万もの性欲をペニスに蓄えたプレイボーイでもない。

それに、人生初めの一時期を除けば、奴が女にモテることはまったくなかった（まったくドミニカ的じゃないんだ）。

それは彼が七つのころだった。

幸運に恵まれた幼きそのころ、オスカーはちょっとしたカサノヴァだった。幼稚園では女たらしの園児のひとりで、絶えず女の子にキスしようとし、メレンゲを踊っているときはいつも、女の子たちに後ろから近づいては腰をこすりつけた。最初にペリートを覚え、暇さえあれば踊っていたのが彼だったのだ。当時は（まだ）彼は「典型的な」ドミニカの家族で育った「普通の」ドミニカ人の少年だった。肉親も友人たちもみな、幼い彼が女たらしの素質を見せ始めたのを歓迎していた。パーティでは――古き良き七〇年代にはそりゃもうたくさんのパーティがあった。ワシントンハイツがワシントンハイツになる前、バーゲンライン全域が百ブロックにも渡ってスペイン語地区になる前の話である――酔った親戚の誰かが必ずやオスカーを小さな女の子のほうへ押しやり、男の子と女の子が大人みたいに腰をぶつけ合うのを見て全員が囃したてたものだ。

あなたもあのころのあの子を見ておくべきだったわね。オスカーの母親は人生の終わりにため息をついて言った。あの子はうちの小さなポルフィリオ・ルビロサ[*4]だったんだから。

同年代のほかの男の子たちはみな女の子を避けていた。まるで彼女たちが悪性のキャプテン・トリップス・ウィルス（米小説家スティーヴン・キング（一九四七―）『ザ・スタンド』（一九七八／一九九〇）に描かれる致死率九九%のウィルス）に感染しているとでも思っているようだった。だがオスカーは違った。根っから女好きな少年で、「彼女」だってたくさんいた（彼はもともとぽっちゃりした子供で、肥満への一途をたどってはいたのだが、母親は髪型も服装もきちんとさせていた。しかも顔のパーツのバランスが崩れる前には、目はきらきらと愛らしく、頬はふっくらとかわいらしかった。どの写真でもだ）。聞くところによると、女の子たちは――やつの姉ロラの友達や、やつの母親の友達、さらに赤い口紅をつけ、鐘のような尻を振って歩く、ご近所に住む三十代の郵便局員、マリ・コロンまで――みな彼に恋していたとされている。かっこいい子《エセ・ムチャチョ・エスタ・ブエノ》！（彼がやたらと口説くことに熱心で、親の目が行き届いていなかったからと言って、何が問題だったろうか？　全然！）ある夏、ドミニカ共和国バニにある親戚の家を訪ねたときなど最悪だった。祖母であるネナ・インカの家の前に立っては、道行く女性たちに大きな声で呼びかけた――そこの美人さん《トゥ・エレス・グアパ》！――しまいにはセブンスデー派の人が祖母のところまでやってきて苦情を言い、祖母はあわててラジオのヒットパレードを止めるはめになった。ほんとにひどいいたずら坊主《ムチャチョ・デル・ディアブロ》だ。ここはキャバレーじゃないんだよ。

オスカーにとってはそのころが真の黄金時代だった。それが頂点に達したのは七歳の秋だった。同時に二人の女の子と付き合っていたのだ。それは彼の最初で最後の三角関係だった。相手はマリツァ・チャコンとオルガ・ポランコだった。

＊4　一九四〇年代から五〇年代にかけて、ポルフィリオ・ルビロサ——もしくは新聞紙上ではルビの名で通っていた——は世界でも三番目に有名なドミニカ人だった（一番は出来損いの牛泥棒で、二番は『コブラ女』マリア・モンテスだった）。背の高い上品な色男で、「彼の巨大なペニスはヨーロッパと北アメリカで大混乱を巻き起こした」。ルビロサはジェット機で世界を駆け巡り、自動車競争に出場し、ポロ競技に取り憑かれていた典型的な道楽者で、トルヒーヨ政権の「明るい側面」を担っていた（もちろん彼はトルヒーヨの最も有名な子分だった）。アルバイトでモデルをやったこともあったし、派手な遊び人でもあった。ルビロサは一九三二年、トルヒーヨの娘であるフロール・デ・オロと結婚したことで広く知られている。そして五年後、ハイチ人大虐殺の年に彼女と離婚したにもかかわらず、彼はボス《エル・ヘフェ》の長い在職期間中、どうにか彼のお気に入りでい続けることができた。もと義理の弟であるラムフィス（彼とはよく会っていた）と違って、ルビロサはたくさんの人を殺すことはできなかった。ルビロサは一九三五年にニューヨークに飛び、亡命者のリーダーであるアンヘル・モラレスに対するボス《エル・ヘフェ》の死刑宣告を執行しようとしたのだが、見通しの甘い暗殺計画を実行する前に逃げ出した。ルビロサは本物のドミニカ人プレイボーイで、あらゆるタイプの女性とセックスした。ほんの一部を挙げれば、バーバラ・ハットン、ドリス・デューク（彼女はたまたま世界一金持ちの女性でもあった）、フランス女優ダニエル・ダリュー、ザ・ザ・ガボールだ。仲良しのラムフィス同様、ポルフィリオも車の事故で一九六五年に死んだ。ブローニュの森で彼の十二気筒のフェラーリが横滑りし、道路を外れたのだ（この物語において車の果たす役割は強調してもしきれない）。

マリツァはロラの友達だった。髪は長くてつんと澄ましていて、とてもかわいかったので、若いころのデジャー・ソリス（米小説家エドガー・ライス・バローズ（一八七五―一九五〇）『火星のプリンセス』（一九一七）に登場する王女）を演じることだってできただろう。一方オルガは家族の誰かの友達というわけではなかった。その地区の外れにある彼女の家について、オスカーの母親は不満があった。プエルトリコ人でいっぱいで、彼らはいつもビールを飲みながら玄関ポーチでダラダラしていたのだ（あんなのコアモでやればいいのに、オスカーの母親は怒って言った）。オルガにはざっと九十人ほどもいとこがいて、みんながみんなエクトールかルイスかワンダという名前だった。そして（オスカーの母親によれば）オルガの母親は大酒飲みの性悪女《ウナ・マルディタ・ボラチャ》だったので、オルガはときどき臭った。だから子供たちは彼女のことをミセス・ピーボディと呼んだ。

ミセス・ピーボディだろうがなんだろうが、彼女の物静かさがオスカーは好きだった。彼女を地面に投げ飛ばして取っ組み合いをするのが好きだったし、『スタートレック』（『宇宙大作戦』のタイトルでも親しまれた人気SFテレビドラマシリーズ（一九六六―））の人形に興味をもってくれるのも好きだった。マリツァは普通に美人だったから、特に好きになる理由も要らなかったし、いつもそばにいた。だからなんかちょっとしたきっかけがあれば、もう二人と同時に付き合い始めるには十分だった。最初彼は、自分にとって一番のヒーローであるシャザムが二人と付き合いたがっているというふりをした。でも彼女たちに受け入れられてからは、そうしたふりもやめてしまった。付き合いを望んでいたのはシャザムではなくて――オスカーだった。

当時は付き合い方もうぶで、盛り上がってもせいぜいバス停で寄り添ったり、こっそりと手を握ったり、頬に真剣なキスを二度したりというぐらいだった。一度目はマリツァで、二度目はオルガと、道から見えないよう藪に隠れてキスした（小さなマッチョさん、母親の友人たちは言った。まあ男らしいこと《ケ・オンブレ》）。

三角関係は麗しき一週間しか続かなかった。ある日、学校のあとでマリツァはオスカーをブランコの裏に追い詰め、こう言い放った。彼女か私の**どっちかよ！**　オスカーはマリツァの手を取り、彼女への愛を長々と真剣に語った。そして二人でオスカーを**共有**することになっていたじゃないかと言った。けれどもマリツァはそんな言葉は受け入れなかった。彼女には三人の姉がいて、**共有**なんてしたらどんなことになるかぐらい十分にわかっていた。彼女と別れるまで私に話しかけないで！　チョコレート色の肌と細い目を持つマリツァはすでにオグン（ハイチ・ブードゥー教の妖精の名）のエネルギーを発揮していた。そのエネルギーで彼女は生涯、誰彼かまわず切り刻むことになる。オスカーは意気消沈して帰宅し、韓国のタコ部屋で作られるようになる以前のマンガ――『怪獣王ターガン』（ハンナ・バーベラ制作の米のテレビアニメシリーズ（一九六七—六九）。ターガン王国の王である主人公が宇宙からの侵略者と戦う）や『宇宙怪人ゴースト』（ハンナ・バーベラ制作の米のテレビアニメシリーズ（一九六六—六八）。覆面の主人公が友人のSOSを受けて悪と対峙する。なお前述の『怪獣王ターガン』もそうだが、オスカーが読んでいるのはおそらくスピンオフ作品）を読み耽った。一体どうしたの？　母親は訊ねた。彼女は掛持ちしている仕事に出かけようとしていた。彼女の両手にできた湿疹はまるでぐちゃぐちゃの食べもののようだった。女の子たちが、とオスカーがべそをかくと、デ・レオン家の母親は爆発寸前になった。女のことなんかで泣いてるのかい《トゥ・タ・ヨランド・ボル・ウナ・ムチャチャ》？　彼女はオスカーの片耳を引っ張って立たせた。

ママ、やめて、姉が叫んだ。やめて！

母親はオスカーを床にたたきつけ、一発ぶん殴ってやればいいんだよ《ダ・レ・ウン・ガジェタソ》、と言うと、息を切らしながら続けた。そのろくでなし女があんたをちゃんと尊敬してるのか訊いてみるんだね。

もしそれがオスカーじゃなければげんこつ《ガジェタソ》というのもありだったかもしれない。男らしい振る舞いを教えてくれる父親的な存在が彼にはいなかった、というだけではない。彼には攻撃性や好戦性などまるでなかった（姉のほうは彼とはまったく違って、男の子であろうと浅黒い肌の女の子《モレナ》の集団であろうと、彼女の幅の狭い鼻や直毛に近い髪を嫌う相手とは喧嘩した）。オスカーのコンバット・レート（ロールプレイング・ゲーム用語。戦闘能力を表す）はゼロといったところだった。爪楊枝みたいな腕のオルガだって、彼をノックアウトできただろう。攻撃するとか威嚇するとかは問題外だった。だから彼はよく考えた。結論まで時間はかからなかった。とにかく、マリツァは美人でオルガはそうじゃない。オルガはときどきオシッコみたいな臭いがしたが、マリツァはそうじゃない。マリツァは家に呼んでもよかったが、オルガはだめだった（プエルトリコ人がここに来るって？　母親は鼻で笑った。あり得ない《ハマス》ね！）。彼の頭は、せいぜいはい／いいえだけの昆虫並みの処理能力だった。彼は次の日に運動場でオルガと別れた。マリツァも側にいた。オルガの泣きっぷりといったら！　まるでぼろきれのように、お下がりの服を着て四サイズは大きすぎる靴を履いた彼女は身を震わせた。鼻汁やら何やらが垂れ流し放題だった！

　何年か経って、彼もオルガも太りすぎの怪物になってから、オルガを見るとオスカーは時々どうしてもかすかに罪の意識を感じてしまうようになった。オルガは大股でのっしのっしと道を渡っていたり、ニューヨークのバス停のわきでぼーっと宙を見つめて立っていたりする。そんな彼女を見ると、あのめちゃくちゃ冷たい別れのせいでオルガはこんなはめになった部分もあるのではないか、とオスカーは考えてしまった（彼の記憶では、彼女との別れに際してオスカーは何も感じなかった。彼女が泣き始めても、心はまったく動かなかった。彼は言った。赤ちゃんじゃないんだからさ）。

だが彼だって**自分が**マリツァにふられたときには傷ついた。オルガを見捨てたあとの月曜日、彼は大好きな『猿の惑星』（仏小説家ピエール・ブール（一九一二―九四）の小説を原作としたSF映画シリーズ（一九六八―七三）。猿が人間を支配する惑星に代表される風刺的作風で知られる）弁当箱を持ってバス停まで来たのだが、そこで麗しのマリツァがひどくブサイクなネルソン・パルドと手をつないでいた。『ランド・オブ・ザ・ロスト』（米の子供向けテレビ番組（一九七四―七六）。子供たちが次元の扉を通って、恐竜たちの生息する不思議な世界で冒険を繰り広げる）のチャカみたいな奴だ！　ネルソン・パルドはものすごくバカで、月は神様が掃除し忘れた空のシミだと思っていた（きっと神様がもうすぐきれいにしてくれるさ、と彼はクラスで断言した）。ネルソン・パルドはそのあと近所で住居不法侵入を繰り返し、海軍に入ると第一次湾岸戦争で足の指を八本失うことになる。最初オスカーは何かの間違いだと思った。太陽の光が目に入ったか、昨晩よく寝ていなかったかだ。彼は二人のそばに立ち、弁当箱を自慢した。このザイアス博士、ほんとにリアルで悪魔っぽいだろ。でもマリツァは彼に**微笑みかけも**しなかった！　彼などいないふりをしたのだ。私たち結婚しましょうよ、とネルソンに言い、ネルソンは間抜けっぽくニヤリと笑うと、バスが来ていないかと道を見た。オスカーはあまりのショックに口がきけなかった。彼は縁石に坐り、何かどうしようもないものが胸からこみ上げるのを感じ、ものすごく怖くなった。そして気付けば泣いていて、姉のロラがやって来てどうしたのと訊ねても、彼は首を振るばかりだった。この弱虫《マリコンシート》を見ろよ、誰かがバカにして笑った。他の誰かが彼の愛する弁当箱を蹴飛ばし、ウルコ将軍の顔に大きな傷をつけた。バスに乗ってもオスカーは泣き続けていて、ヤク中から立ち直ったことで有名なバスの運転手は言った。なんだよ、**赤ちゃん**じゃないんだからさ。

別れたせいでオルガはどうなった？　オスカーが本当に問いかけていたのはこれだった。**別れたせいでオスカーはどうなった？**

マリツァにふられた瞬間から――シャザム！（DCコミックス作品に登場するスーパーヒーロー、キャプテン・マーベル（一九三九―）の導師の名。ビリーがキャプテン・マーベルに変身する際に「シャザム！」と叫ぶ必要がある）――オスカーには自分の人生がまるで管の中を滑り落ちていくように思えた。続く数年間、彼はどんどん太っていった。思春期初期がとくにヒドかった。彼の顔は急速にかわいいとは呼べない代物になり、肌はニキビだらけ、そして彼は自意識過剰になった。そして今まで誰もバカにすることのなかった彼のSF好きは、いわゆる「負け犬」の同義語となった。どうしても友達ができなかった。あまりにダサく、あまりに内気で、（近所の子たちの言葉を信じるなら）あまりに**変だった**（昨日憶えたばかりの小難しい言葉をいつも使った）。もはや彼は女の子には近づかなかった。良くて無視されたし、悪ければ悲鳴を上げられ、汚らしいデブ《ゴルド・アスケロソ》！と罵られた。彼はペリートを忘れ、家の女たちが彼を男らしい《オンブレ》と言ったときに感じた誇りを忘れた。**長い長い**あいだ彼は女の子とキスしなかった。まるであのすごい一週間で彼の女の子部門のすべてが燃え尽きてしまったようだった。

オスカーの「彼女たち」のほうがよほどいい人生をおくっていた、というわけでもなかった。オスカーを襲った愛されないという宿命に、彼女たちも襲われたようだったのだ。七年生のころにはオルガは巨大化し、**醜く**なっていた。トロル（北欧の伝承で語られる巨人族。トールキンの『ホビットの冒険』（一九三七）等にも登場する）の遺伝子が彼女の中に隠れていたのだろう。オルガはバカルディ一五一を瓶から直接飲むようになり、ホームルームの真っ最中に**クズども《ナタス》！**と大声で何度も叫んだおかげで退学になった。ついに大きくなってきた彼女の胸は、恐ろしい感じでダラリと垂れた。一度バスの中でオルガはオスカーを**ケーキ食い**と呼んだ。彼はもう少しで言い返しそうになった。どの口で言ってるんだ、ブタ女《プエルカ》。だが彼女が怒って席から立ち上がって、自分を踏みつぶすのではないかと思い言えなかった。彼のクール指数はすでに低かったので、そんな惨敗《パリサ》を乗り切ることはできず、障害のある子たちやジョー・ロコロトゥンドのところまで落ちてしまう。ジョーは公衆の面前でオナニーするので有名だった。

そして麗しのマリツァ・チャコンは？　三角関係のもう一辺だった彼女はどう暮らしていたのか？　**ああ、イシス様**（一九七〇年代に放映された米のテレビ番組『イシスの秘密』における変身の決まり文句）なんて言う暇もないほど素早く、マリツァはパタソン一のイカした美女《グアパ》になった。新ペルーの女王の一人だ。近所に住んでいたから、オスカーはよく彼女を見た。ゲットーのメリー・ジェーン（マーベル・コミックス刊のコミック『スパイダーマン』（一九六二―）に登場するヒロイン）、黒く生い茂るような髪は入道雲のようで、オスカーの姉よりもうねった髪《ペロ》を持つ、もしかしたら地上で唯一のペルー人の女の子だったかもしれなかった（オスカーはアフリカ系ペルー人もチンチャという名の町も聞いたことがなかった）。その素敵な体は老人たちに衰えを忘れさせ、六年生のときから自分より二倍も三倍も年上の男たちとデートした（マリツァはいろいろなものが得意ではなかったかもしれない――スポーツも勉強も仕事もダメだった――でも男は得意だった）。ならば彼女は呪いを逃れられていたのか――彼女はオスカーやオルガより幸せだったのだろうか？　それは疑わしい。オスカーが見るところでは、マリツァはつき合っている男たちに殴り倒されては喜んでいた。彼女は**いつだって**殴られていたのだ。自信たっぷりにロラは言った。もし男の子が**私を**殴ったりしたら、そいつの顔に**噛みつく**けどね。

マリツァを見てみよう。自宅前の階段で激しくキスをし、ゴロツキの車に乗り降りし、歩道に押し倒されている。激しいキスと乗り降りと押し倒されを、オスカーは喜びもセックスもない思春期の間中見ていた。他に何ができたろう？　寝室の窓からはマリツァの家の正面が見えた。だから彼はダンジョンズ＆ドラゴンズ（略称Ｄ＆Ｄ（一九七四―）。世界初のロールプレイング・ゲーム（ＲＰＧ）。コンピュータは使用しない（以下、本書に登場するＲＰＧは同様にコンピュータを使用しない会話型のもの)。参加者は『指輪物語』のようなファンタジー世界を生きる戦士や魔法使いといった役割を演じ、ダンジョンマスターと呼ばれる語り部兼進行役が用意したダンジョン(地下迷宮)等を冒険する)のミニチュア(RPGをプレイする際に使用する、英雄や怪物等を象った金属製のミニチュア。彩色を施すとゲーム時の臨場感が増す)に色を塗ったりスティーヴン・キングの最新作を読んだりしながらマリツァを盗み見た。その何年かで変わったのは自動車の型とマリツァの尻の大きさと車のスピーカーから流れてくる音楽の種類だけだった。最初はフリースタイル、次にイル・ウィル時代のヒップホップで、最後に少しの間だけエクトル・ラボー(一九四六—九三)プエルトリコ出身のサルサ・シンガー)やなんかになった。

オスカーは陽気で幸せな感じを取りつくろって、マリツァにほとんど毎日、やあ、と言った。彼女も無関心なまま答えたが、それだけだった。二人のキスをマリツァが憶えているとはとても思えなかった——だがもちろんオスカーのほうは忘れられなかった。

愚者の地獄

高校はドン・ボスコ工業だった。ドン・ボスコ工業は都会にあるカトリックの男子校で、自信がなく落ち着きのない思春期の男の子たちが数百人も校舎の壁までびっちりと詰まっていたから、オスカーみたいに太ったSF好きのオタクには終わりなき苦悶の源だった。オスカーにとって高校は中世の見せ物のようだった。さらしものとなって、狂乱したバカの大群の怒りや暴力に耐えなければならないのだ。こうした経験を通じて自分はより優れた人間になれるのだろうとオスカーは思っていたが、そうはならなかった——そして、つらい数年から学んだものがたとえあったとしても、それが何か彼にはよくわからなかった。太った孤独なオタクとして彼は毎日学校へ徒歩で通い、来るべき奴隷解放の日のことだけを考えていた。終わりなき恐怖からやっと解放される日のことを。なあ、オスカー、火星にもホモはいるかい？——ほら、ケツ野郎、**これ**でも食らいな。**愚者の地獄**という言葉を初めて聞いたとき、オスカーはそれがどこにあり、その住人が誰なのか正確にわかった。

二年生になるとオスカーは百十キロにまで膨れあがった（落ち込んだときには百二十キロで、そうなることもけっこうあった）。そして彼がその近所で知られるパーティ見物人《パリグアヨ》*5になってしまったことは誰の目にも、特に家族の目には明らかだった。ドミニカ男が持っているはずの神通力などまるで持っていなかったので、たとえ自分の人生がそれにかかっているとしても、女の子の一人も引

---

*5　侮蔑語であるパリグアヨは英語の新表現「パーティを眺めている人《パーティ・ウォッチャー》」から転じた語であるというのが、ウォッチャーの間では共通の理解である。この語が普通に使われるようになったのは、一九一六年から一九二四年まで続いたアメリカによるドミニカの第一次占領期であった（二十世紀中われわれが二度にわたってアメリカに占領されたことを知らなかったって？　大丈夫、あなたの子供たちの世代はアメリカがイラクを占領したことも知らないだろうから）。第一次占領期、アメリカ占領軍の軍人たちはよくドミニカ人たちのパーティに参加したが、お楽しみに参加する代わりに、彼ら外国人は踊っている人々の脇でただ**眺めていた**と言われている。もちろんこれは世界でいちばんイカれたことだと見なされた。いったい誰がパーティに行ってぼさっと**眺めている**だろうか？　それからというもの、海兵隊員たちはパリグアヨだということになった——現代的な用法では、この語は他の人々が女の子をさらっていくあいだ、脇に立ったまま眺めているやつのことを言う。踊らないやつ、獲物を手に入れられないやつ、周囲にバカにされるがままのやつ——それがパリグアヨだ。『ドミニカのもの事典』を見れば、パリグアヨの見出しのところには木彫りのオスカー像も載っていることだろう。この名前こそ終生彼に取り憑き、あるウォッチャーに記録されることとなった。月の青い側を観察しているウォッチャーに。

っ掛けることなどできなかった。スポーツはまるでだめ、ドミノもだめで、動きはすごくぎくしゃくしていて、ボールの投げ方は女の子みたいだった。音楽にも商売にもダンスにもセンスが無く、いかさまもラップも銃もまるでだめだった。そしてもっとも残念なことに、見た目が悪かった。髪はそこそこ縮れていて、プエルトリコ風のアフロヘアだった。兵役も免除されそうな巨大な眼鏡——彼のたった二人の友達、アルとミッグズは「女の子除《よ》け装置」と呼んでいた——を揺らし、唇の上にはイカさない髭を薄く生やしていて、寄り目のせいでいささか知能が遅れているように見えた。「ミンガスの目」だ（ある日母親のレコード・コレクションを探っていてオスカーはこの類似性に気づいた。彼が知っているかぎり、母親は黒人男性《モレノ》とつき合っていた唯一の昔かたぎのドミニカ人女性で、その全アフリカ世界党という彼女の人生の一章に終止符を打ったのはオスカーの父親だった）。お祖父さんと同じ目をしてる、ドミニカ共和国を訪れた何度目かにネナ・インカが彼に言った。それはいささかの慰めになったはずだ——祖先に似ていると言われて嫌がる人がいるだろうか——もっとも、その祖先は人生を刑務所で終えたのだが。

オスカーは小さな頃からオタク（原文"nerd"。詳細は訳者あとがきを参照）だった——トム・スイフトのシリーズ（子供向け冒険SF小説シリーズ（一九一〇—）。共同ペンネーム「ビクター・エイプルトン」の作として書き継がれている）を読み、マンガを愛し『ウルトラマン』を見るような子供だった——だが高校のころには彼のSFへの没頭は究極的なところにまで達した。われわれが壁にボールをぶつけたり二五セント貨を投げたり兄貴の車を運転したり親の目を盗んでビールの瓶を部屋に持ち込んだりすることを学んでいるあいだ、オスカーはSFをむさぼり読んでいた。ラヴクラフト、ウェルズ、バローズ、ハワード、アリグザンダー、ハーバート、アシモフ、ボーヴァ、ハインライン（いずれもSFやファンタジーやホラーの黄金時代を築き上げた小説家たち）。もうみんなが忘れかけたグレート・オールド・ワンすら読んだ――E・E・「ドク」・スミス（一八九〇―一九六五。「スペースオペラの父」と称される米SF小説家。代表作は『レンズマン』シリーズ（一九三四―六〇））、ステープルドン（英小説家・哲学者（一八八六―一九五〇）。『最後にして最初の人類』（一九三〇）等、思弁的かつスケールの大きなSFで知られる）、そしてドック・サヴェジ・シリーズ（米のSFアクション小説シリーズ（一九三三―四九））を書いたあの男（米の小説家レスター・デント（一九〇四―五九）を指す）――飢えたオスカーは本から本へ、著者から著者へ、時代から時代へと読み漁った（幸運なことに、パタソンにある図書館はどこも予算不足で、前世代のオタクっぽい本をまだ大量に貸し出していた）。映画にせよテレビにせよマンガにせよ、怪物や宇宙船や突然変異体や世界終末装置や運命や魔術や悪漢が出てくるかぎり、それらから彼を引き剝がすことはできなかったろう。こういった趣味においてのみ彼は天才性を発揮し、それを祖母は遺伝だと言い張った。エルフ語（トールキンが創造した架空の言語）で書けたし、チャコブサ（米小説家フランク・ハーバート（一九二〇―八六）が開始した『デューン』シリーズ（一九六五―）に登場する架空の言語）でしゃべれたし、スランとドルセイとレンズマン（いずれもSF小説の表題を飾るヒーロー）の違いをほんの細かいところまで言うことができた。スタン・リー（コミック原作者（一九二二―）。マーベル・コミックスの顔とも言うべき人物）よりマーヴェル・ユニヴァース（マーベル・コミックス作品に登場するヒーローたちに共通する背景設定）に詳しく、ロールプレイング・ゲーム狂いだった（もしテレビゲームが得意だったらそれはそれでかっこいいということになっていたかもしれないが、Ａｔａｒｉもインテレヴィジョンも持っていたにもかかわらず、反射神経のほうはからきしなかった）。もしおれみたいにオタクっぽさを隠すことができていたら、彼にも事態はそこまで深刻ではなかったかもしれないが、彼にはそうはできなかった。ジェダイ（米のSF映画『スター・ウォーズ』シリーズ（一九七七―二〇〇五）に登場する、銀河共和国の平和と秩序を護る騎士団。フォースと呼ばれるエネルギーを駆使して超常的な力を発揮する）がライトセイバーを持っているように、レンズマンがレンズを身に着けているように、やつはオタクっぽさをまとっていた。もしそうしたいと思っても、とても普通のやつには見えなかった。*6

オスカーはどうにも内向的で、体育の授業では恐怖に震え、『ドクター・フー』（英のSFテレビドラマシリーズ（一九六三一）。米の『スタートレック』と人気を二分する）や『ブレイクス・セブン』（英のSFテレビドラマシリーズ（一九七八―八一）。『ドクター・フー』のスタッフも製作に携わっていた）なんかのイギリス製オタク番組を見て、ヴェリテック・ファイターとゼントラーディ・ウォーカー（もとに、日本のテレビアニメシリーズ『超時空要塞マクロス』『超時空騎士団サザンクロス』『機甲創世記モスピーダ』を翻案した米のテレビアニメシリーズ『ロボテック』に登場するロボット）の違いを説き、高校も出られなそうなやつらを相手に、不撓不屈とか神出鬼没とか大げさでオタクっぽい言葉を使った。いつも図書館に身を潜めていて、トールキンを崇め、その後はマーガレット・ワイスとトレイシー・ヒックマンの小説（D&Dシリーズの一つ『アドバンスト・ダンジョンズ&ドラゴンズ』（略称AD&D）の設定をもとに書かれた人気ファンタジー小説シリーズ『ドラゴンランス』（一九八四―）のこと）を読み耽り（彼の好きな登場人物はもちろんレイストリン（『ドラゴンランス』シリーズの主要登場人物の一人で、虚弱体質の魔法使い。天賦の才を有するが陰気で、悪に心惹かれる）だ）、八〇年代が進むにつれ「世界の終り」に対する強迫観念を募らせていったタイプ

＊6　ジャンル物へのこの桁外れの愛情がいったいどこから飛び出してきたのかは誰にもはっきりとはわからない。アンティル諸島人だからなのかもしれなかったし（彼ら以上にSF的な人々がいるだろうか？）、人生の最初の二年間をドミニカ共和国で過ごし、それから急にまったく違うニュージャージーに移住したせいかもしれなかった――なにしろ、たった一枚のグリーンカードのおかげで、別の世界（第三から第一へ）に移っただけでなく、別の世紀（テレビも電気もほとんどない状況から、それらがいくらでもある状況へ）にも移ったのだ。思うにこうした変化を経験したあとでは、いちばん極端な筋書きでしか満足できなくなるんじゃないだろうか。もしかしたら、それはオスカーがドミニカ共和国で『スパイダーマン』を見すぎ、邵逸夫《ランラン・ショウ》のカンフー映画に連れて行ってもらいすぎ、クコやシグアパといった魔物が出てくる祖母《アブエラ》の怖い話を聞きすぎたからかもしれない。もしかしたら、アメリカ合衆国で出会い、彼を本の虜にしたお気に入りの図書館員や、『ダニーくんのSFぼうけんシリーズ』（米の小説家ジェイ・ウィリアムズ（一九一四―七八）の子供向け小説シリーズ（一九五六―七七）。多くの子供をSFに開眼させた）第一巻に触れたときオスカーが感じた激しい興奮のせいだったのかもしれない。もしかしたら、それはただの時代精神（七〇年代初期こそオタクの時代の幕開けではなかったか）だった、あるいは子供時代を通してオスカーにはひとりも友達がいなかったからかもしれない。もしくは何かもっと深い、先祖代々のものだったのかもしれない。

そんなこと誰にわかるだろう？

確かなのは、読書家かつ熱心なオタク（ほかに表現が見つからない）だったおかげで、子供のころのオスカーは辛い日々をどうにかやり過ごせたということだ。だが同時にパタソンのすさんだ地区では、ただでさえ目立っていたのに、より一層目立ってしまった。彼は他の少年たちの攻撃対象にされたのだ——殴られ、突き飛ばされ、パンツをぐいっと引っ張り上げられ、メガネを壊され、スコラスティック出版から一冊五〇セントで取り寄せた新しい本を目の前で二つに裂かれた。おまえ本が好きなんだってな。これで二冊になったぞ！ ハッハッ！ ああ、虐げられた者ほど他人を虐げる者はいない。オスカーの母親すら、彼が夢中になっている趣味はおかしいと考えていた。外に行って遊びなさい！ 一日に一度はこう命じた。ちゃんと普通の子みたいにしなさい《ポルタテ・コモ・ウン・ムチャチョ・ノルマル》。

（自分も読書家である姉だけがオスカーを助けてくれた。いい図書館がある自分の学校から本を借りてきてくれたのだ）。

Xーメン（マーベル・コミックスより刊行されている米の同名人気コミックシリーズ（一九六三—）に登場するヒーローチーム）の一員になったらどんな感じか、本気で知りたいかい？ 今のアメリカ合衆国のゲットーで、賢くて読書家の有色の少年になればいい。何てこった《マンマ・ミア》！ コウモリの羽が生えていたり胸から触手が出ていたりするような扱いが受けられるぞ（『Xーメン』のヒーローたちは各々突然変異による異能を有し、それによる人類の軋轢が作品内では人種差別問題等の隠喩として語られる）。

外に出なさい《バ・フエラ》！ 母親は怒鳴った。そして、まるで有罪宣告を受けた少年のようにオスカーは外に行き、他の少年たちに数時間いじめられた——お願いだから家にいさせて——オスカーは母親に懇願したが、彼女はオスカーを追い出した——女の子じゃないんだから家にいちゃだめ——一時間経ち、二時間経ち、とうとう彼は家族に気づかれずにこっそり家に戻ると、二階のクローゼットに隠れて、ひびの入った扉から入ってくる細長い光を頼りに本を読んだ。そして結局はまた母親に見つかった。本当にまったく《カラホ》なにしてんの？

（そしてもう、紙切れや作文ノートや手の甲にオスカーは殴り書きを始めていた。まだ大したものではなく、ただ好きな話を雑に写したような文章だったので、これら粗雑な模倣がやがて彼の運命の仕事になる、とはまだはっきりとはわからなかった）。

のオタクだった（世界の終末を扱った映画や本やゲームで彼が見たり読んだりやったりしていないものはなかった――ウィンダム（英の小説家ジョン・ウィンダム（一九〇三―六九）のこと。破滅テーマの長篇SF『トリフィド時代』（一九五一）等で知られる）やクリストファー（英の小説家ジョン・クリストファー（一九二二―）のこと。ウィンダムの影響を強く受けた破滅テーマの作品を得意とする）やガンマ・ワールド（D&Dの発売元であるTSR社が開発したSFロールプレイング・ゲーム（一九七八―）。第二の核戦争が起こった後の世界を舞台とする）が彼はものすごく好きだった）。どんなやつかわかってきたろう。オタク青年であるがゆえに、もともとほんの微量しかない若者らしい恋のチャンスはあとかたもなく蒸発してしまっていた。他のみんなが初恋や初デートやファースト・キスの畏れと喜びを経験していたころ、オスカーは教室の後ろのほうに坐り、ダンジョンマスター・スクリーン（D&Dをプレイする際に、ダンジョンマスターが用意した冒険シナリオ等を参加者の目から隠すために使用するついたて）の向こう側から、自分の青春が流れ去っていくのを眺めていた。青春から取り残されるというのはつらいことだ。まるで太陽が百年ぶりに顔を出したとき、金星の上にあるクローゼットに閉じこめられているようなものだ。おれが一緒に育った他のオタクの少年たちみたいに女の子に関心がないならまた別だったが、ああ、彼はいまだ情熱的で惚れっぽく《エナモラオ》、たやすく深く恋に落ち続けた。街のあちこちで密かな恋心を抱いたのは、巻き毛で体の大きな女の子たち、彼みたいな負け犬などからかいすらしない子たちだったが、オスカーのほうは彼女たちを夢見ることがやめられなかった。彼の恋心――ルックスや年齢や付き合ってくれる可能性を考慮することなく彼が近所のすべての女の子に向けた愛情、畏れ、憧れ、欲望、煩悩というあまりにも重い塊――は毎日欠かさず彼の心を破った。彼は自分の感情を、パチパチと火花をちらすような巨大な力だと考えていたにもかかわらず、実際にはそれは幽霊みたいだった。女の子たちは誰も一度もそれには気づいていないようだったのだ。ときおり彼が近づいてくると、彼女たちは身震いしたり腕組みしたりしたが、それだけのことだった。あちこちの女の子への恋心のせいで彼はよく泣いた。バスルームで泣いたので、その声を聞いた者はなかった。

どこか余所《よそ》でならオスカーの女性打率ゼロ割ゼロ分ゼロ厘という成績も誰にも触れられずに過ぎたかもしれないが、われわれが話しているのはドミニカ人家庭のドミニカ人の男の子についてである。男子たるもの、みながみな放射能レベルGで、女の子など両手の手綱で自由に操れなければならない。なのに彼が何の獲物も捕らえていないことにはみんなが気づいていて、全員ドミニカ人だったから、そのことをしゃべりまくった。オスカーの叔父《ティオ》ルドルフォ（最後のお勤めを終えて最近やっと刑務所から帰ってきたばかりで、メイン通りの家に一緒に住んでいた）はとりわけ親切に指導してくれた。まあ聞け、このお人好し《パロモ》よ、女の子《ムチャチャ》を捕まえてやっちまえ《メテセロ》。それですべて**うまくいく**もんさ。ブス《フェア》からはじめるこった。そのブスを捕まえて《コヘ》やっちまうんだ！　ルドルフォ叔父さんは三人の女性との間に四人の子供がいたから、彼は間違いなく家族常駐のやっちまう《メテセロ》専門家だった。

母親のコメントは？　こう言うだけだった。成績のことだけ気にしてればいいの。そしてもっと内省的なときにはこう言った。私の悪運を受け継いでないだけでもいいじゃない。

何の悪運だって？　叔父は鼻で笑った。

本当にね。母親は言った。

オスカーの友だち、アルとミッグズは？　なあ、おまえ、なんていうか、太りすぎなんだよ。

祖母《アブエラ》のラ・インカは？　おまえ《イホ》はあたしの知ってるいちばんいい男《ブエンモソ》だよ。

オスカーの姉のロラははるかに現実的だった。狂乱の数年を経た今——ドミニカ人の女の子でそうした時期を過ごさないものがいるだろうか——彼女はたくましいニュージャージーのドミニカ娘になっていた。長距離走者で、自分の車を運転し、自分の小切手を持っていて、男たちをろくでなしと呼び、少しの恥じらい《ベルグウェンサ》もなく人前でバカでかいサンドイッチに齧り付く。小学四年生のときに年上の知り合いに襲われた。これは家族中知っていることだった（そしてさらにパタソン、ユニオンシティ、ティーネックのかなりの人々も知っていた）。そのときの痛みと批判とゴシップ《ポチンチェ》の嵐《ウリカン》が彼女を、堅牢無比という表現でも足りないほど強くした。最近彼女は髪を短く切った――そのことで母親はまたもや怒り狂った――思うに、理由の一つは、小さいころ彼女は家族に言われて髪を尻より長く伸ばしていて、それが自慢だったのだが、彼女を襲ったやつもその髪を褒めたに違いない。

ロラは何度も警告した。オスカー、**変わらなきゃ**童貞のまま死ぬことになるわよ。

僕が気づいていないとでも思う？　このままの状態が五年も続けば、誰かがどこかの教会に僕の名前を付けようとするところまでいくさ。

髪を切って、メガネを外して、運動しなさい。エロ本を捨てなさい。あれは最悪よ。ママも嫌がってるし、あんなもの見てたら彼女なんてできない。

まっとうな助言だったが、結局のところ彼は実行できなかった。彼は何度か運動しようとした。脚上げや腹筋をしたり、早朝に町内を歩き回ったりしたのだ。だが自分以外のみんなには彼女がいることを気にして絶望し、結局はドカ食い、『ペントハウス』（男性誌（一九六五―）。ヌード写真などが多く掲載される）、ダンジョンの設計、自己憐憫に舞い戻るのだった。

僕は努力することにアレルギーがあるみたいだ。そしてロラは言った。何言ってんの。あんたがアレルギーがあるのは**挑戦**することでしょ。

もしパタソンやその近辺がドン・ボスコとか、あるいはオスカーがときどき読んでいた七〇年代のフェミニストSFみたいだったら——つまり、女子立ち入り禁止区域ということだ——この半分もつらくはなかっただろう。だがパタソンにも女の子たちがいた。ニューヨークと同じように。サント・ドミンゴと同じように。パタソンにはイカした女の子たちがいた。それでも美人《グアパ》が足りないと言うのなら、この野郎、もっと南に行けよ。ニューアーク、エリザベス、ジャージーシティ、オレンジの街々、ユニオンシティ、ウェストニューヨーク、ウィホーケン、パースアンボイ——この帯状に連なった区域のことを、色の黒いやつなら誰でも黒人女街第一《ネグラポリス・ワン》だと知ってる。オスカーは至る所で女の子たちを見た——スペイン語を話すカリブの女の子たちを。

　オスカーは自分の家にいても安全ではなかった。姉の女友達がいつもダラダラしていたのだ。永久に帰らない客だった。彼女たちがいれば『ペントハウス』は必要なかった。みんなあまり頭がいいとは言えなかったが、見た目はすごくよかった。やたらとセクシーなラテン娘たちで、重量挙げをする黒人《モレノ》やら、部屋に銃を隠しているラテン系の男たちとしかデートしなかった。みんな同じバレーボールのチームに所属していて、まるで子馬のように背が高く健康で、みんなで走りに出ると、まるでテロリストの天国にいるだろう陸上チームのようだった。まさにバーゲン郡に現れたシグアパ（ドミニカに伝わる伝説の生き物。体つきは人間の女性で、足が前後逆に付いていて進行方向と逆向きの足跡がつく）たちだった。いちばんきれい《プリメラ》なのはグラディスだった。いつも自分の胸が大きすぎると文句を言い、もっと小さかったら普通の彼氏ができたかもしれないのにと嘆いた。マリソルは後でMITに入学し、オスカーを**忌み嫌う**ことになるのだが、オスカーは彼女がいちばん好きだった。レティシアは難民のボートから降りたばかりで、ハイチ人とドミニカ人のハーフだった。ドミニカ政府がそんな人々は**存在しない**と宣言したスペシャル・ブレンドだ。彼女は訛りが最もきつく、あまりにもきれいで、付き合っている男とセックスするのを

三人連続で拒んだくらいだった！　この女の子たちがまるでハーレムの耳が聞こえない番人のようにオスカーを使いだてしなければ、事態はもっとましだったろう。彼女たちはオスカーにあれこれしろと言い、使いっ走りに行かせ、彼のやっているゲームや彼の見た目をバカにした。もっとマズいことには、彼の存在を気にすることなく、彼女たちは性生活の詳細を気楽に語り続けた。そのあいだオスカーは台所に坐り、『ドラゴン・マガジン』（D&Dの追加ルールや追加設定等が掲載されている雑誌（一九七六―））の最新刊を握りしめていた。彼は叫ぶのだった。あの、ここに男が一人いるんですけど、念のため。

どこ？　マリソルはそっけなく言うのだった。そんな人いないけど。

そしてラテン系の男たちはみんな白人女性としかデートしたがらない、と彼女たちが話していると、彼はこう言ってみるのだった。**僕は**ラテン系の女の子が好きだけど。するとマリソルはさも偉そうに答える。そりゃいいわね、オスカー。ただ問題はラテン系の女の子は誰もあなたとデートしたがらないということだけど。

そんなこと言わないの、レティシアが言った。あなたってけっこう男前よ、オスカー。

あー、そうね。マリソルはあきれたように目を剝いて笑う。オスカーったら、今度はきっとあんたのこと本に書いてくれるわよ。

彼女たちこそオスカーにとってのエリニュスの女神たち、彼だけの偶像、彼が最も夢見て、最もマスをかき、ついには彼の書く短編小説に登場することになる女の子たちだった。夢の中のオスカーは、彼女たちを異星人から救うか、金持ちの有名人となって町内に戻ってくるかだった――ほら、彼よ！　ドミニカのスティーヴン・キング！――そこにマリソルが現れる。サインしてもらおうと彼の書いた本をどれも持ってきている。お願い、オスカー、結婚して。オスカーはおどけて言う。

ごめんね、マリソル、僕は無知な尻軽娘と結婚する気はないのさ（だがもちろんその後で結婚するのだ）。マリツァのこともいまだに遠くから眺めながら、オスカーは確信していた。いつの日か核爆弾が落ちてきて——あるいは疫病が蔓延するかトリポッド（英の小説家ジョン・クリストファー（一九二二—）の子供向けＳＦ小説「トリポッド」シリーズ（一九六七—八八）、英の小説家Ｈ・Ｇ・ウェルズ（一八六六—一九四六）の小説『宇宙戦争』（一八九八）に登場する三本足の巨大機械）が地球に襲撃してきて——文明は一掃される。そのとき彼は最後には光り輝く悪霊たちの群れから彼女を救いだし、二人してよりよい明日を求めて、荒廃したアメリカを渡る旅に出るのだ。こうした黙示録的な白日夢の中で、彼はいつもドミニカ《プラタノ》版ドック・サヴェジで、超天才な上、世界レベルの武術と強力な兵器を使いこなす技の両方を兼ね備えているのだった。空気銃を撃ったこともなく、人を殴ったこともなく、ＳＡＴ（大学進学適性試験）で千点以上とったことのない野郎にしては悪くない。

オスカーは勇敢

高校生活最後の年、彼は超肥満体で、不機嫌で、そしてなにより残酷なことに、彼にだけ彼女がいなかった。二人のオタク仲間、アルとミッグズはその年、どんな異常な運命の巡り合わせかは知らないが、揃って首尾よく彼女を手に入れたのだ。取り立ててどうという相手ではない、はっきり言えばブサイクではあったが、それでも彼女は彼女だった。アルはメンローパークで彼女と知り合った。**向こうから**声をかけてきたんだよ、彼は自慢した。そしてもちろん彼をフェラチオしたあと、彼女はアルに言った。彼氏が欲しくて**たまらない**友達がいるのよ。アルはミッグズをＡｔａｒｉから引きはがし映画に連れて行った。で、彼らによれば、その先は周知の通りということだ。その週末までにはミッグズも自分の彼女を手に入れることになり、そのときになってやっとオスカーも成り行きを知った。そのとき二人はオスカーの部屋にいて、「死を司る」デストロイヤー博士に対抗してもう一戦「身の毛もよだつような」『チャンピオンズ』（アメリカン・コミックス風のヒーローを演じるＲＰＧ（一九八一））の冒険を始めようとしていた（オスカーは自分が得意な『アフターマス！』（「終末もの」のＲＰＧ（一九八一）。参加者は食糧や水、シェルターの争奪戦を繰り広げる）をやりたかったが断念しなくてはならなかった。というのも彼しか、ウイルスで壊滅したアメリカのポスト黙示録的な廃墟でプレイしたがらなかったからだ）。最初、二人とも彼女ができたという大手柄を耳にしても、オスカーはほとんど何も言わなかった。彼は何度も十面体のダイスを転がしただけだった（ＲＰＧをプレイする際、多くのゲームでは演じるキャラクターの行動の成否を判定するために各種の多面体ダイスを使用する）。おまえらラッキーだな、と言った。女の子を強奪しにいく仲間に自分が入れてもらえなかったことで彼はうちひしがれていた。自分でなくミッグズを誘ったことでオスカーはアルを憎んだし、彼女ができたことでオスカーはミッグズを憎んだ。以上。アルに彼女ができるというのはオスカーにも理解できた。アル（本当の名前はアロックだ）は背の高いインド系の色男で、ロールプレイング・ゲームをやっているようなオタクだとは誰にも見抜かれなかった。解せなかったのは、ミッグズにも彼女ができたということだった。オスカーは驚き、嫉妬に苦しんだ。オスカーは自分よりミッグズのほうが変なやつだと思っていた。顔だってニキビだらけで、知恵が足りないように笑い、小さいころに飲まされた薬のせいで歯は灰色だった。で、彼女はかわいいの？　オスカーはミッグズに訊ねた。ミッグズは言った。なあ、一度見てみなよ。美人なんだから。胸もすごく大きいしなあ、とアルが付け加えた。その日、オスカーがそれまであり得ないと思っていたことが、ＳＳ―Ｎ―17弾道ミサイルとなって彼の頭めがけて発射されたのだ。もう我慢できなくなったオスカーはみじめに訊ねた。なんだよ、その女の子たちは他に友達がいないのかい？

キャラクター・シート（RPGをプレイする際、自分が演じるキャラクターの情報を記載する用紙）ごしにアルとミッグズは目配せした。そんなことないと思うけど。

そしてそのとき自分の友人たちについてこれまで知らなかった（あるいは単に認めるのを避けていた）ことに気づいた。そのとき啓示が下って、彼の太った体に響き渡ったのだ。イカれた友人たち、マンガ好きのロールプレイング・ゲーム愛好者、スポーツ嫌いのやつらがなんと**自分のこと**を恥ずかしがっていた。

オスカーは建物を膝から叩き落とした。ゲームを早めに切り上げた。エクスターミネーターはデストロイヤーの隠れ家をすぐに見つけてしまった――こんなのズルだよ、アルはぶつぶつこぼした。二人を送り出したあと、彼は鍵をかけて部屋にこもり、呆然としたまま数時間もベッドにもぐり込み、起きあがるとバスルームで裸になった。姉はラトガーズ大学に行ってしまったので、ここを使うのは彼だけだった。そして自分を鏡で見た。デブ！　何マイルも続く伸展線！　おぞましく膨れあがった体型！　彼はまるでダニエル・クロウズのマンガからそのまま出てきたようだった。あるいはベト・エルナンデスの『パロマ』に登場する太った浅黒い子供のようだった。

なんてこった、彼はささやいた。これじゃモーロック人（H・G・ウェルズ『タイム・マシン』（一八九五）に登場する類人猿を思わせる種族）だ。

次の日朝食を食べながら母に訊ねた。僕ってブサイク？

母はため息をついた。そうね、確かに私には似てないわね。

ドミニカ人の親たちよ！　まさに愛すべき人々！

一週間鏡を見続け、あらゆる角度を試し、仔細に点検し、ひるむことなく眺めてみて、ついに彼はロベルト・デュランのようになることにした。もうたくさん《ノ・マス》、だ（ロベルト・デュランはパナマ出身のボクサー（一九五一―）。「もうたくさん（ノ・マス）」はある試合を放棄する際に言ったとされる言葉）。日曜日になると彼はチューチョのやっている理髪店に行き、プエルトリコ風のアフロヘアを剃り落としてもらった（チューチョの妻が言った。ちょっと待って、**あんた**ドミニカ人だったの？）。次にオスカーは口ひげも剃り落とし、メガネもやめた。材木置き場で稼いだ金でコンタクトレンズを買い、なけなしのドミニカっぽさに磨きをかけようとした。悪態をつきながら肩で風切って歩いているいとこたちのようになろうと思ったのだ。ラテン系の強烈な男っぽさに何らかの答えがあるかもしれない、と考えはじめていた。だが応急処置をほどこそうにも、彼はそれとはあまりにかけ離れていた。次にアルとミッグズに会ったとき、彼は三日連続で飯抜きだった。ミッグズが言った。なあ、**どうしちゃったの？**

チェンジだよ。オスカーはわざと謎めいたふうに言った。

何だって。それってアルバムのカヴァーかなんかか？

オスカーは重々しく首を振った。僕は人生の新たな段階に入ったんだよ。

聞いたかい。こいつもう大学生気取りだよ。

その夏、母親はオスカーと姉をサント・ドミンゴに行かせた。こないだと違って、今回はオスカーは嫌がらなかった。彼を引き留めるものはアメリカにはあまりなかったのだ。バニに着いた彼はノートをたくさん持っていて、いろいろと書き込むつもりだった。もうゲームマスター（多くのRPGにおいて、D&Dのダンジョンマスターに相当する役割）ではいられないので、本気で作家としてやれるか試してみることにしたのだ。結局はこの旅はオスカーにとって、ある種の転換点になった。それまで母親がしてきたように、彼に書くなと言ったり家から追い出したりするのではなく、祖母《アブエラ》のネナ・インカは彼の好きにさせた。好きなだけ奥の部屋に坐るがままにさせたし、「外に出る」べきだとも言わなかった（オスカーや姉に対して祖母はいつも過保護だった。この家はあまりにも悪運に取り憑かれてるからね、と祖母は涙ぐんだ）。音楽もかけず、毎日まったく同じ時間に、オスカーのところまで食事を運んでくれた。姉のほうは元気な島の友達と遊び回っていた。いつもビキニ姿で家から飛び出し、島のあちこちに繰り出しては、明くる日まで帰ってこなかった。でも彼はじっと家にいた。親戚の誰かがオスカーに会いに来ても、祖母は堂々と手を一振りして彼らを追い返した。この子《ムチャチョ》ががんばっているのがわからないの？　で、オスカーは何やってるの？　いとこたちは困惑して訊ねた。何って、オスカーは天才だってだけよ、ラ・インカは尊大に言った。さあ、もう行きなさい《バヤンセ》（あのいとこたちとつるんでいれば、たぶん女の子と寝る機会もあっただろうとあとになってオスカーは気づいた。だが送らなかった人生について悔やんでも仕方がない）。午後になりもう一語も書けなくなると、オスカーは祖母《アブエラ》と家の前に坐って道端を眺め、隣人たちの騒々しい会話を聞いた。ある晩、この旅の終わりごろ、祖母《アブエラ》はこう打ち明けた。あんたの母さんも医者になれたかもしれなかったのよ。お祖父さんみたいに。

　何があったの？

ラ・インカは首を振った。彼女はお気に入りの写真を見ていた。私立学校に入った日のオスカーの母が写っていた。いかにもドミニカ的な真面目な写真だ。よくある話だよ。悪い男《ウン・マルディト・オンブレ》にひっかかってね。

　その夏オスカーは世界の終りに若者が突然変異体と戦う（そして相討ちで死ぬ）という本を二冊

書いた。途方もない量のフィールドノートや、あとでSFやファンタジーに使うつもりのいろいろなものの名前を書き残した（家族の呪いについては千回も聞いたが、不思議なことにそれが作品に使えるとは思わなかった――まあ結局、呪われていると思っていないラテン系の家族なんてないということだ）。オスカーと姉がパタソンに帰るころになると、オスカーはかなり悲しかった。かなり、だ。祖母はオスカーの頭に手を当てて祈ってくれた。よく気をつけなさいね《クイダテ・ムーチョ・ミ・イホ》、オスカー。あなたのことをいつも愛している人がこの世界にはいるって憶えててね。

ジョン・F・ケネディ空港で迎えてくれた叔父は、もう少しでオスカーが誰かわからないところだった。いいね、オスカーの肌の色を横目で見ながら叔父《ティオ》は言った。なんだかハイチ人みたいだな。

戻ってきてからはミッグズやアルとつるみ、一緒に映画を見て、エルナンデス兄弟（米の漫画家。兄ヒルベルト（一九五七―）、弟ハイメ（一九五九―）。オルタナティヴ・コミック（商業性よりも作家性や実験性に重きを置いたコミック作品）の最初期の作品『ラブ・アンド・ロケッツ』（一九八一―九六）が有名）やフランク・ミラー（米の漫画家（一九五七―）。ハードボイルドに徹したストーリーと画風で知られる）やアラン・ムーア（米のコミック原作者（一九五三―）。徹底した考証と深みあるストーリー構成で知られる）について話した。だが全体的に見れば、オスカーがサント・ドミンゴに行く前の友情を取り戻したというわけではなかった。オスカーは二人からの留守電を聞いても、走って会いに行きたいという衝動を抑えつけた。週に一、二回しか会わなかった。書くことに集中していた。ものすごく孤独な数週間のあいだ、オスカーにはゲームと本と自分の書いた言葉しかなかった。で、今度は私の息子は世捨て人になったってわけね。母親は苦々しげにこぼした。夜は眠れず、くだらないテレビをたくさん見た。特に二本の映画に取り憑かれた。『未来惑星ザルドス』（英のSF映画（一九七四）。核戦争で荒廃した未来を描く）（叔父が二度目の刑務所送りになる前に一緒に見た）と『復活の日』（小松左京（一九三一―）原作の大作SF映画（一九八〇））（世界の終りを描いた日本の映画で、『ロミオとジュリエット』に出ていたセクシー女優（オリヴィア・ハッセー（一九五一―））のとこ）が出ていた）。特に『復活の日』は最後まで涙なしには見られなかった。日本人のヒーローがワシントンDCから歩いてアンデス山脈の尾根を縦断し、南極点の基地まで辿りつくのだ。自分の理想の女性に会うために。なんで顔を出さないのか友達に訊かれてオスカーは答えた。今五冊目の小説を書いてるところなんだ。**すごいやつを。**

ほら、言っただろう。オスカーはもう大学生君なんだよ。

昔だったら自分の友だちということになってるやつらに傷つけられたり、信頼を踏みにじられたりしても、いつも自分から虐待関係に這い戻っていた。怖かったし寂しかったのだ。そのせいでオスカーはずっと自分が嫌いだった。でも今回は違う。もし高校時代に彼が誇りに思える瞬間があったとしたら、明らかにこのときだった。帰省してきた姉にすらそのことを話した。すると姉は言った。よくやったじゃない、オスカー！　とうとう彼は勇気をふるったのだ。誇りというものには痛みも伴うが、同時にものすごく**気分のいい**ものだ。

オスカー接近する

十月、大学の応募書類をすべて提出したあと（フェアリー・ディキンソン、モントクレア、ラトガーズ、ドルー、グラスボロ州立、ウィリアム・パタソンだ。百万に一つでも入れればいいかと思ってニューヨーク大学にも出した。そしてポニー急便でやってきたがごとく、ものすごい速さで断りの手紙が戻ってきてオスカーは驚いた）。そして冬は青白い惨めな尻を北ニュージャージーに落ち着け、オスカーはSAT対策クラスの女の子への恋に落ちた。そのクラスは家からあまり遠くない場所、一キロ半くらいのところにある「学習センター」で開かれていたので、オスカーは歩いて通った。健康的に痩せられる、と彼は思った。オスカーは出会いなど期待していなかったが、後ろの席にきれいな娘がいるのを見て、意識がぶっ飛ぶのを感じた。彼女の名前はアナ・オブレゴンだった。おしゃべりでぽっちゃり《ゴルディタ》とした美人で、論理の問題の解き方を勉強していなければならないときにヘンリー・ミラーを読んでいた。五回目ぐらいの授業でオスカーは彼女が『セクサス』（ヘンリー・ミラー（一八九一—一九八〇）の小説（一九四九）。ミラー作品の中でもとりわけ性的表現の過激さで知られる）を読んでいるのに気づいた。彼女は彼が気づいたのに気づいた。彼女は身を乗り出してきて、オスカーに中の一節を見せてくれた。オスカーはバカみたいに勃起した。

私のこと変な子だって思ってるでしょ、休み時間に彼女は言った。

別に変じゃないよ、彼は言った。本当に——この州でいちばん変なのは僕だから。

アナはおしゃべりでカリブの娘らしい美しい目をしていた。混じりっ気なしの無煙炭の色だ。そして島の男ならたいていどんなやつでも好きな感じの太り方、つまり、服を着ていても脱いでもすごいと一目でわかる体つきをしていた。それに彼女も体重のことなんて恥ずかしいとは思ってなかった。近所の他の女の子たちと同じようにぴったりとしたスティラップ・パンツを穿き、買える範囲で最高にセクシーな下着を身につけ、やたらと凝った煽情的なメイクをしていた。彼女がいろんな複雑な面を持っているということに、オスカーは魅了されっぱなしだった。彼女の中で悪女と少女が奇妙なバランスで混じり合っていた——家に行く前から、ベッドの上で大量のぬいぐるみが雪崩を起こしそうになっていることはわかった——そしてこうした二つの面を彼女は境目なしに行き来していたので、オスカーにはこれらが両方とも仮面であり、それ以外に三人目のアナ、隠れたアナがいることもわかった。どの状況にどの仮面で対処するかを決めるのはこのアナだが、それ以外はおぼろげで、他人には決してわからなかった。彼女がミラーに夢中なのは、別れた恋人のマニーが陸軍に入る前にミラーの本をくれたからだった。マニーはいつもアナに一節を読んで聞かせた。それで私、**すっごい**興奮したのよ。二人が付き合いはじめたのはアナが十三歳、マニーが二十四歳のときだった。そのころマニーは覚醒剤中毒を克服したばかりだった――アナはこうしたことを大したことじゃないように語った。

十三歳のころ君のママは七十代の男との付き合いを**許したの**?

うちの両親はマニーが**大好き**だったの、アナは言った。ママなんていつもマニーに夕食を食べさせていたくらいよ。

オスカーは言った。それってものすごく変わってるね。そしてあとになって冬休みで戻っていた姉に訊いてみた。仮にさ、姉ちゃんに思春期の娘がいるとして、二十四の男との付き合いを許す?

まずはそいつを殺すね。

それを聞いてすごくホッとしている自分に気づいてオスカーは驚いた。

ひょっとしてさ、そんなことやってる子のこと知ってるんじゃないの?

オスカーはうなずいた。SATのクラスで隣に座ってる子なんだ。僕からしたら絢爛豪華って感じの子なんだけど。

ロラは虎の柄のような光彩でオスカーをじっと見た。彼女は帰省して一週間で、大学レベルの授業に四苦八苦しているのは明らかだった。普段はぱっちりとしたマンガの登場人物のような目をしていたが、今日は白目が血走っていた。ついに彼女は言った。私たちみたいな有色人は子供を愛してるとか何とか言いまくるけど、本当のところはそうじゃないのよ。彼女はため息をついた。そうそうそう。

オスカーは姉の肩に手を置こうとしたが、姉は払いのけた。ほら、ちょっと腹筋でもしてきたら、ミスター。

優しい気持ちのときかムカついたときはいつも、姉は彼をミスターと呼んだ。後に彼女はオスカーの墓石にもミスターと書き加えようとしたが、誰も許さなかった。おれでさえもだ。

そんなのバカげてるからね。

愚かな愛《アモール・デ・ペンデホ》

オスカーとアナはSATのクラスで一緒、オスカーとアナはそのあと駐車場で一緒、オスカーとアナはマクドナルドで一緒、そしてオスカーとアナは友達になった。毎日オスカーは別れ《アディオス》を切り出されるのではと思ったが、毎日彼女は現れた。二人は週に二度ほど電話で話すようになった。特に何を話すというわけでもなく、ただ長々と毎日あったことをしゃべった。最初は彼女のほうから**オスカーに**電話をしてきた。SATのクラスまで乗せてあげると言ってきたのだ。一週間後にオスカーからかけた。本当に乗せてくれるか確かめてみたのだ。あまりに心臓がどきどきするので、このまま死ぬんだとオスカーは思ったが、彼を車に乗せるとアナはこう言っただけだった。オスカー聞いてよ、お姉ちゃんがこんなこと**やらかした**んだから、そして二人は発車して、いつもどおり言葉の高層ビルを建てたのだった。五回目に電話をするころにはオスカーのほうももう何か**ものすご**

いことが起こるんじゃないかとは思わなくなった。自分の身内以外で、生理中だと認めたのは彼女が初めてだった。実際にこう言ったのだ。私、**豚みたい**に出血してるの。これは驚くべき打ち明け話で、オスカーは頭の中で何度も反芻した。これって絶対何かを意味してるよな。それから、彼女はまるで周りの空気が自分のものであるように笑った。その笑い方を思うと、彼の心臓は胸の奥で激しく震えた。孤独なラダ（ハイチの民間宗教儀式で、太鼓を用いて行われる）・ドラムのリズムで。密やかな彼の宇宙観に登場する他の女の子たちとは違い、アナ・オブレゴンについては、二人が親しくなるに**つれて**、オスカーは本当に好きになっていった。彼の人生にアナが姿を現したのがあまりに突然で、オスカーのレーダーにも映っていなかったので、いつもするように無意味な壁を築いたり、彼女に対する期待を手のつけられない程まで高めてしまう時間がオスカーにはなかった。もしかしたら四年間彼女ができずに、ただ疲れ切っていただけかもしれなかったし、もしかしたらやっとオスカーは自分らしさを発揮できる場を見つけたのかもしれなかった。オスカーは驚いたことに、誰しもが予想したようなおかしな真似をしでかすこともなく、アナが初めて付き合う相手であるという厳然たる事実にもかかわらず、じっくりと関係を進めていった。オスカーは気取らずがんばらずにしゃべった。彼のいつもの自嘲気味の物言いをアナはすごく喜んだ。二人の関係は驚くべきものだった。オスカーが当たり前で退屈なことを言うと、アナは言うのだ。オスカー、あなたってすっごく頭いいのねえ。男の人の手って**素敵よね**とアナが言うと、オスカーは両手で顔を覆い（わざとらしくさりげなさを装って）、**本当に？**　と言う。するとアナは大笑いするのだった。

　アナは二人の関係についてははっきりとは言わなかった。ただこう言っただけだ。ねえ、あなたと知り合いになれて私嬉しい。

そしてオスカーは言うのだった。君と知り合いになれて僕も嬉しいよ。

ある晩オスカーがニュー・オーダー（英のポストパンク／ニューウェーヴ・ロックバンド（一九八〇―）。ギターロックにエレクトリック・サウンドを導入した草分け的存在）を聞きながら『クレイの箱舟』（米の小説家オクタヴィア・E・バトラー（一九四七―二〇〇六）のSF小説（一九八四）。なおバトラーはSF作家としては珍しいアフリカ系アメリカ人の女性）を一気読みしようとしていると、姉が部屋のドアを叩いた。

お客さんよ。

僕に？

そう。ロラは戸口にもたれかかった。彼女は頭をスキンヘッドに剃り上げ、シネイド・オコナー風にしていた。それで母も含めたみんなはロラがレズビアンになったと思っていた。

あんたも少しはさっぱりしたらいいんじゃない。ロラはオスカーの顔に優しく触れた。このもじゃもじゃのヒゲも剃りなさい。

やって来たのはアナだった。玄関に立っている彼女は革のロングコートを着ていて、小麦色の肌は寒さで赤らんでいた。アイライナー、マスカラ、ファンデーション、口紅、頬紅をばっちりきめた彼女の顔はゴージャスだった。

外は**もんのすごく寒いわね**、アナは言った。片手に握った手袋はもみくちゃになった花束のようだった。

やあ。かろうじてオスカーはそれだけ言えた。二階で姉が聞き耳を立てているのがわかった。

何してんの？　アナが訊ねた。

別に、みたいな。

じゃ映画に行きましょうよ、みたいな。

いいよ、みたいな。オスカーは言った。

二階に戻ると姉がオスカーのベッドの上で跳んだりはねたりしながら小さな声で叫んでいた。デートよ、デートよ。それから姉はオスカーの背に飛びかかってきて、つんのめった二人は寝室の窓から外に飛び出しそうになった。

これってデート？　アナの車にさっと乗り込みながら彼は言った。

アナは弱々しく微笑んだ。そう言ってもいいわよ。

アナはクレシダに乗っていた。そして地元の映画館には行かずアンボイ・マルチプレックスに向かった。

ここが大好きなのよ。駐車スペース争いをしながらアナは言った。ここがまだドライブイン・シアターだったころ、お父さんがよく連れてきてくれたの。そのころ来たことある？

オスカーは首を振った。でもここよく車が盗まれるって聞いたけど。

誰も**この子**は盗まないわよ。

今起こっていることがあまりにも信じられず、オスカーはどうにも本気で受け止められなかった。映画を見ている間中——『捜索者』（米の映画監督ジョン・フォード（一八九四—一九七三）の西部劇（一九五六）。ジョン・ウェイン（一九〇七—七九）演じる主人公の強烈なアンチ・ヒーロー性でも知られる）だ——　誰かがカメラを持って飛び出してきて、ドッキリでした！　とか叫ぶのではと考えていた。なんとかアナと言葉を交わしたくてオスカーは言った。やあ、たいした映画だね。アナはうなずいた。オスカーには名前もわからない香水を彼女は付けていた。彼女がぐっと近づくと、オスカーは彼女の体温を感じて**めまいがした**。

帰り道でアナは頭痛がすると言い、長いこと二人はしゃべらなかった。オスカーはラジオをつけようとしたが、アナは言った。ダメ、ものすごく頭が痛いんだから。オスカーはふざけて言った。じゃコカインでも吸ってみたら？　もうやめてよ、オスカー。そこで彼は陸橋がうなり声を上げるなか、ヘス・ビルディングやウッドブリッジのいろいろな場所が流れ去るのを見ていた。突然自分がとても疲れていることに気づいた。夜中ビクビクしていたせいで疲れ切っていたのだ。沈黙が続けば続くほどオスカーは陰鬱な気持ちになっていった。ただの映画じゃないか。オスカーは心の中で自分に言い聞かせた。デートなんかじゃないよ。

アナは不可解なほど悲しそうで、下唇を噛みしめていた。厚い唇からは口紅がほとんど落ち、歯についてしまっていた。オスカーはそのことについて何か言おうと思ったが、言わないことにした。

何か面白いもの読んでる？

ううん、アナは言った。あなたは？

『デューン』を読んでる。

アナはうなずいた。あの本**大っ嫌い**。

二人はエリザベスの出口に着いた。ニュージャージーで**本当に**知られているのはここだ。高速道路の両側に積み上がった産業廃棄物。ひどい臭気を吸うまいとオスカーが息を止めたときアナは叫びだし、オスカーはドアまでぶっ飛んだ。ほらエリザベス！　アナは金切り声で叫んだ。お股を閉じなさいよ！

それからオスカーの方を向き、頭を後ろにのけぞらせて笑った。

オスカーが家に戻ると姉が訊いた。で？

で、って何？

アナとやったの？

まったく、ロラときたら。オスカーは言い顔を赤らめた。

嘘は言わないでね。

僕はそんなにせっかちじゃないから。オスカーは言いよどみ、ため息をついた。つまりね、アナはスカーフさえ取らなかったよ。

そんなことないでしょ。あんただってドミニカ人の男なんだから。彼女は両手を上げ、指を曲げたり伸ばしたり、おどけて脅かすまねをした。触り魔《ソン・プルポス》（「プルポ」は元々スペイン語で「蛸」のこと）なくせに。

次の朝起きたとき、オスカーは自分の脂肪から自由になったように、惨めさがきれいに洗い流されたように感じた。どうしてこう感じたのか長いこと思い出せなかった。それから彼女の名前を口にした。

恋するオスカー

そして今や、二人は毎週映画かショッピングモールに行くようになっていた。二人ともよくしゃべった。オスカーが聞いたのはこんな話だった。アナの別れた彼氏マニーは彼女をめちゃめちゃに殴った。それが問題だったのよ、アナは打ち明けた。だって男の人がベッドで荒々しく振舞うのは好きだったから。オスカーはこんな話も聞いた。まだ小さいころアナはマコリスに住んでいて、お父さんが交通事故で亡くなった。そして義理の新しいお父さんは、アナのことなどまったく考えていなかった。でも、それは問題じゃないの。いったんペンシルベニア州立大学に入ったら、二度と実家には戻らないから。お返しにオスカーはアナに書いたものを見せ、自分が車にはねられて入院したときのことや、昔は叔父《ティオ》にめちゃめちゃに殴られていたことなどを話した。マリツァ・チャコンに恋していたことすら話したのだ。するとアナは叫んだ。マリツァ・チャコンですって？　あの尻軽女《クエロ》なら知ってる！　ああもう、オスカー、あの女、私の義理のお父さんとも寝たはずよ！

　ああ、二人はこんなにも親しくなった。でもアナの車でキスしただろうか？　オスカーはアナのスカートの中に手を突っ込んだだろうか？　アナのクリトリスを親指でいじっただろうか？　アナはオスカーに身を摺り寄せ、かすれた声で彼の名を呼んだろうか？　オスカーはアナにフェラチオされながら、彼女の髪を撫でただろうか？　二人はセックスしただろうか？

　かわいそうなオスカー。気付かぬうちに、例の「良いお友だちでいましょう」の悪循環に落ち込んでいた。あの、世界中のオタク青年の悩みの種である悪循環に。恋愛における、いわゆるキープという状態で、いったんそこに落ち込むと相当惨めになるのは保証付きで、その関係から苦しみや痛みの他に何か得られるかは誰にもわからない。ひょっとしたら、自分や女性について何か気づくのかもしれないが。

　ひょっとしたらね。

　四月になって、SATテストの二度目の結果が返ってきた（旧テストで一〇二〇点だった）。そして一週間後、ラトガーズ大学ニューブランズウィック校の合格通知が来た。やったわね、あなた《イホ》、母親は言った。気を使って言っているというより、ホッとしているというふうだった。もう僕のために鉛筆を売らなくてもいいね、こう言ってオスカーも同意した。きっと気に入るから、姉は断言した。僕もそうだろうと思うよ。僕には大学のほうが合ってるだろうから。アナはと言えば、ペンシルベニア州立大学の優等生プログラムに学費全額免除で合格した。これで義理の父も私のこと見直すでしょ！　同じ四月にアナの前の彼氏のマニーが軍隊から帰ってきた——いつものようにヤオハン・モールに行っているときアナはオスカーに伝えた。マニーが突然現われ、そのことをアナが喜んでいるのを見て、オスカーが密かに抱いていた希望はすべて打ち砕かれた。マニーが戻ってきたんだ。オスカーは訊ねた。で、もうどこへも行かない、みたいな？　アナはうなずいた。どうやらマニーはまたマズいことになっているらしいの、ドラッグよ。でも今度は違う。アナはむきになって言った。でも今度は三人の黒人にはめられただけだから。アナがココロという言葉を使うのを聞いたのはオスカーは初めてで、それでマニーの言い方だとわかった。かわいそうなマニー、アナは言った。

ああ、かわいそうなマニーだね、オスカーは小声で言った。

かわいそうなマニー、かわいそうなアナ、かわいそうなオスカー。事態は急激に変わった。まずアナはいつも家にいるわけではなくなった。気づけばオスカーはアナの留守電にメッセージを入れまくっていた。オスカーだよ、熊が僕の脚を噛み切ろうとしてるんだ、電話ください。オスカーだよ、百万ドル払わなきゃ殺すって言われたんだ、電話ください。オスカーだよ、不思議な隕石を見つけたからちょっと調査に行くつもりなんだけど。アナはいつも何日か後に電話を返してくれたし、メッセージを楽しんでもいたが、それでもね。それからアナは金曜日の約束を三回連続でキャンセルし、日曜日に教会に行ったあとの時間、という明らかに格下げされたデートでオスカーは我慢することになった。アナが彼を車で拾い、そのまま東のブルバード・イーストに行き車を停め、二人でマンハッタンに建つビルの輪郭を眺めていた。それは海でも山なみでもなかったが、少なくともオスカーにとってはこっちのほうがよかった。それを見ていると、二人の会話もいちばん盛り上がった。

こうしてしゃべっていたある日、アナはうっかりこう言ってしまった。ほんと、マニーのペニスがあんなに大きいなんて忘れてた。

その話聞かなきゃならないのかな。オスカーがバシッと言った。

ごめんなさい。アナはためらいながら言った。あなたにはなんでもしゃべれると思ってたから。マニーの解剖学的な肥大については黙っててもらえるとありがたいんだけど。

じゃ、なんでもしゃべれるってわけじゃないのね？

オスカーはあえて答えはしなかった。

マニーと彼の**大きなペニス**が登場したことで、オスカーは再び核による破滅を夢見るようになった。彼は奇跡的な偶然によって核攻撃を最初に知ることになり、ためらうことなく叔父《ティオ》の車を盗み、店まで走って必需品をぎっしり積み込んで（おそらくは途中で略奪者たちを数人撃ち）、アナを連れ去る。マニーはどうなっちゃうの？　アナは泣き叫ぶだろう。時間がないんだ！　オスカーは言い切り、アクセルを床まで踏み込む。略奪者（今度のは少し突然変異している）をまた数人撃ち、暑苦しい愛の巣に向かう。彼の天才的な危機管理能力と、今やスリムになった体型にアナはすぐ虜になる。自分の機嫌がいいとき、オスカーはアナにマニーを探させてやる。アナが見つけたのはアパートの自室で照明器具に縄を結わえ、首を吊っているマニーだった。舌は口の中で紫色に膨らみ、パンツは足首までずり落ちていた。テレビから攻撃が差し迫っているというニュースが流れるなか、マニーの胸にはひどくたどたどしいメモが留まっていた。「もおたえられませえん」そしてオスカーは簡潔な洞察でアナを慰めるのだ。厳しい新世界に生きるにはマニーは弱すぎたのさ。

ってことはアナには彼氏がいるの？　ロラが唐突にオスカーに訊ねた。

うん、彼は言った。

しばらく会わないほうがいいわよ。

オスカーはこの言葉に従ったろうか？　もちろんそうするわけはなかった。アナが愚痴りたいときはすぐ聞き役になった。そして――至福としか言いようがない！――かの有名なマニーと直接会いさえした。学校集会でオカマ野郎と罵られたとき（本当にそんなことがあったのだ、しかも二度も）ぐらい楽しかった。マニーと会ったのはアナの家の外だった。マニーはやつれてピリピリした男で、手足はマラソン走者みたいで、貪欲そうな目をしていた。握手したとき、こいつは僕をぶん殴る気だとオスカーは確信した。ものすごい敵意を感じたのだ。マニーはかなり《ムイ》禿げていて、それを隠すために頭を完全に剃っていた。両耳にはフープイヤリングをしていて、日に照らされてガサついた老け顔は必死に若さを繕っていた。

あんたがアナの友達か。マニーが言った。

そうです。そう言うオスカーの声は人畜無害な明るさで満ちていて、そんな声を出している自分をピストルで撃ち殺したくなった。

オスカーはすごい作家なのよ、アナは言った。彼の書いたものを読みたいなんて一度も言ったことはなかったが。

マニーは鼻で笑った。おまえに書かなきゃならないことなんてあるのか？

わりと思索的な作品を書いてます。バカみたいに聞こえるだろうな、と思いながらオスカーは答えた。

わりと思索的な作品ね。マニーは今にもオスカーから肉片を切り取りそうに見えた。すっげえ退屈そうだな、それ？

オスカーはにこにこしながら、大地震がきてパタソン全域を破壊し尽くしてくれないかなあと思った。

おまえがおれの女に手を出そうなんて思ってさえなきゃいいんだけどな。

オスカーは言った。あはは。アナは赤くなり下を向いた。

何という喜び。

マニーがいるおかげで、アナのまったく新たな面をオスカーは知ることになった。ほとんど会えなくなったというのに、いまや二人が話すことといったら、マニーのこと、そして彼がアナにした酷い行いについてだった。マニーが殴った、マニーが蹴った、マニーがブタ女と呼んだ、マニーが浮気した。中学のころ同級生だったキューバ人の子が相手なのだとアナは確信していた。ああ、だから最近僕にはデートの相手が回ってこないんだね、マニーのせいだったんだ、オスカーは冗談を言ったがアナは笑わなかった。二人が十分も話しているとマニーはポケベルを鳴らしてきて、アナは電話をかけ、誰とも一緒じゃないと言ってやらなければならなかった。そしてある日アナは顔にあざを作り、服が引き裂かれた状態でオスカーの家にたどりついた。オスカーの母親は言った。この家に揉め事を持ち込まないでよ！

私どうしたらいい？　アナは何度も何度も訊ね、気づけばいつもオスカーは彼女をぎこちなく抱きしめながらこう言っていた。ねえ、マニーが君に酷いことするんなら、別れたほうがいいと思うよ。でもアナは首を振り言った。そうすべきなのはわかってる、でもできないの。彼を**愛してる**から。

愛してる、だって。自分こそもうここでやめなきゃ、とオスカーは思った。冷静で人類学的な興味からどんな結末がやってくるのか観察したくてこうしているのだ、とオスカーはできることなら自分を騙したかったが、実際には彼もどう身を退《ひ》いていいのかわからなかった。オスカーは取り返しがつかないほど完璧にアナを愛していたのだ。これまでの彼が、決して深くは知り合うことのなかった女の子たちに対して抱いていた気持ちと、今アナに対して心の中に抱いている愛《アモール》とは比べようもなかった。それは矮星ほどの密度があって、自分はそれのせいで狂ってしまうだろうと百パーセント確信することもあった。この感情に近いものがあるとしたら、それは本に対する気持ちだった。それまでに自分が読んだすべての本と、書きたいと思っているすべての本への愛を一緒にしたものだけがアナへの想いに匹敵できた。

どのドミニカ人の家庭にも狂気の愛の物語がある。度を過ぎた愛についての物語だ。オスカーの家も例外ではなかった。

彼のもう亡くなっているほうのお祖父《アブエロ》さんはいろいろと頑固なところがあったせいで（詳しいことは誰も教えてくれなかったが）牢屋に送られることになり、そこで発狂し、亡くなった。お祖母《アブエラ》さんのネナ・インカは結婚して六ヶ月で夫を亡くした。聖週間《セマナ・サンタ》の間に溺死したのだ。その後彼女は再婚せず、他の男には手も触れなかった。私もすぐそっちに行くからね、彼女がそう言うのをオスカーは聞いたことがある。

ルベルカ叔母《ティア》さんがかつてオスカーにささやいたことがある。あなたのお母さんは恋愛となるとイカれちゃう《ロカ》から。それで死にかけたこともあるし。

そしてどうやら今度はオスカーの番のようだった。夢に出てきた姉が言った。**家族へようこそ。本当の家族へ。**

何が起こっているかは明らかだったが、彼に何ができたろう？　自分の気持ちを否定することはできなかった。眠れなかったかって？　そのとおり。集中力を発揮できる有意義な時間が持てなくなったかって？　そのとおり。アンドレ・ノートン（米の小説家（一九一二―二〇〇五）。男性名でスペースオペラやファンタジー小説を多数執筆した）の本を読むのをやめ、『ウォッチメン』（DCコミックスから刊行されたグラフィック・ノベル（いわゆる大人向けコミック、一九八六―八七）。アラン・ムーアが原作を担当し、スーパーヒーローが実在し核戦争の脅威が近づくもう一つの世界を舞台とする）が最終巻に近づき、それが最悪の展開で進んでいても興味を持てなかったかって？　そのとおり。叔父《ティオ》の車を借りて海岸まで遠出をし、サンディーフック半島に駐車したかって？　母親がまだ病気になる前に、よく皆を連れて行った場所に？　オスカーが太りすぎる前、母がそこに行くのをすっかりやめてしまう前に行っていたあのビーチに？　そのとおり。若き日の報われぬ愛のおかげでオスカーは痩せたかって？　残念ながら、これだけはそうではなかった。そして一生のあいだ、彼はなぜだろうと思い続けた。ロラがゴールデン・グローブズとの関係を絶ったとき、彼女は十キロ近く痩せた。この遺伝子的な差別は何なんだ、どんなケチな神様のせいでそうなったんだ？

驚異的なことが起こり始めた。交差点を渡りながらオスカーは意識を失い、気づいたらラグビーのチームに囲まれていた。こんなこともあった。ミッグズはロールプレイング・ゲームの作り手になりたいというオスカーの野望をからかい、そんなのムリだよと言った――これがこみいった話で、オスカーはずっとファンタジー・ゲームズ・アンリミテッド社（米のRPG製作会社（一九七五―九一））のライターとして仕事をしたいと願ってきたが、彼の執筆したモジュール（RPGの追加ルールや設定、ゲームマスターが参加者に提示する冒険を描いたシナリオ等を掲載した資料のこと）の一つを『サイワールド』（「超能力もの」のRPG（一九八四））シリーズの一部として採用を検討してくれていたこの会社が最近営業をやめたため、次のゲイリー・ガイギャックス（米の小説家、ゲームデザイナー（一九三八—二〇〇八）。D&Dのデザイナーの一人で「RPGの父」と呼ばれる）になるというオスカーの夢と希望を打ち砕いたのだ。でミッグズはこう言った。**あれは**結局うまくいかなかったよな。そして彼らの関係において初めてオスカーはブチ切れ、黙ったままミッグズを殴った。その一発があまりに強力だったので、ミッグズの口から血が噴き出した。おいこら、アルが言った。落ち着けよ！　殴るつもりはなかったんだ。オスカーの言葉には説得力がなかった。わざとじゃないんだ。この野郎、ミッグズが言った。この野郎！　オスカーの状態が最悪になったのは、ある絶望的な夜のことだ。アナが泣きながら電話してきて、またマニーに酷いことをされたと聞かされてからだった。オスカーは言った。僕、今から教会に行かなきゃ。そして受話器を置き、叔父《ティオ》の部屋に入り（ルドルフォ叔父さんはストリップクラブに行っていた）、そして旧式のヴァージニア・ドラグーンを盗み出した。あの先住民族皆殺しに用いられたことで有名なコルト四四のことだ。悪運よりも重くて二倍醜かった。その堂々とした銃身をズボンの前に押し込み、マニーの住む建物の入り口に、ほとんどひと晩じゅう立っていた。おまえには今年十一になるカワイコちゃんを用意してきてやったぜ。きっと永久に刑務所に入りっぱなしになるだろうとか、自分みたいなやつは刑務所で**口も尻も**強姦されるだろうとか、もし警察に捕まって銃を見られたら仮釈放中の犯罪として叔父《ティオ》までしょっ引くだろうとか、そんなことはオスカーは気にしなかった。その夜は何に《ナダ》も気にしなかった。頭の中は空っぽ、まったくの真空だった。彼の作家としての未来が目の前で瞬くのを見た。オスカーはまだ何の価値もない小説を、しかも一冊しか書いていなかった。オーストラリアの飢えた精霊が小さな町の友人たちを食らう話だ。これ以上小説を書く機会は消え去り――作家としてのオスカーもお終いになろうとしていた。アメリカ文学の未来にとっては幸いなことに、その晩マニーは帰ってこなかった。

この状況は説明が難しい。ただ単に、アナこそ自分が幸福になれる最後のチャンスだ、とオスカーが思っていた、というだけではなかった――明らかにその考えは彼の心にあったが――それまでの惨めな十八年間の人生で決して一度も経験してこなかった気持ちを、アナの近くにいるときは感じていたのだ。今まで僕は恋のチャンスを無限に待ち続けていたんだ。オスカーは姉に向けてこう書いた。こんなこと自分には**起こりっこない**って何度思ったことだろう（オスカーが史上二番目に気に入っているアニメ『ロボテック』でリック・ハンター（『超時空要塞マクロス』（一九八五―）が翻案されて『ロボテック』となる際、主人公の一条輝の名前がこう変更された）が最後にリサ（同じくヒロインの早瀬未沙の名前がこう変更された）と結ばれたとき、彼はテレビの前で泣き崩れた。大統領が撃たれたなんて言わないでくれよ、奥の部屋から叔父《ティオ》さんが叫んだ。叔父さんは鼻からそっと例の物を吸い込んでいる途中だった）。まるで天国の一部を飲み込んだみたいな感じだよ。オスカーは姉への手紙にこう書いた。どんな感じかは想像も付かないだろうけどね。

二日もするとオスカーはこらえきれなくなり、姉に向かって銃のことやらを告白した。洗濯をしにちょっと実家に戻っていた姉は、ものすごく動揺した。死んだお祖父《アブエロ》ちゃんのために彼女が作った祭壇の前で、オスカーも一緒にひざまずかせた。そして母親の生ける魂に誓って、もう今後一生、二度とそんな馬鹿なまねはしないと約束させた。彼女は泣きさえした。オスカーのことがそれほど心配だったのだ。

こんなこともうやめなきゃダメよ、ミスター。

それはわかってるよ、オスカーは言った。でも自分が今、ここにいるのかどうかすらよくわからなくなってるんだ。

その夜オスカーと姉はカウチで眠った。先に眠ったのは姉だった。姉は同じ彼氏と十度目ぐらいの別れを迎えたばかりだったが、こんな状態のオスカーですら、すぐにまた元の鞘に戻ることはわかった。夜明け前に、オスカーは結局付き合うことのできなかった女性たちのことを夢に見た。彼女たちは何列も何列も何列も何列も続いていき、まるでアラン・ムーアの『ミラクルマン』（グラフィック・ノベル（一九八二―）。古くからある作品だが、ムーアが原作を担当したことで、物語にそれまでなかった奥行きが生まれた）に登場するミラクルピープルたちが持っている予備の体のようだった。**大丈夫、できるって**、彼女たちは言った。オスカーが目覚めたとき、体は冷え、喉はカラカラだった。

二人は日系のショッピングモールで会った。エッジウォーター通りのヤオハンだ。ある日オスカーが退屈しのぎにドライブしていて見つけたモールで、今ではここは自分たちの風景の一部で、子供にも伝えていかなければならない何かだと思うようになっていた。オスカーがアニメのテープやメカ人形を買いに来るのはここだった。二人ともチキンカツカレーを注文し、マンハッタンの風景が見える広いカフェテリアに坐っていた。この店に来ているガイジンは彼らだけだ。

君の胸ってきれいだね。オスカーはこう切り出した。

困惑した彼女は不安げな顔をした。オスカー。あなたどうしちゃったの？

オスカーは窓からマンハッタンの西の側面を見た。外を眺めるオスカーは、まるで深みのある人間のようだった。そして彼女に告げた。

アナは驚かなかった。彼女は優しい目でオスカーの手を取った。アナが近づけた椅子がきしんだ。アナの歯には黄色い筋がついていた。彼女は穏やかに言った。オスカー、私には付き合ってる人がいるの。

アナはオスカーを家まで送った。オスカーは時間を取ってくれてありがとうと言い、家に入って、ベッドにもぐり込んだ。

六月に彼はドン・ボスコ高校を卒業した。卒業式の様子はこうだ。母親は痩せ始め（すぐあとで彼女はガンになった）、ルドルフォはバカみたいに上機嫌で、ロラだけはすごくいい感じで、にこやかで幸せそうだった。やったわね、ミスター、やったわね。オスカーが小耳にはさんだところによれば、パタソンのこの地区で自分とオルガ——イカれたかわいそうなオルガ——だけがただのひとつも卒業パーティに出ていなかった。ミッグズは冗談を言った。なあ、ひょっとしたらおまえは彼女を誘うべきだったのかもしれないぜ。

九月にオスカーはラトガーズ大学ニューブランズウィック校に向かった。母親は彼に百ドルと、彼にとって五年ぶりのキスをくれた。叔父《ティオ》はコンドームの箱をくれた。使い切れよ、叔父は言い、こう付け加えた。女の子とやってな。最初、大学では自分は一人きりだと思ってオスカーはとても嬉しかった。もう妨げるものは何もない。何もかも自分の思うようにできる。また同時に、何千人も若いやつらがいるなら自分と同じような奴も見つけられるだろう、と楽観的に思った。ああ、だがそうはならなかった。彼の黒い肌とアフロヘアを見た白人の若者たちは、残酷な明るさでオスカーと接した。有色人の若者たちは彼のしゃべり方や体の動かし方を見て首を振った。君はドミニカ人とは言えないよ。そしてオスカーは何度も何度も言い返した。でもそうなんだ。ドミニカ人《ソイ・ドミニカノ》なんだ。ドミニカ人《ドミニカノ・ソイ》なんだよ。次から次へとパーティに出たものの、酔った白人の男の子たちに脅かされただけだった。授業も十あまり出てみたが、自分の方を見てくれる女の子なんてただの一人もいなくて、彼はもう楽観的ではいられなくなってきた。そして自分でも何が起きているのか気付かぬうちに彼がはまりこんでしまったのは、自分が高校で専攻してきたものの大学版と言うべきものだった。モテない病だ。彼のいちばんの喜びはオタク的なものだった。たとえば『AKIRA』（大友克洋原作の日本のSFアニメ。荒廃した近未来をリアルに描く）が出たとき（一九八八年）だ。相当切ない話である。週に二度オスカーと姉はダグラスにある大食堂で夕食を食べた。彼女は大学では大物で、どんな肌の色の誰でも知っていて、すべての抗議集会、すべてのデモに関係していたが、そんなことではオスカーのおかれた状況は少しもましにはならなかった。二人で会っているあいだ、姉はオスカーに忠告を与え、彼は静かにうなずき、そのあとE系統のバス停のベンチに坐ってすべてのかわいいダグラスの女の子たちを眺め、人生どこで間違ったのだろうと思うのだった。本やSFのせいにしたかったが、彼にはできなかった——それらがあまりに好き過ぎたのだ。早く自分のオタクっぽい部分を変えると誓ったのに、オスカーは食べ続け、運動を避け続け、もったいぶった言葉を使い続け、二学期が過ぎても姉しか友達がおらず、彼は大学のオタク組織、ラトガーズ大学ゲーマーズに入った。会合はフリーリングハイゼン棟の下の教室で開かれていて、男性会員のみで構成されているということを誇っていた。女の子との関係については大学ではましだろうとオスカーは考えていたが、最初の数年間はそうではなかった。

第2章

原始林《ワイルドウッド》

Wildwood

1982–1985

すべてを変えてしまう変化というのはいつも、われわれの望まないものだ。

それはこんなふうに始まる。母親が君をバスルームに呼ぶ。ちょうどそのとき何をしていたかを君は一生のあいだ憶えていることになる。『ウォーターシップ・ダウンのうさぎたち』（英の小説家リチャード・アダムズ（一九二〇―）の児童文学（一九七二）。うさぎたちの冒険を描く）を読んでいてウサギたちやその妻たちがボートに向かって突進しはじめたところで、君は読むのをやめたくなかった。その本を明日には弟に返すことになっていたのだ。でも母親はまた君を、もっと大きな声で呼んだ。いい加減にしなさいと急かすような声に、君はいらだちながらつぶやいた。わかったわよ、お母さん《シ・セニョーラ》。

母親は洗面所の戸棚についた鏡の前に立っていた。上半身裸で、ブラジャーはまるで破れた帆のように腰のあたりにぶら下がっていた。背中に広がる傷は広くてどうにも慰めようもないほど悲しくて、まるで海みたいだった。読みかけの本に戻りたいと、母の声が聞こえていないふりをしたいと思ったが遅すぎた。母と目が合ってしまったのだ。大きくくすんだ母の目は、いつか君も持つことになる目だ。こっちに来なさい《ベン・アカ》。母親は命じた。彼女は片方の胸の何かに眉をひそめていた。母親の胸は巨大だった。

世界の七不思議の一つだ。エロ本のモデルか本当に太った女性以外、そんな胸の人は見たことがない。三五のトリプルDで、乳輪はコーヒーカップの受け皿ほどあり、コールタールのように真っ黒で、その縁にはゴワゴワした毛が生えていて、母親は抜くこともあれば抜かないこともあった。君は母親の胸にいつも当惑していた。一緒に出歩くときはいつもその胸を意識してしまう。母親は顔と髪の次にこの胸を誇らしく思っていた。父さんはこの胸に飽きるなんてことは決してなかったよ、母親はいつも自慢した。だが結婚三年目で父親が逃げたことを考えると、結局のところ彼も飽きてしまったんだろうと思えた。

君は母親との会話を恐れている。いつも一方的にしかりつけるのだ。母親が呼んだのは食べるものについてまた小言を言うためだと思った。母親は信じ込んでいた。もし君がもっとバナナ《プラタノ》を食べれば、列車を転覆させてしまうようなとんでもない第二次性徴が君にも突然現れてくるはずだと。この歳になっても、君の取柄はその母親の娘だってことだけだった。十二歳でもう母親と同じ背で、細く長い首はトキのようだった。目は母親と同じ緑（でも君のほうが明るい緑）で、髪がまっすぐなせいで、ドミニカ人というよりインド人に見えた。五年生のころから君のお尻は男の子たちが絶えず話題にするほどだったが、その魅力を君はまだ理解していない。肌の色も母親ゆずりだ。黒い肌。だが、母親と似ているところはたくさんあるのに、遺伝の波はまだ胸まで到達していなかった。まだ胸はほとんどなかったのだ。どの角度から見ても板のように平らで、ブラジャーをつけるなとまた母親に言われるのではと考えていた。ブラジャーのせいで膨らむはずの胸が窒息して、だから飛び出してこないのだと母親は言うだろう。母親と死ぬほど言い争う準備はできていた。今や自分で買うようになった生理用ナプキン同様、母に何と言われてもブラジャーは決して手放さない。

だが予想は外れる。バナナ《プラタノ》をもっと食べろなんて母親は一言も言わなかった。代わりに母親は君の右手を取り、導いた。母親は何をするときでも乱暴だったが、今回は優しかった。母親がそんなふうにもできるなんて君は思っていなかった。

触ってみてわかる？　あまりに聞き慣れたハスキーな声で母親は訊いた。

最初触ってみてわかったのは母親の体温と胸のむっちりとした感覚だった。まるで膨らみやまないパンのようだ。母親は君の指が胸をこねるように押し付けた。君がこんなに母親に近づいたのは初めてで、聞こえるのは自分の呼吸の音だけだった。

わからない？

母親は君のほうを向いた。ねえ、あなた《コーニョ・ムチャチャ》、私を見てないでちゃんと触って。

だから君は目を閉じた、指に力を込める。君はヘレン・ケラーのことを考える。小さいころどれだけ彼女みたいになりたかったか、でもあんなふうに修道女っぽくはなりたくなかったけど、と考え、そのとき唐突に何の警告もなく、君は何かに触れた。母親の皮膚のすぐ下に塊があり、それは硬くて、まるで陰謀のように密かだった。そしてそのとき、後になってもその理由はわからなかったが、ある感覚、ある予感に君は圧倒される。人生の何かが変わり始めたのだ。頭が朦朧として、血管がドクンドクンと脈動するのを感じた。ビート、リズム、ドラム。明るい光がまるで光子《フォトン》の魚雷のように、彗星のように君をズンと貫く。自分でもどうやって、どうしてわかったのかわからなかったが、もはや疑う余地がないことは確かにわかるのだ。なんとなく浮き浮きした。生まれてから今までずっと、君にはまじないの力《ブルハ》があった。母親でさえ渋々それを認めることになるだろう。母親が君を「リボリオ（ドミニカの宗教家リボリオ・マテオ・レデスマ）の娘」と呼ぶようになったのは、君が叔母《ティア》さんのために宝くじを何本も当ててやった後

で、君はリボリオを親戚かなんかだと思っていた。それはサント・ドミンゴに行く前、神の大いなる力を君が知る前のことだった。

わかった、君は言う。声が大きすぎる。ごめんなさい《ロ・シエント》。

そんなふうにして、すべてが変わり始める。冬になる前、君が触った胸を医者たちが切除する。腋の下のリンパ節も取った。手術のせいで母親はそのあと一生涯、手を頭の上に上げられなくなった。髪が抜け始め、ある日母親は残りを全部自分で抜いてビニール袋に入れる。君も変わる。すぐにではなかったが変わりはじめる。そして、あのバスルームですべてが始まったのだ。そこで君も変わり始める。

パンク娘。それが私だ。スージー＆ザ・バンシーズ（英のパンク・ロックバンド（一九七六―二〇〇二）。ゴシック色の強い女性ボーカルが特徴）が好きなパンク娘だ。近所のプエルトリコの子供たちは、私の髪を見ると笑いをこらえることができなくて、私を黒いドラキュラ《ブラキュラ》と呼び、黒人の男の子たち《モレノス》は何と言っていいかわからないようだった。とにかく私を悪魔女と呼んだ。よう、悪魔女、よう**よう！**　叔母《ティア》のルベルカはある種の心の病気だと考えていた。揚げ餃子《パステリトス》を揚げながら彼女は言った。ねえ、あなた《イハ》**助けが**必要なんじゃない。でも最悪なのは母だった。もういい加減にして、母は叫んだ。**もうたくさん。**でもこれはいつものことなのだ。毎朝私が一階に下りると、台所の母はエスプレッソ・メーカー《グレカ》をコンロにかけてコーヒーを淹れていて、ＷＡＤＯ（おもにスペイン語の番組を流すラジオ局）の番組を聞いている。そして私と私の髪を見るとまた一から怒り出す。まるで夜のあいだ私のことをすっかり忘れてしまったようだ。母はパタソンでもいちばん背の大きいほうの女性だったが、母の怒りも同じくらい大きかった。怒りは長い腕を伸ばして摑みかかってくる。そこでこっちが弱みを見せたら、もうお終いだった。

あんたほんとブサイクね《ケ・ムチャチャ・タン・フェア》、いかにも嫌そうに母は言い、残っていたコーヒーを流しにぶちまける。ブサイク《フェア》が私の新しい名前になった。こんなの別に新しいことでもない。生まれてこのかた、私は母にこんなことを言われ続けていた。だから私の母が子育てで何かの賞を取ったりなんてことには絶対にならないだろう。母のことは不在保護者とでも呼べるはずだ。働いていないときは寝ていて、子どものそばにいるときには叫んだり叩いたりするだけだ。子供のころ私とオスカーは母のことが暗闇や毛虫《クコ》より恐かった。母はどこでも、誰の前でも私たちを叩いた。いつもすぐにサンダル《チャンクラス》やベルト《コレア》を使った。でもガンになって、母にできることはあまりなくなった。母が最後に私をぶん殴ろうとしたのは私の髪が原因だったが、身をすくませたり走って逃げたりする代わりに、私は母の手を叩いた。つい反射的にそうしてしまったのだが、やってしまったことは決して撤回できない。だから私はとにかく拳を固めて次の攻撃を待っていた。彼女がスーパーの店員にそうしたように、私に噛みついてくるのを待ちかまえていたのだ。でも母は間抜けなカツラと間抜けなガウン姿で、胸には発泡スチロールの巨大な詰め物を入れたまま震えながら立っていた。カツラの焼けるような臭いがあたりに漂った。私はほとんど申し訳なく思った。それが母親への態度なの？　母は叫んだ。できることなら母の目の前で私の人生すべてを粉々に砕いただろうが、代わりに私は叫び返した。これが娘への態度なの？

母との折り合いが悪いのは年じゅうだった。当然だろう。彼女は旧世界に属するドミニカ人の母親で、私はたった一人の娘だった。母は誰の助けも借りずに私を育てた。それはつまり、私を踏みつけ押しつぶすのが母の義務だったということだ。私は十四歳で母とは関係ない自分だけの領域が欲しくてたまらなかった。私が望んだのは、子供のころよく見た『ビッグ・ブルー・マーブル』

（米の子供向けテレビ番組シリーズ（一九七四―八三）。世界各地の子供たちが手紙で互いの家庭を紹介し合う）に出てくるような生活だった。だから私はペンパルを作ったり、学校から地図帳を持って帰ったりした。パタソンの向こう、私の家族の向こう、スペイン語の向こうにある人生だ。そして母が病気になってすぐ、私はチャンスが来たと思った。このことについては別にごまかしたり謝ったりするつもりはない。チャンスが来たと思い、結局はそれをものにした。あなたがもし私みたいに育ったんじゃなければ、あなたにはわからないし、わからないなら勝手に判断しないでほしい。ドミニカの母親たちが私たちをどんなふうに支配しているのか、あなたにはわからない。ほとんど子供にかまわない母親であってもだ――いや、**かまわない母親であればこそ**だ。完璧なドミニカ人の娘とは、単に完璧なドミニカ人の奴隷というのをよく言いかえたにすぎない。子供についても世界についても、一生のあいだ一度も肯定的なことを言ったことがない母親のもとで育つのがどんなものなのか、あなたにはわからない。常に疑り深くて、たえずあなたを貶《けな》し、あなたの夢をずたずたに引き裂く母親のもとで育つことがどんなものか。最初のペンパルのトモコが最初の三通のあと手紙をくれなくなったとき母は笑った。あんたに手紙を書いて人生の時間を無駄にするような人がいると思うの？　もちろん私は泣いた。私は八歳で、トモコの家族の養女にしてもらおうと思っていたのだ。もちろん母はそうした夢の核心まで見抜いていて笑った。私だってあんたに手紙なんて書かないよ、母は言った。そんな母親なのだ。娘を自信喪失に追いやり、隙あらば叩きのめしてくる母親。でも別にそれを何かの口実にするつもりもない。長いこと私は母親に言いたいように言わせてきたし、もっと悪いことに、長いこと私は母親の言葉を信じてきた。私はブサイク《フェア》で、無価値で、バカ者《イディオタ》だった。二歳から十三歳まで母親を信じ続けたし、信じ続けたからこそ、私は完璧な娘《イハ》だった。料理をし、掃除をし、洗濯をし、食料品を買い、どうして家賃の支払いが遅れるのかを説明する手紙を銀行宛に翻訳して書くのは私だった。成績もクラスで一番だった。問題も起こさなかった。私の髪が真っ直ぐだからといって、黒人《モレナ》の女の子たちがしょっちゅう鋏を持って追いかけて来てもだ。私がいつも家にいて、ちゃんとオスカーにご飯を食べさせ、すべてうまくいくように取り仕切った。母は働きに出ていた。オスカーを育てたのは私だし、私を育てたのも私だ。そういう子だったのだ。母は言った。あんたは私の娘《イハ》なんだから、ちゃんとやることをやりなさい。あのことが起こったとき私は八歳で、彼が私にしたことについて何とか母に打ち明けたのだが、そんなこと言わないで、泣くのはやめなさいと母は言った。だから私は言われたとおりにした。口をつぐみ、しっかりと股を閉じ、心を閉じ、一年もしないうちにその近所の男がどんな見かけだったか、いや、そいつの名前さえ忘れ去った。あんたはいつも文句ばっかり、母は私にそう言った。でも、あんたは実際の人生がどういうものだか知らないんだよ。はい、母さん《シ・セニョーラ》。そして六年生のときにはベア・マウンテンまで一泊遠足に行ってもいいと母に言われて、私は新聞配達で稼いだお金でリュックサックを買い、ボビー・サントスに手紙を書いた。ボビーは私のロッジに入ってきて、みんなの前でキスしてくれるって言ったからだ。そのときは母の言葉を信じた。でも旅行の日の朝、母は行っちゃだめと言い出したので私は言った。でもお母さん約束したじゃない。すると母は言った。悪魔の娘《ムチャチャ・デル・ディアブロ》よ、私はおまえと約束なんてしてないからね。私はリュックサックを母に投げつけなかったし、自分の目を引き抜きもしなかった。そしてボビー・サントスが結局キスしたのは私ではなくラウラ・サエンスだとわかっても、私は何も言わなかった。私はただ自分の部屋で横になり、間抜けな熊のぬいぐるみと一緒に小声で歌いながら、大人になったらどこに逃げようかと考えていた。日本がいいかもしれない。それでトモコを探し出すの。

オーストリアもいいな。それで私の歌がきっかけで『サウンド・オブ・ミュージック』がリメイクされたりして。そのころ好きだった本はみんな主人公が逃げ出すものばかりだった。『ウォーターシップ・ダウンのうさぎたち』、『三匹荒野を行く』（カナダの小説家シーラ・バーンフォード（一九一八―八四）の児童文学（一九六一）。犬二匹と猫一匹の冒険を描く）、『ぼくだけの山の家』（米の小説家ジーン・クレイグヘッド・ジョージ（一九一九―）の児童文学（一九五九）。ニューヨーク育ちの少年が家出をして森で暮らす）。そしてボン・ジョヴィの『夜明けのランナウェイ』（一九八四年、ボン・ジョヴィのファースト・アルバム）が出たとき、私についての歌だと思った。誰にも私のことなんてわからなかった。私は学校でいちばん背が高くていちばんダサい女の子で、ハロウィーンでは毎年『ワンダー・ウーマン』（DCコミックス刊のコミックを原作としたテレビシリーズ（一九七五―七九）。主人公は星条旗をモチーフにしたコスチュームをまとい、アマゾネス風の必殺技を使用する）の扮装をして、一言も喋らないような子だった。眼鏡をかけてお古の服を着た私を見たみんなには、私に何ができるかなんてわからなかっただろう。そして十二歳になったとき、私はあの気持ちを、恐ろしい魔女のような気持ちを抱いた。そしてそれに気付くまえに母が病気になり、自分のなかにずっとあった荒々しさが、それまでは雑用や、宿題や、大学に上がったら何でも好きにできるという約束で、何とかそれまで我慢してきた荒々しさが爆発した。自分でもどうにもできなかった。どうにか抑えようとしたが、私の中の大人しい部分を通り抜けてどんどんあふれ出してきた。それは気持ちというよりメッセージで、それは鐘のごとく鳴り響いた。変われ、変われ、変われ。

　それは一夜にして起こったのではない。確かにその荒々しさは私のなかにあって、確かにそれは一日中私の心臓の鼓動を速め、確かにそれは私が道を歩くあいだも私の周りで跳ね回り、確かにそれは男の子たちににらまれても正面からまともに見返す力を私に与え、確かにそれは私の笑いを咳払いから長く野蛮な熱病に変えた。でも私はまだ怯えていた。怯えないわけがあろうか。私はあの母親の娘だったのだから。母の支配は愛よりも強かった。そしてある日、私はカレン・セペダと帰宅する途中だった。当時は友達みたいだった子だ。カレンは完全にゴスの格好でキメていた。ロバート・スミスみたいにツンツンと髪を立て、全身黒ずくめで、肌の色は幽霊のようだった。パタソンで彼女と歩くのは、まるであごひげのある女性と歩くようなものだった。みんながみんなじろじろ見てきてものすごく恐かった。そしておそらく、だからこそ私は彼女と一緒にいた。

私たちはメイン通りを歩いていて、みんなにじろじろ見られていた。唐突に私は言った。カレン、私の髪切ってくれない。言うなり気づいた。血の中にあるあの気持ち、あのいらだちがまた湧き上がったのだ。カレンはいぶかしげな顔をした。お母さんはどうするの？　ほら、私だけじゃなくて、みんなベリシア・デ・レオンを恐れていたのだ。

母さんなんて糞よ、私は言った。

カレンの目には、私がすごくバカなことを言っているように見えたようだ――私がそれまでこんな汚い言葉を使ったことはなかったからだが、その点についても私は変わり始めていた。次の日私たちは彼女のバスルームに入り鍵をかけた。一階ではカレンのお父さんと叔父さんたちが大声を上げながらサッカーの試合を見ていた。で、どんなふうにしてほしいの？　カレンは訊ねた。鏡に映る少女を私はしばらく見ていた。とにかく、もうこの少女を二度と見たくなかった。私はカレンにバリカンを握らせ、スイッチを入れてから彼女の手を動かし、すべてを剃り落とした。

で、これでパンクになったってわけ？　カレンは自信なさそうに訊ねた。

そう、私は答えた。

次の日、母は私にかつらを投げてよこした。これをつけなさい。毎日つけるのよ。もしつけなかったら殺してやるから！

私は一言も言わなかった。そのかつらをガスコンロにかざした。

やめなさい、コンロの火をつける音とともに母が叫んだ。何やってんの――。

かつらはガソリンみたいにパッと燃え上がった。バカげた希望のように。もし流しに投げ捨てていなければ私の手まで燃えていただろう。ひどい臭いがした。エリザベスの工場から出る化学物質を全部足したみたいな臭いだった。

　そして母は私を平手で殴った。そして私は母の手を叩き、母は手をさっと引っこめた。まるで私が火になったみたいに。


　そのあと、もちろんみんな私のことを最悪の娘だと思うようになった。叔母さん《ティア》や近所の人たちは言い続けた。ねえ《イハ》、ちゃんとしなさい、お母さんは死にかけてるんだから。でも私は聞かなかった。母の手を叩いたときドアは開いた。そのドアに背を向けるつもりはなかった。

　でも本当に、母とはどれだけ戦ったことか！　病気だろうが何だろうが、死にかけていようが何だろうが、母はちょっとやそっとじゃ倒れなかった。母は弱々しい女《ペンデハ》なんかじゃなかった。母が大の男たちを平手打ちし、白人の警官たちを突き飛ばして尻もちをつかせ、集団で陰口を言う女《ボチンチェラ》たちをまとめて罵るところを見たことがある。母は私と弟を女手一つで育て、今住んでいる家を買うまで三つの仕事を掛け持ちし、夫に捨てられてもなんとかやっていった。たった一人でサント・ドミンゴからこの国に来たし、母が言うには少女のころめちゃくちゃに殴られ、火を付けられ、死んだものと思われて放置されたことがあるという。私を殺したあとでもなければ、母は私の好きにはさせてくれないだろう。クズ野郎《フィグリン・デ・ミエルダ》、母は私をそう呼んだ。あんたは自分のこと何様と思ってるかしらないけど、そんなもんじゃない《ナダ》んだからね。母は執拗に詮索し、私のどこかに継ぎ目を見出して、いつものようにそこから私を引き裂こうとしたが、そんなことでは私は揺るがなかった。そんなわけない。あの気持ち、別の人生が向こう側で私を待っているはずだという気持ちのおかげで、私は大胆になった。ザ・スミスやザ・シスターズ・オブ・マーシー（英のゴシック・ロックバンド（一九八〇—）。ゴシック・ロックの元祖的存在）のポスターを母が捨ててしまったときも――この家にオカマなんてお断りだよ《アキ・ヨ・ノ・キエロ・マリコネス》――私は代わりのを買ってきた。新しい服を引き裂くと母に言われると、ロッカーの中とカレンの家に服を置くようになった。ギリシャ料理のレストランでのバイトをすぐにやめろと言われると、化学療法のせいで母は頭がおかしくなっているのだと私は上司に説明した。だから娘を辞めさせるようにと母が電話をかけてきても、上司は私に受話器を手渡して、自分は困ったなという顔をしながらお客をながめていただけだった。私に黙って母が家の鍵を交換したときも――私は遅くまで帰らず、まだ十四歳だったが二十五歳に見えたのでライムライトに行きだしていたのだ――私はオスカーの部屋の窓を叩き、オスカーは怯えながらも中に入れてくれた。というのも翌日には、母親は家中走り回りながら、あのろくでなし《イハ・デ・ラ・グラン・プタ》を家に入れたのはいったいどこのどいつだ？　誰だ？　誰だ？　と叫ぶに決まっていたからだ。そしてオスカーは朝食のテーブルで口ごもりながら、知らないよ、ママ、知らないよ、と言うのだった。

　母の怒りは家を満たし、どんより澱んだ煙となった。怒りはなにもかもに、髪の毛にも食べ物の中にも入りこんだ。それはまるで、ある日雪のように柔らかく降り注ぐだろう、と学校で教わった死の灰のようだった。弟はどうしていいかわからなかった。彼は部屋に閉じこもった。それでもときどき、いったいどうしたのかとぎこちなく訊ねようとした。別に何でもないから。ねえロラ、何かあるなら僕に言えばいいよ、彼は言い、私は笑うしかなかった。あんたもうちょっと痩せたら、私は言った。

あの最後の数週間、私は母親に近づくなんてバカな真似はしなかった。母はたいてい私を嫌そうににらみ付けるだけだったが、ときには何の前触れもなく私の喉に摑み掛かり、私が指をこじ開けるまでぐいぐい締め続けた。殺してやると脅すとき以外、母は口を利きもしなかった。お前が大きくなったら、暗い裏道で私に出くわすだろうよ。まったく思いもよらない時にね。そこであんたを殺しちまおうが、誰も私のせいだなんてわかりゃしないんだよ！　こう言いながら母は文字通りニヤリと笑っている。

イカれてるね、私は母に言う。

私に向かってイカれてるなんて言うんじゃないよ、母は言い、はあはああえぎながら座りこむ。ひどい状況だったが、私の次の行動を誰も予想していなかった。この状況を見ればわかりそうなものだったが。

生まれてこのかた私が言い続けてきたのは、いつか私はいなくなる、ということだった。

そしてある日私はそうした。

私は逃げた。ある男の子のもとへ。

実際のところ、彼について何が言えるだろう？　彼は他の男の子と同じだった。美しく未熟で、まるで虫みたいにじっとしているのが苦手だった。毛深く長い脚をした白人《ブランキート》の男の子で、ある晩私はライムライトで出会った。

彼の名前はアルドといった。

彼は十九歳で、七十四歳の父親と一緒にニュージャージーの海辺に住んでいた。大学に停めたオールズモービルの後部座席で私は革のスカートを引き上げ、編み目の粗い網タイツを引き下げた。私の臭いが車に満ちた。それが最初のデートだった。二年生の春には、少なくとも一日一回は手紙を書くか電話をした。ワイルドウッド（ニュージャージー州最南端ケープ・メイ郡にある市）に住んでいる彼の家までカレンの運転する車で行きさえした（カレンは免許を持っていたが私は持っていなかった）。彼は海辺にある板張りの遊歩道の近くに住んでおり、その近所で働いていた。男三人でバンパー・カーをぶつけ合って遊んでいるうちの一人、唯一入れ墨をしていないのが彼だった。ここに引っ越しておいでよと彼が私に言ったのは、ビーチでカレンの後ろを歩いていた時だった。私はどこに住むの？　私が訊ねると、彼は微笑んだ。一緒に住むんだ。何言ってんの、私は言った。でも彼はずっと寄せてくる波を眺めていた。君に来て欲しいんだ、彼は真面目に言った。

彼は来て欲しいと三回言った。ちゃんと数えたから覚えている。

その夏、弟は一生をロールプレイング・ゲーム製作に捧げると宣言し、母はもう一つ仕事を増やそうとしていた。手術後初めてのことだ。だがあまりうまくはいかなかった。母は疲れ切って帰ってきて、私が手伝わなかったせいで、家事は手つかずのまま山積みになっていた。週末に何回か叔母《ティア》のルベルカが料理をしたり掃除をしたり私と弟に説教したりするためにやってきたが、彼女にも世話しなきゃいけない家族があった。だから私たち二人はほとんどほったらかしだった。来なよ、彼は電話で言った。そして八月にカレンがスリッパリー・ロックに引っ越した。一年早く高校を卒業したのだ。たとえもう二度とパタソンには戻らないとしても、それで構わない。彼女はそう言って街を離れた。その九月に、私は最初の二週間でもう六回も学校をサボっていた。とにかくもう学校には行く気がしなかったのだ。私の中の何かのせいだった。『水源』（米作家アイン・ランド（一九〇五―八二）の小説（一九四三））を読んでいたが、それが助けになることはなく、私はドミニクでアルドはローク（ドミニクとロークはどちらも『水源』の主要登場人物）だと思うことにした。飛ぶのを恐れたままずっとそんなふうにしていることもできたのはわかっている。でも結局は、私たちみなが待ち構えていたことが起こった。母が夕食の席で静かに言った。二人とも聞いてほしいの。お医者さんがもっと検査する必要があるって。

オスカーが泣きそうな顔をして、がっくりとうなだれた。そして私は？　私は母を見てこう言った。お塩取ってくださる？

今では母が私の顔を平手打ちしたことを怒ってはいないが、あのときの私はその一発で火が点いた。私たちは互いに飛びかかり、テーブルは倒れ、シチュー《サンコチョ》が床中にこぼれて、オスカーは部屋の隅に立ったままどなり続けた。やめてよ、やめてったら！

呪われた女の娘《イハ・デ・トゥ・マルディタ・マドレ》、母は金切り声で叫んだ。そして私は言った。頼むからこんどこそ死んでちょうだい。

二日間、家は戦場だった。そして金曜日に部屋から出てもいいと母に言われて、私は母と同じソファに坐り隣で連続メロドラマ《ノベラス》を見た。母は血液検査の結果を待っていたが、母が生死の瀬戸際にいるとは誰もまったく思わなかっただろう。母はまるでこの世で大事なのはテレビだけだというふうで、登場人物の一人が何か後ろ暗いことをやると、いつも腕を振り回しはじめるのだった。誰かあの女を止めなきゃ！　あの商売女が何をたくらんでるのかみんなわからないの？

母さんなんて大っ嫌い、私はとても静かに言ったが母は聞いていなかった。水を持ってきて、母は言った。氷を入れてね。

それは私が母のためにした最後のこととなった。次の朝、私は海岸行きのバスに乗りこんでいた。カバン一つ、チップを貯めた二百ドル、そしてルドルフォ叔父《ティオ》さんの古いナイフを持っていた。私はすごく怯えていた。震えが止まらなかった。バスに乗っている間中、空が割れてそこから母親の腕が伸びてきて私を揺さぶるのではと思っていた。でもそんなことは起こらなかった。私に気づいたのは、通路の反対側に坐っている男だけだった。きみ、すごくきれいだねえ、彼は言った。昔知ってた女の子に似てるよ。

私は家族に何のメモも残さなかった。それだけ家族が大嫌いだったのだ。母が。

その夜、猫のトイレの砂が散らばっている、うだるように暑いアルドの部屋に二人で横になりながら、私は言った。あれをやってほしいの。

彼は私のズボンのボタンを外しはじめた。本当にいいの？

もちろん、私は暗い声で言った。

彼のペニスは長細くてめちゃくちゃに痛かった。でもずっと私は言い続けた。ああ、いいわ、アルド、いいわ。愛していると思っている男の子に処女を奪われるときにはそう言うものなのだろうと想像していたからだ。

それは私がしたなかでいちばんバカげた行いだった。私は惨めだった。それにすごく退屈だった。でももちろん私はそうだとは認めなかった。逃げ出せたんだから私は幸せだ！　幸せだ！　一緒に住もうと言ったときアルドがずっと黙っていたことがあった。私が母を大嫌いなように、彼の父親は彼が大嫌いだったのだ。アルドの父親は第二次世界大戦の退役軍人で、亡くした友人たちのためにジャップを決して許さなかった。親父は本当に嫌なやつなんだ、アルドは言った。今でもフォート・ディックスにいるつもりなんだからな。一緒に住んでいるあいだ、彼の父親が私に発したのは単語四つぐらいなものだと思う。意地の悪い老人《ビエヒート》で、冷蔵庫に南京錠さえ付けていた。絶対に触るな、彼は私に言った。私たちは氷を取り出すことすらできなかった。アルドと父親はすごく家賃の安い小さなバンガローに住んでいた。私とアルドが寝ていた部屋に父親は二匹の猫のためのトイレを置いていて、夜のあいだ私たちはそれを廊下に出すのだが、父親はいつも私たちより早く目覚めてそれを部屋の中に戻すのだった——こいつはそのままにしとけって言っただろう。こういうのは話としては笑えるが、当時は全然笑えなかった。私は板張りの遊歩道でフレンチフライを売る仕事に就いた。そして熱い油と猫の小便の間を行き来するばかりで、それ以外の臭いをかぐこともできなかった。休みの日にはアルドと飲むか、黒ずくめの格好で砂浜に坐り日記を書こうとした。我々が自分たちをぶっ飛ばして放射性の粉にしてしまったあと、この日記は理想社会の基礎となるに違いないと思いながら。ときどきほかの男の子がやってきてこんなことを言った。いったい誰が死んだんだい？　その髪の毛どうしたの？　彼らは砂浜にいる私の横に坐った。君はとってもきれいなんだから、ビキニでも着ればいいのに。何で？　そしたらレイプしやすいから？　何なんだよ、バッと立ち上がりながらその一人が言った。あんたどっかおかしいんじゃないの？

そのころ自分がどうして持ちこたえていたのかは今でもわからない。十月のはじめに私はフレンチフライの殿堂をクビになった。そのころには遊歩道のほとんどの店も閉まっていて、高校の図書室より小さな公立図書館で時間をつぶすぐらいしかやることがなかった。アルドは父親の自動車修理工場で一緒に働きだしたが、そのせいで二人はそれまで以上にお互いに不満を募らせ、その延長で私にも不満をぶつけてきた。二人は家に帰ってくるとシュリッツのビールを飲み、フィラデルフィア・フィリーズの文句を言った。まあ、二人が私を輪姦することで仲直りなんてことにならなかっただけでも運が良かったと思うべきなんだろう。私はできるだけ家にいないようにして、またあの感覚が戻ってきて次にどうするべきか教えてくれるのを待っていたのだが、干涸らびてしまって虚しいばかりで、なんの展望も開けなかった。もしかしたら本で読んだようなことが起きているのかと思い始めた——処女を失うやいなや私は力も失ったのだ。そしてアルドにものすごく腹が立った。私は言った。あんたは酔っぱらいの低能だ。だからどうした、彼はすぐに言い返した。お前のあそこ臭いぞ。じゃもう触らないでよ！　そうするよ！　でももちろん私は幸せ！　幸せ！　だった。家族が板張りの遊歩道に私を捜すビラを貼りだしているところにでくわさないかなと思い続けていた。私の母、見渡すかぎりでいちばん背が高く肌が黒く胸の大きい母、茶色い水玉のようなオスカー、ルベルカ叔母《ティア》さん、そして叔父《ティオ》さんだって、もしかしてみんなのおかげでちゃんとヘロインをやめられていたら。でもビラはせいぜいいなくなった猫を誰かが探しているといったものだった。白人とはそういうものだ。猫がいなくなると彼らは広域手配を行う。でも私たちドミニカ人は娘がいなくなっても、ひょっとしたら美容院の予約さえキャンセルしない。

　十一月にはすごく絶望的になっていた。私はアルドとすごく不快な父親と坐り、テレビでやっている古い番組をよく見た。私と弟が小さいころ一緒に見た『スリーズ・カンパニー』『ワッツ・ハプニング』『ザ・ジェファソンズ』（いずれも一九七〇年代中盤から八〇年代中盤にかけてテレビで人気を博したホームコメディ）なんかだ。そして私の失望はぎしぎしと音を立てて、体のどこかのとても柔らかく傷つきやすい器官を擦った。だんだん寒くなってきたころで、風は直接バンガローの中に入り、毛布の下まで潜りこみ、シャワーを浴びていても吹き込んできた。本当にひどかった。弟が自分で料理をしようとしているという間抜けな光景を思い浮かべ続けた。なぜかは訊かないでほしい。料理を作るのは私の役目で、オスカーが作れるのは焼きチーズサンドだけだった。オスカーが葦みたいにやせ細り、台所をうろうろしながらわびしく戸棚を開けているところを想像した。私は母の夢まで見るようになった。ただ、夢の中の母は小さな女の子で、まさに文字通り小さい。私は母を手のひらに載せる。母はいつも何か言おうとしている。でも、母を耳のところまで持ってきても声は聞こえないのだった。

　そういうあからさまな夢は昔から大嫌いだった。今でもそうだ。

　そしてアルドが陰険な態度を取るようになってきた。私たちの関係に嫌気がさしてきているということには私も気づいていたが、彼の友達がやって来たある晩、彼がどれだけうんざりしているかがはっきりわかった。父親はアトランティックシティに出かけていて、みんな飲んだりタバコを吸ったり下らない冗談を言ったりしていた。そして突然アルドが言った。ポンティアック（Pontiac）って何の略だか知ってる？　哀れな黒人野郎はそれをキャデラックだと思ってる《Poor Old Nigger Thinks It's A Cadillac》、だよ。でもその落ちを言うとき彼は誰を見ていたと思う？　アルドは真っ直ぐ私を見ていた。

　その晩彼は求めてきたが、私は彼の手を押しのけた。触らないで。

　怒るなよ、彼は言い、私の手をペニスまで持って行った。そんなことをしても何にもならないのに。

　そしてアルドは笑い出した。

それで二日ほど後に私がしたことといったら、本当にバカげたことだった。家に電話したのだ。一回目は誰も出なかった。二回目はオスカーが出た。こちらデ・レオン家でございますが。このお電話はどなたにお取り次ぎしましょうか？　私の弟はこういうやつだ。だから誰にも好かれないのだ。

私よ、このバカ。

ロラ。オスカーはすごく静かになった。そして彼が泣いているんだとわかった。**どこに**いるんだよ？

知らないほうがいいわよ。私は受話器を持ち替え、さりげない声で続けようとした。みんなは元気？

ロラ、ママに**殺されるよ**。

バカねえ、大きい声出さないで。ママは家にいないの？

仕事だよ。

それはびっくりね、私は言った。母は仕事か。最後の日、最後の時間、最後の一分まで母は仕事をし続けるだろう。ミサイルが飛び交っていたって仕事をしているに違いない。

きっとすごくオスカーに会いたかったんだと思う。でなければ私のことを知っている誰かと会いたかったのか、猫のオシッコにやられて常識を忘れてしまっていたのだろう。なにしろ私は遊歩道にある喫茶店の住所を教え、私の服と本を持ってくるように言ったのだから。

お金も持ってきて。

彼は黙った。ママがお金をどこにおいてるかわからないよ。

わかってるでしょ、ミスター。とにかく持ってきて。

どれだけ？　オスカーはおずおず訊ねた。

全部よ。

だっていっぱいあるよ、ロラ。

とにかく持ってきてって言ってるでしょ、オスカー。

わかった、わかったよ、オスカーは深く息を吸いこんだ。今大丈夫なのかどうかだけ教えてくれる？

大丈夫よ、私は言った。そう言ってはじめて泣きそうになった。どうにかしゃべれるようになるまで黙っていた。そして母に見つからずにどうやって喫茶店まで来るつもりか訊いた。

知ってるでしょ、オスカーは弱々しげに言った。僕はうすのろかもしれないけど、臨機応変なうすのろなんだ。

子供のころ好きだった本が『少年たんていブラウン』（米の小説家、ドナルド・J・ソボル（一九二四―）の小説（一九六三―））だったやつのことなど信じるべきではなかった。でもそのとき私は何も考えていなかった。ただもうオスカーに会いたかった。

　そのときはこんな計画を考えていた。弟を説得して一緒に逃げよう。計画ではダブリンに行くはずだった。遊歩道でたくさんのアイルランド人に会ったのだが、みなアイルランドのよさを吹聴した。私はU2のバックコーラスになって、ボノとドラマーの二人とも私に恋する。そしてオスカーはドミニカ人のジェイムズ・ジョイスになる。そうなると私は本当に信じていた。当時はそこまで勘違いしていたのだ。

次の日私はこざっぱりとした格好をして喫茶店に行った。そしてオスカーがカバンを持って待っていた。オスカー、私は笑いながら言った。あんたすごく太ってるわね！

知ってる、オスカーは恥ずかしそうに言った。心配してたよ。

私たちは一時間ほども抱き合った。そしてオスカーが泣き出した。ロラ、**ごめんなさい**。

大丈夫よ、私は言い目を上げると、母とルベルカ叔母《ティア》さんと叔父《ティオ》さんが店に入ってきた。

オスカー！　私は叫んだが手遅れだった。母はもう私を捕まえていた。母はすごく痩せてやつれていて、まるで老婆のようだった。でもまるで私が最後の五セントであるかのように私を抱いていた。そして赤いかつらの下で緑の目が**怒り狂っていた**。私はぼんやり気づいた。この場面にふさわしいように母は着飾って来たのだ。いかにもやりそうなことだった。悪魔の娘《ムチャチャ・デル・ディアブロ》、母は金切り声で叫んだ。私はなんとか母を喫茶店の外まで引きずり出し、私を殴ろうと母の片手が離れたすきに身を振り払った。私は急いで逃げ出した。後ろで母がバンと音を立てて縁石にひどく体をぶつけ、大の字で倒れるのが聞こえた。でも私は振り返らなかった。そんなことはしない――私は走り続けた。小学校のとき運動会ではいつも、学年の女の子でいちばん足が速かった。入賞のリボンを全部取って帰った。私は体がとても大きかったからみんなはズルいと言ったが、そんなことは気にしなかった。本気を出したら男の子にも勝てただろう。だから病気の母と麻薬中毒の叔父《ティオ》と太った弟が私に追いつくわけがなかった。長い脚で出せるかぎりのスピードで私は走るつもりだった。私は遊歩道を走り抜け、アルドの惨めな家を通り過ぎ、ワイルドウッドの外まで、ニュージャージーの外まで走り立ち止まらないつもりだった。**空を飛ぶ**つもりだった。

とにかく、うまくいく**はず**だったのだ。それなのに私は振り返った。そうしないわけにはいかなかった。聖書に出てくる塩の柱の話を知らなかったというわけではなかったが、誰の助けも借りず女手一つで子供を育て上げた母の娘が、長年の習慣から自由になることは至難のわざだった。私はただ母が腕を折っていないか、頭を割っていないか確かめたかっただけだった。だって、実の母親を何かの弾みで殺してしまいたい、なんて人がいるだろうか？　それだけの理由で私はパッと振り向いた。母は地面に大の字で倒れていて、かつらは手の届かないところにまで転がっており、母の禿頭はまるでなにか、私的な恥ずかしいもののように白日のもとに晒されていた。そして母は迷子になった仔牛のようにわめいていた。娘よ《イハ》、娘よ《イハ》。そして私は、自分の未来へ向かって逃げ去りたかった。その時こそまさに私を導いてくれるあの感覚が必要だったのだが、そんなもの見渡すかぎりどこにもなかった。ただの私がいただけだった。結局、私には根性が無かったのだ。母は地面に倒れていて、赤ん坊みたいな禿頭で泣いていて、もしかしたらあと一ヶ月で死んでしまう。そして私ときたら、彼女のたった一人の娘だった。それはどうしようもないことだった。だから私は歩いて戻った。そして母を助け起こそうと手を伸ばすと、母は両手できっちり私をつかまえた。母がまったく泣いていないと気づいたのはそのときだった。嘘泣きだったのだ！　母の笑顔はライオンのようだった。

さあ《ヤ》捕まえた《テ・テンゴ》、母は言い、勝ち誇ったようにバッと立ち上がった。捕まえた《テ・テンゴ》よ。

そんなふうにして私はサント・ドミンゴに行き着くことになった。知り合いが誰もいない島から逃げ出すほうが私には難しいだろうと母は思ったのだろう。ある意味で母は正しかった。私はここに来てもう六ヶ月目で、これまでのことを冷静になって考えようとがんばっているところだ。最初はそうは思っていなかったが、結局はこれでよしと思うしかなくなった。卵と岩が戦うようなもんだよ、お祖母《アブエラ》ちゃんは言った。勝ち目なんてないね。私は今、学校にも通っている。パタソンに戻ったときここで通った日数もちゃんと計算に入れてもらえるというからではなく、学校に行ってさえいれば忙しくて、悪さをすることからも遠ざかれるし、同世代の子たちとも一緒にいられる。私たちみたいな年寄り《ビエホス》と一日中一緒にいることたあないよ、お祖母《アブエラ》ちゃんは言う。学校については複雑な気持ちだ。確かに通っているおかげで、私のスペイン語はすごく上達した。〇〇学園は私立で、キャロル・モーガン・インターナショナルスクールみたいなのを目指していて、カルロス・モヤ叔父《ティオ》さん言うところの聞き分けのいい子ちゃんたち《ロス・イホス・デ・マミ・イ・パピ》で一杯だ。そこに私が通ってる。もしパタソンでゴスをやるのは大変だったろうと思うなら、ドミニカ共和国の私立学校でドミニカ系ニューヨーカーをやってみたらいい。人生でもこれより意地悪な女の子たちに囲まれることはないだろう。みんな私の陰口を死ぬほど言いまくるのだ。他の子だったらノイローゼになったかもしれないけれど、ワイルドウッドで暮らしたあとの私はそんなに弱くない。そんなこと気にもかけない。そして何よりも皮肉だったのは？　私は学校の**陸上競技部**に入っていた。私が部に入ったのは、ロス・ミナ出身で奨学金までもらっている友達のロシオが私にこう言ったからだ。そんなに脚が長いんだから部でやっていけるよ。これは勝者の脚ってやつよ、彼女は予言した。で、ロシオは私にはわからなかった何かが分かっていたに違いない。だって四百メートルやそれよりも短い距離で私は学校一のランナーになったのだから。自分にこうした単純なことに関する才能があったという事実にはいまだに驚いている。カレンが見たら気絶すること受け合いだ。なにしろ私が学校の裏で全力疾走していて、その後ろからコーチのコルテス先生がメンバーに、最初はスペイン語で、それからカタルーニャ語で叫んでいるのだから。**呼吸、呼吸、呼吸だ！**　体の脂肪もまったくなくなったみたいだし、私の脚の筋肉を見るとみんな感動する。自分でもそうだ。短パンを穿いて外出すれば必ず交通渋滞が起きてしまうし、このままお祖母《アブエラ》ちゃんが家の中に鍵を忘れたままドアを閉めたせいで二人して家に入れなくなったとき、いらいらしてたお祖母ちゃんは私のほうを向いて言った。ねえ《イハ》、もう蹴って開けちまいなよ。そして二人で笑った。

　この何ヶ月かで多くのことが変わった。考えも、気持ちもだ。「本当のドミニカ人の女の子」風の格好を私にさせたのはロシオだった。髪の毛を整えてくれたし、メイクの手伝いもしてくれた。そしてときどき鏡を見ても、映っている娘が誰だか自分でもわからなくなった。それで私が不幸だとかそういうことではない。たとえ私が熱気球を見つけて、それがU2のメンバーの家まで私をさっと連れて行ってくれるとしても、私がそれに乗るかどうかはわからない（だが裏切り者の弟とはまだ口を利いていなかった）。本当のところ、ドミニカ滞在をあと一年延ばそうかとまで考えている。お祖母《アブエラ》ちゃんはそもそも私に行ってほしくないのだ――あんたがいないと寂しいよ、お祖母ちゃんがあんまり率直にそう言うので、ほんとに本心からだとわかる。そして母は言う。ドミニカにいたいならいてもいいけど、家に戻ってきても歓迎するから。ルベルカ叔母《ティア》さんの話では母はがんばっていて、また二つの仕事を掛け持ちしているとか。家族みんなの写った写真が送られてきて、お祖母《アブエラ》ちゃんが額に入れた。それを見ると私はいつも涙ぐんでしまう。写真の母はかつらをかぶっていない。すごく細くて母には見えない。

　あんたのためなら私は死んでもかまわないってことは覚えといて。最後に電話したとき母はそう言った。そして私が何か言う前に母は電話を切った。

　でも私がここでしたかったのはこの話ではない。したかったのは、今回のごたごたをすべて引き起こしたあの狂った感覚について、私の骨の中で歌っている魔女《ブルハ》のような感覚、綿に染みこむ血のように私を摑んで放さない感覚についての話だ。私の人生のすべてが変わろうとしていると私に知らせるあの感覚。それが戻ってきた。つい先日、さんざん夢を見たあと目覚めたらそこに、私の中で脈打っていた。お腹に子供がいたらこんな感じなんだろうと思う。最初、私は恐かった。それがまた逃げろと告げているのではないかと思ったのだ。でもこの家の中を見回すたびに、お祖母《アブエラ》ちゃんを見るたびにその感覚が強くなっていったので、今回はちょっと違うとわかった。そのころ私はある男の子と付き合っていた。マックス・サンチェスという名前の素敵な黒人の子で、ロシオを訪ねてロス・ミナに行ったとき出会った。彼は背が低かったが、笑顔とパリッとした服装で十分におつりが来る。私がニューヨーク《ヌエバ・ヨル》から来たせいで、彼は将来どれだけ金持ちになるつもりかを語るので、私はそんなこと気にしないと説明しようとしたが、彼は何とち狂ったこと言ってるんだというふうに私を見るだけだ。白いベンツを買うつもりなんだ、と彼は言う。見てな《トゥ・ベラス》。でも私がいちばん気に入っているのは彼の仕事で、そのせいで付き合い始めたのだった。サント・ドミンゴでは二、三の映画館が一本の映画の同じリールを共有していて、最初の映画館が最初のリールを上映し終えるとそれをマックスに手渡し、彼は狂ったようにバイクを飛ばして二つめの映画館に間に合わせる。そして彼は戻り、待ち、二本目を積みこんで、という調子だった。もし彼が遅れたり事故に巻きこまれたりすれば、最初のリールが終わっても次のリールは無く、観客は瓶を投げることになる。今のところはツイてるんだよ、彼は私に言い、聖ミゲルのメダルにキスをする。おれのおかげで一本の映画が三本になるんだ、彼は自慢げに言う。映画を完成させてるのはおれさ。お祖母《アブエラ》ちゃんなら、マックスは高い階級《ラ・クラセ・アルタ》の出身ではないという言い方をするだろうし、もし学校にいる取り澄ました女どもが私たちを見れば、その場で死んでしまうかもしれないが、私はマックスが好きだ。ドアを押さえて私を通してくれるし、私を僕の黒い娘《モレナ》と呼ぶ。ときどき勇気を出して私の腕に優しく触れては、ためらう。

とにかく、あの感覚はたぶんマックスに関するものかもしれなかった。そしてある日、一緒にラブホテルに行ってもいいよと彼に言った。彼はあまりに興奮しすぎてベッドから落ちそうになった。マックスが最初にしたがったのは私のお尻を見ることだった。私の大きなお尻が人気の出し物になるとは自分自身、全然知らなかったのだが、彼は四、五回もキスした。彼の息がかかってお尻に鳥肌が立った。そして彼は、宝物《テソロ》だと言った。ことが終わり彼がバスルームで体を洗っているあいだ、私は鏡の前に裸で立ち、自分のお尻《クロ》を初めて見た。宝物《テソロ》、私も言ってみた。宝物ねえ。

で？　学校でロシオが訊いてきた。そして私は素早く一度うなずいた。ロシオは私をぎゅっと摑んで笑ったので、私の大嫌いな女の子たちが全員振り返ったが、彼女たちに何ができたろう？　幸福はひとたび訪れてしまえば、サント・ドミンゴに住むすべての嫌みな女の子を合わせたより強いのだ。

でもまだ私は混乱していた。例の感覚はどんどん強くなり、眠りを妨げ、精神の平安を搔き乱したからだ。私は競走で負けるようになった。今までそんなことなどなかったのに。

あんたも大したことないねえ、アメリカ人《グリンガ》さんよ、敵のチームの女の子たちに野次られても、私はがっくりと下を向くしかなかった。コーチのコルテス先生はすごく落ちこみ、車に乗ったまま中から鍵をかけてしまい、私たちに何も言わなくなった。

　こうしたこと全部のせいでもう頭がおかしくなりそうだった。そしてある夜私は、マックスと会ったあと家に帰ってきた。私たちは海辺のマレコン通りを二人で歩いていた――彼が散歩以外のことをするお金を持っていることはなかった――そして椰子の木の上でコウモリたちがジグザグに飛んだり、古い船が遠くへ離れていくのを見たりしていた。私が膝の裏を伸ばしているあいだ、彼はアメリカ移住について静かに語っていた。お祖母ちゃん《アブエラ》が居間のテーブルで私を待っていた。お祖母ちゃんは若いころ亡くした夫を悼んでまだ黒ずくめの格好をしていたが、それでも私が知っているうちでいちばんかっこいい女性だった。お祖母ちゃんにも私にも稲妻のようにギザギザしたところがあって、空港で初めてお祖母ちゃんに会ったとき、認めたくはなかったけれども、私たち二人はうまくいくとわかった。お祖母ちゃんの立ち姿といったら、まるで自分の持ち物の中でいちばん貴重なのは自分自身だというようで、私を見ると、あなた《イハ》、あなたが行ってしまってからずっとあなたのことを待ってたのよと私に言った。そして私を抱きしめキスをして言った。私はあなたのお祖母ちゃん《アブエラ》だけど、私のことラ・インカって呼んでいいわよ。

　その夜、彼女を見下ろすように立ち、ビシッと分かれた髪の分け目などを見ると、優しい気持ちが湧き上がってくるのを感じた。私は両腕をお祖母ちゃんに回した。そのとき彼女が写真を見ていることに気づいた。古い写真ばかりで、家にいたときには見たこともなかったようなやつだった。若いころの母の写真や、他の人たちが写っている写真なんかだ。私は一枚取り上げた。母は中華料理屋の前に立っていた。エプロン姿でも母は力強くて、将来大物になりそうだった。

　お母さんはとってもきれい《グアパ》だったのね、何気なく私は言った。

お祖母《アブエラ》ちゃんは鼻を鳴らした。美人てのは私のことさ《グアパ・ソイ・ヨ》。あんたのお母さんは女神《ディオサ》だったのよ。でもすごく頑固《カベサ・ドゥラ》でねえ。あんたぐらいの歳になってからは、あの子とうまくいったことはなかったよ。

それは知らなかった、私は言った。

あの子は頑固《カベサ・ドゥラ》だし私は……口うるさい《エクシヘンテ》し。でも何もかも結局うまくいったんだよね、お祖母ちゃんはため息をついた。あんたもオスカーもいるし、そんなの誰も望めないほどのことなんだから。それ以前のことを思えばね。お祖母ちゃんは写真を一枚引っ張り出した。この人は私のいとこでね——。

お祖母ちゃんは何かを言おうとして、それから黙った。

そしてそのとき、あれがハリケーン並の強さで襲ってきたのだ。あの**感覚**が。私は背筋を伸ばして立っていた。母がいつもそうしろと言っていたようにだ。お祖母《アブエラ》ちゃんはそこにぽつんと坐り、なんとか正しいことばをかき集めようとしていて、私は動くことも息をすることもできなかった。競走の最後の数秒でいつも感じるような、きっとこのまま自分は破裂するんじゃないかという感じがした。お祖母ちゃんは何かを言おうとしていて、私はそれが何であれ、お祖母ちゃんが私に言おうとしていることを待っていた。私は何かが始まるのを待っていたのだ。

第3章

ベリシア・カブラルの三つの悲嘆

The Three Heartbreaks of Belicia Cabral

1955–1962

王女を見よ

アメリカでの物語が始まるまえ、オスカーとロラの前にパタソンが夢のように拡がるまえに、あの島を立ち退けというラッパの音が響き渡るまえに、まずは二人の母親がいた。イパティア・ベリシア・カブラルだ。

すごく背が高くて、見るだけであなたの脚の骨が痛くなるような女の子。すごく肌の色が黒くて、まるで創造の女神が彼女を作るあいだ瞬きをしていたよう。後に生まれる娘同様、彼女はとてもニュージャージー的な不満を示すようになる――どこか別の場所へ行きたいという抑えきれない衝動を。

そのころ彼女はバニに住んでいた。現在の狂乱したバニ、ボストンやプロビデンスやニューハンプシャーまで自分たちのものだと言い張るドミニカ系ニューヨーカーたちを限りなく送り出すことで支えられているバニではない。過ぎ去りし日の素敵なバニ、美しく礼儀正しいバニだ。黒人を寄せ付けないことで有名なバニ、そしてああ、この本でいちばん色の黒い登場人物が住んでいるのがここだった。中央広場《プラサ・セントラル》近くの大通りの一本にある、今ではもう取り壊された家。ベリはここに母親代わりの叔母と住んでいた。満足はしていなかったにせよ、そこそこ平穏に暮らしていたことは確かだ。一九五一年から娘《イハ》と母《マドレ》は中央広場近くで評判のよいパン屋を営みながら、色あせた風通しの悪い家を、申し分のない状態に保っていた（一九五一年より前には、われらがみなし子は他の里親の元で暮らしていた。噂通りだったとすれば、里親はひどい人たちで、そうした人生の暗黒時代については彼女も母親《マドレ》も決して語らなかった。二人にとっては白紙のページ《パヒナ・エン・ブランコ》だったのだ）。

それらはまさに素晴らしき日々だった。一緒にパン種を素手で叩いたり捻ったりしているあいだに、ラ・インカがベリに家族の輝かしい歴史を語って聞かせたり（あなたのお父さんはね！　あなたのお母さんはね！　あなたのお姉ちゃんたちはね！　あなたの家はね！）、あるいはカルロス・モヤのラジオから流れる声と、ベリの傷ついた背中にバターを摺り込む音だけが聞こえる日々。マンゴーの日々、パンの日々。そのころの写真はあまり残っていないが、どんなものかはたやすく思い浮かべることができる——たとえばロス・ペスカドレスにある、手入れの行き届いた家の前に並んだ二人だ。ほろりとさせるような写真ではない。そういうのは彼女たちの好みではなかった。母親《ラ・グランデ》の立派さはあまりに強固で、切り裂くには火吹きランプが必要だったろうし、娘《ラ・ペケーニャ》の用心深さはミナス・ティリス（『指輪物語』に主に登場する架空の国ゴンドールの首都。「見張りの塔」の意。塔および城郭内の都市からなり、善の勢力を象徴する最重要拠点の一つ）の街のようで、打ち破るにはモルドール（『指輪物語』に主に登場する架空の国。「黒の国」の意。サウロンの支配する影の王国）の全軍が必要だったろう。二人の営む人生はまさに南国《スル》のきちんとした人々のものだった。週二回教会に通い、金曜日にはバニの中央公園《パルケ・セントラル》を散歩した。あの懐かしきトルヒーヨの治世には、そこには強盗をはたらく少年たちもおらず、美しいバンドが演奏していた。二人はくたびれたベッドに一緒に寝て、朝が来ると、ラ・インカが目をつぶったままサンダル《チャンクレタス》を探しているあいだ、ベリは震えながら家の前まで出て、ラ・インカが自分の飲むコーヒーを淹れているあいだ、ベリは囲いにもたれかかりじっと見ていた。何を？　近所？　巻き上がる埃？　それとも世界？

ベリ《イハ》、ラ・インカは叫んだものだった。ベリ《イハ》、来なさい！

四、五回叫んだあと、ついにラ・インカはベリを連れ戻そうと出てくる。そうして初めてベリは中に入るのだった。

何で叫ぶ必要があるの？　嫌そうな顔でベリは訊ねる。

ラ・インカはベリの背を家まで押していく。この子ときたら！　子供のくせにいっぱしの口を利いて！

ベリは明らかにあのオヤの魂（オヤはヨルバ族の神話における大風を起こす女神）を持つ娘で、いつもくるくる動き回り、静けさ《トランキリダ》が大の苦手だった。第三世界に暮らす女の子ならほとんど誰だって、ベリのような生活ができるなら至高なる神に感謝したことだろう。だって彼女の母親《マドレ》ときたら、娘をぶつこともなく、

（罪の意識からなのか、単にそういう気質からなのか）むやみと甘やかし、派手な服を買い、パン屋の給金も与えていた。確かにたいした金額ではなかった。それでも、似た環境にある九九パーセントの子供たちの稼ぎなど無いに等しかったのだ。何もかも**うまくいっていた**のだが、ベリはそうは感じていなかった。この話のこの段階においては彼女にもぼんやりとしかわかっていない理由によって、ベリはもはやこのパン屋で働き続けたり、バニでいちばん立派な女性の一人の娘であり続けることに耐えられなくなっていた。とにかく耐えられなくなっていたのだ。今の生活のすべてについて、彼女はいらだった。心の底から何か**別のもの**を求めていたのだ。いつ不満を心に抱くようになったのかは自分でも思い出せなかった。**生まれたとき**からだと後に自分の娘に言うことになるが、それが本当かどうかなんて誰にわかるだろう？　自分が本当は何を求めているのかということも、はっきりしていなかった。信じられないほど素晴らしい人生？　そのとおり。かっこよくて金持ちの夫？　そのとおり。立派な子供たち？　そのとおり。大人の女性の体？　もちろん。彼女が何より求めていたものについてあえて言葉にするならば、失われた子供時代を通じて彼女が常に追い求めていたもの、すなわち逃亡だろう。**何から**かを挙げるのはたやすかった。パン屋から、学校から、つまらないバニの町から、母親《マドレ》と一緒のベッドに寝ることから、好きな服を買えないことから、十五歳まで待たなければ髪にストレートパーマをかけられないことから、到底満たすことのできないラ・インカの期待から、遠い昔、自分が一歳のころ両親が死んでしまったという事実から、両親はトルヒーヨのせいで死んだという噂から、自分が孤児だった幼いころの数年間から、そのころ受けたひどい傷から、蔑まれた黒い肌から。しかし逃亡の結果**どこへ**行きたいかについては自分でもわからなかった。たとえ彼女が高い城に住む王女だったとしても、あるいは彼女の死んだ両親が住んでいた屋敷、壮麗なアトゥエイの屋敷が、トルヒーヨのオメガエフェクトの効果から奇跡的に回復していたとしても、そんなこと別に関係なかっただろう。とにかく彼女は外に出たかったのだ。

毎朝同じ日課が繰り返された。イパティア・ベリシア・カブラル、こっちへ《ベン》来なさい《アカ》！ あんたが来れば《ベン》いいじゃない《アカ》、ベリは小声でつぶやく。あんたが。

ベリが抱いていたのは、思春期の現実逃避主義者ならほとんど誰でもが、つまりはその世代全体が抱くような未熟な願望だった。でもこう言わせてほしい。だからどうだって言うんだ？ どれほど多くの夢想に耽ろうとも、彼女がドミニカ共和国に住んでいる十代の少女だという冷厳な事実を変えはしないだろう。ラファエル・レオニダス・トルヒーヨ・モリナ、これまでに独裁を行った者のうちでもっとも独裁的な独裁者の支配する国にだ。ここは実質的に脱出不可能なように設計された国家であり社会だった。アンティル諸島のアルカトラズ島だ。そしてドミニカのバナナのカーテンにはフーディーニ（ハリー・フーディーニ（一八七四―一九二六）。「脱出王」の異名を持つハンガリー出身の奇術師）の通り抜けるような穴さえ空いていなかった。選択肢はタイノ族の人々並みに数少なく、低収入の家庭に育った色黒の痩せっぽちの少女たちにとっては更に少なかった（彼女の落ち着きのなさをもっと広い文脈で捉えればこうなる。若い世代のドミニカ人全体を窒息させていたものに、彼女もまた苦しんでいた。二十年あまりにわたるトルヒーヨの治世がそれをもたらしていたのだ。彼女たちの世代は後に革命を起こすことになるのだが、当時は呼吸もできずに青ざめていた。自覚というものの欠如した社会において自覚を獲得した世代。変化は不可能だという共通了解にもかかわらず、それでもなお変化を**渇望**した世代。人生の終わりごろ、生きたままガンに食われながら、皆がどれだけ囚われていると感じていたかをベリは語ることになる。まるで大海の底にいるみたいだった、と彼女は言った。何の光もなくて、海全体がのしかかってくるの。でもほとんどの人はこの状態に慣れきってしまい、それが当たり前だと思うようになっていた。上のほうに世界があることさえみんな忘れてしまっていた)。

でも彼女に何ができただろう？　残念ながら、ベリはただの女の子だった。彼女には権力も（まだ）美しさも才能も、今の状況を乗り越える手助けをしてくれる家族もなかった。ただラ・インカがいるだけで、ラ・インカはベリが何かから逃げ出す手助けをするつもりなどなかった。それとはまったく反対に、ラ・インカときたら、ゴワゴワしたスカートを穿いていつも威張っていて、いちばんの目標といえば、バニという田舎の土壌に、そして一族の輝かしい黄金の過去という逃れられない事実にベリシアを根づかせることだった。ベリがまったく知らない一族、幼いころ失ってしまった一族の過去に（覚えておいて、あなたのお父さんは医者だったのよ、**医者**、そしてあなたのお母さんは**看護師**だったのよ）。ラ・インカがベリに期待したのは、彼女が皆殺しにされた一族の最後の望みになることだった。ベリこそが過去からの救出劇における重要な役割を果たすだろうと期待していたのだ。だが、うんざりするほど聞かされた話以外、一族についてベリが何を知っていただろう？　それに結局のところ、彼女にはどうでもよいことだった。彼女は、足が後ろ向きに、過去に向かってついた呪いの女神《マルディタ・シグアパ》ではないのだ。彼女の足は前を向いていたし、そのことをラ・インカには繰り返し言った。未来を向いていたのだ。

あなたのお父さんは医者だったのよ、臆することなくラ・インカは繰り返した。あなたのお母さんは看護師だったの。二人はラ・ベガでいちばん大きな家に住んでたんだから。

ベリはそんなの聞かなかった。それでも夜になって貿易風《アリゼ》が吹き込んでくると、少女は眠りながらうなされた。

我が校の子女《ラ・チカ・デ・ミ・エスクエラ》

ベリが十三歳のとき、ラ・インカは彼女のために、バニでいちばんいい学校の一つ、エル・レデントルでの奨学金を獲得した。形としては、それはすごく確かな一歩だった。孤児だろうが何だろうが、ベリはシバオにある良家の一つの三女であり末の子で、ちゃんとした教育を受けることは当然というだけでなく、いわば生得の権利のようなものだったからだ。そこに通えば、ベリの落ち着きのなさも少しは改善するのではないかともラ・インカは期待していた。彼女は思った。この地域でもっとも優秀な者たちの集う学校に新たに通えば、ベリもまともになるのではないか？ だが血筋こそ立派であったが、ベリが育ったのは両親の属していた上流階級の世界ではなかった。ラ・インカ——ベリの父親と仲のよかった従妹だ——がなんとか探し当て（というより救出し）、暗黒の日々からバニの光の中に連れ出すまで、ベリはなんのしつけもされていなかった。七年のあいだに、細かいことにまで口うるさいラ・インカのおかげで、アスア郊外での生活が及ぼした悪影響はかなり取り除かれていたが、ベリはまだまだ洗練からは程遠かった。上流階級風の傲慢さはすべて身につけていたが、口の利き方はいっぱしの大物風《コルマド》だった。どんなことにも誰にでもくってかかったのだ（アスア郊外での日々が原因だった）。ベリみたいに肌が黒く半ば田舎臭いがんこ者を、大部分の生徒が社会でもトップクラスの略奪者たちの子弟である、白い肌の子供たちの通う取り澄ました学校に通わせるというのは、理論的にはいい考えだったが、実際はそうでもなかった。有能な医師を父に持つ娘だろうがそうでなかろうが、ベリはエル・レデントルでは目立った。置かれた状況の難しさを察して、他の女の子なら自分の性格の極端なところを直し、なんとか溶けこもうとしたかもしれなかった。顔を伏せ、なるべく目立たないようにして、学生と職員を合わせた総数一万一人のとげのある視線を無視することで、なんとか生き延びたかもしれなかった。だがベリはそうではなかった。彼女は決して（自分に対してさえ）認めなかっただろうが、エル・レデントルでの自分は完全に晒し者だと感じていた。色の薄いすべての瞳は彼女の黒さに、まるでイナゴのように齧りついた――そして自分が標的になっているというこの状況に、どう対処すればよいのかをベリは知らなかった。そこでかつていつも自分を守ってくれていたことをした。自己防衛的、攻撃的になり、異常なまでに過剰反応したのだ。たとえば誰かが彼女の靴に関してほんの少しでもちゃかすと、あんたなんてやぶにらみだし、ダンスは尻に石が挟まった山羊みたいじゃない、とベリは返す。ああ。単に冗談を言っているだけなのに、このクラスメイトはトップ・ロープから飛びかかってくるのだ。

　そうして二学期の終わりまでには、ベリが廊下を歩くときに誰かにつべこべ言われる心配はなくなった、とは言える。だがそうなったことの弊害は、彼女が完全に孤立してしまったということだ（これは『蝶の時代』*7（ドミニカ育ちの米の小説家フリア・アルバレス（一九五〇―）の小説（一九九四））とはまったく違う展開だった。あの本ではミラバル姉妹の一人が貧しい奨学生を親切に助けるのだが、ここにミネルバはいなかった。全員がベリを避けたのだ）。学校に通い始めたころには、クラスで一番になり、卒業パーティでクィーンに選ばれてハンサムなジャック・プホルスの隣に立つのだという、大きすぎる希望を抱いていたベリだったが、すぐに気付いたのは、チュードの儀式（スティーヴン・キング『IT』（一九八六）に登場するヒマラヤの儀式。邪悪な魔物を追い払うために行なわれる）によって自分が超大宇宙（チュードの儀式によって開かれる空間）の骨の壁の向こうに追放されていることだった。

彼女は哀れな小集団——負け犬たちにすらいじめられる超負け犬集団——への降格で済むという幸運にさえ恵まれなかった。ベリはさらにその向こう、シコラックス（『ドクター・フー』に登場する人間型宇宙人）の領域にまで追いやられたのだ。その超最下層には次のような仲間たちがいた。鉄の肺を使っている男の子で、召使いたちが毎朝車椅子の彼を教室の隅まで押していく。彼はいつも笑っているように見える知恵遅れだ。それから中国人の女の子で、父親がこの国最大の食料雑貨店《プルペリア》を経営しており、事実かどうかはわからないものの、人々は彼をトルヒーヨの中国人と呼んでいた。エル・レデントルで過ごした二年間でウェイが習得できたのはほんの片言のスペイン語だけだった。だがどう見ても言葉に不自由があったにもかかわらず、きちんと彼女は毎日教室にやって来た。最初、他の生徒たちは彼女をよくある反アジア的たわごとで悩ませた。髪について（ベトベトだね！）、目について（そんなに細くて前が見えるの？）、箸について（枝をあげるよ！）、言葉について（チンとかチョンとか言いまくった）、彼女の周りではやし立てたのだ。特に男の子たちは嬉しそうに自分の顔を後ろに引っ張り、出っ歯で中国風の目の笑顔をやってみせた。かわいいだろ。ハッハッ。ほんとに笑えるな。

＊7　ミラバル姉妹はあの当時の偉大なる殉教者だった。パトリア・メルセデス、ミネルバ・アルヘンティナ、マリア・テレサ——サルセド出身の美しい姉妹はトルヒーヨに逆らって三人とも殺害されたのだ（サルセド出身の女性たちは信じられないほど荒々しく、誰にでも、トルヒーヨにすら立ち向かうという評判の主な原因は彼女たちだった）。彼女たちの殺害とそのあと人々の間で起こった抗議の声こそ、公的にトルヒーヨ治世が終わりを告げる端緒だったと多くの者が信じている。いわゆる転換点で、その時ついに人々は、もうたくさんだと決意したのだった。

だが新奇さが薄れてしまうと（彼女は決して反応しなかった）、生徒たちはウェイをファントム・ゾーン（『スーパーマン』に描かれる犯罪者投獄のための異次元空間）に追放し、終いには**中国**、**中国**、**中国**の囃し声も消え去った。

高校での最初の二年間、ベリはその子の隣に坐った。だがそのウェイですらベリには痛烈な言葉を投げつけた。

あんた黒いね、ベリの細い腕を指差しながらウェイは言った。**まっ黒黒**。

ベリは精いっぱい頑張ってみたが、爆弾レベルのプルトニウムを抽出することなんて、当時のベリの低レベルのウラニウムからはできなかった。失われた数年間、彼女はどんな種類の教育も受けておらず、その空白が彼女の神経回路に大きな損傷を与えていた。たとえばベリは目の前の課題に集中することがどうしてもできなかった。ベリシアを帆柱に縛りつけていたのは、ラ・インカの頑固さと期待だった。ベリは惨めなほど孤独で、おまけに成績はウェイより下だったのに、である（ラ・インカは嘆いた。お前だって中国人よりはいい成績が取れると思っただろうにねえ）。他の生徒たちがむしゃらに試験問題を解いているあいだ、ベリがじっとながめていたのは、ジャック・プホルスのクルーカットの後頭部にあるハリケーンみたいな渦巻きだった。

カブラルさん《セニョリータ・カブラル》、もう終わったんですか？

いいえ、先生《マエストラ》。そしてむりやり試験問題の束に戻るのだが、それはまるで、いやいや水に潜るような感じだった。

彼女の住む地区《バリオ》の誰にも、ベリがどれほど学校を嫌っているのか想像できなかっただろう。もちろんラ・インカは全然わかっていなかった。エル・レデントル学園と、ベリとラ・インカが暮らすつましい労働者階級の地区とは、百万マイルも離れていた。そしてベリはあらゆる努力をして学校を楽園のように見せかけていた。そこでベリは、他の不死の人々と遊び戯れ、最後には神になるまでの四年間を過ごすのだと。そしていっそう気取った振る舞いをした。以前はラ・インカがベリの文法や俗語を直してやっていたのだが、今ではベリがバニの下町で一番正しい言い回しや言葉遣いを身につけていた（ベリはセルバンテス（スペインの小説家、劇作家（一五四七―一六一六）。『ドン・キホーテ』（一六〇五―一五）で知られる）みたいにしゃべりだしたよ、ラ・インカは近所に自慢した。苦労してでも学校には行かせたほうがいいって言ったでしょ）。ベリには友達と呼べる相手はほとんどいなかった――ドルカだけだ。彼女はラ・インカのために掃除をしていた女性の娘で、ちゃんとした靴は持っておらず、ベリが歩き回った地面まで崇拝していた。ドルカのために、ベリは極めつきの演技をしてのけた。一日中制服を着っぱなしでいて、終いにはラ・インカに脱げと命じられた（何考えてるの、制服だって**ただ**じゃないんだからね）。ひっきりなしに学友について話した。その話では誰もがベリの心から信頼できる親友ということになっていた。たとえばベリを無視し、すべてにおいて仲間外れにすることを使命とする四人の女の子たち、至高戦隊とでも呼ぶべき子たちすら、ベリの話ではすっかり更生していて、善意に満ちた先輩たちとして、折に触れてベリシアのもとを訪ねては学校や人生一般に関するとても貴重な助言をくれるのだった。話が進んでくると、戦隊の全員がベリとジャック・プホルス（っていうのはね、ベリはドルカに説明する、私の彼なんだけど）との関係にすごく嫉妬していることが明らかになり、それから戦隊は一人また一人と自分の心の弱さに負け、ベリの彼氏《ノビオ》を奪おうとする。だが、もちろんジャックはそのたびに彼女たちの裏切り行為を強く戒めるのだった。まったく**呆れたよ**、ジャックは言い、そのあばずれ娘を追い払うのだった。とにかく考えてもみろよ。ベリシア・カブラルが、あの世界に名高い医師の娘が、君にどんなに良くしてくれるかってことをさ。裏切ったのがどの娘の場合でも、長いことベリに冷淡にされると、戦隊のその罪深き一員はベリの足下に身を投げ出し許しを請う。そしてベリは熟考の末、一人の例外もなく許した。あの子たちは心が弱いからしょうがないの、ベリはドルカに説明した。もしくは、ジャックがかっこよ《グアポ》すぎるから。ベリはなんという世界を紡ぎ出したことだろう！ ベリはパーティやプールやポロの試合や豪華な夕食について話した。血の滴るようなステーキがどっかりと皿に盛られ、ブドウだってミカンみたいに当り前の存在なのだ。それどころかベリは、いつの間にか自分が決して知ることのない生活についてまで語っていた。アトゥエイ邸での暮らしのことだ。ベリの話があまりにも驚異的だったので、ドルカはよくこう言った。私もいつか一緒に学校に行きたいな。

ベリは鼻で笑った。何バカなこと言ってんの！ あなた頭悪すぎるじゃない！

するとドルカはうなだれるのだった。自分の幅広の足をじっと見つめる。足はサンダルの中で埃まみれだった。

ラ・インカはベリが女医になるのだと言い（最初の女医さんじゃなくても、最高の女医さんにはなれるわよ！）、娘《イハ》が試験管を光にかざしているところを想像した。だがベリのほうは周囲のいろんな男の子たちを夢見ながら学校生活を過ごす毎日だった（ベリが男の子たちをじっとあからさまに見るのをやめたのは、教員の一人がラ・インカに手紙を書いたからだった。ラ・インカはベリを叱りつけた。どこに通ってると思ってるの？ 売春宿じゃないんだからね。バニでいちばんいい学校に通ってるのに、お前《ムチャチャ》ときたら、人聞きの悪い！）。そして男の子のことでなければ、いつかきっと手に入れる自分の家のことを夢見ていた。心の中で一部屋一部屋一部屋と飾り付けていたのだ。母親《マドレ》の望みはアトゥエイ邸、あの由緒ある家をベリが取り戻すことだったが、ベリの想像上の家は新しくさっぱりしていて、なんの由緒もくっついていなかった。彼女の好きなマリア・モンテス的白日夢では、ジャン＝ピエール・オーモン（仏の俳優（一九一一―二〇〇一）。二番目の妻として、マリア・モンテスを迎えた）風のさっそうとしたヨーロッパ人（それはたまたまジャック・プホルスと瓜二つだった）がパン屋にいるベリを見て狂おしいばかりに恋に落ち、彼女をさらってフランスにある彼の城に連れて行く*8のだった。（目を覚ましなさいよ、あんた！　水でこねたパン《パン・デ・アグア》が焦げちゃうじゃないの！）

こんなふうに夢見ていた少女は彼女だけではなかった。こうしたでたらめな話《ヒリンゴンサ》は宙を漂っていて、女の子たちはこうした夢を朝晩食べて暮らしていた。頭の中でボレロや歌《カンシオネス》や詩《ベルソス》がぐるぐると渦巻き、目の前には『リスティン・ディアリオ』紙の社交欄が広がっている状態でベリが他のこと

*8　マリア・モンテスは有名なドミニカ出身の女優で、アメリカに移り住んで一九四〇年から一九五一年のあいだに二十五本以上の映画に出演した。『アラビアン・ナイト』（一九四二）、『アリババと四十人の盗賊』（一九四四）、『コブラ女』（一九四四）、そしておれが個人的に好きな『魅惑の魔女』（一九四九）などが彼女の出演作である。彼女はファンからも映画史家からも「テクニカラーの女王」と呼ばれた。本名はマリア・アフリカ・グラシア・ビダルで一九一二年六月六日バラオナ生まれ、芸名は十九世紀の有名な高級娼婦ロラ・モンテスからいただいた（ロラ・モンテスは何よりハイチの血も引くアレクサンドル・デュマとセックスしたことで知られている）。マリア・モンテスは元祖ジェニファー・ロペスで（あるいは、あなたの時代における最高の美女でセクシーなカリブ女《カリベーニャ》だったら誰でもいい）、ドミニカ出身で最初の国際的なスターだった。結局はフランス野郎と結婚し（ごめんね、アナカオナ（タイノ族の女王。現在のハイチの祖の一人として崇められている））、第二次世界大戦後はパリに移住した。三十九歳のときたった一人で浴槽の中で溺死した。争ったあともなく、殺人の証拠もなかった。彼女はトルヒーヨ政権のために時折記者会見を開いたことはあったが、大したことは言っていない。フランスで暮らしたあいだに、マリアはすごいオタクだと判明したことを指摘しておきたい。三冊本を書いたのだ。二冊は出版された。三冊目の原稿は彼女の死後失われた。

も考えることができたのは驚くべきだった。十三歳のベリが愛を信じる強さは、まるで家族や夫や子供や運命に見放された七十歳の未亡人が神を信じる強さと同じだった。ベリシアは他の女の子たちよりもはるかに、このカサノバ波の影響を受けやすかった。彼女はまったくの**男狂い**だったのだ（サント・ドミンゴのような地域で男狂いと呼ばれるためには、一つの際立つ特質があった。それはつまり、標準的な北アメリカの女性なら、燃え尽きて灰になってしまうような情熱を持ち続けられるということだ）。ベリはバスに乗っている勇ましい《ブラボ》若者たちを見つめ、パン屋によく来るハンサム《ブエンモソ》たちの買うパンに密かにキスをし、美しいキューバのラブソングを一人きりで歌った。（ラ・インカは嘆いた。**男の子**がすべてを**解決**してくれると思えるのなら世話はないね）。

だがこの男性関係すら、まったく不満足なものとなった。もしベリが近所《バリオ》の肌の黒い男の子たちに興味を抱いたのだったら何の問題もなかっただろう。彼ら遊び人たちはさっさと彼女をものにして、ベリのロマンティックな魂を満たしてくれただろうから。だが、なんということだろう、エル・レデントル学園の私的で洗練された雰囲気がベリの人格形成に有益（ちょうど濡れたベルトで何度も叩いたり、暖房のない修道院で三ヶ月過ごすのが有益なように）だろうというラ・インカの希望は、少なくともこの側面でだけ実を結んだのだった。すなわち十三歳のベリは、世界中のジャック・プホルスたちだけに興味を持ったのだ。こうした状況でよくあるように、ベリが求めた上流階級の少年たちは彼女の関心に応えることはなかった――ルビロサのような男の子たちを、金持ち娘への夢想から引っぱり出すだけのものなど、ベリはなにも持ち合わせていなかったのだ。

なんという人生だろう！　一日が一年より長く感じられた。学校や、パン屋や、騒々しく小言を言うラ・インカの息苦しいほどの気遣いにベリは耐えた。街の外から訪ねてくる人々を飢えた目で見た。ほんの少しでも風が吹くと両腕を広げ、夜には自分を押しつぶしてくる大洋をヤコブのように堪え忍んでいた。

キモタ！（『ミラクルマン』における変身の呪文。英語のatomicの発音を逆にして綴ったもの）

で何が起こったの？
男の子とやらかした。
ベリにとって初めての男の子と。

一番目《ヌメロ・ウノ》

もちろん相手はジャック・プホルスだった。学校でいちばんハンサムな（色の白い、ということだ）男の子で、純粋にヨーロッパ系の血筋を持つ、高慢ですらりとしたメルニボネ人（英の小説家・ミュージシャンであるマイクル・ムアコック（一九三九―）の小説『永遠の戦士エルリック』シリーズ（一九六三―九二）に登場する架空の国の住民。洗練されているものの頽廃に満ちた文化を有し、混沌の神々を信仰する）だった。頬は教師に打たれたように赤く、肌は傷もほくろもニキビもうぶ毛もなく、ピンク色の小さな乳首は薄く切ったソーセージ《サルチチャ》のように完璧な楕円形だった。彼の父親はトルヒーヨが愛した空軍大佐で、バニの重要人物だった（革命のあいだ首都爆撃で活躍した人物で、何の抵抗もできない市民を皆殺しにした。おれの可哀想な叔父、ベニシオも殺された）。そして彼の母親はベネズエラ女性並みの体型をした美人コンテストの元女王で、今は教会の活動に熱心で、枢機卿の指輪にキスをしたり孤児を助け《ソコロ》たりしていた。長男のジャックは特別の子供、美しき息子《イホ・ベヨ》、選ばれし者で、家族内の女性たちに崇拝されていた——そして絶え間ないモンスーン期の雨のように称賛と追従の言葉を浴びせかけられたせいで、少年の特権意識は竹のようにすぐさま生長してしまった。彼の偉そうな態度は身長の二倍ほどに達していて、耐え難いほど生意気な言葉を大声でがなりたて、人々にそれを金属の拍車のように蹴りこんだ。将来彼は悪魔のバラゲール*9と運命を共にすることになる。そして見返りとして最後はパナマ大使に納まった。しかしさしあたり彼は学校の太陽神アポロン、光の神ミトラだった。教師も、職員も、女の子も、男の子も、すべての者たちが彼の美しくアーチを描いた足の下に崇拝の花びらを撒いた。彼が確証したのは、神が——偉大なる絶対の神！　すべての民主主義の中心と周縁を合わせ持つ神！——彼の子供を平等に愛しているわけではないということだった。

　さてベリはどうやってこの、常軌を逸した注目を浴びている人物と交流したのか？　ある意味で彼は、ベリの強情な猪突猛進さにぴったりだった。ベリは廊下を歩いていき、年頃の胸に何冊も本を抱えこんで、自分の足元を見つめたまま、彼のほうを見ていないふりをして、彼の神聖な体にぶつかったのだ。

　なんだよ《カランバ》——と吐き出すように言いながら彼は振り向いた。彼が見たのはベリシアだった。彼女は屈んで本を拾い集めていて、彼も屈んだ（彼は何はともあれ紳士《カバイエロ》ではあった）。怒りは拡散し、戸惑いと苛立ちに変わった。なんだよ《カランバ》、カブラル、おまえコウモリか？　見ろよ、ちゃんと、**前を**。

　彼の広い額には一本の悩み皺（彼の「あれ」として知られるようになった）があり、瞳はすごく深い空色だった。アトランティスの瞳だ（彼に憧れる女の子の一人にジャックが自慢しているのを一度ベリは聞いたことがある。あ、目のこと？　ドイツ人のお祖母《アブエラ》ちゃん譲りなんだ）。

なあ、カブラル、いったい何なんだよ？

＊9　バラゲールはこの物語自体には本質的ではないものの、ドミニカ人の物語にとって本質的であるからして、ここで彼について触れておかなくてはならない。もっともおれがしたいのはむしろ、彼の顔に小便をひっかけることなのだが。年長者たちは言う。**初めて口にされたものはすべて悪魔を呼び寄せる**。そして二十世紀のドミニカ人たちが初めてみなで**自由**という言葉を口にしたとき呼び寄せられた悪魔がバラゲールだった（選挙泥棒としても知られている――ドミニカ共和国における一九六六年の選挙がどんなものだったかを見てほしい――そして人造人間としても）。トルヒーヨの時代、バラゲールはボス《エル・ヘフェ》のとても有能な指輪の幽鬼たち（『指輪物語』に登場するサウロンに仕える九人の手下。かつては人間の王であったが、サウロンから「九つの指輪」を与えられ、不死の存在となった）の一人に過ぎなかった。彼が重宝されたのは知性（出来損ないの牛泥棒を感心させたのは確かだった）と禁欲主義（**彼は**少女たちをレイプするときは極秘で行った）においてだった。トルヒーヨの死後、彼はドミニカの民主化運動を乗っ取り、一九六〇年から一九六二年、一九六六年から一九七八年、そしてまた一九八六年から一九九六年にかけて国を支配した（この頃にはやつは蝙蝠のごとく盲目で、まるで生きるミイラだった）。二回目の支配期は地元では「あの十二年」として知られているが、そのあいだ彼はドミニカの左翼に対して暴力の波を繰り出した。数百人を暗殺し、数千人を国外に追いやったのだ。彼こそが、我々が国外離散と呼んでいるものを始動させた。国家の「守護神」と言われたホアキン・バラゲールは黒人嫌いで、大量虐殺を擁護し、選挙結果を盗み取り、自分よりうまく書く者たちを殺した。有名なところでは、ジャーナリストのオルランド・マルティネスの処刑を命じたことが知られている。だが後になって自らが回想記を書いたときには、バラゲールはそんな卑劣なまねを行ったのが誰かを知っていると（もちろん自分ではないと）述べ、本文中に一ページの空白《バヒナ・エン・ブランコ》を残した。彼の死後そこは真実で埋められるだろうというわけだ（これは**免責**と呼ぶべきものなのだろうか？）。バラゲールは二〇〇二年に死んだ。そのページ《バヒナ》はいまだ白い《ブランカ》ままだ。バルガス・リョサ（ペルーの小説家・政治家（一九三六―）、マリオ・バルガス＝リョサのこと。二〇一〇年にノーベル文学賞を受賞）の『チボの狂宴』（二〇〇〇年、トルヒーヨの暗殺計画を描いた小説）に彼は思いやりのある登場人物として出てくる。たいていの人造人間と同じく、彼は結婚せず、子孫も残さなかった。

あんたのせいでしょ！　いろんな意味をこめてベリは言い放った。

ジャックの補佐役の一人が口を出した。暗くなってからのほうがこいつは前がよく見えるんじゃないか。

実際に暗かったとしても同じだったろう。いずれにしてもジャックにはベリなど見えていなかったのだから。

そして、もしベリが二年生の夏に生化学的な大当たりを出さなかったら、**第二次性徴の夏**を迎え、完全に変身（**恐ろしいほどの美が生まれた**）（ウィリアム・バトラー・イェイツ（一八六五—一九三九）の「イースター一九一六」（一九一六）の一節“A terrible beauty is born”への言及）していなかったとしたら、ずっと見えないままだったろう。ベリはひょろ長いトキのようなごく普通にかわいい女の子だったのだが、夏の終わりにはすっかりいい女《ムヘロン・トタル》になっていた。あの見事な体つきを自分のものとし、そのことでバニでも有名になっていたのだ。死んだ両親の遺伝子のせいで、というロマン・ポランスキー風の話だった。一度も会ったことのない姉と同じく、ベリはほぼ一夜にして十代のものすごい美女になった。そしてもしトルヒーヨが最後の勃起を迎えた時期でなかったら、たぶん彼は銃を持って彼女を狩りに出かけたことだろう。ちょうど亡くなった哀れな姉にそうしたと噂されているようにだ。確認しておこう。その夏ベリが得たのは凶暴なまでにセクシーな肉体《クエルパソ》で、そんなのを何のやましさもなく思いついていいのはポルノ作家かマンガ家ぐらいしかいないという体つきだった。どの地区にも巨乳《テトゥア》はいたが、ベリを見たら全員恥じ入ったことだろう。彼女は最高の巨乳《ラ・テトゥア・スプレマ》だったのだ。ベリの乳房《テタ》は信じがたいほど巨大な球で、寛大な心を持った者たちは彼女をかわいそうに思い、近くにいるストレートの男たちは自分の惨めな人生について考えなおすはめになった。彼女はルバ（エルナンデス兄弟のコミック『ラブ・アンド・ロケッツ』に登場する褐色の肌をした女性）の乳房を持っていた

（三五のトリプルDだ）。そしてその超音速のお尻《クロ》は人々に声を漏らさせ、窓枠から窓ガラスをぶち抜くほどだった。雄牛の群れをいくつも惹きつけてきた尻《クロ・ケ・ハラバ・マス・ケ・ウナ・フンタ・デ・ブエイ》だ。ああ神よ《ディオス・ミオ》！　どんなにつつましいウォッチャーでさえ、彼女の昔の写真を見れば、なんていい女だったんだろうとびっくりするに違いない。*10

なんてこった《アンデ・デル・ディアブロ》！　ラ・インカは叫んだ。ねえ《イハ》、一体全体おまえは**何を**食べてるんだい？

もしベリが普通の女の子だったとしたら、自分が近所でも突出した巨乳《テトゥア》であるせいで内気になったりすごく落ちこんだりしただろう。確かに最初ベリはそうした反応を示したし、また思春期の間はタダでどんどん運ばれて来る例の感覚を感じていた。恥ずかしさ《シェイム》、恥ずかしさ《シャルム》（ペルシャ語）、恥ずかしさ《ベルグウェンサ》だ。ベリはもうラ・インカと入浴したくなかった。これは朝の習慣における大変化だった。そうね、もう大人だから、体ぐらい自分で洗えるってわけね、ラ・インカは気軽に言った。だがベリのほうは明らかに傷ついた。風呂場の閉じられた暗闇の中で、ベリは自分の「新大陸」を暗い気持ちで迂回し、自分の過敏な乳首を細心の注意を払って避けていた。今や出かけなくてはならなくなるたびに、男たちのレーザーの視線と女たちのカミソリの中傷に満ちたデンジャールーム（『X－メン』に登場する仮想訓練施設）に足を踏み入れるようにベリは感じた。車のクラクションがバンバン鳴るだけで

*10　ジャック・カービー（米の漫画家・編集者（一九一七―九四）。『X－メン』のキャラクター等を創造した）へのおれの敬意はさておき、第三世界出身者がウァトゥ・ザ・ウォッチャー（『ファンタスティック・フォー』等に登場する超種族ウォッチャーの一人。人間への介入を禁止されているはずが、長年の観察から人間に親近感を抱いてしまう）に多少なりとも親近感を抱かないのは難しい。彼が住むのは月の隠された青い領域で、われわれ暗黒領域の者たちが住むのは（グリッサン（仏の小説家、詩人、哲学者（一九二八―）、エドゥアール・グリッサンのこと。ポスト・コロニアリズムの代表的な思想家として知られる）の表現を使えば）地球の隠された面《ラ・ファス・カシェ・ドゥ・ラ・テール》なのだから。

動揺して転びそうだった。こんな新たな重荷を背負わされて、彼女は世界に怒っていた。そして自分自身に怒っていた。

最初のひと月はそういうふうだった。だが次第にヤジとか**たまらない女だな**《ディオス・ミオ・アセシナ》とか**あのすげえ胸**《テタトリオ》とか**オッパイ女**《ペチョナリダ》とかの向こうにある、これらの言葉を招いている隠れたからくりの存在がベリには見えてきた。ある日パン屋から帰る途中、ラ・インカが今日の売り上げについてぶつぶつ言っている横でベリは思いついた。男の人たちは私が好きなんだ！　彼らはベリがただ好きというだけでなく、ものすごく好きだった。それが証拠に、ある日、常連客である近所の歯医者がお金と一緒にメモを手渡してきた。それには、君に会いたい、とだけ書いてあった。ベリは恐くなり、あきれ、目が眩んだ。歯医者には太った妻がいて、毎月のようにラ・インカにケーキを注文するのは彼女だった。七人いる子供の誰かか、五十人かそこらはいるいとこの誰かのためだ（と言いつつ、十中八九は自分のため、自分一人のためだった）。彼女の喉の肉はだぶつき、中年女の巨大な尻はどんな椅子も壊してしまいそうだった。ベリはそのメモをまるで神の欲情した息子からのプロポーズの手紙のようにうっとりながめていた。もっとも、歯医者は禿げていて、場外馬券売場の常連より腹が出ており、頬には赤い血管の網の目が広がっていたのだが。歯医者は普段どおりパン屋に入ってきたが、今や彼の目は絶えず何かを探し求めていた。やあ、セニョリータ・ベリ！　彼の挨拶は肉欲と脅迫という悪臭を放っていた。そしてベリの心臓は自分でも聞いたことがないほどドクドク脈打っていた。二回ほどそんな訪問が続いたあと、彼女はふと思いついてメモを書いた。そこにはただこう書いてあった。ええ、かくかくの時間に公園にいるから車で迎えに来て、そしておつりと一緒に渡した。それからあれこれ画策して、ちょうど約束の時間にラ・インカと一緒に公園を散歩することになった。ベリの心臓はすさまじくドキドキしていた。どうなるかは彼女にもわからなかったが、何となくの予想はあった。二人が公園から出ようとしたとき、自分のではない車の中で坐っている歯医者をベリは見つけた。彼は新聞を読んでいるふりをしながら、わびしげにベリの方向を見ていた。見て、母さん《マドレ》、ベリは大きな声で言った。歯医者よ。そしてラ・インカが振り向くと、歯医者は大慌てで車のギアを入れ急発進した。ラ・インカが手を振る暇さえなかった。何なのかしら！　ラ・インカが言った。

私あの人嫌い、ベリが言った。私のことじろじろ見るんだもの。

そしていまではケーキを取りに来るのは彼の妻になった。それで歯医者は《イ・エル・デンティスタ》？　ベリは何食わぬ顔で訊ねた。あの人、怠け者で何にもやらないのよ、かなり苛立たしげに妻は答えた。

まさにこの体のような何かを今までベリはずっと待ちつづけていたので、この気付きのおかげで、**天にも昇る**気持ちだった。自分に性的魅力という一種の力が備わっていることが間違いのない事実だとわかったのだ。偶然に「一つの指輪」（『指輪物語』に登場するサウロンの指輪）を手に入れたようなものだった。あるいは魔法使いシャザムの洞窟に転がりこんだり、グリーンランタン（DCコミックス作品のスーパーヒーロー（一九四〇—）。同名のコミック等に登場する、宇宙を守るための精鋭チーム）の難破船を見つけるようなものだった！　イパティア・ベリシア・カブラルはついに力を手に入れ、本当の自分を手に入れたのだ。彼女は胸をはり、できるだけぴったりした服を着るようになった。なんてこった《ディオス・ミオ》、ベリが外出するたびにラ・インカは言った。どうしてよりにもよってこの国で、神様はあんたにこんな重荷を背負わせちゃったんだろうね！

体の線をひけらかさないようにとベリに言うのは、虐めを受ける肥満児に最近見つけた突然変異の能力を使わないように言うのと同じことだった。大きな力には大きな責任が伴うものだぞ……とかいう**たわ言**だ。我らがベリは新たな体が示す未来に駆けこんでいき、決して振り向かなかった。

光の騎士を追い求めて

さてさて、こうして、みごとに発育した体を手に入れたベリは、夏休みが終わってエル・レデントルに戻り、教師たちと生徒たちを不安に陥れた。そして例のあいつを追いかけるエイハブよろしく、不屈の思いでジャック・プホルスを摑まえにかかった（「そして、これらすべてを象徴するものがあの白子鯨にほかならない。さて、ことここに及んでなお、あなたはこの火の点いたような我らの追撃を異とされるのであろうか」）（ハーマン・メルヴィル（一八一九―九一）『白鯨』（一八五一）四二章への言及）。ほかの女の子だったらもっと巧妙に、獲物を自分のほうに引き寄せたのだろうが、手順とか忍耐とかについてベリが何を知っていただろう？　自分が持っているすべてを彼女はジャックに投げつけた。彼に向かってあまりにウインクをしすぎて、まぶたがつりそうになった。機会があるたびに巨大な胸が彼の視界に入るようにした。教師にどなられるような歩き方をしたが、それは男子や男性職員を駆け回らせた。でもプホルスはまるで動じず、イルカのような深い目で彼女を見ながら何もしなかった。こうした一週間が過ぎるころには、ベリは気が変になりそうだった。彼をすぐに手に入れられると思っていたのだ。そしてある日やけになった彼女は、恥知らずにもブラウスのボタンを偶然留め忘れたようなふりをした。彼女はドルカから盗んだレースのブラジャーをつけていた（彼女も胸がすごく大きくなっていたのだ）。だがすさまじい胸の谷間をなんとか彼に見せつける前に――まさに彼女の波動砲だった――頬を真っ赤にしたウェイが駆けてきてボタンを留めてしまった。

ちょっと、見えてるよ！

ジャックは無関心な顔で遠ざかっていった。

彼女はあらゆる手を尽くしたが、駄目だった。あっという間にベリは、廊下で彼にぶつかる作戦に後戻りしていた。カブラル、彼は微笑みながら言った。もっと気をつけろよ。

大好きなの！ ベリは叫びたかった。あなたの子供をみんな産みたいの！ あなたの女になりたいの！ かわりに彼女は言った。**あんたが**気をつけなさいよ。

ベリは沈んでいた。九月が終わってみると、非常に驚くべきことに彼女は学校でもっとも充実した一ヶ月を過ごしていたのだった。勉強面で、ということだ。彼女がいちばんできたのは（すごく皮肉なことに）英語だった。ベリは五十州の名前を覚えた。コーヒーの注文をしたり、時間を訊いたり、トイレや郵便局の場所を訊くこともできた。英語の先生は変わり者だったが、ベリの発音は**最高だ、最高だ**と言った。他の女の子たちは彼に触られるがままになっていたが、ベリはもう男性特有の奇妙さに慣れていたし、自分は王子様のみにふさわしいと確信していたので、彼の愚かな手をそっと避けた。

ある教師がこれからの十年について考えてみろと言った。自分はどこにいたい、ドミニカはどうなっているといい、われらが偉大な大統領は？ この質問を誰も理解しなかったので、彼は二つの簡単な質問に言い換えなければならなかった。

そして同級生のマウリシオ・レデスメが非常に困った立場に陥り、家族がこっそり彼を出国させなければならなくなった。彼はもの静かな少年でいつも戦隊の一人の横に坐り、その子への愛に悶々としていた。もしかしたらマウリシオはその子に好い印象を与えられると思ったのかもしれない（これはあり得ないことではなかった。彼のすぐ次の世代でいちばんモテるやり方は「マイケル・ジョーダンみたい」ならぬ「チェ・ゲバラみたい」に振る舞うことだったからだ）。あるいはひょっとしたら彼は、もううんざりしていただけかもしれない。彼は未来の詩人兼革命家らしく汚い字でこう書いた。この国はアメリカ合衆国のような民主主義《デモクラシア》になればいい。独裁者なんていなくなればいい。それから、ガリンデス[*11]を殺したのはトルヒーヨだと思う。

それで十分だった。次の日にはマウリシオも教師もいなくなった。誰もなにも言わなかった。[*12]ベリの書いたものははるかに無害だった。「ハンサムでお金持ちの男の人と結婚したいです。それに医者になって自分の病院を持ち、そこにトルヒーヨという名前を付けたいです」。そして家に戻れば、ベリはドルカに彼氏の自慢をし続けた。そしてジャック・プホルスの写真が学校新

＊11　当時かなり大きなニュースになったことだが、ヘスス・デ・ガリンデスはバスク人の超オタクでコロンビア大学の大学院生であり、かなり不穏な博士論文を書いていた。主題は何だったかって？　遺憾にも、不幸にも、悲惨にも、ラファエル・レオニダス・トルヒーヨ・モリナの治世についてだった。ガリンデスはスペイン内戦で反フランコ派だったのだが、トルヒーヨの体制について実体験に基づいた知識があった。彼は一九三九年にサント・ドミンゴに避難してきて高い地位につき、一九四六年に国を離れるときには出来損ないの牛泥棒に対して致命的なほどのアレルギー体質になっていたのだ。自分にはトルヒーヨ支配という疫病を暴くことぐらい重要な義務はないと彼は確信した。クラスウェラーはガリンデスについてこう書いている。「本好きな男で、ラテン・アメリカの政治活動家によくいるタイプだった……詩で何かの賞をとったことがある」。ガリンデスはわれわれのように高水準のものからすれば第二級のオタクだ。だがものすごい左翼で、危険を顧みることなく、勇敢にもトルヒーヨについての博士論文を書き続けていた。

独裁者と作家というのはどういう関係にあるものなのだろう？　カエサルとオウィディウスの悪名高き戦争

の前からうまくいかないものと決まっていた。ファンタスティック・フォーとギャラクタスのように、Xーメンと邪悪なミュータント軍団のように、ティーン・タイタンズとデスストロークのように（いずれもアメリカン・コミックスのヒーローチームと敵勢のこと）、フォアマンとアリのように、モリソンとクラウチのように、サミーとセルジオのように、彼らは戦いのホールで永久に結びつけられるという運命にあるように思える。暴君と文士は生まれつき敵同士なのだとラシュディは言ったが、それは単純すぎる見方だと思う。それでは作家に甘すぎる。おれの意見では、独裁者は敵が目の前に来たときだけ敵対視するのだ。そして作家も同じことだ。つまりは、**似たもの同士が認め合う**ということだ。

　手短に言おう。博士論文のことを聞いて、ボス《エル・ヘフェ》はまず金で解決しようとした。うまくいかないとわかると彼は一番頼りにしているナズグール（『指輪物語』に登場する「指輪の幽鬼たち」の別名）（陰気なフェリックス・ベルナルディノのことだ）をニューヨークに派遣した。数日後にはガリンデスは猿ぐつわをされ、袋に入れられ、サント・ドミンゴまで引きずられていった。そして言い伝えによればこうだ。彼がクロロホルムの眠りから目覚めたとき、全裸の自分が足から逆さまに吊され、下の大釜では**油が煮えたぎっている**のに気づいた。ボス《エル・ヘフェ》は例の不愉快な博士論文の写しを持ち側に立っていた（そしてなんと**厳しい**論文審査委員会だと思ったことだろう）。正気な人間の誰が、こんなぞっとするような事態を想像できただろう？　おそらくボス《エル・ヘフェ》はその不運で哀れなオタクを囲む、ちょっとした読書会《テルトゥリア》を催したかったんだと思う。それにしても、なんて読書会《テルトゥリア》だったことか。ああ、神《ディオス・ミオ》よ！　とにかく、ガリンデスが姿を消したことで合衆国では大騒ぎになった。みなが犯人はトルヒーヨだと思ったが、もちろん彼自身は無実を主張した。マウリシオが言っていたのはこのことだ。だが覚えておいてほしい。死んでいったオタクのどの集まりのなかにも、数名は生き延びるものがいるものだ。その恐ろしい死から大して経たないあとに、革命を志すオタクの一団がキューバ南東岸の砂州に上陸した。そうだ、彼らこそフィデルと仲間の革命家たちだ。バティスタに雪辱を遂げるべく戻ってきたのだ。海岸で水を跳ね散らした八十二人の革命家のうち生き残って新年を祝うことができたのは二十二人だけだった。あの本好きのアルゼンチン人も含めてだ。まさに大虐殺で、バティスタの軍隊は降伏した者たちすら処刑した。だが結局のところはこの二十二人で十分だったのだ。

聞に出ると、それを勝ち誇って家に持ち帰った。圧倒されたドルカはすっかりうちひしがれ、その晩はベリの家に泊まると泣き明かした。彼女の大きな泣き声はベリにもはっきりと聞こえた。

そして十月の初旬、国民全員《プエブロ》が今年もトルヒーヨの誕生日を祝う準備を進めているころに、ジャック・プホルスが彼女と別れたという噂話をベリは耳にした（ベリも他校に通うその子とのことはずっと知っていた。でもベリがそんなこと気にするだろうか？）。こんなのは噂でしかないとベリは確信していた。またどうせ自分を苦しめるだけだから、期待する必要もないと思っていた。だがそれは単なる噂以上、期待以上だとわかった。二日も経たないうちにジャック・プホルスが廊下で、まるで初めてベリを見たように呼び止めたのだ。彼はささやいた。カブラル、君は**きれいだね**。彼のコロンの鋭いピリッとした香りにベリは酔ってしまいそうだった。ええ、そうよ。彼女は言った。顔は真っ赤に燃え上がっていた。なるほど。彼は言い、自分の完璧に真っ直ぐな髪に手を突っこんだ。

そうして気づいた頃には、彼はベリを新車のメルセデスに乗せて回り、ポケットに忍ばせているドル札の束で彼女にアイスクリームを買ってやるようになっていた。法的には彼は運転するには若すぎたが、大佐の息子が何をしたって、サント・ドミンゴの誰が彼を止めただろう？　とりわけ、その大佐がラムフィス・トルヒーヨの腹心だったとしたら？[*13]

＊12　ラファエル・イェペスの悲しい事件のことを思い出す。イェペスは三十代の男性で首都にある小さな大学受験

＊13

予備校を経営していた。おれが育ったところからそう遠くない場所でだ。そこにはトルヒーヨに従う、ちゃちなこそ泥たちの子弟が通っていた。ある星回りの悪い日、イェペスは生徒たちに自由に主題を決めて作文を書くようにと言った。イェペスは心の広いベタンセス風の人物だったのだ——そして意外なことではないが、一人の男の子がトルヒーヨとその妻ドニャ・マリアを讃える歌を作ると言い出した。そこでイェペスは間違いを犯した。ドミニカの他の女性たちもドニャ・マリア同様の賛辞に値するだろうし、未来には自分の生徒たちのような若者たちもまた、トルヒーヨのような指導者になるだろうと教室で言ったのだ。イェペスは自分が住んでいるサント・ドミンゴをどこか**別の**サント・ドミンゴだと勘違いしたのだとおれは思う。その晩哀れな予備校教師とその妻、娘、そして生徒全員が憲兵隊の手でベッドから引きずり出され、密閉されたトラックでオサマ要塞に連れて行かれ尋問を受けた。生徒たちは結局解放されたが、哀れなイェペスとその妻、娘がどうなったかを知るものはない。

ラムフィス・トルヒーヨとはもちろんラファエル・レオニダス・トルヒーヨ・マルティネスのこと、つまりボス《エル・ヘフェ》の長男のことだ。彼が生まれたときにはまだ母親は別の男、あるキューバ《クバノ》人と結婚していた。そのキューバ《クバノ》人が自分の息子だと認知するのを拒否したときはじめてトルヒーヨはラムフィスを息子だと認めた（ありがとう、父さん！）。彼こそボス《エル・ヘフェ》が、四歳で大佐に、九歳で准将にしたという「有名な」息子だ（小さな下衆野郎、愛情をこめて彼はそう呼ばれていた）。成人した彼はポロの選手、かつ合衆国の映画女優とヤリまくる男（だってキム・ノヴァクとかだぜ。信じられるかい？）、かつ父親の口げんかの相手として知られた。他にも、人間性指数ゼロの冷血な悪魔として、一九五九年（キューバ侵攻の年だ）と一九六一年（父親が暗殺されたあと、共謀者たちに身の毛もよだつような拷問を加えた）における見境のない拷問殺人の指揮を執ったことでも知られる（現在ジョン・F・ケネディ大統領図書館で公開されている合衆国領事の秘密書類によれば、ラムフィスは「情緒不安定な」若者で、幼少時代は四四リボルバーでニワトリの頭を吹き飛ばして遊んでいたという）。ラムフィスはトルヒーヨの死後、国外に逃亡し、父親がせしめた富で自堕落に暮らしたあと、結局運転中の過失事故で一九六九年に死んだ。彼が衝突した相手の車にはアルバカーキの公爵夫人テレサ・ベルトラン・デ・リスが乗っており、彼女は即死した。小さな下衆野郎は人生の終わりまで人殺しだった。

愛《アモル》！

後でベリにもわかったように、それはラヴロマンスとはとても言えない代物だった。何度かお喋りをして、一度クラスの他の生徒がピクニックに行っているあいだ海辺を歩いた。それからあっという間に、放課後二人で用具入れにこっそり入り、隠れて彼に抱かれる関係に変わった。なぜ他の男の子たちが彼を壊し屋ジャック《ジャック・ザ・リピオ》と呼ぶのか、彼女にもやっとわかったと言っておけばいいだろう。ジャックはベリでさえわかるくらい巨大なペニスの持ち主だったのだ。シヴァほどの大きさのリンガム、世界の破壊者の持ち主だ（そしてベリはずっと、男の子たちが彼を切り裂きジャック《ジャック・ザ・リッパー》と呼んでいると思っていた。まったく！）。後でギャングと付き合ってやっとベリはプホルスがどれほど彼女に敬意を払っていなかったかわかった。だが当時は他に比べられる経験もなかったので、セックスとは短剣で貫き通されるような感じのものなのだとベリは思っていた。初回には彼女は怯えきっていたし、ものすごく痛かったが（4d10ダメージだ）（RPGで敵から攻撃を受けると、多面体ダイスを振って受ける損害（ダメージ）を決定する。4d10とは、「十面体ダイスを四回振って出目を合計する」という意味で、D&Dにおいて、およそ両手持ちの大剣で四回斬られた際に受けるダメージ分に相当する）、ついに出発するのだという感覚、旅は始まったのだ、第一歩は踏み出された、何か大きなことが始まるのだという感じを消し去ることはどんなものにもできなかった。

終わったあと、彼女はジャックを抱きしめたり柔らかい髪に触れたりしようとしたが、彼はベリの愛撫を払いのけた。急いで服を着ろよ。もし見つかったらおれの尻に火がついちまう。

笑えるのは、彼女のほうこそ**文字通り**そんな感じだったということだ。

一ヶ月間二人は学校の人気のないさまざまな片隅でむさぼりあった。そしてある日、学生の匿名情報をもとにある教員が掃除用具入れに隠れた恋人たちを現行犯で取り押さえた。想像してほしい。ベリは裸の尻を晒していて、今まで誰も見たことがないような大きな傷が見えている。そしてジャックの足首にはズボンが絡みついているのだ。

さあスキャンダルだ！　時代と場所を考えてみてほしい。一九五〇年代後半のバニだ。それにジャック・プホルスはブ〇〇イ一族、すなわちバニでいちばん高貴な（そしてもの凄く金持ちの）一門のいちばんの息子だった。おまけに自分と同じ階級（それはそれで問題だったろうが）の娘とではなく、奨学生で、しかも黒人《プリエタ》といるところを捕まったのだ（貧しい黒人女と寝るというのは、他人に言って回らないかぎりは通常の行いだとエリートのあいだでは考えられていた。これは他の場所ではストロム・サーモンド（一九〇二―二〇〇三。米政治家。人種差別的な主張で知られる）的行いと呼ばれるのだが）。もちろんプホルスはすべてをベリのせいにした。校長室で椅子に腰掛けると、いかにベリが彼を誘惑したかを詳細に説明した。僕のせいじゃないんです、ジャックは言い張った。ベリのせいなんです！　だが真にスキャンダルだったのは、プホルスが例のガールフレンドと実は婚約していたということだった。それは半分墓穴に足を突っこんだレベッカ・ブリトのことで、彼女もバニの名門一族であるル〇〇家のひとりだった。そして用具入れのなかで黒人女と捕まったジャックは将来の結婚の約束を串焼きにしてしまったと考えるべきだろう（レベッカの家族はキリスト教者としての評判をとても気にしていた）。プホルスの父親はこの屈辱に怒り狂い、息子の顔を見るやいなや殴りつけた。そしてその週の内に彼をプエルトリコの士官学校に送った。大佐によれば、ジャックはそこで義務という言葉の意味を知るだろうということだった。ベリはそれっきり彼と会うことはなかった。ただ一度『リスティン・ディアリオ』紙で見ただけで、そのときには二人は四十代になっていた。プホルスは腰抜けの裏切りものだったかもしれないが、ベリのほうの態度は歴史書に書き残されてもおかしくないものだった。その出来事に彼女が困惑**しなかった**というだけではない。聖なる三人組である校長と修道女と用務員に厳しく追及されても、彼女は断じて自分が悪いとは認めなかった！　もしベリが首をぐるぐる三六〇度回転させながらグリーンピースのスープを吐きまくってもこれよりわずかに小さな騒動しか引き起こさなかったことだろう。いかにも強情なベリらしく、自分は間違ったことなど何もしていない、いや、実際にはあれは自分の権利の範囲内のことなのだと言い張った。

自分のしたいようにして構わないはずですが。ベリは頑として言い続けた。相手は夫なんですから。

どうやらプホルスは高校を出たらすぐにベリシアと結婚すると約束していたようだった。そしてベリはその言葉をすっかり信じ込んでいた。このだまされやすさと、後年おれが知ることとなる非情で現実的な女闘牛士みたいな性格とを結びつけるのは難しい。だが忘れてはいけないのは、ベリは若くて、そして**恋していた**のだ。まさにこれぞ夢想家である。この女の子はジャックの言葉が本当だと心から信じていたのだから。

エル・レデントルの良き教師たちは彼女から反省の言葉に近いものを何も搾り取れなかった。彼女はまるでそれが宇宙の法則ででもあるように頑固に首を振り続けた――いいえ、

いいえ、いいえ。だが終いにはそんなことどうでもよくなってしまった。ベリシアの学籍は抹消され、ラ・インカの夢も消え去った。ベリを通して彼女の父親の天才や能力（彼はすべてにおいて卓越していた）を再生するという夢がだ。

他のどんな家族でもこんなことがあれば、ベリを半殺しになるまで殴りつけることに、つまりすぐさま病院送りになるほどに殴りつけることになっただろう。そして少しよくなったらまた殴り、再び病院送りにさせるのだ。だがラ・インカはそういうたぐいの親ではなかった。もちろんラ・インカは真面目な女性、高潔な女性で、同じ階級内では最も優れた人物だったが、ベリに体罰を与えることはできなかった。宇宙における問題点とも精神障害とも言えるだろうが、とにかくラ・インカはただ、そうできなかったのだ。そのときもそのあともである。彼女にできたのは、腕を振り回し泣き言を浴びせかけることだけだった。なんでこんなことになっちゃったの？　ラ・インカは訊ねた。どうして？　**どうして？**

彼と結婚するのよ！　ベリが叫んだ。それで子供を作るの！

頭おかしいんじゃないの？　ラ・インカは怒鳴った。あんた《イハ》、**どうかしちゃったの？**

事態が落ち着くまでしばらくかかった——近所の人たちはことの成り行きに大興奮だった（あの黒人娘は何の役にも立ちゃしないって言ったでしょ！）——だがようやく落ち着いて、それからやっとラ・インカはベリの将来について特別の話し合いを始めた。まずラ・インカはベリに五億五回もの言葉の鞭を入れた。判断力も道徳心も足りないし、何もかも足りないのだと厳しくなじった。そして前置きが滞りなくすんだところでラ・インカは命じた。また学校に戻りなさい。エル・レデントルじゃなくて同じくらいいい学校に。パドレ・ビイニに。

そしてジャックを失った悲しみに目を泣きはらしたベリは笑った。もう学校には戻らない。絶対に。

あの失われた数年間に、教育を求めながら耐えなければならなかった苦しみを、ベリは忘れてしまったのだろうか。そのために彼女が払った犠牲を？　背中のひどい傷を（**あの火傷を**）？　もしかしたらベリは忘れてしまったのかもしれない。あるいは今の新たな生活の豊かさのせいで古い誓いがもはや見当違いに思えたのかもしれない。だが、放校されて大騒ぎになった数週間、「夫」を失った苦しみにベッドで悶えながら、途方もない混乱の中でベリは悩み続けた。愛のもろさと男たちの不可思議なほどの臆病さを知った、最初のレッスン。そしてこの幻滅と動揺から、ベリの大人としての初めての誓いが飛び出した。この誓いはベリが成人しても付きまとい、アメリカ合衆国やその先まで付いてきた。もう決して自分以外の誰の考えにも従わない。校長にも修道女にもラ・インカにも、死んだかわいそうな両親にもだ。自分だけ、ベリはささやいた。自分だけだ。

この誓いのおかげでベリは元気になった。学校に戻るかどうかで激しく対立してから間もなく、ベリはラ・インカのドレスを着て（文字通りはちきれそうになりながら）乗せてくれる車をつかまえて中央公園《パルケ・セントラル》に行った。それは大した旅ではなかったが、それでもベリのような女の子にとっては、将来どうなるかを暗示する出来事だった。

午後遅く家に戻ってベリは告げた。仕事見つかった！　ラ・インカは鼻で笑った。まあキャバレーならいつも人を雇ってるからね。

キャバレーではなかった。近所の人々の世界観ではベリは酷い淫売《プタ・マヨール》だったかもしれないが、彼女はそんなもの《クエロ》にはならなかった。ベリは公園《バルケ》沿いのレストランでウェイトレスをやることになったのだ。オーナーは身なりのきちんとした恰幅のいい中国人で、ファン・ゼンと名乗っていて、実は誰も雇う必要はなかった。本当のところ、彼自身が必要かもあやしかった。商売上がったりだよ。彼は嘆いていた。政治ばっかりでさ。政治ってのは政治家たち以外、誰の得にもなりゃしない。

余分な金なんてなかったし、とんでもない従業員をさんざん雇ってきた後だったのだ。

だがベリは断られてもめげなかった。私なんでもできます。そしてグッと胸を反らし、自分の「取り柄」を強調した。

もしそれほど高潔でない男だったら、それで大歓迎ということになったのだろうが、ファンはため息をついただけだった。困っていたからといって、恥を忘れていたわけではないのだ。じゃあまあ試しに来てくれ。見習い期間ってやつだ。何の約束もできないよ。こんな政治だから、約束とかができるような状態じゃないんだ。

で給料は？

給料だって！　そんなのないよ！　ウェイトレスなんだからチップがあるだろ。

それっていくら貰えるんですか？

ファンはまた暗い顔になる。それはわからないね。

どういうことですか。

新聞のスポーツ欄を読んでいた兄のホセが血走った目を上げた。ファンが言ってるのは、やってみなけりゃわからないってことだ。

　そして家に戻ってみれば、ラ・インカが首を横に振って言う。ウェイトレスだって。でもねえ、あんた《イハ》はパン屋の娘なんだよ。ウェイトレスのことなんて知りゃしないじゃないか！

　近ごろのベリがパン屋でも学校でも掃除をさせてもまったくやる気を見せないので、どうやら怠け者《サンガナ》になってしまったのだろうとラ・インカは考えていた。だがベリが第一の人生においては召し使い《クリアダ》だったということをラ・インカは忘れていた。人生の半分まで、ベリは働くこと**しか**知らずにきたのだ。ベリは二ヶ月以内には辞めるだろうとラ・インカは予測したが、そんなふうにはならなかった。実際に働き出すと、ベリは本領を発揮し始めた。ベリは決して遅刻をせず、仮病も使わず、猛烈に働いた。なんとベリはその仕事が**好き**だったのだ。もちろん共和国の大統領のような仕事ではなかったが、家を出たい十四歳の女の子がお金を稼いで、そのお金で素晴らしい未来が開けるのを待つあいだ生き延びることのできる仕事だった。

　十八ヶ月のあいだベリは北京宮殿《パラシオ・ペキン》で働いた（もともとの店名は提督が目指していながらたどり着けなかった目的地にちなんで「〇〇の宝《テソロ》」だったが、提督の名前はフクだ！　と知ってゼン兄弟が改名したのだった。中国人は呪いを嫌うからね。フアンは言った）。ベリは自分がそのレストランで大人になったといつも言っていたが、ある意味でそのとおりだった。ベリはドミノで男たちをどう負かすかを覚えたし、ちゃんと責任感があるということもゼン兄弟に納得させた。だから兄弟は、魚釣りに行ったり足の太い恋人たちに会ったりするために店を抜けるときには、コックとホールの従業員の監督をベリに任せた。ずっと何年も経ってから、あの中国人《チノス》たちとの連絡が途絶えたことについて、ベリは嘆くことになる。あの人たちは本当によくしてくれたものよ、オスカーとロラにベリは言った。ろくでなしの大酒飲み《エスポンハ》だったあんたたちの父親とは大違い。フアン、憂鬱な博打打ち、愛してはいるが手に入れることのできない美女の歌う愛の歌のように、上海について語る男。フアン、盲目的なロマンチストで、付き合う女たちにいいように金をせびられ、決してスペイン語を使いこなせるようにはならなかった男（だが何年もあとイリノイ州スコーキに暮らすころには、アメリカ化した孫たちに彼はしゃがれ声のスペイン語で叫んだものだった。すると孫たちは笑った。中国語だと思ったのだ）。フアン、ベリにドミノのやり方を教えた男。そして彼が唯一信奉しているのは、どんな弾でも貫けないほどの楽観主義だった。もし提督がまずうちのレストランに来ていたら、どんだけのトラブルを避けられたことか！　汗っかきで上品なフアン、もし兄がいなかったら彼はレストランを失っていただろう。ホセ、得体の知れない、サイクロンのような凄みを利かせながら付かず離れずその辺りにいた男。ホセ、気性の荒い美男《ブラボ・グアポ》で、一九三〇年代に軍閥のおかげで妻子を失った男。ホセ、レストランと上の部屋を無情なまでの残忍さで守り続けた男。ホセ、悲しみが体からすべての柔らかさもくだらないおしゃべりも希望も搾り取ってしまった男。彼はベリにも他の従業員にも決して満足しているようには見えなかったが、ベリだけは彼を恐れなかったので（私はあんたと同じくらいの背があるんだからね！）、実用的な教えで彼女に報いた。おまえは一生役に立たない女でいたいのか？　釘の打ち方、コンセントの直し方、ビーフンの料理の仕方、車の運転の仕方。彼から学んだすべてはベリが国外離散の女王になったとき役に立った（ホセは革命のあいだ勇敢にその務めを果たすことになった。残念ながら、国民《プエブロ》を敵として戦ったのだが。そして一九七六年にアトランタで亡くなった。膵臓ガンで、妻の名前を叫びながら死んでいった。それを聞いてた看護師たちは、また中国語でたわごと《ゴブルディグック》を言っていると思った――胸の内では、

アジア野郎《グック》とあざけりながら)。

それからリリアンがいた。もう一人のウェイトレスで、ずんぐりしたおひつのような体つきで、世界を深く憎んでいて、人々が彼女の予想さえ超えて金に弱かったり残酷だったり嘘つきだったりするときだけ、その憎しみが喜びに変わるのだった。リリアンは最初ベリのことが好きではなく、むしろライバルとして見ていたが、結局はベリに多少なりとも親切な態度をとるようになった。リリアンはベリが初めて出会った新聞を読む女性だった(蔵書狂の息子を見ているとベリはいつもリリアンを思い出した。世の中はどんなふう? ベリがリリアンに訊くと、リリアンはいつもこう答えた。ひどいもの《ホディド》よ)。そしてインド人のベニーだ。もの静かで几帳面なウェイターで、見事なまでに次々と夢破れていくことに慣れてしまった男の哀愁を漂わせていた。ベリがレストランで聞いた噂によれば、彼が結婚した大柄で好色なアスア出身の女は、定期的にベニーを外に追い出しては、若くて新しい愛人たちと寝ているというのだった。インド人のベニーが笑うのは、ドミノでホセを負かすときだけだったという。二人とも熟練した勝負師で、もちろん強烈なライバル同士だった。ベニーもまた革命で戦うことになる。彼は人民側で、国民的解放の夏のあいだ、彼はずっと笑っていたらしい。海兵隊の狙撃手に脳みそをぶっ飛ばされて、身動きがとれなくなっても笑っていたそうだ。そしてコックのマルコ・アントニオだ。片脚で両耳がない奇怪な男で、『ゴーメンガースト』(英の小説家・画家マーヴィン・ピーク(一九一一—六八)の小説(一九四六—五九)。ゴシック・ファンタジー小説の代表作)からそのまま出てきたようだった(容姿について彼はこう説明していた。事故にあってね)。彼はほとんど狂信的なほどにシバオ地方の人々《シバエニョス》を疑っていた。彼は言った。やつらは地元に対する誇りの下に、ほとんどハイチ人並みの帝国主義的な野望を隠してやがる。あいつらこの国を狙ってるんだ。いいかい、あんた《クリスティアノ》、あいつら自分たちの国を持とうとしてるんだよ。

一日中、彼女はあらゆる種類の男たち《オンブレス》を相手にした。そしてここで揉まれてベリは庶民的な気さくさに磨きをかけた。たやすく想像できるように、みなが彼女に恋をした（同僚たちも含めてである。だがホセが追い払ってくれた。ベリに手を触れたら、ケツの穴《クロ》から内臓を引きずり出してやる。ご冗談を、自己弁護のためにマルコ・アントニオは言った。あんな山、脚が二本あっても登れませんや）。客たちの注目を集めるのが嬉しかったので、ベリはそのお返しに、たいていの男たちが飽くことなく欲しがるものを客たちに与えた——つまり、魅力的な女性からの、ちょっとしたからかいや母親のような気づかいを。今でもバニのたくさんの男たち、古い客たちは彼女を、深い愛情をもって覚えている。

もちろんラ・インカはベリの転落に心を痛めていた。王女《プリンセサ》からウェイトレス《メセラ》へ——世界はいったいどうしてしまったんだろう？　家ではもう二人はほとんどしゃべらなかった。ラ・インカは話しかけようとしたが、ベリは聞こうとしなかった。そこで、ラ・インカのほうはその沈黙を祈りで埋めることにした。ベリをまた従順な娘に戻すような奇跡が起こるように祈ったのだ。だがそれが運命だったというように、いったんラ・インカの支配から逃れてしまうと、神すらカラカラコル（タイノ族が先祖だと信じていた神話的英雄）にベリを連れ戻させることはできなかった。時折ラ・インカはレストランに顔を出した。彼女は一人で坐り、譜面台のように背筋を伸ばして、黒ずくめの格好で、お茶を一口すすっては猛烈に悲しげな顔でベリを見るのだった。ひょっとしたらラ・インカはベリを恥じ入らせ、カブラル家機能回復センターに連れ戻すつもりだったのかもしれないが、ベリはいつもどおり熱心に仕事を続けた。自分の娘がどれほどガラリと変わってしまったかを見てラ・インカはうろたえたに違いない。ベリは人前で話し慣れているなんてことは決してなく、まるで日本の能みたいに黙ったままでいられる子だったのに、北京宮殿《パラシオ・ペキン》ではおしゃべりを盛り上げる才能をさんざん披露して、男しかいない客を大いに喜ばせていたのだ。一四二丁目とブロードウェイの交差点に立ったことがある奴ならば、彼女が何をしゃべっていたか推測できるだろう。人々《プエブロ》の粗野で礼を欠いた話しぶりは、四百の太さの高級糸でできたシーツで寝ている教養のあるすべてのドミニカ人《ドミニカノス・クルトス》に悪夢を見させるような代物だった。ラ・インカの考えでは、それはアスア郊外で過ごしたベリの第一の人生とともに消え去ったはずだったが、今ここではすごく生き生きしていて、一度も消えたことがないようだった。ねえ、そこのあんた。奥さんはどうしちゃったの。《オイエ・バリグアヨ・イ・ケ・パソ・コン・エサ・エスポサ・トゥヤ？》おデブさん、まだ食べ足りない《ゴルド・ノ・メ・ディガス・ケ・トゥ・》なんて言うんじゃないわよね《トダビア・ティエネス・アンブレ？》。

ついにベリがラ・インカのテーブルで立ち止まった。他に何かお持ちしましょうか？

あんたが学校に戻ってくれさえすればねえ。

すいません。ベリは機械的な動作でカップ《タサ》を片づけ、テーブルを拭く。そういうバカなこと《ベンデハダ》は先週メニューからなくなりました。

するとラ・インカは二五セント支払って立ち去り、ベリは重荷を下ろしてホッとする。自分が正しいことをやったことの証だ。

十八ヶ月間、ベリは自分について多くを学んだ。例えばベリの夢は、世界でいちばんきれいな女になり、自分の後を追う男たちが窓から次々に飛び出してくるというものだったにもかかわらず、いざベリシア・カブラルが恋に落ちると、ずっと落ちっぱなしだと気づいたのだ。男たちが、ハンサムなのもぱっとしないのも醜いのも揃ってレストランに行進してきては何とか彼女と結婚しようと（あるいは少なくとも彼女と寝ようと）したが、ベリはジャック・プホルス以外、眼中になかった。ベリの心はバビロンの娼婦というよりペネロペ風だったのだ（もちろん男たちのパレードが玄関先を汚すのを目にしていたラ・インカは同意しなかっただろうが）。ベリはよくこんな夢を見た。ジャックが士官学校から戻ってきて、働いているベリを待っているのだ。まるで略奪品の入った美しい袋のように彼はテーブルに坐っている。魅力的な顔には微笑みを浮かべていて、彼のアトランティスの瞳はとうとう彼女に、彼女だけに注がれている。「君のために戻ってきたよ、愛する人《ミ・アモル》よ、戻ってきたのさ」。

ジャック・プホルスのようなクソ野郎にまで自分は忠実なのだとベリは気づいた。

だが、だからといって男性たちの世界からベリが完全に身を退いてしまったというわけでもなかった（その「貞節」にもかかわらず、男たちから関心を持たれたくないという修道女にはベリは決してならなかった）。こんな困難な時期にも彼女に侍る王子たちがいた。ベリの好意という有刺鉄線の張り巡らされた地雷原をものともしない彼らは、過酷なゴミの山の向こうには極楽が待っているに違いないと思っていたのだ。妄想を抱いた哀れなバカどもである。あのギャングは彼女のすべてを手に入れることになるが、ギャング以前に現れたこの哀れなカエル《サポス》たちは、ベリを抱きしめ《アブラソ》られればいいほうだった。この地獄の底から特に二人のカエル《サポス》たちを連れ戻してみよう。ひとりはフィアットの販売業者であり、はげの白人でいつも笑顔の、いわゆるイポリト・メヒア（二〇〇〇—〇四年に大統領を務めたドミニカの政治家（一九四一—））・タイプの男だが、上品で屈託がなく、北米の野球が大好き《エナモラド》で、身の危険を冒してまで密輸品の短波ラジオで試合を聞いていた。彼は思春期の少年並みの熱意で野球を愛していて、将来ドミニカ人がメジャーリーグに旋風を起こし、世界のマントルたちやマリスたちと競い合うことになると信じていた。マリチャルはレコンキスタの始まりにすぎないと彼は予言した。ばかみたいに夢中なのね、とベリは言い、彼や彼の「試合《フエギト》」をからかった。そしてよくできた裏番組のように、ベリを愛するもう一人の男はＵＡＳＤ（サント・ドミンゴ自治大学（Universidad Autónoma de Santo Domingo）の略称）の学生だった。市立の大学によくいるタイプで、もう大学は十一年生、だがいつも卒業まで五単位足りなかった。今日では学生であることなど何でもないことだが、アルベンスの失脚やニクソンの弾劾、シエラマドレのゲリラたち、ヤンキーのブタ野郎たちが絶えず仕掛けてくるシニカルな策動に駆り立てられて熱狂的になっていた当時のラテンアメリカでは――すでに「ゲリラの十年」に入って一年半が過ぎていた――学生であるというのはまったく違っていた。変革の推進者、静かなニュートンの宇宙の中で震える量子のひもだった。アルキメデスもそんな**学生**の一人だった。彼も短波放送を聞いていたが、ドジャーズの試合結果を知りたいからではなかった。彼は命がけでハバナから漏れ出てくるニュース、未来のニュースを聞こうとしていたのだ。だからこそアルキメデスは**学生**で、靴職人《サパテロ》と産婆の息子、生涯にわたって投石《ティラピエドラ》をし、タイヤを燃やし《ケマゴマ》続けた。学生であるというのは笑いごとなんかではなかった。未遂に終わった一九五九年のキューバ侵攻のあと、トルヒーヨとジョニー・アベス*14が全員を一網打尽にしようとしていたのだから。彼の命が危険にさらされていない日は一日もなかった。決まった住所もない彼は、予告もせずにベリのシフトの日にやってきた。アーチー（という名前で通っていた）の髪は清潔そのもので、エクトル・ラボー風のサングラスをかけ、サウス・ビーチ・ダイエットを提唱する栄養士のようにテンションが高かった。ドミニカ共和国にこっそり侵攻しようとしていると言って北アメリカ人を罵り、併合を喜ぶ卑屈なやつらとドミニカ人を罵る。グアカナガリ（コロンブスが到達した際にイスパニョール島北部を治めていた首長）の呪いだよ！　彼がもっとも信奉している理論家は二人ともドイツ人であり、その二人には好きな黒人など一人もいなかったことは気にならないようだった。

どちらの男に対しても、ベリはつれなく振る舞った。それぞれの住まいや自動車販売店に出向く

＊14　ジョニー・アベス・ガルシアはトルヒーヨが愛したモルグルの王（『指輪物語』に登場する「指輪の幽鬼たち」の首領のこと）の一人だった。恐ろしい全能の秘密警察（ＳＩＭ）の長官で、ドミニカ国民を歴史上もっとも激しく拷問した人物として知られている。アベスは中国の拷問手法が大好きで、小人を雇い囚人の睾丸を歯で嚙み砕かせたと言われている。トルヒーヨの敵に対して絶え間なく陰謀を巡らし、若い革命家や学生をたくさん殺した（ミラバル姉妹も彼に殺された）。トルヒーヨの命令により、民主的に選ばれたベネズエラの大統領ロムロ・ベタンクールを暗殺する陰謀を企みさえした！（ベタンクールとトルヒーヨは昔から敵同士で、一九四〇年代から諍いがあった。そうした経緯でトルヒーヨ率いる秘密警察の猿どもは、ハバナの通りでベタンクールに毒物を注射しようとしたのだ）。二度目の試みも一度目と同様にうまくいかなかった。カラカスで緑のオールズモービルに詰め込まれていた爆弾が大統領のキャデラックをきれいに吹き飛ばし、運転手と見物人一名を殺したが、ベタンクールは助かったのだ！　**本当に**ギャングさながらである！（ベネズエラ人たちよ、ドミニカと共有する歴史なんてないとは言わないでくれ。同じ小説を読んだというだけでもないし、五〇年代、六〇年代、七〇年代、八〇年代に我々の多くが労働者としてベネズエラの海岸に押しかけたというだけではない。我らが独裁者は君たちの大統領を殺そうとしたんだよ！）トルヒーヨの死後アベスは（国から出て行かせるためだけに）日本領事に任命され、結局はカリブ海のもう一つの悪夢であるハイチの独裁者フランソワ「パパ・ドック」デュヴァリエに仕えることになった。彼はトルヒーヨに対してほどパパ・ドックには忠実ではなかった――裏切ろうとしたアベスとその家族をデュヴァリエは射殺し、彼らの家を吹き飛ばした（ピー・ダディーは自分がどんなやつを相手にしているのかきちんとわかっていたのだと思う）。だがドミニカ人の誰もアベスがその一撃で死んだなんて信じていない。アベスはいまだ世界をさまよいながら、ボス《エル・ヘフェ》の復活にあわせて自分も影から光の中へ戻る日を待っていると言われている。

が、いつもほぼ何もさせないのだ。フィアットのディーラーはデートのたびに必ず、ほんの一度だけでも愛撫させてくれと懇願した。手の甲でいいから触れさせてくれ、彼は弱々しく泣き声で言った。だがそのたびに彼女は優秀な野手のように彼をアウトにした。一方アルキメデスははねつけられても多少の品格を保った。すねたりしなかったし、おれは一体何に金を注ぎこんでるんだと罵ったりもしなかった。むしろ達観した態度を保とうとした。革命は一日にしてならず、か。彼は悲しげに言うと気を取り直し、秘密警察をかわした話なんかでベリを楽しませた。

ジャック・プホルスみたいなクソ野郎にさえベリは忠実だったのか。そのとおり。でも最後にはなんとかベリもジャックを忘れた。彼女はロマンチストだったが、愚か者《ペンデハ》ではなかったのだ。だがようやく彼女が正気に戻ったとき、世の中は控えめに言っても、不確かになっていた。国は大混乱の最中にあった。一九五九年の侵攻が失敗に終わったあと、若者たちの手による地下活動が暴かれ、彼らは至るところで逮捕され、拷問され、殺害された。客のいないテーブルを見回しながら、ファンは吐き出すように言った。政治さ、**政治だよ。**ホセは何の意見も言わなかった。ただ二階の部屋に一人こもって自分のスミス&ウェッソンを磨いた。今回は逃げ切れるかわからないよ、アルキメデスはそう言って、あつかましくもベリの同情をひき、あわよくばセックスにありつこうとした。あんたは大丈夫よ。ベリは鼻を鳴らし、彼の抱擁を押しのけた。結局のところ彼女が正しかったのだが、アルキメデスのように金玉を唐揚げにされずにすんだ者はほんの少しだった（アーチーは今でも生きている。仲間のペドロと一緒に首都をドライブしたとき、おれはときどき彼の選挙ポスターを見つけた。彼はある過激な小党から出馬していた。その党の公約はただ一つ、ドミニカ共和国に再び電力を、というもので、ペドロは鼻を鳴らした。ああいう泥棒はどっちの側にいたって《エセ・ラドロン・ノ・ベ・パ・》何の役にも立たん《ニングン・ラオ》）。

二月になると、リリアンが仕事を辞めて田舎《カンポ》に帰り、病気の母親の世話をしなければならなくなった。リリアンは言った。お母さん《セニョラ》は私の幸せのことなんて気にしたこともなかったのよ。でもどこにいても結局、女性にはみじめな運命が待っているってことね。リリアンは断言していなくなった。そして彼女が印を付けるのが好きだった、タダでもらえる安物のカレンダーだけが残った。一週間後、兄弟は代わりの人を雇った。新しい女の子はコンスタンティナという名前だった。二十代で明るく感じのいい子で、体つき《クエルポ》はパイプ《ピパ》みたいに寸胴でお尻《クロ》もなく、いわゆる「陽気な女《ムヘール・アレグレ》」（当時の言い回しだ）だった。ウィスキーやすえたタバコのにおいをさせて、昨夜のパーティから直接ランチの時間にコンスタンティナがやってきたのも一度ではなかった。ねえ《ムチャチャ》、信じないでしょうけど、昨日の夜は大変な目にあった《エル・リオ・エン・ケ・メ・メティ・アノチェ》のよ。彼女は人をうっとりさせるぐらい魅力的で、カラスを青ざめさせるくらい激しく罵ることもできた。そしておそらく、自分と似た魂の持ち主が世界でただ一人ここにいたことに気づいたのだろう。すぐにベリのことが好きになった。かわいい妹《エルマニタ》、彼女はベリをそう呼んだ。あんたすごくきれいだね。あんたを見てると神はドミニカ人なんだってことがわかるよ。

ジャック・プホルスの悲しきバラードから、ついにベリを自由にしてくれたのもコンスタンティナだった。

彼女の助言？　あんなクソ野郎《イホ・デ・ラ・ボラ》、あのホモ男《コメウエボ》のことなんて忘れちゃいな。この店にやってくるろくでなし《デスグラシアド》はみんなあんたに恋してるんだ。もし望むなら、あんたはこのクソ《マルディト》世界だって手に入れられるんだよ。

世界だって！　それこそベリが心底欲しいものだった。でもどうやって？　公園《パルケ》を通り過ぎていく車を見ているベリにはわからなかった。

ある日、女の子らしい泡《ブルブハ》のような直感に従って二人は早めに仕事を終え、通りの先にある『スパニアーズ』に稼ぎを持って行き、おのおの自分に似合うドレスを買った。

すごくいいじゃない。コンスタンティナが満足げに言った。

であんたはこれからどうするの？　ベリが訊ねた。

歯並びの悪い歯を見せてニッと笑う。私は『エル・ハリウッド』に踊りにいくつもり。そこで仲のいい男友達《ブエン・アミゴ》が働いているんだけど、そいつが言うには、私に見とれる以外やることがない金持ちたちが組み立てラインみたいに並んでるんだって、ほんとに《アイ・スィ》。両手をひらひらさせながら、腰のラインに沿わせて下ろしていき、それから動きを止めて言った。ねえ、私立学校の王女様は、本気で一緒に来るつもり？

ベリは一瞬考えた。家で自分を待っているラ・インカのことを考えた。自分の中で薄れ始めている傷心のことも考えた。

ええ、一緒に行く。

それこそが**すべてを変えた決断**だった。あるいは、最後の日々にベリはロラにそう説明した。私は踊りたかっただけなの。代わりに得たのは**これ**《エスト》よ。彼女は言いながら両腕を開き、病院や子供たちや癌やアメリカを示した。

エル・ハリウッド

『エル・ハリウッド』はベリが初めて行ったクラブだった。[*15] 想像してほしい。当時『エル・ハリウッド』はバニでいちばんの場所だった。『アレキサンダー』と『カフェ・アトランティコ』と『ジェット族』が一つになったような店だったのだ。照明、贅沢な装飾、きれいな服を着た美男美女、女性たちは極楽鳥のように派手にポーズを取り、舞台のバンドはリズムの世界からやってきたみたいで、足さばきに没頭している踊り手たちはまるで死に別れを告げているようだった——そういう場所だ。ベリは場違いだったかもしれない。飲み物の注文もできなかったし、高い椅子に坐るたびに履いていた安物の靴が脱げてしまった。でもひとたび音楽が始まれば、そんなこと関係なかった。でっぷり太った会計士が片手を差し出し、ベリは自分のぎこちなさも驚きも不安も忘れ、とにかく**踊った。**ああ《ディオス・ミオ》、彼女は踊ったのだ！ 空からやって来たように踊りまくり、何人もの相手が疲れ切った。ラテンアメリカからマイアミにまで至るツアーを何度となくこなした、白髪頭でベテランのバンドリーダーも叫んだ。あの黒人娘はすごいね《ラ・ネグラ・エスタ・エンセンディダ》！ あの黒人娘は本当にすごいね《ラ・ネグラ・エスタ・エンセンディダ》！ ついにベリが笑顔をみせる。これは良く覚えておかなきゃならない。ベリの笑顔は、めったに見られるもんじゃないのだから。みんなベリをショーに出ているようなキューバのダンサー《バイラリナ・クバナ》と間違えた。ベリ

*15 トルヒーヨが大好きだった行きつけの店だ。この原稿がほとんど書き上がりそうになったとき母が教えてくれた。

も自分たちと同じドミニカ人だなんて信じられなかった。まさか。そんなふうには見えない《ノ・ロ・パレセス》ね、などなど。

そしてステップと美男美女《グアポス》とアフターシェーブローションの渦の中に彼が現れた。ベリはバーにいて、ティナが「ちょっと一服」して戻ってくるのを待っていた。ベリのドレスは乱れ、パーマは跳ねていて、土踏まずはまるで初級纏足講座を受けたばかりのようだった。一方、彼はまさにくつろいでいてクールだった。彼こそデ・レオン家とカブラル家の来るべき世代だった。建国の母の心を奪った男、彼女とその家族を国外離散に追いやった人物だった。ゆったりした黒のジャケットに白のズボンというギャングみたいな格好で、汗は一滴もかいていなかった。まるで冷蔵庫から出てきたようだった。四十代半ばでいかがわしく、腹の出たハリウッドのプロデューサー風にハンサムで、いろんなことを見てきた（そして見逃さなかった）灰色の目の下にはたるみがあった。その目でベリを一時間ほど見つめていたが、もちろんベリだって気づかないわけがなかった。その黒人男性は羽振りがよく、クラブにいる誰もが彼に敬意を抱いていた。そしてアタワルパ（一五〇〇頃—三三。インカ帝国最後の皇帝）の身代金を支払えるほど多くの金のアクセサリーをじゃらじゃらと言わせていた。

とりあえず、最初の出会いは前途有望とはほど遠かった。一杯おごらせてくださいよ。彼は言い、ベリが不遠慮《コモ・ウナ・ルダ》にむこうを向くと、彼は彼女の腕を強く摑み言った。どこへ行くんだい、黒人娘《モレナ》？ それで彼女には十分だった。ベリが内に秘めていたオオカミが現れた《ア・ベリ・レ・サリオ・エル・ロボ》。第一に、彼女は触られるのが好きではなかった。絶対に。次に、彼女は黒人娘ではなかった（カーディーラーでさえまだわかっていて、彼女をインド娘と呼んだ）。そして三つ目に、ベリは短気だった。彼が彼女の腕を捻ると、ベリは平静から暴力へコンマ二秒で移行した。金切り声を上げた。触らないでよ《ノ・メ・トケス》。彼に飲み物を、グラスを、バッグを投げつけた——もしそばに赤ん坊がいたらその子さえ投げつけていただろう。それから紙ナプキンの束を投げつけ、オリーブを刺すプラスチックの爪楊枝を百本近く投げた。そしてそれらが床のタイルで踊っているあいだ、彼女はストリート・ファイター（日本の人気デジタルゲームシリーズ（一九八七—）。「対戦型格闘ゲーム」の代表的作品）でも最強の連続技を繰り出した。見たこともないような集中攻撃にそのギャングはしゃがみこみ、一発が顔を直撃するのを避ける以外、動かないでいた。彼女が攻撃の手を休めると、彼は塹壕から出てくるように顔を上げ、自分の唇に一本指を押し当てた。まだここが残ってるよ。彼は真顔で言った。

　さてさて。

　それは単なる出会いでしかなかった。家に戻ったベリがラ・インカとしたケンカのほうがよっぽど重要だった——ラ・インカはベルトを手に持ち待っていたのだ——そして踊り疲れたベリが家に足を踏み入れると、石油ランプに照らされたラ・インカがベルトを宙に振り上げていて、ベリのダイアモンドの目はその姿をじっと見つめた。世界中あらゆる国で繰り広げられている母と娘の原光景だ。ぶつならぶってよ、ママ《マドレ》。ベリは言った。だがラ・インカにはできなかった。どうにも力が抜けてしまった。ねえ《イハ》、もしまた遅く帰ってきたら家から追い出すからね。そしてベリは言った。心配しないで、そのうち出て行くつもりだから。その夜ラ・インカはベリの眠るベッドに入ろうとはしなかった。代わりに揺り椅子で寝て、次の日もベリには話しかけず、さっさと仕事に行ってしまった。彼女の落胆がまるでキノコ雲のように立ち上がっていた。疑問の余地はなかった。母親《マドレ》とのことを心配しなければならなかったのに、気付くとその週の間中ベリがずっと考えていたのは、あの夜を（彼女の言い方では）台無しにしたあの愚かで無謀なふとっちょ《ゴルド・アサロソ》のことだった。気付けばほとんど毎日、あの男との対決についてカーディーラーとアルキメデスに事細かに語っていたのだ。そして語るたびに新たな怒りを付け加えていった。それは厳密には怒りではなかったが、心情的にはその表現がぴったりだった。あの獣《ブルト》。ベリは彼をそう呼んだ。ただの動物よ。私に触ろうとするなんて！　自分のこと何様だと思ってるのかしらね。あのちんけで、最低なやつが《エセ・ポコ・オンブレ・エセ・ママウエボ》！

で、そいつは君を殴ったのかい？　カーディーラーは言いながらベリの手を自分の脚に押しつけようとして失敗した。もしかしたら君を殴らなきゃならないのは僕かもしれないな。

　そうしたらあいつとまったく同じ目に遭うわよ、ベリは言った。

　アルキメデスは部屋に彼女が訪れているあいだ、クローゼットの中に立っていた（秘密警察が突入してきたときのための用心だ）。彼はそのギャングのことを典型的なブルジョアだと断言した。彼の声はカーディーラーがベリに買ってくれた（そして彼女がアルキメデスの家に置いておいた）服の生地を通してベリに届いた（これは**ミンク**の毛皮？　アルキメデスは訊ねた。ウサギよ。暗い声でベリは答えた）。

　あの人に私、グサリとやっちゃったみたいね。ベリはコンスタンティナに言った。

　ねえ《ムチャチャ》、グサリとやられたのは**あなた**のほうでしょ。

　それってどういう意味？

　だってあなた、その人のことばかりしゃべってるじゃないの。

　そんなことない。ベリは怒って言った。全然そんなことないから。

　じゃあ、その人のことを話すのをやめてみて。ティナは付けてはいない腕時計を見下ろすふりをした。はい五秒。記録ね。

ベリは彼のことを口にしないようがんばったが無駄なことだった。ふとした瞬間に腕がうずくように痛み、彼のおどおどした視線を全身に感じた。

次の金曜はレストランにとって大事な日だった。ドミニカ党の地元支部のパーティで、スタッフは早い時間から夜遅くまで大忙しだったのだ。大騒ぎが大好きなベリは驚くほどの勤勉さを示し、ホセでさえ事務所から出てきてコックを手伝わなければならなかった。ホセは支部長に「中国のラム」だと言って酒を出したが、実はそれはラベルをこすり落としたジョニー・ウォーカーだった。お偉方はチャウファンを旨い旨いと言って食べたが、地元《カンポ》の下っ端たちは惨めに麺を突っつきながらインゲン豆ご飯《アロス・コン・アビチュエラス》はないのかと何度も訊ね続けた。もちろんそんなものはメニューにはなかった。そのパーティは概ね成功に終わり、汚い戦争が進行しているなんてまるで思えないくらいだった。だが酔っぱらいの最後の一人がのろのろと歩いてタクシーに乗せられてしまうと、まったく疲れを感じていなかったベリはティナに訊ねた。また一緒に行かない?

どこに?

『エル・ハリウッド』に。

でも着替えなきゃ――

大丈夫、全部持ってきてるから。

そして瞬く間にベリは彼の坐るテーブルの側に立っていた。

彼と共に夕食を食べていた友人が言った。なあ、ディオニシオ、先週お前を叩きのめした女の子《ケ・テ・ディオ・ウナ・ベラ》じゃないか?

羽振りのいい男はむっつりとして頷いた。

友人はベリを上から下まで眺めた。彼女、再試合を挑みに来たんじゃなければいいけどな。そしたらあんた、生きて帰れないだろうよ。

羽振りのいい男は訊ねた。いったい何を待ってるんだ。ベルの音かい？

私と踊って。彼をグッと摑みフロア《ピスタ》まで引きずっていったのは今度は彼女のほうだった。彼はまるで筋肉でできたどっしりとした板がタキシードを着ているみたいだったが、まるで魔法のように踊った。おれを探しに来たんだろ？

そうよ、ベリは言い、その時初めて自分でもそうだと気づいた。

正直に言ってくれて嬉しいよ。おれは嘘つきが嫌いなんだ。彼はベリの顎の下に指をかけた。名前は？

ベリは指から逃れて言った。私の名前はイパティア・ベリシア・カブラル。

そうじゃない。昔かたぎのヒモにふさわしい重みのある声で彼は言った。お前の名前はビューティフルだろ。

われわれ全員が捜索中のギャング

そのギャングについてベリがどれだけ知っていたか、われわれに判る日は来ないだろう。自分はビジネスマンだとだけ言われたと彼女は主張する。もちろん信じたわ。違うかもしれないなんて思うわけないでしょ。

さて、確かに彼はビジネスマンだった。だが同時にトルヒーヨの取り巻きで、しかも小物ではなかった。誤解しないでほしい。彼は指輪の幽鬼だったわけではない。だがオーク（トールキンの小説に登場する人型種族。知性や品位を欠き、悪に仕える下級兵士としての役割を担うことが多い）でもなかった。

この件についてベリが沈黙を守り、またトルヒーヨの治世という話題を他の人々もずっと嫌がっているせいで、このギャングに関する情報は断片的なものしかない。なんとかおれが知ることができたことだけお教えしよう。あとのことについては白紙《パヒナス・エン・ブランコ》となっている歴史上のページがついに語り始める日まで待つしかない。

そのギャングは一九二〇年代の初め、牛乳配達の四番目の息子としてサマナに生まれた。虫がたかり、いつも泣きわめいていたガキで、出世をするだろうなんて誰も思っちゃいなかった。両親さえそう考えて、七歳のとき彼を家から追い出した。だが一生を飢えと無力と屈辱のうちに過ごさなければならないだろうという見通しが若者の性格をどう変えるかについて、人々は常に低く見積もっているのだ。十二歳になったころには、この貧相で目立たない少年は実年齢以上の機転と大胆さを見せるようになっていた。出来損ないの牛泥棒を「尊敬」していると彼が言ったせいで、秘密警察が彼に興味を抱いた。シム・サラ・ビム（ハンナ・バーベラ制作のSFテレビアニメシリーズ『科学少年JQ』（一九六四―八七）に登場するインド人少年ハジが呪文を使用する際に発する言葉）を唱えるまでもなく彼は労働組合に潜入し、至るところの組合《シンディカトス》を密告するようになった。[*16] 十四歳で一人目の「共産主義者」を殺した。あの恐ろしいフェリックス・ベルナルディノのためだった。そしてその殺しは明らかに素晴らしい、**ものすごい**ものだったのだろう。バニにいる左翼の半分はすぐにドミニカ共和国を捨て、比較的安全なヌエバ・ヨルクに逃れた。稼いだ金で彼は新しいスーツと靴を四足買った。

そのときからこの若き悪党には限度というものがなかった。その後十年間、彼はキューバとドミニカを行き来し、偽造、窃盗、脅迫、不正資金の浄化に手を染めた――すべてトルヒーヨの終わりなき栄光のためだった。そしてこのギャングこそ、一九五〇年にマウリシオ・バエスを殺した実行犯だとも言われているが、確かな証拠は何もない。そんなこと誰に判るだろう。そうした可能性があるということでしかない。そのころには、彼はハバナの裏社会とのあいだに太いパイプを手に入れていた。そして、クソ野郎どもを殺すことに何の良心の呵責も感じていなかった。だが確かな証拠が残ることはほとんどなかった。彼がジョニー・アベスとポルフィリオ・ルビロサのお気に入りだったことには疑問の余地がない。彼は宮殿《パラシオ》から特別のパスポートをもらっていたし、秘密警察の一部門の少佐でもあった。

われらがギャングはあらゆる裏切り行為に長けていたが、ずば抜けて得意で、それまでの記録を破り金メダルを取れるほどだったのは人身売買だった。当時も今も、サント・ドミンゴにとってのプッシー《ポポラ》はスイスにとってのチョコレートのようなものだ。そして女性を金で縛りあげ、売り飛ばし、辱めるといったことが、ギャングの能力を最大限に引き出した。彼には素質というか、才能があったのだ――彼は尻《クロ》のカラカラコルだった。二十二歳のころには首都周辺で売春宿のチェーンを経営し、三つの国に家と車を持っていた。ボス《エル・ヘフェ》には惜しむことなくなんでも差し出した。金でも賞賛でもコロンビア出身の最高の女《クロ》でもだ。体制に忠実なあまり、一度などボス《エル・ヘフェ》の母親の名前を間違って発音しただけの男をバーで殺してしまったほどだ。ボス《エル・ヘフェ》はこう言ったと噂されている。あの男は有能《カバス》だね。

ギャングの献身が報われないなんてことはなかった。一九四〇年代の中頃には、彼はもはやただの高給取りの工作員ではなかった。彼は重要人物《アルギエン》に成り上がりつつあったのだ――体制を支える三人の魔王とともに彼は写真に収まっている。ジョニー・アベス、ホアキン・バラゲール、フェリックス・ベルナルディノだ――そして彼とボス《エル・ヘフェ》が写っている写真はないものの、彼らが一緒に食事をし、バカ話に興じていたことは疑いない。なにしろ、「偉大なる御目」（『指輪物語』のサウロンを指す別名）その人が、トルヒーヨ一族がベネズエラやキューバに持っていた利権を行使する権力をギャングに与えたのだから。そしてギャングの情け容赦のない管理の下、ドミニカで金のために働く売春婦の数は三倍にまでなった。四〇年代がギャングの絶頂期だった。いかにもヒモという出で立ちで、ロサリオからヌエバ・ヨルクまで南北アメリカ全土を旅して回り、最高のホテルに泊まり、最高にセクシーな女たちを抱き（だが黒人女好き《モレナス》という南国志向《スレニョ》は変わらなかった）、四つ星レストランで食事をし、世界各地で大物犯罪者たちと談笑に興じた。

＊16　フェリックス・ウェンセスラオ・ベルナルディノはラ・ロマナで育った。トルヒーヨの最も残忍な部下の一人であり、彼にとってのアングマールの魔王だった。彼がキューバ領事だったころ、亡命ドミニカ人の労働組合組織者マウリシオ・バエスが何者かによってハバナの路上で殺害された。フェリックスはドミニカから亡命中の政治指導者であるアンヘル・モラレスの暗殺未遂にも関わっていたとも噂されている（モラレスの秘書が鬚を剃っていると暗殺者達が突入してきた。顔が石鹸まみれの男をモラレスと間違え、銃で撃ってバラバラにした）。加えてフェリックスと彼の妹であるミネルバ・ベルナルディノ（国連ができる前に大使になった世界初の女性である）が両方ニューヨークにいるとき、帰宅途中だったヘスス・デ・ガリンデスが、地下鉄のコロンブス・サークル駅で理由なく姿を消した。『西部の男パラディン』（米の西部劇テレビドラマシリーズ（一九五七―六三）。決して本名を明らかにしないインテリのガンマンが主人公）のような感じだ。トルヒーヨの力が彼から去ることは決してなかったと言われている。このクソ野郎はサント・ドミンゴで老衰のため死んだ。人生の最後までトルヒーヨ主義者で、ハイチ人の労働者に給料を払うのが嫌で彼らを溺死させたりしていた。

疲れを知らぬ日和見主義者である彼は、行く先々で取引をした。ドルの詰まったスーツケースが彼と共に首都と旅先を行き来した。多くの暴力をふるった。多くの人を殴り倒し、ナイフで刺した。彼のほうも数々の暗殺の危機を生き延びてきていた。銃撃や車からの発砲を切り抜けたあとには必ず、彼は髪を櫛で整え、ネクタイを直した。洒落者の反射行動だった。彼は本物のギャングで、心底悪党で、インチキ臭いラッパーたちがこぞって歌詞にするような人生を実際に生きていた。

　彼とキューバの長い情事のような関係が正式なつき合いになったのもこの時期だった。それまではベネズエラの足の長い白黒の混血女性《ムラタス》たちへの愛を心に抱いていたり、長身で冷たいアルゼンチン美女たちに焦がれたり、メキシコのとびきり美しいブルネットの女たちに夢中になったりしたかもしれない。だが彼の心にしっかりと寄り添い、まるで家にいるように彼をくつろがせたのはキューバだった。控えめに見積もっても、一年十二ヶ月のうちの六ヶ月を彼はハバナで過ごしていた。そして彼のキューバびいきに敬意を込めて秘密警察が付けた彼のコードネームは、マックス・ゴメスだった。彼はあまりによくハバナにでかけたので、一九五八年大晦日にそこに居合わせたのも不運というより、ただの必然だった。その日の夜フルヘンシオ・バティスタがハバナから去り《サコ・ピエス》、ラテンアメリカ全体が変わってしまった。ギャングはまさにハバナでジョニー・アベスとどんちゃん騒ぎをしていた。未成年の売春婦たちの腹に注いだウィスキーをすすっていたのだ。そのときサンタ・クララにゲリラ軍が到着した。全員が助かったのは、ちょうどいいタイミングでギャングの情報提供者がやってきてくれたおかげだった。今行かなきゃ全員キンタマ《ウェボ》から逆さ吊りにされますよ！　それはドミニカの諜報機関が犯した最大の失敗だった。その大晦日、ジョニー・アベスはあとほんの少しでハバナから逃げられないところだったのだ。ドミニカ人たちは文字通り最後の飛行機に乗りこみ、タバコを吸っていた。ギャングは窓ガラスに顔を押しつけた。それが最後のキューバ滞在になった。

　ベリがギャングに出会ったとき、まだその不名誉な夜間飛行が彼の心に取り憑いていた。単なる経済的な結びつき以上に、キューバは彼の持つ威信――と言うより男らしさ――を形作る重要な要素だった。そして下劣な学生たちの群れにあの国が負けてしまったという事態を、まだ受け入れることができずにいた。比較的機嫌のいい日もあったが、革命運動についての最新ニュースを耳にするといつも、彼は髪をかきむしり目についたそこらの壁に当たり散らした。彼が激しく罵らない日は一日たりともなかった。バティスタ（あの牛野郎！　田舎者！）もカストロ（イカれた共産主義者《コムニスタ》！）もCIA長官アレン・ダレス（オカマ野郎！）も罵ったのだ。母の日にバティスタが愚かにも恩赦を出し、フィデルや他のモンカダ襲撃参加者《モンカディスタス》すべてを解放するのをダレスは止められなかったのだ。そして彼らに次のチャンスを与えてしまった。もしダレスが今ここ、俺の目の前にいたら撃ち殺してやるね、彼はベリに断言した。それから、やつの母親も。

　あまりに辛い人生の一撃に打ちのめされ、彼はどう反応していいか判らずにいた。未来はどんよりと曇り、キューバ崩壊を目の当たりにして、自分もトルヒーヨもまた死すべき運命にあると感じざるを得なかった。だからこそ彼はベリに出会ったとき、すぐさま飛びついたのだろう。つまり、若いマンコの錬金術により、ストレートの黒人中年男が自分を再生しようとしたわけだ。そして彼女がよく娘に言っていたことが事実だったとしたら、ベリのマンコはここらでも最高だった。そのセクシーな腰のくびれの地峡だけで千の船《ヨラ》を出航させるに十分だったろう。上流階級の若造たちなら彼女を相手にするのに躊躇したかもしれないが、この世慣れたギャングは、それまでにも数え切れないくらいの褐色の肌をした女性たち《プリエタス》と寝てきたのだ。そんなこと彼にとってはなんでもなかった。彼はただベリの巨大な胸を吸い、マンゴージュースの沼になるまで彼女のマンコを責め立て、彼女をめちゃくちゃにしてしまいたかった。そうすることでキューバや自分の過ちを消し去りたかったのだ。老人たち《ビエホス》の言うところの「釘で釘を抜く《クラボ・サカ・クラボ》」ようなもので、ベリのような女の子だけが彼の心からキューバ瓦解という出来事を消し去ることができた。

最初ベリはギャングとの関係にためらいも感じていた。彼女の理想の恋人《アモル》はジャック・プホルスだったのに、今度のギャングは髪を染めた中年のキャリバン（シェイクスピア『あらし』に登場する怪物）で、陰毛のような毛が背中や肩にふさふさと生えていたのだ。栄えある未来の化身というより、三塁の審判というふうだった。だが、勤勉が持つ力をあなどってはいけない——特にそれがうなるほどの金《ラナ》と特権に後押しされている場合は。中年男だけが知っているやり方でギャングはベリを口説いた。冷静な態度とさりげないキザ《クルシ》なふるまいで彼女のためらいを切り崩していったのだ。アスアの街全体を飾れるほどの花の雨を彼女の上に降らせ、職場にも家にも薔薇のかがり火を届けた（ロマンチックねえ、ティナはため息をついた。まったく下品だこと、ラ・インカは文句を言った）。首都の最高級レストランで彼女をもてなし、それまでミュージシャン以外では有色人《プリエト》を入れたことのないクラブにも連れて行った（本当にすごい奴だ——**黒人**を閉め出せという掟を破るなんて）。『アマカ』や『トロピカリア』といった店だった（だが、ああ、『カントリークラブ』は無理だった。さすがの彼もそこでは顔が利かなかったのだ）。彼女を最高の口説き文句《ムエラス》でいい気分にさせた（聞いたところでは、彼は大学院生のシラノ（ロスタン『シラノ・ド・ベルジュラック』への言及）二人に金を払って量産させたらしい）。演劇や映画やダンスに招待し、衣装ダンスいっぱいの服と海賊の宝箱いっぱいの宝石を買ってやり、彼女を有名人たちに、そして一度などラムフィス・トルヒーヨ本人に紹介した——言い換えれば、彼女にすごい世界を見せてやったのだ（少なくともドミニカ共和国内に限って言えば）。そして驚くべきことに、理想的な恋愛の形に固執していたベリのような頑固な女の子さえ、ギャングのためだったらその考えを変えてもいいと内心思ったのだった。

彼は複雑で（滑稽と言う人もいるだろう）気さくな（おかしなと言う人もいるだろう）男で、ベリをとても優しく、たっぷりと思いやりをこめて扱った。そして（字義通りにも比喩的にも）レストランで始まった教育は、彼に至って完結した。ギャングはすごく社交的な男《ウン・オンブレ・ビエン・ソシアル》で、出歩くのが好き、見たり見られたりするのが好きだった。彼のそうしたところはベリの描く理想にぴったり当てはまった。だが彼はまた、自分の過去の行いに悩まされている　男《ウン・オンブレ》　でもあった。一方では、彼は自分が成し遂げてきたことを誇りに思っていた。彼はベリに言った。おれは全て自力で自分を作り上げた。今は車も家も電気も服も宝飾品《ブレンダス》も持っている。でも子供《ニーニョ》のときには履く靴さえなかった。一足もだ。家族もなかった。孤児だったんだ。判るかい？

自分自身も孤児だったベリにはすごくよく判った。

だが一方で、彼は自分の犯した罪に苦しめられていた。飲み過ぎると、それはしょっちゅうだったが、彼はこんなことを言った。もしおれがしでかしたこと《ディアブルラス》を知ったら、おれと一緒になんかいられないだろうよ。そして彼の泣き声にベリが目を覚ます夜もあった。あんなことするつもりじゃなかった！　そんなつもりじゃなかったんだ！

そしてそんなある夜のこと、ベリは彼の頭をそっと抱き涙をぬぐってやりながら、自分がこのギャングを愛しているんだと気づき驚いたのだった。

恋するベリ！　第二幕！　だがプホルスとのときとは違って、今回は本物だった。混じりっ気なしの純粋で完全な愛、彼女の子供たちを一生のあいだ苦しめることになる聖杯だった。ベリが愛し愛される機会をどれだけ望み、それに飢えていたかを考えてほしい（実際の時間にすれば大して長くはなかっただろうが、思春期のクロノメーターではそれは永遠だった）。彼女のあの失われた子供時代にはそんなチャンスが訪れたことはなく、そのあとに続いた年月のあいだにもベリの渇望は幾重にも折り重ねられていった。それはまるで、刀が鍛えられていき、ついに真実よりも鋭く研ぎ澄まされるようなものだった。ギャングを前にして、ついに彼女にチャンスが巡ってきたのだ。彼と過ごした最後の四ヶ月があふれんばかりの感情に満たされていたとしても、一体誰が驚くだろう。むしろ予想通りだ。堕罪の娘たるベリは、それが発する最強の放射能を浴びて、原子力ほどの力で愛した。

ギャングの方はと言えば、ふだんならばこれほど熱烈な愛情を抱いたセックスフレンドにはすぐ飽きてしまったものだが、歴史のハリケーンになぎ倒されていたので、ついベリの愛情に応えてしまっていた。絶対に守れないような口約束をしてしまったのだ。いったん共産主義者との揉め事が終わればベリをマイアミやハバナに連れて行くと彼は約束した。どっちにも家を買ってやるぞ。おれがどれだけお前を愛しているかわかるほどのやつを！

家って？　ベリはささやいた。彼女の髪が逆立った。そんなの嘘でしょ！

おれは嘘はつかないよ。何部屋ほしい？

十部屋？　ベリは自信なさげに言った。

十なんてしょぼいよ。二十じゃどうだい？

ギャングはベリの頭にこうしたイメージを吹きこんだのだ。誰かがそのことで彼を逮捕すべきだった。そして確かに、ラ・インカはそうすべきだと思っていた。彼女は激しくなじった。あのポン引き野郎。あんたの純真さにつけこんで。ラ・インカは真剣に弁じ立てた。そして彼女は正しかった。実際あのギャングは、単にベリの純粋さを食い物にするごろつき《チュロ》でしかなかったのだから。だがもしこれを、言わばもっと寛容な目で見れば、次のような主張も**可能**だろう。ギャングはベリをとても崇めていたし、その崇拝にも似た気持ちはベリにとって、それまでにもらった中でも最も素晴らしい贈り物だったのだ。彼女は信じられないくらいいい気分になったし、心の底まで揺さぶられた。（**生まれて初めて、自分の肌がほんとに自分のものだと思えた。私の肌は私で、私は私の肌なんだって**）。彼のおかげでベリは自分がきれい《グアパ》で人に求められ守られていると感じた。それに、それまでにそうしてくれた人など誰もいなかったのだ。誰もだ。二人で過ごす夜には、彼はベリの裸を撫でた。ナルキッソスが彼の湖面を撫でるように。そして何度も何度も、きれい《グアパ》だきれい《グアパ》だとつぶやいた（ギャングはベリの背中にある火傷の跡など気にしなかった。まるでサイクロンの絵みたいだな。おまえそのものだ。おれの黒人女《ミ・ネグリタ》、夜明けの嵐《ウナ・トルメンタ・エン・ラ・マドルガダ》さ）。好色な彼は太陽が昇ってから沈むまで彼女を抱き続けることができた。そして、彼女自身の体やオーガズムやリズムをベリに教えたのも彼だった。大胆にならなきゃだめだ、と言ったのも彼だ。だからこそ、最後どうなったにせよ、彼は褒め称えられなければならない。

　この情事のせいで、サント・ドミンゴにおけるベリの評判は灰と化し、そのあと変わることはなかった。バニに住む誰も、ギャングが誰で、何をしているのか（彼は実に秘密主義だったのだ）正確には知らなかった。だが彼が男であるだけで十分だった。ベリの近所に住む人々の気持ちのなかでは、あのお高くとまった黒人女《プリエタ・コンパロナ》はついに人生でふさわしい場所を得た、すなわち売春婦《クエロ》になったのだ。年配の人たちがおれに教えてくれた。ドミニカ共和国で過ごした最後の数ヶ月、ベリは学校にいるよりも長くラブホテルにいたと――これが誇張であることは間違いないが、ベリが人々にどれだけ低く評価されていたかという証ではあった。ベリはこうした状況を放っておいた。哀れな勝者はどうしていたか。今や特権を有する上流社会に飛び込んだ彼女は、近所では気取って歩き回り、勝ち誇ったように、ギャング以外の全ての人々、全てのものをすさまじく軽蔑していた。自分の住む地区《バリオ》は地獄《インフィエルノ》だし、近所の人々は「けだもの《ブルトス》」や「豚《コチノス》」だと切り捨てた。もうすぐマイアミですごい暮らしをするのだから、こんな国ならぬ国にはもう我慢しなくていいと吹聴した。家での態度にはもはや礼儀正しさのかけらもなかった。夜通し家には戻らず、気が向くとすぐパーマをかけた。ラ・インカはもうベリをどうしていいかわからなかった。近所の人々はみな彼女に、ベリが血だらけになるまで殴るべきだと言った（いっそ殺してしまったほうがいいかもしれない、悲しそうに彼らは言った）。だがラ・インカには説明ができなかった。何年も前、火傷した少女が鶏小屋に閉じこめられているのを見つけたことが、自分にとってどれだけ意味のあることだったかを。あの光景が自分のなかに入ってきてすべてを組み替えてしまい、だからこそいま、彼女はベリに手を挙げようにもその手に力が入らないのだということを。それでもラ・インカはベリに説教することはやめなかった。

大学はどうなったの？

大学なんて行きたくない。

じゃあどうするの？　一生ギャングの愛人のまま？　御両親はもっとちゃんとした人間になるっ

て期待してたはずよ。

あの人たちのことは言わないでって言ったでしょ。私の親は目の前にいる母さんだけ。で、その私をこんな目に遭わすんだから。こんな目に。ひょっとしたらみんなが言う通りなのかもしれない。ラ・インカは絶望して言った。ひょっとしたらあんたは呪われているのかも。

ベリは笑った。母さんは呪われているかもしれないけど、私は違う。

中国人の兄弟すら、ベリの態度が変わったことに対処しなければならなくなった。あんた、来なくていい、フアンが言った。

何のことか全然わからない。

フアンは唇をなめもう一度言った。あんたに来てもらうわけにはいかん。

おまえはクビってことだよ、ホセが言った。エプロンを外してカウンターに置いといてくれ。

このことをギャングが聞き、次の日、彼の用心棒たちがゼン兄弟を訪ねた。ベリをすぐに戻さなかったらどうなるか、わかってるだろうな。だがもう元通りにはならなかった。兄弟は彼女に話しかけなかったし、中国やフィリピンで過ごした若いころについて延々と語りもしなかった。二日間沈黙で迎えられ続けたあとベリもようやく理解して、そのあとは二度と店には行かなかった。

で、仕事がなくなったわけね。ラ・インカは話の要点をまとめてやった。

仕事なんていらない。彼が家を買ってくれるから。

一度も自分の家に呼んでくれたことのない男が、あんたに家を買うって約束したって？　で、それを信じるの？　ああ、あ《ィ》んたって子《ハ》は。

そのとおりだった。ベリは彼を信じたのだ。

だって、ベリは恋していたのだ！　世界は縫い目からずたずたに裂けつつあった——サント・ドミンゴは完全崩壊の最中で、トルヒーヨの独裁がぐらつき、至る所を警察が封鎖していた——そしてベリと同じ学校に通っていた優秀で才能のある学生たちまでもが、恐怖政治のなかで一網打尽にされていた。エル・レデントルに通っていた少女は言った。ジャック・プホルスの弟がボス《エル・ヘフェ》に対抗する組織を作ろうとして捕まり、大佐の影響力をもってしても救えなかった。電気ショックで片目を抉り出されてしまったのだ、と。ベリはそんなこと聞きたくなかった。だってベリは恋していたのだ！　恋して！　ベリは脳震盪を起こした女のように日々を過ごしていた。彼女はギャングの電話番号も、住所さえ知らなかった（第一の悪い兆候だよ、女の子たち）。そしてギャングはよく、何の前触れもなく何日も姿を消した（第二の悪い兆候だ）。そして世界対トルヒーヨの戦争は非常に厳しい局面を迎えつつあった（そして彼はベリを意のままにできるようになっていた）。何日が何週間になり、「ビジネス」から戻ってきたギャングからはタバコと昔ながらの恐怖の臭いがした。そしてただセックスしたがった。そのあと彼はウィスキーを飲み、ラブホテルの窓の側で独り言をつぶやいていた。彼の髪が白くなりつつあることにベリは気づいた。

　ベリはギャングがそんな風に姿を消すのが気にくわなかった。そのせいでラ・インカや近所の人々の前で気まずい思いをさせられたのだ。彼らはいつでもにこやかにこう訊ねる。あんたの救世主は今どこにいるんだい、モーゼ様は？　もちろんベリはどんな批判に対してもギャングを弁護した。どんな男もそこまで擁護されたことはないほどだったが、ギャングが戻ってくるたびにベリはその腹いせに、彼に当たり散らした。花束を抱えて彼が現れても口をとがらせた。いちばん高いレストランに連れて行かせた。このあたりから引っ越したいの、と四六時中せがんだ。このX日間いったい何をしていたのかと彼に訊ねた。『リスティン』で読んだ結婚式について彼に語った。そしてほら、ラ・インカが口にした疑念もまったくの無駄にはならなかった。いつ自宅に連れて行ってくれるのかと彼に訊ねたのだ。ろくでなし女の娘《イハ・デ・ラ・グラン・プタ》よ、困らせる《ホディエンドメ》のはやめてくれ！　戦争の真っ最中なんだぞ、今は！　彼はぴっちりとしたランニングシャツという格好で立ち上がり、ベリを見下ろしてピストルを振り回した。おまえみたいな女を共産主義者たちがどうするか知ってるか？　おまえの見事なおっぱいをくくって天井から吊るしあげるんだぞ。それでばっさり切り落しちまうんだ。キューバの売春婦たちにやつらがしたみたいに。

　ギャングの不在が長びいていたある時、ベリは退屈し、また近所の人たちの嘲るような視線を逃れたくて仕方がなくなり、最後にもう一回だけ欲求不満急行に乗ることにした——言い換えれば、以前の愛人たちの様子を見に行ったのだ。正式に関係を終わらせたい、というのが表向きの目的だが、実際のところは単にベリは落ちこんでいて、男の人に相手してほしかったんだとおれは思う。そこまではいい。でも彼女は古典的な間違いをしでかした。ドミニカ人の男たち《オンブレス》に新しい恋人のことやら、自分がどれだけ幸せかやらを話したのだ。女たちよ、絶対にこんなことをしてはいけない。それがどれほど愚かかというと、判決を下そうとしている裁判官の前で、昔あんたの母ちゃんのマンコに指を突っこんだことがあるんだけどと言うのと同じぐらいだ。いつも優しく礼儀正しかったカーディーラーはベリにウィスキーの瓶を投げつけながら叫んだ。なんでこのいまいましいイカれ雌猿《モナ》のために喜ばなきゃならないんだ！　二人はマレコンにある彼のアパートにいた——少なくとも彼は自分の家を見せてくれたわけね、あとでコンスタンティナは皮肉を言った。そしてもし彼がもっとコントロールのいい右腕の投手だったら、ベリは脳天をかち割られ、ひょっとしたらレイプされて殺されていたところだったろう。だが彼の速球はベリをかすっただけで終わり、次は彼女がマウンドに立つ番だった。ベリは自分に投げつけられた同じ瓶を使って、彼の頭にシンカーを四球ぶちかました。五分後、タクシーのなかで裸足のままゼイゼイいっていたベリは、秘密警察に車を止められ、そのまま尋問された。秘密警察はベリが走るのを見ていたのだ。そして尋ねられてはじめてベリは、自分がボトルを握ったままで、その角には血のついた髪の毛がついていることに気づいた。カーディーラーの直毛の金髪だった。

(**何があったか話したら解放してくれたけどね**)。

立派なことに、アルキメデスはもう少し落ち着いて事に当たった(ひょっとしたらそれは、ベリが感情的になる前に、まず状況を彼に話したからだったのかもしれない)。告白のあと、アルキメデスが隠れているクローゼットからかすかなうめき声がするのをベリは聞いた。それだけだった。五分沈黙が続いたあとベリは囁いた。私もう行ったほうがいいわね(ベリがその後アルキメデスと直接会うことは二度となかった。ただテレビで演説をしている姿を見ただけだ。そしてずっと何年も経ってから、時に自分が彼のことを思うように、まだ彼も自分のことを思っているのだろうかとベリは考えた)。

どうしてた？　つぎに現れたときギャングはこう訊ねた。

何も。彼女は言い、彼の首に抱きついた。全然何も。

すべてが台無しになる一ヶ月前、ギャングはベリを連れてサマナにある自分の根城で休暇を過ごした。二人で行く初めての本当の旅だった。特に長かった不在を埋め合わせるための贈り物、この先の海外旅行への約束手形だ。ベインティシエテ・デ・フェブレロ・ハイウェイを離れたことのないような、あるいは、グアレイが世界の中心だと思っているような首都《カピタレニョス》の住民たちにとって、サマナは美しい場所《チュレリア》だった。欽定英訳聖書の訳者の一人はカリブ海を旅したのだが、エデンの園の章を訳すとき彼の心に浮かんでいたのはサマナのような場所だったのではないかとよくおれは思う。まさにサマナはエデンの園そのものだった。海《マル》と太陽《ソル》と緑が調和した、祝福を受けた頂点であり、どんなにもったいぶった文章でも決して描ききれない、扱いにくい人々を生み出す場所だった。*17 ギャングは上機嫌で、どうやら破壊活動分子との戦争はうまくいっているようだった（あいつら逃げて行きやがった、彼はほくそ笑んだ。もうすぐ万事うまくいく）。

ベリにとってあの旅行は、ドミニカ共和国で過ごした最高の時間として記憶に残った。その後サマナという名前を聞くたびに、若かりし青春《プリマベラ》最後の日々を、まだ若くきれいで、自分が完璧だった青春の時を思い出した。サマナと聞くたびと、二人のセックスを、ギャングのざらつく顎が自分の首を撫でるのを、カリブ海の音が、リゾートも何もない無垢な浜辺を愛の言葉で満たすのを、その時の安心感を、そしてあの約束をベリは永遠に思い起こすのだった。

その旅の写真は三枚残っていて、どれの中でもベリは笑っている。

*17　おれの最初の草稿では、サマナは実はハラバコアになっていた。だがおれの女友達でドミニカに住み、あそこのことなら何でも知っているレオニーに、ハラバコアには海岸はないと言われた。きれいな河はあるけど海岸はないと。ペリート（第一章「世界の終わりとゲットーのオタク」の冒頭を見てほしい）は八〇年代終わりか九〇年代初めにはもう流行っていなかったと教えてくれたのもレオニーだった。でもおれにはこの細部は変えられなかった。あの踊りのイメージがあまりに好きすぎたのだ。許してくれ、流行ダンスの歴史家たちよ、許してくれ！

二人は我々ドミニカ人が休暇にやりたいと思うことを全部やった。魚のフライ《ペスカド・フリト》を食べ、川《リオ》の中を歩いた。海岸沿いを散歩し、両目の奥の肉がズキズキするまでラムを飲んだ。ベリにとって、自分がいる場所を完全に好きにできるのは初めての経験だった。だからギャングがハンモック《アマカ》でのんびりうたた寝をしているあいだ、彼女は主婦らしく振る舞ったり、二人がじきに住む家のプランを考えたりで、忙しくしていた。朝になると小屋《カバニャ》を猛然とこすって回り、凄まじい量の花を全ての梁からぶら下げ、あらゆる窓枠を飾りたてた。近所の人から物々交換で手に入れた食品や魚で、次から次へと豪華な料理をつくった——そうやって失われた日々に得た料理の腕を見せびらかしたのだ。そしてギャングは満足し、自分の腹を叩き、はっきりとした言葉で彼女を褒め称え、ハンモック《アマカ》に寝そべると柔らかい音でおならをした。彼女の耳にはそれは音楽に聞こえた！（ベリの心の中では、その週、彼女は法律以外のすべての意味で彼の妻だった）。

ベリとギャングは率直に語り合いさえした。二日目、もう住むものもなくハリケーンで崩れた彼の昔の家をギャングがベリに見せると、彼女は訊ねた。家族がいたらなあと思うことってある？二人は街で唯一の高級レストランにいた。ボス《エル・ヘフェ》もこの辺りに来ると食事をしていた店だ（店の人たちは今でもその話をしてくれるだろう）。あいつらが見えるだろう？　ギャングはバーのほうを指差した。みんな家族がいる。顔を見ればわかる。あいつらには頼りにしたり、されたりする家族がいる。それを喜んでいるやつもいれば、嫌だと思っているやつもいる。でも結局は同じことだ。だって誰ひとり自由じゃないんだから。やつらにはやりたいことなんてできないし、自分があるべき人間にもなれない。おれには家族なんて誰もいないが、少なくともおれは自由だ。

ベリはそんな言葉を誰からも聞いたことがなかった。トルヒーヨの時代、**自由**という言葉はよく聞く言葉ではなかったのだ。だがそれはベリの琴線に触れた。おかげでラ・インカと近所の人々といまだぼんやり空中にある生活とがきっちり一直線に並んで見えた。

おれは自由だ。

私あなたみたいになりたい。何日かして、ベニノキのソースで料理した蟹を二人で食べているとき彼女は言った。ギャングはキューバのヌードビーチについて語っていたところだった。おまえが行ったらあそこじゃあスターになれるぜ、彼は言い、ベリの乳首をつまんで笑った。

どういう意味だ、おれみたいになりたいって？

自由になりたいの。

ギャングは笑い、ベリの顎を軽く撫でた。なれるよ。おれのきれいな黒人娘《ミ・ネグラ・ベリャ》。

その翌日、二人の恋物語を包んでいた泡はついに弾け、現実世界の問題がドッと押し寄せてきた。すさまじく太った警官の乗ったバイクが、二人の小屋《カバニャ》にやって来たのだ。隊長《カピタン》、宮殿《パラシオ》がお呼びです。顎ヒモの下から彼はそう言った。危険分子がことを起こしているようです。ちゃんと車を迎えに来させるから、ギャングは約束した。ベリは言った。待って、私も一緒に行くから。また一人で残されたくないの。だがギャングのほうは聞いていないか、あるいはそんなこと気にしていなかった。待ってよ、もう。ベリはイライラして叫んだ。けれどもバイクはまったくスピードを緩めなかった。待って！　そして迎えの車も全然来なかった。ただ幸いにもギャングが寝ているあいだに彼の金をくすねていたので、ギャングがいなくてもベリはなんとかできた。でなければあのくそいまいましいビーチから動くこともできなかっただろう。間抜け《バリグアヤ》のように八時間待ったあと、ベリは自分の鞄を引っ掴み（ギャングのものは小屋《カバニャ》の中に置きっぱなしにした）、まるで復讐するように、煮えたぎる暑さの中を二本の脚で歩き始めた。半日も歩いたかと思うほど歩き続け、とうとう一軒の食料品店《コルマド》にたどり着いた。そこでは二人の日に焼けた農民《カンペシノス》が生ぬるいビールを分け合っていて、店主《コルマデロ》は見渡すかぎり唯一の日陰で、菓子《ドゥルセス》に寄ってきたハエを追い払っていた。ベリが自分たちをじっと見下ろしていることに気づくと、二人は慌てて立ち上がった。そのころには彼女の怒りも消え失せていて、もうこれ以上歩きたくないだけだった。誰か車を持っている人を知らない？　そして正午には彼女は埃まみれのシボレーに乗りこみ、家に向かっていた。運転手は言った。ドアを押さえててよ。外れて落ちるから。

じゃあ落ちればいいじゃない。固く腕組をしたまま、ベリは言った。

途中、車は荒れ果てた集落の一つを通り過ぎた。大都市を繋ぐ幹線道路の所々に水膨れのようにできているそうした集落は、悲しげなバラックの集まりで、まるでハリケーンか何かの大災害で押し流されたままそこにあるかのようだった。唯一そこでも商売が行われていることを示しているのは、ロープから醜く吊されている一匹の山羊の死骸だった。皮をはがれ、引き締まったオレンジ色の筋肉組織が剝き出しになっていた。顔の皮だけはまだ残っていて、まるで葬式のお面のようだった。まだ皮をはがれたばかりのようで、たかっているハエの群れの下で肉はまだ震えていた。ベリにもそれが暑さのせいなのか、店主《コルマデロ》がいとこを呼びに人をやっているあいだにビールを二本飲んだせいなのか、皮をはがれた山羊のせいなのか、はたまた、失われた年月のぼんやりとした記憶のせいなのかはわからなかったが、確かに見たのだ。一人の男が小屋の前の揺り椅子に坐っていたのだが、その男には**顔が無かった**。男は通り過ぎるベリに手を振ったのだが、彼女が顔を確かめようとした時にはその集落《プエブリト》は埃の中に消えていたのだ。今の見た？　運転手はため息をついた。頼むよ。こっちは前見てるだけでやっとなんだからさ。

ベリが帰宅して二日後、みぞおちが冷たく感じられるようになった。まるで何かがそこで溺れているようだった。何が悪いのか自分でもわからなかった。毎朝ベリは吐いた。

先に気づいたのはラ・インカだった。ああ、とうとう。あんた妊娠したのよ。

そんなことない。口の周りについた臭い粘液を拭きながらガラガラ声でベリは答えた。

でも妊娠していた。

思いがけない事実

ラ・インカの最も恐れていたことを医者が確認すると、ベリは声を上げて喜んだ（お嬢さん、これは遊びじゃないんですよ、医者は怒鳴りつけた）。ベリはすごく怖かったが、酷く怖がると**同時に**心の底から嬉しかった。その事実に驚いて眠れなかったし、それが判明してからは奇妙なほど礼儀正しく素直になった（嬉しいの？　まったくもう、あんたバカ？）。ベリにしたら、これで決まりだった。彼女が待ち望んでいた魔法だ。自分の平らな腹に手を置き、ウェディングベルが大きくはっきりと鳴るのを聞いた。彼女の心の目にはギャングが約束してくれた家、ベリが夢見ていた家が見えた。

誰にも言っちゃだめよ。ラ・インカは懇願した。だがもちろんベリはこの話を仲良しのドルカにささやき、ドルカは町中で言いふらした。詰まるところ、成功は証人を好むものだが、失敗には証人は付きものだった。このゴシップ《ポチンチェ》はバニのベリが住む地域にまるで野火のように広がった。

次にギャングが現れたときには、ベリは美しく自分を飾り立てていた。新しいドレス姿で、つぶしたジャスミンを下着に入れ、髪をセットしていたのだ。眉毛さえ整えていて、まるで彼女の驚きを表す二つのハイフンのようになっていた。彼のほうは鬚も髪も手入れしていなかった。耳から出て渦を巻いている毛はまるでたくさん実のなる種類の穀物のようだった。おまえは食べちゃいたいくらいいいにおいがするな。彼はうなり声を上げ、彼女の首を滑りながら優しくキスをした。

ねえ、何だと思う。彼女は恥ずかしそうに言った。

彼は目を上げた。何だい？

よく考えてみれば

ベリの記憶では、ギャングは決して堕ろせとは言わなかった。だがあとになって、ブロンクスの地下にあるアパートの部屋で寒さに凍え、身を粉にして働いていると、ギャングがまさにそのとおりの言葉を**言った**ことを思い出した。だがすべての恋する乙女と同じく、彼女も当時は自分が聞きたいことしか聞いていなかった。

名前のゲーム

男の子だといいわね、ベリは言った。

そうだね、半信半疑でギャングは言った。

二人はラブホテルのベッドに寝ていた。天井ではファンが回っていて、その羽根を五匹ほどのハエが追いかけていた。

男の子だったらミドルネームはどうしようか？　興奮して彼女は訊ねた。真面目な感じのがいいわね。だって医者になるんだから。私のお父さん《ミ・パパ》みたいに。ギャングが答える暇もなくベリは言った。アベラードにしましょう。

彼は顔をしかめた。ホモ《マリコン》みたいな名前だな。**もし**男の子が生まれたらマヌエルにしよう。おれのお祖父ちゃんの名前だ。

あなた、自分の家族のことなんて知らないと思ってた。

彼はベリの手を避けた。うるせえよ《ノ・メ・ホダス》。

傷ついた彼女は手を自分のおなかにあてた。

真実と結果一

付き合っているあいだギャングはベリにたくさんのことを話していたが、一つ大事なことを言いそびれていた。彼は結婚していたのだ。

みなさんにはもうわかっていたと思う。だって、彼は他ならぬ**ドミニカ男**《ドミニカノ》だったのだから。けれども彼が結婚していた相手に関してはみなさんも想像がつかなかったはずだ。

トルヒーヨ家の一員だ。

真実と結果二

本当だ。ギャングの妻は――太鼓の連打が聞こえてくるタイミングだ――**トルヒーヨの妹だったのだ！** サマナ出身のゴロツキなんかが仕事熱心だというだけでトルヒーヨ政権の上層部まで食いこんでいけるわけないじゃないか。ねえ、勘弁してくれよ――これはマンガ本じゃないんだから！ いやそうだ、トルヒーヨの妹なんだ。愛情をこめて、ブス《ラ・フェア》と呼ばれていた女性だ。ギャングがキューバでどんちゃん騒ぎをしていたとき二人は出会った。彼女はすさまじいケチ女《タカニャ》でギャングより十七歳上だった。二人で売春関係の仕事をかなりやり、彼女はいつの間にかギャングが発する生きる喜び《ジョワ・ドゥ・ヴィヴル》の魅力に心を奪われてしまった。彼のほうも大いにそう仕向けた――素晴らしいチャンスが訪れたと気づいていたのだ――そしてその年が終わるまでには、二人はケーキを切り、最初の一切れをボス《エル・ヘフェ》の皿に置いていた。実は兄が出世するまえにはブス自身が売春婦だったと証言する者もいるが、これは単なる中傷にすぎないように思える。それはちょうどバラゲールが私生児を一ダース作り、その事実をもみ消すために国民《プエブロ》の金を使ったと言うようなものだ――いや待てよ、確かにバラゲールの話は本当だが、ブスのほうは違う――いや、ドミニカみたいな悪霊《バカ》（ドミニカに伝わる悪霊）に憑かれた国で何が本当で何が嘘かなんて誰にわかるだろう――わかっているのは、兄が出世するまでのあいだに彼女はずいぶんタフで、ずいぶん冷酷な女《ウナ・ムヘル・ビエン・フェルテ・イ・ビエン・クルエル》になっていたということだ。彼女は臆病者《ペンデハ》ではなかったし、ベリのような少女たちをまるで水でこねたパン《パン・デ・アグア》のように食い物にしていた――もしディケンズだったら、彼女に売春宿のひとつも経営させていただろう――だが待てよ、彼女は**本当に**売春宿をいくつも経営していたんだった！　そう、もしかしてディケンズだったら孤児院を経営させていたかもしれない。だが彼女は収奪国家にしか生み出せないタイプの登場人物だった。何十万ドルもの残高が銀行口座にありながら、心にはたった一元の同情心すら持っていなかったのだ。商売をする相手は誰でも、兄であっても騙し、それまでにも、最後の一セントまで巻き上げられた堅気のビジネスマンが二人、早すぎる死に追いやられていた。まるで自分の蜘蛛の巣にいるシェロブ（『指輪物語』に登場する蜘蛛の姿をした巨大な生物で、モルドールへ続く洞窟を護る。その祖先ウンゴリアントはモルゴスと同盟を結んでいた）のように、ブスは首都にある巨大な家から動かずに、一日中帳簿を付けたり部下たちにあれこれ指示を出していた。そして時々週末の夜に、会合《テルトゥリアス》を催したりもしていた。そこではブスの「友人」たちが集まり、途方もなく音痴な彼女の息子が大げさに朗読する詩を何時間も我慢して聞くのだった（息子は最初の結婚でできた子供で、彼女とギャングとのあいだには子供はいなかった）。さて、五月の良き日のことだ。召使いが彼女のドアまでやってきた。

放っておきなさい、鉛筆を口にくわえたまま彼女は言った。

息を吸いこみ召使いは言った。奥様《ドニャ》、ニュースです。

どうせ大したことじゃないでしょ、放っておきなさい。

息を吐いて召使いは言った。旦那様についてのニュースです。

ジャカランダの陰で

二日後ベリは霧の立ちこめるなか、中央公園《パルケ・セントラル》をさまよっていた。髪もすっかりくたびれていた。

彼女が働きに出たのはラ・インカと家にいることに耐えられなかったからだが、今や仕事もない以上、逃げ込める避難所もなかった。彼女は深く考えこんだまま片手を腹に当て、もう片手をガンガン痛む頭に当てていた。ベリは週の初めにギャングとした言い合いのことを考えていた。不機嫌だった彼はいきなり声を荒らげると、こんな酷い世界で子供なんて持ちたくない、とがなり立て、ベリのほうも声高に、マイアミに行けばこんなに酷い世界じゃないでしょう、と言い返した。するとギャングは彼女の喉元を摑んで言った。もしそんなに今すぐマイアミに行きたいなら泳いで行けよ。その日以後、彼からの電話はなく、ギャングを見つけられるのではと思ってベリは歩き回った。まるで彼がバニのあたりでぶらぶらしてでもいるように。ベリの足は腫れ、頭痛は首にまで広がっていた。するとそこへ、いかにもという感じで髪を後ろに撫でつけた二人の大柄な男がやってきてベリの腕を摑むと、公園《パルケ》の真ん中まで引っ張っていった。老いさらばえたジャカランダの木の下にあるベンチに身なりのいい老婦人が坐っていた。彼女は白い手袋をはめ、真珠の首飾りを付けていて、怯むことのないイグアナの目でベリをしげしげと見た。

私が誰だかわかる？

わかるわけないでしょ、このクソ《カラホ》——

トルヒーヨ家の者《ソイ・トルヒーヨ》よ。で、ディオニシオの妻なの。あんたが彼と結婚する、**そして**彼の子供を産むってみんなに言って回っていると聞いたものだから。ここに来たのは、そのどっちも無理だって言うためよ、お嬢ちゃん《ミ・モニタ》。このとても大きくて有能な役人二人があんたを病院に連れて行って、あんたの腐った《ポトリド》マンコを始末したらもう、赤ん坊の話もおしまい。そしたら二度とあんたのそのいまいましい黒い顔《ブラック・カラ・デ・クロ》を私に見せないようにするのが身のためだよ。見かけたりしたらあんたをうちの犬のエサにくれてやるからね。じゃ話はここまで。あんたの予約の時間だから。さようなら、医者に遅れないようにね。

ベリは魔女に煮えたぎった油をぶっかけられたような気分だったろう。でも彼女にはまだこう言ってやるだけの根性があった。くたばりやがれ《コメメ・エル・クロ》、この汚らしいブスばばあ《ビエハ》。

行くぞ、エルヴィス一号はそう言うと、ベリの腕を背中にねじ上げ、もう一人の助けを借りて公園のなかを車まで引きずっていった。日の光に照らされた車は不吉な感じがした。

放して《デハメ》、彼女は叫んだ。そして目を上げるともう一人の警官が車中に坐っているのを見た。こっちを向いた彼女には**顔がなかった**。ベリの全身から力が抜けた。

そうだ、おとなしく《トランキラ》できるじゃないか。大きいほうが言った。

もしベリにツキがなく、ギャンブル帰りのホセ・ゼンが丸めた新聞紙をわきに挟んでぶらぶら歩いているのを見つけていなかったら、ものすごく悲しい結末が待っていたことだろう。ベリは彼の名前を呼ぼうとしたが、まるで誰もが悪夢の中で経験するように肺のなかに空気がなかった。役人たちがベリをむりやり車に押しこもうとし、彼女の手が車の焼け付くクロームを擦ってはじめてベリは声が出た。彼女は囁いた。ホセ、助けて。

そしてそのとき魔法は解けた。黙れ！　二人のエルヴィスは彼女の頭や背を殴った。だが遅すぎた。もうホセ・ゼンは走ってきていた。そして奇跡が起こった。後ろからは弟のファンと他の『北京宮殿《パラシオ・ペキン》』の従業員たちが続いていた。コンスタンティナ、マルコ・アントニオ、インド人のベニー。レスラーたちはピストルを抜こうとしたが、ベリが二人に覆い被さっていた。その時ホセが自分のピストルを大きいほうのレスラーの頭に突きつけた。これには全員が、もちろんベリを除いてだが、凍り付いた。

バカやろう《イホス・デ・プタ》！ 私は妊娠中なんだよ！ わかってんのか！ 妊娠中！ 彼女は振り向き老魔女がベリに判決を言い渡した場所を見たが、奇妙なことに彼女の姿はなかった。

この女は逮捕されてるんだ、レスラーの一人が無愛想に言った。

いや、そんなことない。ホセはベリを役人たちの手から引きはがした。

その子を放せ！ 両手になたを持ったファンは叫んだ。

おい中国《チノ》野郎、自分で何をしてるかわかってんのか？

この中国《チノ》人はもちろん自分が何をしているかわかっていた。ホセは撃鉄を引いた。まるであばら骨をへし折るような、すごく恐ろしい音だった。ホセの顔全体が生気なく空いた口腔のようで、そのなかで彼が失ってしまったものすべてが輝いていた。走れ、ベリ、彼は言った。

そしてベリは走った。涙が飛び出してきた。だが泣く前にレスラーどもに最後の蹴りを入れるのは忘れなかった。

ベリは自分の娘に言った。あの中国人《ミス・チノス》たちが私の命を救ってくれたんだよ。

ためらい

ベリはそのまま走り続けるべきだったのだが、代わりにまっすぐ家に帰ってしまった。信じられるだろうか？ この話に出てくる全員と同じく、ベリは自分がはまりこんだトラブルの深刻さを見くびっていた。

どうしたんだい、あんた《イハ》? ラ・インカは言い、手に持っていたフライパンを落とし彼女を抱きしめた。言いなさい。

ベリは首を横に振りながらはあはあ息をし続けた。ドアや窓に鍵をかけ、ベッドの上にしゃがみこみ、ナイフを手に持って震えながら泣いていた。腹の中が冷たく、死んだ魚のような感じがした。ディオニシオに会いたい。泣きじゃくりながらベリは言った。今すぐに!

いったい**どうしたの?**

そう、ベリはすぐに逃げ去るべきだったんだ。だがどうしてもギャングに会わなければならなかった。何が起こっているのか彼に説明してほしかったのだ。たった今あんなことがあったにもかかわらず、ベリはまだ希望を持ち続けていたのだ。ギャングが全てを好転させてくれるんじゃないか、彼のだみ声がベリの心を慰め、彼女の内臓をかじり続けている動物的な恐怖を静めてくれるんじゃないかと。かわいそうなベリ。そこまでギャングを信じていて、最後まで彼に忠実だったのだ。だからこそ二時間後、近所の人が、ねえ《オイエ》、インカ、例の恋人《ノビオ》が来てるよと叫んだとき、ベリはまるで宇宙ロケット発射台から打ち上げられたみたいにベッドから飛び出し、警戒中のラ・インカも通り過ぎて、彼の車が待っている場所まで裸足で走ったのだった。外が暗くて、実はそれがギャングの車ではないことをベリは見落とした。

俺たちが恋しかったのかい? エルヴィス一号が訊ね、ベリの手首に手錠をガチャンとかけた。

ベリは叫ぼうとしたがもう遅かった。

ラ・インカと神

　家から飛び出したベリを秘密警察がさらっていったと近所の人から聞いたあと、ラ・インカはその鉄に覆われた心で悟った。これでベリはおしまいだ《ファントゥーシュ》と、そしてカブラル家の悲運がついにここまでやってきたと。隣町との境に、まるで柱のように身を固くして立ち、どうしようもない気持ちで夜を眺めながら、我々の抱く欲求と同じくらい底なしの絶望の冷たい波が押し寄せて来るのをラ・インカは感じていた。どうしてこんなことになったのか、千ほどの理由が浮かんだが（もちろん発端はあのいまいましいギャングだ）、そのどれも実際にこんなことになったという現実に比べれば重要ではなかった。深まっていく暗闇の中に一人取り残されたラ・インカは、宮殿《パラシオ》にいる誰の名前も住所も知らず、親戚もなかった。彼女は負けそうだった。まるで子供のように、自分がよりどころとしている場所から連れ去られてしまいそうだった。まるで信仰という明るい浅瀬に絡み付いていたホンダワラが、暗い海へと流されていくように。だがこの苦難の時に、一本の手がラ・インカに差し伸べられ、おかげで彼女は自分が誰かを思い出すことができた。ミョティス・アルタグラシア・トリビオ・カブラル。南《スル》の豪傑女。夫の霊は言った。**ベリを救え。おまえしかいない。**

　疲労感を振り払い、ラ・インカは同じ境遇の女たちならするだろうことをした。ラ・ビルヘン・デ・アルタグラシアの肖像のそばに張りついて、ひたすら祈ったのだ。我々ポストモダンのバナナ《プラタノ》野郎たちはお婆さん《ビエハ》たちのカトリック信仰を古臭い、過去へのみっともない先祖返りだと決めつけがちだが、まさにこんなとき、全ての希望が消え去り終末が見えてきてしまったときこそ、祈りが力を発揮するのだ。

　真の信仰者たちよ、これだけは言わせてほしい。ドミニカにおける信仰の記録のなかにも、これだけの祈りはなかったと。ラ・インカの指が繰り出すロザリオはまるで、不運な漁師の手を飛ぶように滑る釣り糸のようだった。そして聖なるかな！　聖なるかな！　聖なるかな！　とも言い終わらないうちに多くの女性たちが祈りに加わった。老いも若きも、温厚な者《マンサ》も勇猛な者も、真剣な者もお調子者《アレグレ》も、それまでベリをこき下ろし売春婦とまで呼んでいた者まで、招かれもせずにやってきては、おしゃべりもせずに祈り始めた。ドルカも歯医者の妻も、他にもたくさん、たくさんの者がいた。部屋はすぐに信仰深き者たちでいっぱいになり、濃密な霊気でどくどくと脈打った。その後何ヶ月も、悪魔さえこの南の家《スル》を避けなければならなかったという噂もある。ラ・インカはそんなことには気づかなかった。もしハリケーンが街全体を吹き飛ばしたとしても、彼女の集中は途切れなかったことだろう。ラ・インカの顔には血管が浮き出し、首は筋張り、耳の中では血潮がうなった。なんとかベリを深淵から引っ張り上げようと我を忘れ、ひたすら没頭していたのだ。実際、ラ・インカの祈りの勢いは激しくあまりに仮借なかったので、少なくない数の女性たちは**シェタート**（精神的な燃え尽き）状態になり倒れ、その後二度と全能の神《トドポデロソ》の聖なる息が首にかかるのを感じることはなくなった。ある女性など善悪の判断をする力をまったくなくしてしまい、数年後バラゲールの第一副官になったほどだった。始めに集った者たちのうち、夜明けまで残ったのは三人だけだった。当然ながらラ・インカと、彼女の友人かつ隣人であるモモナ（彼女はイボを治したり見ただけで卵の雌雄をあてたりできると言われていた）、そして元気いっぱいの七歳児だ。この子は男みたいに鼻水を鼻から飛ばしたがるせいで、そのときまでこれほど信心深いとは思われないでいた。

疲れ切り、それでもまだ彼女たちは祈り続けた。肉体が死に再び生まれるあの光輝く場所に、全てが苦しみとなるあの場所にだ。そしてついに、自らの魂がこの世界の翼を手放したとラ・インカが感じ、集った人々が解散し始めたころ――。

選択と結果

彼らの車は東に向かっていた。当時はまだ街々はそこまで増殖しておらず、怪獣と化してはいなかった。びっしりと並んだ掘っ立て小屋が、巻きひげのような煙を上げて互いを威嚇しあってはいなかったのだ。当時の街の境界はまるでル・コルビュジエの夢のようだった。都市は出し抜けに、まるでビートが途切れるように唐突に途切れ、二十世紀の奥深くから（といっても、第三世界の二十世紀から）一瞬で百八十年遡り、なだらかに連なるサトウキビ畑の真ん中に出るのだった。この風景の移行は、タイムマシーンさながらの感じで行われた。伝えられているところでは、その晩は満月で、降り注ぐ光はユーカリの木の葉を幽霊じみたコインに変えていたらしい。

外の世界はとても美しかった。だが車の中では……。

二人はベリを殴り続けていた。彼女の右目は腫れ上がり、両瞼の隙間には悪意が満ちていた。右胸は滑稽なほど膨れていて、いまにも破裂しそうだった。唇は切れ、顎はどこかおかしくなっていて、唾を飲みこむたびにひどく痛んだ。殴られるたびにベリは叫んだが、泣きはしなかった。わかるだろうか《エンティエンデス》？　彼女の猛々しさには驚くばかりだ。ベリは決して奴らを楽しませたりはしなかった。その凄まじい恐怖は、抜き身のピストルを見たり、目覚めると枕元に男が立っているのに気付いたときの吐き気がし血の気の失せるような恐怖で、しかもその状態がいつまでとも知れず続いていたのだった。こんな恐怖のなかでも、ベリはそれを表情にあらわすことはなかった。それほどこの二人の男を彼女は憎んでいたのだ。一生のあいだベリは彼らを憎み続け、決して決して許さなかった。そして彼らのことを思うといつも怒りの渦に巻きこまれた。誰もが殴られるときには顔を背けるものだろうが、ベリはわざわざ顔を差し向けた。そして殴られていない時には、ベリは膝を抱え上げて腹を守った。折れた歯の隙間からベリは囁いた。大丈夫、死なせたりしない。

おお、神《ディオス・ミオ》よ。

二人は車を道端に停め、サトウキビ畑の中へベリを歩かせた。三人で歩き続け、サトウキビがまるで嵐の真ん中にいるような轟音を立てている場所まできた。ベリは頭を振り、顔に垂れてくる髪を払い続けた。彼女はかわいそうな息子のことしか考えられなかった。息子のためだけにベリは泣き始めた。

体の大きいほうのレスラーはもう一人に警棒を渡した。

とっととやっちまおうぜ。

やめて、ベリは言った。

ベリがどうやって生き延びたかはわからない。まるで奴隷を打つように二人はベリを打った。まるで犬を打つように。実際の暴力については割愛して、代わりに被害を記しておこう。ベリの鎖骨は打ち砕かれた。右上腕骨は三カ所折れた（右腕の力がもとどおりになることはなかった）。肋骨が五本折れた。左腎臓が傷ついた。肝臓が傷ついた。右肺が潰れた。前歯が吹っ飛んだ。総計で百六十七ポイントものダメージを受けたのに、このクソ野郎たちがベリの頭蓋骨をグシャリと砕かなかったのは単なる偶然だった。もっとも彼女の頭はエレファント・マン（米映画監督デヴィッド・リンチ（一九四六―）の同名作（一九八〇）の主人公の通称。生まれつき顔や身体に畸形を有していた）並みに腫れ上がったが。レイプも一、二回されたのだろうか？　そうだっただろうと思われるがわからない。それについてベリは決して語らなかった。言うなればそれは、言語を絶する、希望が潰える体験だった。人々を打ち砕く、すっかり打ち砕くような打撃だった。

　車に乗っているあいだずっと、さらに暴行の最初の数発を食らっても、ギャングが自分を救ってくれるのではないか、彼が銃と執行猶予状を手に暗闇から現れるのではないかという愚かな望みをベリは抱いていた。そしてどんな助けもやってこないことが明らかになると、彼女は気を失う瞬間に空想した。病院にいるベリをギャングが見舞いに来て、二人は結婚する。彼女はスーツ姿、彼女はギプス姿だ。だが上腕骨が折れる痛みのせいでそのイメージもまたあり得ないでたらめ《ブレブラ》だとわかると、あとには苦しみと愚かさしか残らなかった。ベリは気を失いながら、あのバイクに乗ったギャングが再び消え去るのを見て、待って、待ってと彼に叫びながら胸が苦しくなるのを感じた。ほんの一瞬、ラ・インカが部屋で祈っているのが見えた――二人の間に広がる静寂は今や愛より強かった――そしてだんだんと力が抜けていく薄暮れのなかに大きく口を開けていたのは、死をも越えるほど完全な孤独だった。全ての記憶を消し去る孤独、自分の名前さえなかった彼女の子供時代の孤独だ。そしてその孤独の中にベリは滑りこんでいった。そしてベリはそこに永遠にとどまることになるのだ。一人きりで、黒く、醜い《フェア》彼女は棒で塵をひっかきながら、その殴り書きが手紙であり言葉であり名前であるふりをして。

　全ての希望は消え失せた。だがそのときだ、真の信仰者たちよ、まるで先祖たちからの手が差し伸べられたかのように奇跡は起こった。まさにベリが事象の地平線の向こう側へ消え去ろうとしていたちょうどそのとき、知覚を喪失させる寒さがベリの足元から忍び寄ってきたとき、ベリは自分のなかに最後の力の貯蔵庫があるのを見つけた。カブラル家の魔術だ――ベリはただ、ギャングやサント・ドミンゴや自分のバカげた欲求にまたもや騙されまたもや**もてあそばれた**のだと悟るだけで、その力に火を点けることができた。まるで『バットマン：ダークナイト・リターンズ』（DCコミックスから刊行された、フランク・ミラーが作画を務めたグラフィック・ノベルの原点と呼ばれる作品（一九八六―二〇〇一））でスーパーマンが、コールドブリンガー（核兵器の一種）の攻撃を生き延びるためジャングル全域から光子力エネルギーを集めたように、ベリは怒りを生存のエネルギーに変化させた。言い換えれば、怒り《コラヘ》がベリの命を救ったのだ。

まるでベリの中の白い光のように、太陽のように。

ベリは強烈な月明かりの中で意識を取り戻した。ぼろぼろのベリは、ぼろぼろのサトウキビの茎の上にいた。

全身が痛んだが生きていた。生きていた。

そして今やこの話の中でもいちばん奇妙な部分に差しかかった。ここから後はベリのイカれた想像力が生み出した妄想かもしれないし、それ以外の何かとごちゃまぜになっているのかもしれない。おれ、ウォッチャーでさえ知らない白紙《パビナス・エン・ブランコ》のページがあるのだ。源の壁を越えたという者はほとんどいない。だが真実が何であれ、覚えておいてほしい。ドミニカ人はカリブ海の住人であり、ということはとてつもなく異常な出来事に対しても並外れた許容度を示すということを。そうでなければ、我々が生き抜いてきたあれこれをどうして生き抜けただろう？　そしてベリがこの世から出たり入ったりしているとき、ある生き物が彼女の側に立った。愛嬌のあるマングースのようだったが、金色のライオンの目をしていて、毛皮は真っ黒だった。この生き物はマングースにしては非常に大きく、賢い小さな前足をベリの胸に当て彼女を見下ろした。

さあ、立ち上がりなさい。

ベリは泣いていた。私の赤ちゃん。私の大事な息子《ミ・イホ・プレシオソ》。

イパティア、おまえの赤ん坊は死んだ。

だめ、だめ、だめ、だめ、だめ。

生き物はベリの折れていないほうの手を引いた。**今、立たなければ、息子や娘は生まれてこれない。**

息子って？　ベリは泣き叫んだ。娘って？

これから生まれてくる子たちのことだ。

辺りは暗く、ベリの脚は煙のように震えていた。

ついてきなさい。

生き物はサトウキビの間にするすると入っていった。ベリは涙のあふれる目をしばたたきながら、どちらに向かえば出られるのか見当もつかないことに気づいた。知っている人もいるだろうが、サトウキビ畑というのはとても冗談ではすまないほど危険だ。どんなに知恵のある大人でも、果てしなく広がる畑の中で迷い、何ヶ月かして見つかるころには人骨のカメオとなっていることもあるくらいだ。だがベリが希望を失ってしまう前に、あの生き物の声が聞こえてきた。彼女（女の人の心地よい声だった）が歌っていたのだ！　それがどこの訛りかはベリにはわからなかった。ベネズエラかもしれないし、コロンビアかもしれない。**夢、夢、夢、あんたなんて名前**《スエニョ・スエニョ・スエニョ・コモ・トゥ・テ・ジャマス》。ベリはふらふらしながらサトウキビにしがみついた。まるで老人《アンシアノ》がハンモックにしがみつくように。そして息を切らしながら最初の一歩を踏み出した。目まいがしばらく続くが、なんとか意識を失うまいとする。そして次の一歩。非常に危険な状況だった。もし倒れれば、もう二度と立ち上がれないことはベリにもわかっていたのだ。時たま、生き物の銅《シャビーン》のような目が茎のあいだで光るのをベリは見た。**私は夜明けの夢って名前《ジョ・メ・ジャモ・スエニョ・デ・ラ・マドルガダ》。**もちろん、サトウキビはなんとかベリを引き止めようとした。ベリの手のひらを切り裂き、脇腹を突き刺し、太ももに齧りついた。そしてその甘い悪臭でベリの喉を詰まらせた。

もう倒れそうだと思うたびに、約束された未来の顔——約束された子供たちの顔をしっかりと思い浮かべ、そこから力を得て歩き続けた。力から、希望から、憎しみから、自分の無敵の心から、一押し分ずつピストンを引き寄せては、前へ前へと押し出した。だがついに全てが尽きたとき、頭からまっすぐに倒れ、まるで瀕死のボクサーのように崩れ落ちた。ベリが無傷なほうの腕を伸ばすと、それを迎えたのはサトウキビ畑ではなく、生命ある開けた世界だった。ベリはケガをした裸足の下にアスファルトを感じ、風を感じた。風だ！　だが彼女がそれを味わったのはほんの一瞬だった。ちょうどそのときライトを点けていないトラックがギアを軋らせ、暗闇から飛び出してきたのだ。なんて人生だろう。ベリはつくづく思った。あんなに闘《ルチャ》ったのに、結局は犬のようにひかれてしまうなんて。だがベリはぺちゃんこにはされなかった。運転手は後で、暗闇のなかにライオンのような何かがいて琥珀色のランプのような恐ろしい目を光らせていたと証言したのだが、彼はブレーキをグッと踏みこみ、裸で血だらけのベリが倒れている場所から数センチ手前で車を停めたのだった。

さてさて、トラックにはメレンゲバンド《ペリコ・リピアオ・コンフント》が乗っていた。オコアで開かれた結婚式で演奏したちょうど帰り道だったのだ。持てる勇気の全てを振り絞り、トラックを素早くバックさせてずらかりたいという衝動を彼らは何とか抑えつけた。みな口々に、悪霊《バカ》だ、シグアパだ、いやハイチ人《ハイチアノ》だ！と叫んだが、リードシンガーが黙らせた。彼はどなった。いや、女の子だ！　バンドのメンバーたちは楽器の間にベリを横たえ、シャツ《チャカバナス》で彼女をくるんだ。ラジエーターやクレリン酒を割るためにと車に積んであった水でベリの顔を洗った。そしてバンドメンバーは彼女をじっと見ながら自分の唇をこすったり、薄くなりつつある髪を落ち着きなく手ですいたりした。

何が起こったんだと思う？

襲われたんだろう。

ライオンにな、運転手は言った。

もしかしたら車から落ちたのかも。

落ちたって言うより**ひかれた**って感じだぜ。

トルヒーヨ、ベリは囁いた。

ぎょっとして、バンドメンバーは互いに顔を見合わせた。

車から下ろしたほうがいいんじゃないか。

ギタリスト《ギタリスタ》は賛成した。この女、きっと破壊活動分子だぜ。一緒にいるところを警察に見つかったら俺たちまで殺されちまう。

道に戻そうよ、運転手は懇願した。ライオンにとどめを刺してもらえばいい。

沈黙が訪れ、リードシンガーはマッチを擦ってかざした。その光の筋の中に、銅《シャビーン》のような金色の目をした、十人並みの顔をした女性が浮かび上がった。連れて行くことにしよう、おかしなシバオの訛りでリードシンガーは言い、このときになってはじめてベリは自分が助かったとわかった。*18

フク対サファ

今でもまだ島の内外の多くの人は、ベリが瀕死になるほど殴られたのはカブラル家が極めて高レベルのフクの犠牲になっていたこと、つまりドミニカ版のアトレウス家だということの動かぬ証拠だ、と考えている。一回の人生で二度もトルヒーヨに襲われるなんて――そうに決まっているじゃないか。だがそうした論理に疑問を呈する者もいる。ベリが生き延びたのは、そのまったく逆だということの証拠じゃないかと彼らは言うのだ。だって、呪われた者というのはぞっとするほど傷だらけの状態でサトウキビ畑から這い出てきたり、その上真夜中だというのに拾ってくれたのがたまたま心優しい音楽家たちの乗ったトラックだったなんてことはないはずだ。しかも彼らは遅滞なくベリを家まで送り届け、そこでは医療の世界と奇妙な繋がりを持った母親が待っていたのだから。

*18　マングースはこの宇宙における不安定粒子のひとつであり、偉大な旅行家でもある。人類とともにアフリカを出てインドでの長の休暇のあと船に飛び乗り、もう一つのインド、つまりはカリブ海に向かった。文字による記録に初めて出てきたときから――紀元前六七五年、アッシュールバニパルの父エサルハドン（ともに新アッシリア王国の最盛期を築き上げた王）へ送られた名もなき書記からの手紙だ――マングースは王族の馬車や鎖や階層制の敵として認められてきた。マングースは人びとの味方だと信じられてきたのだ。多くのウォッチャーはマングースが他なる世界からやって来たのではないかと疑っているが、現在までのところ、そのような移動に関する証拠は出てきていない。

もしこんな偶然の幸運が何かを意味するとしたら、ベリは祝福されているってことじゃないのかい、彼らは言う。

じゃあ死んだ息子は？

わざわざ呪いを持ちだして説明しなくたって、世界は悲劇に満ちているんだよ。

どちらの結論にも、ラ・インカは異論を唱えたりはしなかっただろう。亡くなるその日までラ・インカは信じていたのだ。サトウキビ畑でベリが出会ったのは呪いではなく神だったのだと。

何かに出会ったのは確かなの、ベリは控えめにそう言った。

生者の世界に戻る

五日目まで一進一退の状態が続いた。そしてついにベリは**叫びながら**意識を取り戻した。片方の腕は研磨用の砥石で肘のところで切り取られたような感じがしたし、頭は焼けた真鍮の輪がはまっているみたいで、肺はまるで割れたあとのくす玉《ピニャタ》の残りかすだった――ああ、神よ《ヘス・クリスト》！　ベリはほとんどすぐに泣き始めた。だがこの三、四日、バニで最高の医者が二人もついて極秘に彼女の治療をしていたことをベリは知らなかった。ラ・インカの友人であり心の底まで反トルヒーヨである彼らは、ベリの腕をギプスで固定し、ゾッとするほど深い頭部の傷口を縫い（全部で六十針《プントス》縫った）、軍隊全員を消毒できるほどの赤チンでベリの傷を浸し、モルヒネや破傷風の薬を注射したのだった。深夜の心配は続いていたものの、峠はどうやら越えたようだった。二人の医者はラ・インカの聖書の会による精神的な支えも受けて奇跡を起こしたのだ。あとはベリの回復を待つだけだった（聴診器を鞄に入れながら医者たちは言った。身体がすごく強くてこの子は幸運ですよ。聖書をしまいながら祈りの指導者たちは言った。神の手がこの子に触れたんです)。だが自分が幸運だとはベリには思えなかった。数分間凄まじく泣きじゃくりながら、ベッドに横たわっているという事実、自分の人生に生じた事実を再認識すると、ベリは低くうなるようにラ・インカを呼んだ。

ベッドの側から保護者の静かな声がした。しゃべらないで。命を助けてもらったことを神様に感謝する以外は。

ママ、ベリは叫んだ。**ママ**。やつら私の赤ちゃん《べべ》を殺したの。私のことも殺そうとしたの――。

でも失敗した。ラ・インカは言った。手加減したわけじゃないのに。ラ・インカはベリの額に手を当てた。

さあ、もう黙って。静かにしていなさい。

その夜はまるで中世後期の神明裁判のようだった。ベリは静かに泣いたり、突如怒り狂ったりを激しく繰り返したので、ベッドから落ちてまた傷口が開いてしまいそうだった。まるで何かに取り憑かれた女のように、マットレスに身を打ち付けると板のように硬直し、良いほうの腕を振り回して、両脚をバタバタさせ、唾を吐き呪った。ベリは泣き叫んだ――肺には穴が空いていたし、肋骨は折れていたのにだ――どうにも慰めようがないほど泣き叫び続けた。**ママ、やつらが息子を殺したの。**《ママ・メ・マタロン・ア・ミ・イホ》**ひとりぼっちになっちゃった。**《エストイ・ソラ》**ひとりぼっちに。**《エストイ・ソラ》

ひとりぼっちだって?《ソラ》 ラ・インカは屈みこんだ。ギャングに電話してほしいのかい?

やめて、ベリはささやいた。

ラ・インカはベリをじっと見下ろした。私だって、あいつに電話する気なんてないよ。

その夜ベリは、途方もなく広い孤独の大海を漂った。絶望の突風に打たれながら、ときおり訪れる眠りのあいだに、自分が本当に永遠に死んでしまって、自分と子供が一つの棺に入る夢を見たりした。そしてついに完全に目覚めると、夜が明けていて、外の路上ではベリが今まで出会ったことのないほどの悲しみの声がしていた。泣き叫ぶ声の不協和音は、まるで人類の砕けた魂から引きちぎられたようだった。

ママ、ベリはあえいだ。地球全体を悼む葬式の歌のようだった。**ママ。**

ママ！

静かにしなさい、あなた《トランキリサテ、ムチャチャ》。

ママ、あれは私を悼んでるの？　私、死ぬの？　答えて《ディメ》、ママ。

ほら、ねえ、バカなこと言うんじゃないの《アイ、イハ、ノ・セアス・リディクラ》。ラ・インカはベリの体に腕を回した。その腕はまるでぎこちないハイフンのようだった。ラ・インカはささやいた。ラ・インカはベリの耳に口を近付けて言った。トルヒーヨよ。撃たれて死んだの、ラ・インカはささやいた。あなたが誘拐された夜に。

だれもそれ以上のことは知らなかった。ただトルヒーヨが死んだことだけしか。[*19]

ラ・インカが弱っていく

全て本当のことだ。祈りの超自然的な力によりラ・インカはベリの命を救い、カブラル家のフクに特級のサファをおみまいした（だが彼女自身はどんな犠牲を払ったのだろう？）。どんな犠牲だったかは近所の誰もが教えてくれるだろう。ベリがこっそりドミニカを抜けだすとすぐに、ラ・インカは衰弱しはじめた。まるで「一つの指輪」の誘惑に立ち向かったあとの、ガラドリエル（『指輪物語』などに登場する、善なる人型種族エルフの最も強力な指導者の一人。「森の奥方」と呼ばれる）のように。ベリがいない悲しみのせいだと言う者もいたが、あのヘラクレス的なすさまじい祈りの夜のせいだと言う者も多かった。どういう意見を持つにせよ、ベリがいなくなってすぐにラ・インカの髪が雪のように白くなり始め、ロラが一緒に住むようになるころには、ラ・インカはもう以前のような強大な力ではなくなったことは否めなかった。確かにラ・インカはベリの命を救ったが、その結果どうなった？　ベリはまだ非常に危うい状態にあった。『王の帰還』（『指輪物語』の第三部）の最後で、サウロンの悪の力は「大風」によってほとんど「消え去った」。そして英雄たちにそれ以上なんら効力を持つことはなかった。[20]だがトルヒーヨはあまりに強力であり、彼の放つ放射線はあまりに有毒だったので、その影響力を簡単に追い払うことは不可能だった。死の後にも彼の悪の力は**残ったのだ。**ボス《エル・ヘフェ》が二十七発の銃弾と官能的にペガオを踊って数時間のうちに、彼の部下たちは逆上し――言うなれば彼の遺志であろう報復を果たしたのだ。大いなる暗闇がこの島を覆い、フィデルが蜂起して以来三度目の国民に対する一斉検挙が、トルヒーヨの息子、ラムフィスによって行われた。非常に多くの人々が、想像できるかぎり最も酷いやり方で殺された。その恐怖の饗宴はまさに息子から父親への葬式の供物だった。自らの意志という妖精の指輪でバニに自前のロスローリエン（『指輪物語』等に登場するエルフの国の一つ。「花咲く地」の意。ガラドリエルらが統治する）を作り出したラ・インカほど力強い女性でも、秘密警察の直接攻撃からベリを守りきれないだろうことはわかっていた。一度狙った獲物を暗殺者たちが戻ってきて仕留めないことなどあるだろうか？　第一、やつらは世界的に有名なミラバル姉妹を殺したのだ。[21]あの有名な姉妹をだ。かわいそうな孤児の黒人少女《ネグリタ》を救うことなどできやしない。ラ・インカはその危険を手で触れられるほど近くに感じた。それはもしかしたら最後の祈りの疲労のせいだったかもしれない。だが、ベリのほうに目をやるたびに、ラ・インカにはベリの後ろに影が立っているのが見えたのは本当だ。そしてしっかりと見ようとすると、その影は消えてしまうのだった。暗く恐ろしい影がラ・インカの心臓を摑んだ。それはどんどん大きくなっていくようだった。

ラ・インカは**何か**をしなければならなかった。だから一か八かの祈りから回復してもいないのに、先祖やイエス・キリスト《ヘスス・クリスト》に助けを求めた。ラ・インカは再び祈った。しかもその上、本気を示すためにラ・インカは断食をした。マザー・アビゲイル（スティーヴン・キングのSF小説『ザ・スタンド』（一九七八）に登場する老婆。神の声を聞き、主人公たちを呼び

＊19　その夜トルヒーヨはある女のもとに向かっていたと言われている。そうだったとしても誰が驚くだろう？　死ぬまで完全な女狂い《クロクラット》だったのだ。もしかしたらその最後の夜、ボス《エル・ヘフェ》は自分のベル・エアの後部座席にだらしなく寝そべって、エスタンシア・フンダシオンで待っているだろういつもの女のことだけ考えていたのかもしれない。もしかしたら何も考えていなかったのかもしれない。そんなこと誰にわかる？　いずれにせよこうだ。黒いシボレーがまるで死そのもののように素早く近づいてくる。シボレーには合衆国の支援を受けた手練れの暗殺者たちがすし詰め状態だ。二台の車は街の境界まで近づいてくる。そこで街灯が途切れ（サント・ドミンゴには近代にも境界があるのだ）、遠くの暗闇に牛の野外市場がぼんやり浮かび上がってくる。そこは十七ヶ月前にも、ある若者が彼を暗殺しようとした場所だ。ボス《エル・ヘフェ》は運転手のサカリアスにラジオをつけるよう言う。すると、――本当にタイミングよく――ラジオでは詩の朗読をやっている。そしてラジオは切られる。ひょっとしたら詩が彼にガリンデスを思い出させたのかもしれない。

そうでなかったかもしれない。

黒いシボレーは無害そうにライトをピカッと光らせ、先に行こうとする。そしてサカリアスは秘密警察の車だと思って、合図に応えスピードを下げる。そして二台が並んだとき、アントニオ・デ・ラ・マサ（彼の弟は、驚くべきことにガリンデス殺しを隠蔽するために殺されていた――つまりオタクを殺すときには常に注意しろ

ということだ。代わりに誰に追われるようになるかわかったものではない）の持った散弾銃《エスコペタ》がドカンと火を噴いた！　すると（伝説によれば）ボス《エル・ヘフェ》は叫ぶ。クソ《コニョ》、やつら撃ちやがった《メ・イリエロン》！　二度目の発砲で弾がサカリアスの肩にあたり、車を止めかける。激痛と衝撃と驚愕のせいだった。そして有名な会話が交わされる。銃を取れ、ボス《エル・ヘフェ》は言う。戦うぞ《バモス・ア・ペレアル》。するとサカリアスは言う。だめです、ボス、敵はたくさんいます《ソン・ムチョス》。するとボス《エル・ヘフェ》はまた言う。戦うぞ《バモス・ア・ペレアル》。車をUターンさせ安全な首都に戻るようサカリアスに命ずることもできたはずだが、代わりに彼はまるでトニー・モンタナのように外に出てくる。よろめきながら弾痕だらけのベル・エアから出た彼の手には三八口径が握られている。もちろんその後の展開は周知の通りで、もしこの場面を映画化するとしたらジョン・ウー（香港育ちの映画監督（一九四六―）。独自の美学に基づく暴力表現で有名）のスローモーションがふさわしいだろう。二十七回――なんとドミニカ的な数だろう――撃たれ、ヒットポイント（RPGにおけるキャラクターの生命力を意味する値。0以下になると戦闘不能になるか、あるいは死亡する）四百点分のダメージ（これだけのダメージを受けて生きているのは、D&Dで言えば神格に匹敵する生命力を有していたと暗に示している）を受けた瀕死のラファエル・レオニダス・トルヒーヨ・モリナは、彼の生地であるサン・クリストバルに向かって二歩歩いたと言われている。ご存知のように、子供というのは良い子も悪い子も、みな最後には故郷に向かうものだから。だが彼は考え直して首都へ、彼が愛した街へ向きを変え、そこでとうとうばったりと倒れた。サカリアスは三五七口径の発砲で頭頂部に傷を負い、道端の草地まで吹き飛ばされた。奇跡中の奇跡と言うべきだろう、彼は生き残り、この報復《アフスタミエント》の物語を語ることになる。デ・ラ・マサは、おそらく罠にはめられ殺された哀れな弟のことを思ってのことだろう、トルヒーヨの三八口径を死体の手からもぎ取るとトルヒーヨの顔を撃ち、今や有名となった言葉を吐いた。「これでこのタカももうヒヨコを食えなくなるさ《エステ・グアラグアオ・ヤ・ノ・コメラ・マス・ポジト》」それから暗殺者たちはボス《エル・ヘフェ》の死体を隠した――どこに？　もちろんトランクの中にだ。

こうしてクソ野郎は死に、トルヒーヨの時代も（ある意味で）終わった。

おれはこれまでに、やつが撃ち殺された、道幅の狭くなっているその場所に何度も何度も行った。その大通りを渡るたびに必ずといっていいほどアイナからの乗合バス《グアグア》に轢かれそうになること以外、取り立てて語るべきことはない。しばらくのあいだ、その直線道路はボスが最も嫌っていた人々、すなわちゲイ《マリコネス》の出没地だったと聞いている。

寄せる）さながらだった。日にオレンジ一個しか食べなかったし、水しか飲まなかった。先日あれほど信仰心を使い尽くした後だったので、彼女の魂は混乱していた。ラ・インカはどうしていいかわからなかった。マングースのような心を持ってはいたが、結局のところは世間知らずだった。友人たちと話すと、ベリを田舎《カンポ》に送るべきだと言われた。田舎でなら安全でしょ。神父とも話した。ベリのために祈ることです。

　三日目にそれがやって来た。ラ・インカは死んだ夫と海岸で歩いている夢を見たのだ。夫が溺れた海岸だった。いつも夏にそうだったように夫は日に焼けていた。

　ベリを遠くにやらなきゃだめだ。

　でも田舎《カンポ》じゃ見つかるでしょ。

　ニューヨーク《ヌエバ・ヨルク》に行かせるんだ。確かなところから、それしか方法はない、と告げられた。

　そして夫は堂々と水に入っていった。ラ・インカは呼び戻そうとした、お願い、戻ってきて、でも夫は聞かなかった。

　夫の超自然的な助言は考えるだけでも恐ろしかった。北に亡命なんて！　ニューヨーク《ヌエバ・ヨルク》なんてあまりに遠くて、ラ・インカさえ行ってみるだけの根性を持ち合わせない都市に。そうなればベリはラ・インカにとって死んだも同じことだろうし、ラ・インカは大いなる目標を果たせないことになる。そう、没落で受けた傷を癒し、カブラル家を死の世界から復活させるという目標を。それに、ヤンキーどもに囲まれたベリに何が起こるだろう？　ラ・インカの心の中でアメリカ合衆国は、ギャングと売春婦《プタ》とクズどもであふれかえった国《バイス》にほかならなかった。都市部は機械と工場ばかりで、サント・ドミンゴが暑さに満ちているように、恥知らず《シンベルグエンセリア》に満ちていた。合衆国は鉄の靴を履いた魔物《クコ》で、煙を吐き、その冷たく暗い視線の奥にはコインでできた未来がぎらついていた。長い夜々、ラ・インカはどれほど自分自身と格闘したことだろう！　だがどちらがヤコブでどちらが天使だったのだろう？　それに、トルヒーヨ家の者たちが今後もずっと権力に留まるかどうかも誰にわかるだろう？　すでにボス《エル・ヘフェ》の死霊術（D&Dに登場する呪文の系統の一種）の力は衰えつつあり、代わりに風のようなものが吹いてきていた。まるでヤシドリ《シグワス》たちのようにたくさんの噂が飛び交っていた。キューバが侵攻の準備をしているという噂、水平線に海軍が見えたという噂。明日どうなるかなんて誰にわかる？　愛する娘をどうして送り出さねばならないのか？　**急ぐ**ことなんてあるだろうか？

　十六年前のベリの父親とほぼ同じ苦境に自分も置かれたことに、ラ・インカは気づいた。カブラル家がトルヒーヨの力に最初に直面したときのことだ。行動すべきか、静観すべきか決めかねているという状態である。

決断できず、ラ・インカはさらなる助言を求めて祈った――断食したまま三日間だ。エルヴィス

*20　「そして大将たちが南の方《かた》モルドールの地をまじろぎもせず見つめるうちに、雲のとばりになお黒く、巨大な人の影のようなものが上って来たように思えました。それは一切の光を徹《とお》さないほど黒く、頭に稲妻の冠を頂き、空をいっぱいに占めていました。下界を見降ろして高く大きく頭をもたげると、それは途方もなく大きな手をみんなに向けて嚇《おど》すように突き出しました。その恐ろしさは総毛立つほどでしたが、それでいてもはや何の力もなかったのです。なぜなら、それが一同の上に身を屈《かが》めたちょうどその時、大風がそれをさらって運び去り、消え去ったからです。そのあとはしーんと静まりました」（J・R・R・トールキン『指輪物語　王の帰還』（下）、瀬田貞二・田中明子訳、評論社、一九九二年）

*21　そしてミラバル姉妹はどこで殺されたのか？　もちろんサトウキビ畑だ。そして三人の死体は車に乗せられ、交通事故のように偽装された！　まとめて始末したってわけだ！

たちが来ていなければ、どうなってしまっていたことだろう。我らが保護者はマザー・アビゲイル同様、死んでしまっていたのかもしれない。だがありがたいことに、ラ・インカが家の前を掃いているときエルヴィスたちが急にやって来て驚かせてくれた。あんたの名前はミョティス・トリビオかい？　二人のオールバックはまるでカブトムシの背のようだった。アフリカの筋肉が白っぽい夏のスーツに覆われていた。そして上着の下では銃を入れた固い、油を塗られたホルスターがきしんでいた。

あんたの娘と話がしたいんだ、エルヴィス一号がどなった。

今すぐにな、エルヴィス二号が言い添えた。

いいわよ《ポル・スプエスト》、ラ・インカは言った。なたを手にして彼女が家から出てくるとエルヴィスたちは笑いながら車に戻った。

エルヴィス一号――また来るからな、ばあさん《ビエハ》。

エルヴィス二号――本当だぜ。

誰だったの？　ベッドにいるベリが訊ねた。彼女は両手で膨らんでもいない腹を摑んでいた。

誰でもないよ。ラ・インカは言い、なたをベッドのわきに置いた。

次の夜、その「誰でもない」が家の玄関のドアにきれいなのぞき穴を撃ち抜いた。

そのあと何夜かラ・インカとベリはベッドの下で寝た。数日後ラ・インカはベリに言った。何があっても憶えていてほしいの。あんたの父親は医者だったの、**医者**だったのよ。そしてあんたの母親は看護師だった。

そしてついにこう言った。ここを出て行きなさい。

出て行きたいわよ。こんなところ大っ嫌い。

そのころにはベリは脚を引きずりながらならトイレまで自力で行けるようになっていた。彼女はすっかり変わった。昼の間は窓の側に黙って坐っていた。まるで夫が溺れ死んだあとのラ・インカにそっくりだった。ベリは笑顔を浮かべることもなく、笑い声も立てず、誰ともしゃべらなかった。友達のドルカともだ。暗いベールがベリを覆っていた。まるでコーヒーの表面にできたミルクの膜《ナタ》のようだった。

そうじゃないのよ、ベリ《イハ》。この**国を**出て行きなさいって言ってるの。そうじゃないと殺されるから。

ベリは笑った。

ああ、ベリ。もっともっとちゃんと考えて。国家や国外離散について君が何を知っているというんだい？　ニューヨーク《ヌエバ・ヨルク》や暖房なしの「旧法」アパート、自己嫌悪ですっかりいじけてしまった子供たちについて？　お嬢さん、**移民**について、いったい何を知っているって？　笑ってる場合じゃないよ、黒人娘《ミ・ネグリタ》さん、だって君を取り巻く世界は変わろうとしているんだから。完全にね。そうさ、おそろしい美が云々だ。おれの言うことを信じてほしい。君が笑うのは心の限界まで奪われてしまったから、恋人が君を裏切りほとんど死に追いやったから、最初の息子が生まれてこなかったからだ。君が笑うのは前歯をなくし、もう二度とほほえむまいと誓ったからだ。

別の言い方をできればいいとは思うけど、でもおれは本当にあったことをそのまま書くだけだ。ラ・インカがこの国を出て行きなさいと言い君は笑った。

これでお終い。

共和国最後の日々

苦悶と絶望（そしてギャングが死んでほしいという熱望）以外に、ベリは最後の数ヶ月のことをよく憶えていないだろう。ベリは邪悪なものに囚われていて、まるで影が人生を過ごしているように日々を過ごしていた。ベリは強いられなければ家から出なかった。ラ・インカがずっと求めていた関係を二人はようやく持つことができたわけだが、ただしお互い口はきかなかった。話すべき何があっただろうか？　ラ・インカは北へ向かう旅について真剣に語ったが、ベリは自分がもうほとんどアメリカに上陸してしまっているように感じていた。サント・ドミンゴは色あせつつあった。家もラ・インカも口に入れたユッカの揚げものも、とっくに消え去っていた――あとは残りの世界にそうだと知らせるだけの問題だ。ベリが昔に近い感覚に戻るのは、エルヴィスたちがその界隈に潜んでいるのを見つけるときだけだった。ベリはおびえきって泣き叫んだ。だが彼らはにやにやしながら車で走り去るだけだった。またすぐ来るから。本当にすぐ。夜はサトウキビや顔のない人物の悪夢を見た。でも目覚めるといつもラ・インカがいた。落ち着いて《トランキラ》、ねえ《イハ》。落ち着いて《トランキラ》。（エルヴィスたちに関してだが、彼らの手を押しとどめていたものはなんだっただろう？　トルヒーヨの世が終わった以上、報復の恐怖だったかもしれない。ラ・インカの力だったかもしれない。それとも、三番目で最後の娘を守るべく未来からやって来たあの力だったのだろうか？　そんなこと誰にわかるだろう？）

その数ヶ月間、ラ・インカが一晩でも眠ったとは思えない。どこへ行くにもラ・インカはなたを持っていった。彼女はうかうかしているようなタマではなかった。ゴンドリン（『シルマリルの物語』等に登場するエルフの隠れ里。「隠れ岩山」ないし「石の歌」の意。モルゴスに発見され、滅ぼされる）が陥落すると知っているのにぼやぼやしていてバルログ（『指輪物語』『シルマリルの物語』等に登場する強力な怪物。「力強き悪魔」の意。モルゴスの配下として、他の怪物とともにゴンドリンを滅ぼした）にドアを叩かせるなんてことはしない。そしてラ・インカは動いた。書類を集め、わいろを握らせ、許可を得た。他の時だったら無理だったろうが、ボス《エル・ヘフェ》が死にバナナ《プラタノ》のカーテンが粉砕されたせいで、どんな手段でも逃げることができた。ラ・インカは、エル・ブロンクスとかいう場所でベリを泊めてくれる女性の写真と、彼女から来た手紙をベリに渡した。だが何を渡してもベリには届かなかった。ベリは写真を見ず、手紙も読まなかった。だからアイドルワイルド空港に着いても、自分が誰を捜していいのかわからなかっただろう。かわいそうな娘《ポブレシタ》。

この善き隣人たちとトルヒーヨ一家の残党の膠着状態が限界に達したころ、ベリは出廷することになった。裁判官にいろいろと質問されないように、ラ・インカはベリの靴の中にマモンの葉《オハス・デ・マモン》を入れさせた。審議のあいだもずっと不良娘は無関心な様子でぼんやりと立っていた。一週間前、ベリとギャングはついに首都にある高級ラブホテルで会うことができた。中国人《チノ》が経営しているホテルで、ルイス・ディアスが有名な曲で歌っている場所だ。それはベリが望んでいたような再会ではなかった。ああ、かわいそうな黒人娘《ミ・ポブレ・ネグリタ》。彼はうめきベリの髪を撫でた。かつて稲光だったものは、今では真っ直ぐな髪を撫でる太い指でしかなかった。おれたちは裏切られたんだよ、おれもお前も。こっぴどくな！　ベリは死んだ赤ん坊について言おうとしたが、ギャングは手の一振りで小さな幽霊を追い払い、ブラの鎧からベリの巨大な胸を取り出しにかかった。もう一人作ろう、ギャングは約束した。二人の予定なの、ベリは静かに言った。ギャングは笑った。五十人作ろうぜ。

ギャングにはまだ気掛りなことがたくさんあった。トルヒーヨ支配の行方を気に病み、キューバ人たちが侵攻の準備をしているのではないかと気に病んでいたのだ。やつら見せしめ裁判でおれみたいなやつを射殺するんだ。チェが最初に探すのはおれだろうね。

ヌエバ・ヨルに行こうと思ってるの。

いや行くな、とか、あるいは少なくとも、おれも行く、とベリはギャングに言ってほしかった。だがギャングは代わりに、自分がヌエバ・ヨルへ行った旅の話をした。ボス《エル・ヘフェ》の仕事で行って、**キューバ**レストランで食べた蟹にあたった話だ。もちろん妻については何も言わなかったし、ベリのほうも訊かなかった。そんなことをすれば、ベリの心はずたずたになってしまっただろう。あとでギャングがいきそうになったとき、ベリは彼の体にしがみつこうとした。だがギャングは身を振りほどき、ベリの傷ついた平らで黒い背中でいった。

まるで黒板にチョークで書いたみたいだな。ギャングは冗談を言った。

十八日後、空港でまだベリはギャングのことを考えていた。

行かなくていいじゃない、ラ・インカが急に言った。ベリが列に並ぼうとする直前だった。もう遅すぎた。

行きたいの。

それまでの人生でずっとベリは幸せになろうとしてきた。でもサント・ドミンゴは……**サント・ドミンゴのクソ野郎**は至るところでベリの邪魔をした。こんな街二度と見たくない。

そんなふうに言うんじゃないの。

こんな街二度と見たくない。

自分は新しい人間になる、ベリは誓った。ラバはどれだけ遠くまで行っても、馬になって戻ってきたりしないと言うけど、みんなに思い知らせてやる。

そんなこと言いながら行くんじゃないの。ほら、機内《トマ》で食べなさい。ココナツのお菓子《ドゥルセ・デ・ココ》よ。

パスポート検査への列に並びながらベリはお菓子を捨てようと思ったが、とりあえず壺を持ったままでいた。

私のこと忘れないで、ラ・インカはベリにキスをし、抱きしめた。自分が誰だか忘れないで。カブラル家でただ一人生き残った三女なのよ。あなたは医者と看護師の娘。

最後に見たラ・インカの姿。ベリに向かって力の限り手を振り泣いていた。

パスポート検査でいろいろと質問されたあと、バカにするようにいくつもパスポートにスタンプを押されて、ベリは出国を許された。そして飛行機に乗りこみ、右側の席に坐った垢抜けた感じの男と離陸前の雑談を交わした。彼は手に指輪を四つはめていた――どこへいくの？　理想郷よ、ベリは素っ気なく言った――そしてついに、機体がエンジンの歌に脈打ちながら地面からその身を引きはがすと、敬虔で知られるようなベリではなかったが、両目を閉じて神様に守ってくれるよう祈った。

かわいそうなベリ。ほとんど最後の最後まで、ギャングが現れて自分を救ってくれるのではないかと彼女は半ば信じていた。ごめんな、黒人娘《ミ・ネグリタ》よ、ごめん、おまえを行かせるべきじゃなかった（ベリはまだ救い出される夢が大好きだったのだ）。ベリは至るところに彼の姿を探した。空港までの車に、パスポートを検査している役人たちのなかに、飛行機に乗りこむときにも、そしてついにはそんなことあるはずないのに、ギャングがコックピットからきれいに折り目のついた機長のユニフォームで現れ、びっくりしただろ、なんて言うんじゃないかと思ったりした。だが生身のギャングはもう二度と現れなかった。現れたのはベリの夢のなかだけだ。飛行機には他にも移民第一波の人々が乗っていた。たくさんの水が集まり河になろうとしていた。こうしてベリは、オスカーやロラが生まれてきてほしいとおれたちが思うならぜひとも必要となる、あの母親に一歩近づいた。

ベリは十六歳で、肌の色はほとんど黒に近い濃さ、日没寸前に残る深紫で、両胸はその肌の下に夕焼けが囚われているようだった。だが若く美しいのに、ベリは気難しく疑り深い表情を浮かべていた。それはとほうもない幸せの重みに押しつぶされるのでなければ、消え去ることのない表情だ。ベリの夢は控えめで、使命感のもたらす推進力もなく、ベリの野心には牽引するものが欠けていた。ベリの一番の望みは？　誰か男を見つけること。ベリがまだ知らないのは？　工場《ファクトリアス》でのきつく単調な仕事、国外移住の孤独、サント・ドミンゴに住む日は二度と来ないということ、そして自分の気持ち。他にベリが知らないのは？　隣の席に坐っている男が自分の夫におさまり、ベリの二人の子供の父親となり、二年ともに暮らしたあとベリを捨て、それが彼女の三度目で最後の傷心となり、そのあと二度と誰も愛さないだろうということだ。

盲人《シエゴス》たちがバスに乗り物乞いをしている夢、失われた日々の夢を見ていたベリは目を覚ました。隣の席の美男子《グアポ》がベリの肘を叩いたのだ。

お嬢さん《セニョリタ》、これは見といたほうがいいですよ。

もう見たわよ、ベリは素っ気無く言い返した。それから心を静めて窓の外を見た。外は夜になっていて、ヌエバ・ヨルの明かりが見渡すかぎり輝いていた。

第4章

感情教育

Sentimental Education

1988-1992

全部おれのせいだった。オスカーが飛び降りる前の年、おれはいくぶんイカれていたのだ。ロキシーから帰る途中に突然襲われた。ニューブランズウィックのチンピラたちに。むかつく黒人たち《モレノス》だった。午前二時で、特に理由もなくおれはジョイス・キルマー通りにいた。たった一人で、徒歩で。なぜって？　おれはタフだから、角にたむろしていた若いごろつきたちのあいだを突っ切っても問題ないと思ったのだ。大きな間違いだった。一人の野郎が笑った顔をおれは一生忘れないだろう。そいつがはめていたハイスクール・リングとともに。おれの頬にくっきりと溝を彫りこんだやつだ（今でも傷は残ってる）。できればパンチを繰り出しながら倒れたと言いたいところだが、実際にはチンピラたちにあっさり殴り倒された。もし親切な人が車で通りかからなかったら、クソ野郎どもに殺されていたかも知れない。その爺さんはおれをロバート・ウッド・ジョンソン大学病院に連れて行こうとしたが、おれは健康保険に入っていなかった。それに、兄が白血病で死んで以来あまり医者は好きじゃなかった。だからおれは言った。いや、いや、いいんです。だって**ぶちのめされた**だけで、特に気分が悪いわけではなかったのだ。だが次の日には死にそうだった。めまいがして、立ち上がると吐いてしまった。まるで内臓が体から取り出され、木槌で叩かれたあと戻されて、ゼムクリップで留められたようだった。最悪の状態だ。そして友達全員のうち——とても素晴らしい友達全員のうち——ロラだけがやってきてくれた。俺が袋だたきにあったことを仲間のメルヴィンから聞いてすっ飛んできたのだ。誰かに会ってこんなに嬉しかったのは、人生でも初めてだった。きれいで大きな歯をしたロラ。おれの状態を見て本当に**叫び声**を上げたロラ。

惨めなおれの世話をしてくれたのはロラだった。料理をし、掃除をし、学校の配布物を取ってきて、薬を手に入れ、ちゃんとシャワーに入ったか確認までした。言い換えれば、取れかけたおれのキンタマを縫い付けてくれたのだ。そして野郎にそんなことをしてくれるなんて、どんな女の子でもできることじゃない。そうだろう。おれはほとんど立っていられなかったし、頭はガンガン痛んだが、ロラはおれの背中を洗ってくれた。あの悲惨なときのことでいちばん憶えているのはそれだ。ロラの手がスポンジを握っていて、そのスポンジがおれを洗う。おれには彼女がいたが、あのとき毎晩一緒に過ごすのはロラだった。ロラは髪をとかし——一回、二回、三回——それから長身の体を折りたたみベッドに入る。もう夜出歩いちゃだめよ、わかった、カンフーちゃん？

大学では誰も何にも気にしないもんだってことになっている——ただ遊び回るだけってことになっているのだ——でも、信じてもらえないかもしれないけど、おれはロラのことが気になった。ロラは気になるタイプの女の子だった。ロラはおれがいつも口説く女の子たちとは正反対だった。身長は百八十センチぐらいあって、胸《テタ》はぜんぜんなく、すごく色の黒い祖母《ばあ》さんたちより黒かった。まるで二人の女の子が一緒になったみたいだった。ガリガリの上半身が、キャディラックのような腰つきにロバみたいないかした尻が合わさった下半身と結婚した、という感じだ。いわゆる頑張り屋で、大学のあらゆる組織の運営委員になっていて、会合にはスーツで出ていくような女の子だった。所属する女子学生クラブの代表で、ＳＡＬＳＡのリーダー、女性に対する暴力反対運動の共同議長だった。すました感じの完璧なスペイン語を話した。

入学前の週末に行われたオリエンテーションで互いに会ってはいたものの、二年生になりロラの母親がまた病気になって初めて、おれたちは付き合うようになった。家まで送ってよ、ユニオール、がロラの最初の言葉で、それから一週間後にあんなことになったのだ。ダグラスのスエットパンツとトライブのＴシャツをロラが着ていたのを覚えている。ロラは彼氏にもらった指輪を外し、おれにキスをした。暗い目はおれの目をじっと見つめたままだった。

あなたの唇って素敵ね、ロラは言った。

そんな女の子のこと、どうやって忘れられるって言うんだ？

関係は三晩だけ続き、彼氏への罪悪感をつのらせたロラが終わりにした。そしてロラが何かを終わりにするときには、**本当に**終わらせるのだ。おれが襲われた後に続いた夜も、ロラはぜんぜんやらせてなんかくれなかった。つまり**おれのベッド**で寝ることはできても、**おれ**と寝ることはできないってわけか？

ロラは言った。ユニ、私は色は黒いけどバカじゃないのよ《ヨ・ソイ・プリエタ、ユニ、ペロ・ノ・ソイ・ブルタ》。

おれがどんな汚い人間《スシオ》か完全にわかっていてロラは言った。ロラと別れて二日後に、おれがロラの仲間の女子学生を口説いているのを見て、ロラはそのすらりとした背中をおれに向けたのだった。

重要な点はここだ。二年生の終わりごろ、ロラの弟がひどい鬱状態に陥り――ある女の子に軽蔑されてバカルディ一五一を二本飲みほした——自ら命を落としかけただけでなく、そのせいで病気の母親まで死なせようとしていたときに、そこに踏みこんだのは誰だったろう？

おれだ。

来年度はおれがオスカーと一緒に住むと言ったら、ロラは凄まじく驚いた。あのダサい野郎をしっかり見といてやるぜ。自殺未遂騒ぎを起こして以来、ディマレスト寮の誰もやつと同じ部屋に住みたがっていなかったから、オスカーは三年生の一年間を一人で過ごさなきゃならなくなっていた。ロラが一緒に住むというのも無理だった。一年間スペインで勉強することが決まっていたのだ。ついに自分の夢はかなったわけだが、オスカーのことはすごく心配していた。おれが一緒に住むと言っただけでロラは仰天していたが、本当に住みだしたときにはロラは死ぬほど驚いた。オスカーと住む。しかもあのディマレストで。変態と負け犬とオタクとフェミ女の巣窟に。おれはと言えば、百五十キロのバーベルを上げられる男なので、当然ディマレストのホモ寮なんて呼んだりしていた。小突き回したくならない、白人で小柄な芸術家気取りの野郎になんてお目にかかったことはなかった。それが九月始めまでには創作コースに応募して、そしてほら、おれとオスカーは同室になったわけだ。

おれとしてはこれを、完全な慈善行為として始めたんだと強調したいところだが、そう言ってしまっては少々嘘になる。確かにロラを助けたかったし、彼女のイカれた弟を見ておいてやりたかった（この世界でロラが愛しているのはオスカーだけだと知っていた）、でも同時にそうしたのは自分のためでもあった。その年おれは宿舎抽選史上でもおそらく最低の番号を引いてしまっていた。

公式な順番待ちリストでも最下位で、ということは、大学の持っている宿舎に入れる確率はほぼゼロだった。ということは、自宅に住み続けるか路上に住むしかないところまで追いこまれていたわけで、ということは、イカれたやつらばっかりのディマレストや不幸なオスカーも、そんなに悪い選択には見えなくなっていたのだった。

オスカーはまったくの他人というわけではなかった――つまり、オスカーはおれが空想でセックスしている女の子の弟な**わけだから**。最初の二年間ロラとオスカーがキャンパスで一緒にいるのを見ても、二人が姉と弟だとはとても信じられなかった（僕はアポカリプスで、ロラはニュージェネシス（DCコミックス作品に描かれる二つの惑星。アポカリプスが悪の惑星であるのに対して、ニュージェネシスは善の惑星）だからな、オスカーは言った）。オスカーみたいなキャリバン野郎を避け続けてきたおれと違って、ロラはダサい弟を愛していた。オスカーをパーティや集会に連れて行った。オスカーは標語を掲げチラシを配った。ロラの太った助手だ。控えめに言っても、それまでの人生でオスカーみたいなドミニカ人には会ったことがなかった。

やあ、神の犬。ディマレストの初日にオスカーはおれをそう言って迎えた。
それがどういう意味だったかわかるのに丸一週間かかった。
ラテン語で「神の」はドミニで「犬」はカニスだ。
やあ、ドミニカ人《ドミニカニス》ってわけ。

おれはとんでもなくうかつだったんだと思う。自分は呪われているんだとやつはよく言っていた。何度も何度も言っていた。で、もしおれが古風なドミニカ人だったら、おれは（a）あのバカの話を聞くなり（b）逃げだしていただろう。おれの家族は南部出身《スレニョ》、アスアの出で、アスアの南部人というのは呪いのことならよく知っているのだ。つまりさ、なあ、アスアに行ったことあるかい？ おれのかあちゃんだったら聞きもせずに逃げだしたろうよ。フクやグアングア（先住民族のタイノ族の言葉でフクと同様の悪運のこと）なんかにゃ関わらないようにしてたんだから。何があろうが決してね。でもそのころのおれは今みたいに古風じゃなくて、ただの完璧なバカで、オスカーみたいなやつの面倒を見るってことがヘラクレス的怪力技だなんて思いもよらなかった。だってさ、なんていうか、おれは**重量挙げ**の選手で、オスカーよりも重いバーベルを毎日上げてたわけだし。

いつでも、いいと思ったところで録音済みの笑い声を流してくれよ。

オスカーは以前と変わっていないように見えた。いまだに巨体で――ビギー・スモールズからスモールズを抜いたようなもんだ――いまだにイカれていた。いまだに一日に十、十五、二十ページ書いていた。いまだにオタク的狂気に取り憑かれていた。あのアホが寮の部屋のドアにどんな言葉を掲げていたか知ってるかい？ **唱えよ、友、そして入れ**（『指輪物語』に登場する人型種族ドワーフの地下都市モリア（「暗黒の深き穴」の意）に入るための合言葉）ってエルフ語で書いてたんだぜ！（お願いだから、なんでおれにわかったかは訊かないでくれ）。これを見たときおれは言った。デ・レオンよ、冗談だろう。エルフ語って？

オスカーは咳をした。というかシンダール語（エルフ語の一種。「灰色エルフ語」とも呼ばれる）だけどね。

メルヴィンが言った。というかホモが好きそうな言い草だけどね。

オスカーの世話をちゃんとするとロラに約束したにもかかわらず、最初の何週間かはほとんど何もしなかった。だって、そんなこと言ってもさ、おれだって忙しかったんだ。大学の運動選手って大変なもんさ。勉強もジムもあるし、友達も恋人《ノビア》もいるし、もちろん何人かと浮気もしていた。

最初の一ヶ月間ずっと出かけてばかりだったので、おれが会うオスカーといえばだいたいシーツの下で丸まって眠る大きなこぶだった。オタク野郎が夜更かしするのはロールプレイング・ゲームをするか日本のアニメを見るときだけだった。やつは特に『ＡＫＩＲＡ』が好きで、その年だけで千回は見たんじゃないかと思う。夜、部屋に戻ったらオスカーが『ＡＫＩＲＡ』をじっと見ている場面に出くわしたことが何度あったかしれない。おれは罵る。またこれ見てんのか？　すると、まるで生まれてごめんなさいという調子でオスカーが言う。もうちょっとで終わるから。いつももうちょっとだな。おれは文句を言う。でも実は、別に気にしちゃいなかった。おれは『ＡＫＩＲＡ』みたいな映画が好きだったし。そのために毎度夜更かしするってのは無理だったけど。おれがベッドに寝ながら、**金田が鉄雄**（いずれも『ＡＫＩＲＡ』の主要登場人物）と叫ぶのを聞いている。で、次に気がつくとオスカーがおずおずとおれの顔をのぞきこんで、ユニオール、映画は終わったよ、と言っていて、おれは起き上がって、**うるせえ！**　と言うのだ。

　当時はあとでおれが気づくことになるよりずいぶん良い状態だった。確かにオタクではあったが、野郎はちゃんと気配りのできるルームメイトだった。その前におれが一緒に住んでいたクソ野郎たちみたいにバカげたメモを渡してくることもなかったし、いつも生活費の半分は払ってくれた。それに、やつが『ダンジョンズ&ドラゴンズ』をやっている途中でおれが帰ってくると、やつは何も言われなくてもラウンジに移動した。おれも『ＡＫＩＲＡ』は我慢できたが、『デーモンウェブ・ピッツの女王』（ＡＤ&Ｄのモジュールの一種（一九八〇）。さまざまな次元界へのポータル（転移門）を有した迷宮へ赴き、最後にはデーモンを統べる蜘蛛の女王ロルスと対決する）は無理だった。

　もちろんおれも多少の気はつかった。週に一度は一緒に食事したし、それまでにやつが書いた五冊の本を、手にとって読もうとすらした。おれの好みではなかった――**フェイザーを捨てろ、アー**

スルス・プライム！――だがオスカーに才能があることはおれにでもわかった。会話もよく書けていたし、説明のところは簡潔で、話がどんどん展開していた。おれは自分が書いた小説も見せた。強盗と麻薬取引と**ナンド、このクソ野郎！**　と**バキューン！　バキューン！　バキューン！**　ばっかりのやつだ。八ページの短篇にオスカーは四ページにわたるコメントをくれた。

　オスカーが女の子とうまくやれるよう助言したかって？　遊び人ならではの知恵を伝授したかって？

　もちろんだとも。問題だったのは、女の子《ムヘル》のこととなると我がルームメイトはこの星の誰よりもうまくやれなかったということだ。一つには、やつはおれが見た中でも最悪の女欠乏症にかかっていた。オスカーにいちばん近かったのは、おれの高校にいた哀れなサルバドール人で、そいつは顔中火傷していてまるでオペラ座の怪人みたいだったから、彼女は全然できなかった。うーん、オスカーはそいつよりひどかった。少なくともジェフリーにはれっきとした医学的理由があった。じゃあオスカーは？　サウロンのせいか？　やつは体重が百四十キロもあった！　しゃべり方はまるで『スタートレック』に出てくるコンピュータみたいだった！　実に皮肉だったのは、オスカーぐらい切実に彼女を欲しがっているやつもいなかったということだ。つまり、**おれだって**女は好きだったが、誰も、本当に**誰も**オスカーみたいに女好きなやつはいなかったのだ。オスカーにとって女というのは始まりにして終わり、アルファにしてオメガ、DCにしてマーベル（DCコミックスとマーベルコミックス。アメリカの二大コミック出版社）だった。野郎の欲望は**強烈**だった。かわいい女の子を見れば震え出さずにはいられなかったのだ。何にも起こらないうちから恋に落ちた――最初の一学期だけで少なくとも二十人に対して激しい恋に落ちた。だからといってその恋のどれも何の進展も見せなかった。進展しようがないじゃないか？　オスカーの考える女の子への愛情表現はロールプレイング・ゲームの話をすることだったのだから！　まったくどんだけイカレてるんだよ？（おれが好きだったのはこの話だ。E系統のバスに乗っていてオスカーはあるセクシーな黒人娘《モレナ》に言った。もし一緒にゲームに参加してくれたらカリスマポイントを**十八**（D&Dでプレイヤーが演じるキャラクターの外見や人当たりの良さを示す数値。現行版のD&Dでの訳語は「魅力」。当時の版では十八は最高値）あげるんだけど！）

　おれはアドバイスしようとした。本当に。別に難しい話をしたわけじゃない。例えば、道で知らない女の子に向かって叫ぶなとか、むやみにビヨンダー（マーベルコミックス作品に描かれる異星人）についてしゃべるなとかいうことだ。オスカーが聞いたかって？　もちろん聞きやしないさ！　オスカーに女の子のことを言いきかせようとするのはちょうどウーヌス・ジ・アンタッチャブル（『X－メン』シリーズに登場する突然変異体。フォース・フィールドという透明な障壁を張ることができる）に岩を投げつけようとするようなもんだ。オスカーは頑固だった。おれの話を最後まで聞き肩をすくめた。何をしても効果なんかないし、僕はありのままでいくよ。

　そのありのままが最悪なんだろうが。

　残念だけど、それ以外の僕にはなれないんだ。

けれども、おれが好きだったやりとりはこれだ。

　ユニオール？

　何だ？

　起きてる？

『スタートレック』の話だったら……

『スタートレック』の話じゃないよ。オスカーは咳払いをした。確かな筋から聞いたんだけど、童貞のまま死んだドミニカの男はこれまでにいないんだって。君はそういう経験が豊富だから聞きたいんだけど――本当だと思う？

おれは起き上がった。野郎は暗闇の中、ものすごくマジな目でおれを見つめていた。

ああ、ドミニカの男がただの一度もやらずに死ぬなんて、そんなの自然の法則に反してるよ。

オスカーはため息をついた。だから悩んでるんだよ。


で、十月の始めに何があったと思う？　おれみたいなプレイボーイには起こりがちなことさ。彼女に悪さがばれたんだ。

どんなにめちゃくちゃなことをやっていたか考えてみれば、驚くようなことじゃない。単にばれたという話じゃなかった。おれがスリヤンの妹《エルマナ》と寝たことがばれたのだ。プレイボーイたちよ、アウィルダ（北欧に伝わる伝説の女海賊の名）という名の女とは**決して**寝ちゃいけない。女海賊アウィルダよろしく、事が起きたときには、ほんとにひどい目に遭わされるからだ。なぜかは知らないが問題のアウィルダはおれのことをバラしやがった。おれからの電話を録音していて、**やられた**なんて言う暇もないままみんなにバレていたのだ。あの女はもう五百回もそんなことをやっていたに違いない。二年間に二度バレるというのはおれとしても記録だった。スリヤンは本当に**カンカン**だった。E系統のバスでつっかかってきたのだ。野郎どもは笑いながら駆け回り、おれは悪いことなどしていないふりをした。急におれはよく寮にいるようになった。短篇を一つ二つ書いてみた。オスカーと何本か映画を見た。『宇宙水爆戦』（米のSF映画（一九五五）。星間戦争や怪物の描写でカルト的な人気を誇る）、『アップルシード』（日本の漫画家士郎正宗（一九六一―）原作のSFアニメ作品。おそらく本作は一九八八年版）、『プロジェクトA』（香港のアクション映画（一九八三）。香港出身の俳優ジャッキー・チェン（一九五四―）の代表作。海賊との戦いを描く）。そうやって命綱を探し回っていたのだ。

おれがするべきだったのは、浮気中毒更正施設への入所だった。でもおれがそんなことするとと思うんだったら、あんたはドミニカ人の男をわかっちゃいない。何かキツくてもためになること、例えばこのやっかいな事態に集中するかわりに、おれは簡単かつ償いになることに集中した。

突然、しかも自分自身のおかれた苦境とはまったく何の関係もなく——もちろんだ！——おれはオスカーの人生を正すことに決めた。オスカーが自分のみじめな生活を嘆いていたある晩、おれは言った。本気で人生を変える気あるのか？

もちろんさ。オスカーは言った。でも何も改善につながらなくてね。

おれがおまえの人生を変えてやる。

本当に？　そのときの顔ときたら——もう何年も経ったのに思い出すと心が苦しくなる。

本当さ。でもおれの言うことを聞けよ。

オスカーは急いで立ち上がり、手を胸にあてた。神様、言うとおりにすることを誓います。で、いつからやる？

まあ、まかせとけって。

翌朝六時に、おれはオスカーのベッドを蹴った。

何なんだよ？　オスカーは叫んだ。

別に、おれは言い、やつのスニーカーをその腹の上に投げた。人生の第一日目さ。

おれはスリヤンのことですごく悩んでいたに違いない——だからこそオスカー救済計画なんて大変なものに取りかかったのだ。最初の何週間か、スリヤンが許してくれるのを待ちながら、おれは

『少林寺三十六房』（香港のアクション映画（一九七八）。「少林寺もの」の傑作として知られる）みたいにやつの世話をしていた。まさに週七日、二十四時間つきっきりだったのだ。道端で愛の狂気に駆られて知らない女の子に近づいたりしない、とオスカーに誓わせた（そんなことしたら哀れな女の子を怖がらせるだけだぜ、オスカー）。食事制限をさせ、イカれたネガティヴ発言をやめさせた——**僕は悪運に取り憑かれてるんだ、どうせ童貞のまま死ぬんだ、僕はどうにもブサイクだ**——少なくともおれの前ではやめさせた（ポジティヴ・シンキングだ、ポジティヴ・シンキングだよ、この野郎！）。おれや仲間と一緒に外に連れ出しさえした。別に大したことをしたわけじゃない——単に飲みに行っただけだ。連れがたくさんいればオスカーの異様さもあんまり目立たなかった（仲間は嫌がった——次は誰を連れてくる気だ？　浮浪者かなんかか？）。

でもおれが成し遂げたいちばん大きなことは？　オスカーに運動をさせた。なんと**走らせた**んだ。どうやってやったか。オスカーはおれのことを実に尊敬していた。おれ以外の誰もオスカーに運動をさせることなどできなかったろう。最後にやつが運動しようとしたのは大学一年のとき、今より二十キロ軽かったころのことだった。おれは嘘は言えない。最初の数回、オスカーを見ておれは笑い出しそうになった。なにしろハーハーハー息を切らしながらジョージ通りを走り、灰色がかった黒の膝はがくがく震えていたのだから。オスカーは頭を下げっぱなしにして、周りの反応を見聞きしないですむように努めていた。いつも甲高い笑い声があがり、たまに**おい、デブ**、と声をかけられた。おれが聞いたなかでいちばんケッサクだったのは？　見てママ、あの人、惑星みたいな体して走ってるよ。

くだらない野郎どものことは気にすんなって、おれはオスカーに言った。

気にしない、オスカーは今にも**死にそう**にあえいでいた。
やつは走るのが**ぜんぜん**好きじゃなかった。走り終えるとあっという間に机に戻った。ほとんど机にしがみついていると言ってよかった。そして走らずにすむ方法をすべて試した。五時に起き始め、おれが起きるころにはもうコンピュータに向かっていた。すごく重要な章を書いている途中だとおれに言えるようにするためだ。そんなの後で書けばいいだろ、この野郎。四回ほど走ったころ、オスカーは文字通り地面に膝をついた。お願いだ、ユニオール、オスカーは言った。もう走れない。おれは鼻で笑った。ちゃんと靴を履けよ。

　オスカーにとって走ることが楽ではないのはおれにもわかっていた。おれは残酷だったけど、すごく残酷だというわけではなかった。それがどんなことかわかったからだ。みんなは太った人が大嫌いだと思う？　太った人が痩せようとしているとする。するとみんながバルログだってのが明らかになるんだ。見たこともないほど素敵な女の子たちがこれでもかというくらいひどいことを道でオスカーに言う。おばさんたちは早口でまくし立てる、あんた**気持ち悪い**、**気持ち悪い**のよ。そしてハロルドすら、あの反オスカー的傾向をあまり見せたことのなかったハロルドさえオスカーをジャバ・ザ・バット《尻》（『スター・ウォーズ』シリーズ（一九七七―二〇〇五）に登場する芋虫に似た肥満体の異星人ジャバ・ザ・ハットをもじった表現）と呼び始めた。それくらいイカれた状況だったのだ。

　わかった、みんなひどいやつばっかりだ。でもオスカーにどんな選択肢があっただろう？　やつは**どうにか**しなきゃならなかった。二十四時間コンピュータに向かって大ＳＦ小説を書いていて、ときにテレビゲームをしようと学生センターまで突進し、女の子のことばかりしゃべってはいるが実際に触れたことはなく――いったいどんな人生なんだい？　だってさ、おれたちはラトガーズ大学にいるんだぜ——ラトガーズ大学は女の子でいっぱいなのに、オスカーと来たら夜遅くまでおれを相手にグリーン・ランタンの話なんてしてる。口にする疑問といえば、おれたちがオークだったとしたら、おれたちの見た目は人種的にエルフっぽいと思うんじゃないか、だ（『指輪物語』ではオークの起源は堕落したエルフあるいは人間なので、この台詞には皮肉も込められている）。

やつは**どうにか**しなきゃならなかった。

そしてどうにかした。

やめたのだ。

そりゃかなりイカれたやり方をしていたのは確かだ。おれたちは週に四日走っていた。おれ一人でなら一日八キロは走ったが、オスカーとは毎日少しずつ、という方針だった。どっから考えてもオスカーは大丈夫、ちゃんとやっていると思っていた。なにしろトレーニングなんだからさ。そうしてジョギングをしていた真っ最中のことだった。ジョージ通りでおれが振り向くと、オスカーが止まっていた。やつの体中汗だくだった。心臓マヒかい？　そんなことない、オスカーは言った。じゃなんで走らないんだ？　もう走らないって決めた。なんで走らないんだい？　こんなことしてもうまくいかないよ、ユニオール。そりゃうまくいかそうと思わなきゃうまくいくわけないだろ。うまくいかないってわかるんだ。勘弁してくれよ、オスカー、さあ走ろうぜ。でもオスカーは首を振った。オスカーはおれの手を握ろうとして、それからリヴィングストン大通りのバス停に向かい、EE系統のバスに乗って帰った。次の朝おれはオスカーを足でつついたが、やつは身動きもしなかった。

もう走らないって。枕越しに平坦な声でオスカーは言った。

おれは怒るべきではなかったんだろう。このオタクに忍耐強く接するべきだったんだろう。でもおれは**怒った**。おれがこの大バカ野郎を助けようとしてわざわざがんばっているのに、恩を仇で返しやがっているのだ。本当に裏切られたという気分だった。

三日連続でおれは走りに行こうとオスカーをせっつき、やつは気が進まないんだと言い続けた。オスカーのほうはなんとかこの事態を取り繕おうとしていた。一緒に映画を見たりマンガを読んだりしようとしたし、オタクっぽい冗談をふってきたりして、なんとかおれがオスカー救済計画を始める前の状態に戻ろうとした。でもおれはその手には乗らなかった。ついにオスカーに最後通牒を突きつけた。おまえが走るか絶交かだ。

もう走りたくないんだよ！　走りたくないんだ！　その声が大きくなった。

まったく強情だ。姉貴に似て。

これが最後のチャンスだからな。おれは言った。スニーカーを履き走りだそうとしていたが、オスカーは机に向かったまま気づかないふりをしていた。

やつは動かなかった。おれはやつの肩に両手を置いた。

立てよ！

やつが叫んだのはそのときだった。ほっといてくれよ！

そして驚いたことに、おれを押しのけたのだ。オスカーにそのつもりはなかっただろうが、そうしたことに変わりはなかった。二人とも愕然としていた。やつは震えながらすごく怯えていて、おれは両手の拳を握りしめ、今にもぶっ殺そうとしていた。一瞬の間、おれはなかったことにしかけた。これは間違いだ、なんかの間違いだ、と。それからおれは我に返った。

おれはオスカーを突き飛ばした。両手で。オスカーは壁までぶっ飛んだ。激しくぶつかった。まったく、まったく、まったく。二日後ロラがスペインから電話してきた。朝の五時にだ。あんたいったい**どうしちゃったのよ、**ユニオール？

おれはすべてにうんざりしていた。おれは思わず言った。黙れ、ロラ。

黙れ？　死の沈黙。黙るのは**あんた**よ、ユニオール。二度と話しかけないで。

フィアンセによろしく言っといてくれよ、おれは冷やかそうとしたが、その時にはもうロラは電話を切っていた。

バカ野郎、おれは叫び、電話をクローゼットに投げこんだ。

それで完全に完全に完全に終わりだった。おれたちの壮大な実験の終わりだ。実はオスカーは何度か謝ってきた。オスカーなりにだ。でもおれは受け入れなかった。以前のおれはやつに冷ややかだったが、今や単に無視していた。夕食に誘ったり飲みに誘ったりもしなくなった。喧嘩状態のルームメイト同士というふうに振る舞った。お互いに他人行儀で、以前のおれたちは書くことやその他についてあれこれしゃべっていたが、今のおれにはオスカーにしゃべることは何もなかった。おれは自分自身の人生に戻った。たちの悪い汚い野郎《スシオ》に戻ったのだ。例のオマンコ《トト》狂いを炸裂させた。おそれに、意地悪くもなっていたと思う。オスカーはと言えば、八ピースのピザをまるまる一枚食べては、女の子たちにカミカゼ攻撃をしかける暮らしに戻った。

野郎どもはもちろん事態に気づいた。もうおれが例のデブ《ゴルド》を守るのは止めたとわかり、やつに群がった。

おれとしては、状況は**そこまでは**悪くなかったと思いたい。やつらはオスカーを殴りつけたわけでもないし、やつからものを盗んだわけでもなかった。それでも、どう考えてもかなり残酷ではあった。女のあそこ《トト》を味わったことある？　メルヴィンが訊ねると、オスカーは首を横に振って礼儀正しく答えた。メルヴィンが何度訊ねてもやつはそうした。もしかしたらおまえが食ったことない唯一のものかもな、だろ？　ハロルドは言う。おまえなんて全然ドミニカ男じゃないよ《トゥ・ノ・エレス・ナダ・デ・ドミニカノ》。でもオスカーは惨めに言い張るのだった。僕はれっきとしたドミニカ男だよ。やつがどう言い返そうと関係なかった。だってやつみたいなドミニカ男に会ったことがあるやつなんているかい？　ハロウィーンになって、やつはドクター・フーの扮装をするという過ちを犯した。自分ではそのいでたちがずいぶん気に入っているようだったが。イーストン通りでおれがオスカーを見かけたときには、やつは創作科のダサい二人と一緒で、デブでホモのオスカー・ワイルドにあり得ないほど似ていた。おれはオスカーにそう言った。おまえ、オスカー・ワイルドにそっくりだな。これがオスカーには災いとなった。メルヴィンがこう言ったのだ。オスカー・ワオ、オスカー・ワオって誰だよ《キエネス・オスカー・ワオ》。それで決まりだった。おれたちみんなやつをこう呼び始めたのだ。おい、ワオ、何やってんだ？　ワオ、おれの椅子に坐るなよ。

　そして悲劇的なことに、二週間ほど経つとやつはその呼び名に**応え始めた**のだった。あのバカはおれたちがいくらからかっても決して怒らなかった。困ったような微笑みを浮かべて坐っているだけだった。それを見ていると嫌な気持ちになった。他のやつがいなくなったあと何度かおれはやつに言った。おれたちはふざけてるだけだ、そうだよな、ワオ？　わかってるよ、うんざりしたようにやつは言った。だから怒るなよ、おれは言い、やつの肩を叩いた。怒るなよ。

オスカーの姉貴が電話してくるたびに、おれは電話口で明るい調子でしゃべろうとした。でも彼女は乗せられはしなかった。オスカーいる？　彼女が言うのはそれだけだった。土星みたいに冷たかった。

最近おれは自問せずにはいられない。なんでおれはあんなに怒ったんだ？　あの太った負け犬のオスカーが走るのをやめたからか、それともあの太った負け犬のオスカーがおれに反抗したからか？　そしておれは思う。やつにとってはどっちがキツかったんだろう？　おれが本当の友達じゃなかったことか、それとも友達のふりをしていたことか？

それだけで終わりのはずだった。太った野郎と大学三年のときルームメイトだった。たったそれだけ。でもそれからオスカーは、あのバカは恋に落ちることにした。そしておれはオスカーと一年付き合うはずが、このクソ野郎と生涯付き合うことになった。

サージェント（米の画家（一八五六―一九二五）。上流社交界の描写を得意とする）の肖像画、『マダムX』を見たことがあるかい？　もちろんあるよな。オスカーはそれを壁に貼っていた――『ロボテック』や、『AKIRA』のポスターと一緒に。鉄雄の載っているやつで、「ネオ東京崩壊寸前」と書いてあった。

彼女は『マダムX』ぐらいのすさまじくいい女だった。でもものすごくイカれてもいた。もしその年ディマレストに住んでいたら、あんたもお目にかかっていたことだろう。ジェニ・ムニョスだ。ニューアーク東部出身のプエルトリコ系の女の子で、スペイン語地区育ちだった。おれが初めて会った本気のゴスの子だ——おれたち黒人が、しかもゴスっていうのは一九九〇年代にはなかなかなかった——でもプエルトリコ系のゴスというのも、黒人系ナチぐらい奇妙な存在だった。ジェニが彼女の本名だったが、ゴス仲間はみんなラ・ハブレセって呼んでいた。そしておれみたいな一般人のことは、この魔女《ディアブラ》は相手にもしていなかった。彼女は**光輝いていた**。美しく野性的《ヒバラ》な肌をしていて、顔立ちはダイヤモンドのように鋭く、髪は漆黒のエジプト風にしていて、目はアイライナーできっちり縁取られていた。唇は黒く塗られ、胸は見たこともないくらい巨大でまん丸だった。この子にとっては毎日がハロウィーンで、本当のハロウィーンには彼女は——ご想像通り——SMの女王様の格好で、音楽専攻のゲイの男を革紐に繋いで連れていた。それにしても、あんないい体は見たことがなかった。おれすら最初の学期は彼女に夢中だったくらいだ。でもあるときダグラス図書館で口説こうとすると彼女はおれを笑った。笑うなよ、とおれが言うと彼女は訊ねた。なんで？

　あのクソ女。

　まあとにかく、彼女こそ運命の相手だと決めつけたのは誰だと思う？　彼女がジョイ・ディヴィジョン（英のポストパンク・ロックバンド（一九七六—八〇）。ニュー・オーダーの前身）を部屋でかけていると聞き、驚いたことに自分もジョイ・ディヴィジョンが大好きだという理由で彼女に首ったけになったのは誰だと思う？　もちろんオスカーだ。初めのうちやつはただ彼女を遠くから見てジェニの言語を絶する完璧さについてぶつぶつ言っているだけだった。おまえには無理だろ、おれは辛辣に言ったが、オスカーは肩をすくめてコンピュータの画面に向かって言った。僕にとっては誰だって無理さ。そんなこと忘れていたが、一週間後おれはオスカーがブラウアー食堂でジェニにアタックするのを見た！　おれは仲間と一緒で、やつらがニューヨーク・ニックスについてぼやいているのを聞きながら、オスカーとラ・ハブレセが温かい料理の列に並んでいるのを眺め、彼女がオスカーを撃退する瞬間を待ちつつ、もしおれが喰らったのが火あぶりだとしたら、さしずめオスカーなんか**蒸発**させられちまうだろうなんて考えていた。もちろんやつは体当たりで、いつものように『バトル・オブ・ザ・プラネッツ』（日本のSFテレビアニメシリーズ『科学忍者隊ガッチャマン』（一九七二—七四）を翻案した米のSFテレビアニメシリーズ（一九七八—八五））についてペラペラまくしたてていた。オスカーの顔を汗が流れ落ち、ジェニはお盆を持ったまま、うさんくさいなという目でやつを見ていた——そんな目で見ながらチーズのフライをお盆から落とさずにいられる女の子はそんなにいなかったし、だからこそみんなラ・ハブレセに夢中なのだった。彼女は歩き出し、オスカーは凄まじい大声で叫んだ。またしゃべろうね！　彼女はすぐに、**そうね**、と返事をしたが、その言葉はかなり皮肉っぽく響いた。

おれは手を振ってやつを呼んだ。で、うまくいったかい、ロミオ？

オスカーは下を向き自分の手を見ていた。僕、恋しちゃったみたい。

なんで恋しちゃえるんだ？　あの女とちょっとしゃべっただけだろ。

あの女なんて言うなよ。暗い声でオスカーは言った。

そうそう、メルヴィンが真似て言った。あの女なんて言うなよ。

オスカーを叱りつけるべきだった。なにしろぜんぜんやめようとしないのだ。オスカーは我が身をまったく省みることなくジェニにアタックし続けた。廊下で、トイレのドアの前で、大食堂で、バスで。やつはまさに**神出鬼没**だった。なんとジェニの部屋のドアにマンガをピンで留めさえした。

おれの考える世界では、オスカーみたいなダサいやつがジェニみたいな女の子にアタックすれば、デイジー叔母《ティア》さんの切った家賃の小切手より早く不渡りで戻ってくるはずだった。だがジェニの脳が壊れていたか、それとも本当にデブのオタク好きだったに違いない。というのも二月の終わりごろにはジェニはオスカーを丁寧に扱うようになっていたのだ。おれは心の準備もままならぬうちに、なんと二人が一緒にいるのを見てしまった！　公衆の面前で！　おれは自分の目がとても信じられなかった。そしてとうとうその日が来た。創作科の授業からおれが戻ると、ラ・ハブレセとオスカーがおれたちの部屋で坐っていたのだ。二人はただ、アリス・ウォーカーとかについてしゃべっていた。それにしても、だ。オスカーはまるでたった今ジェダイ騎士団への参加を求められたみたいに見えた。ジェニの笑顔は美しかった。そしておれは？　言葉を失っていた。ジェニは確かにおれを覚えていた。愛らしい作り笑いを浮かべた目でおれを見ると言った。あなたのベッドに坐ってちゃだめ？　ジェニのニュージャージー訛りを聞いたら、おれは軽口をたたく気もすっかりなくなっちまった。

いいよ、おれは言った。トレーニング用のバッグを持って急いで部屋を飛び出した。

ウェイトトレーニング室からおれが戻ると、オスカーはコンピュータに向かっていた――新しい小説の十億ページ目を書いているところだった。

おれは言った。で魔女とはどうなった？

別に。

じゃ二人で何話してたんだよ？

言い添えておくべきことがある。やつの話し方を聞いて、おれがジェニに火あぶりにされたことをオスカーが知っているとわかった。あの女。おれは言った。まあ、うまくいくといいな、ワオ。あの子がおまえをベルゼブブ（聖書等に登場する異教の神。ヘブライ語で「蠅の王」ないし「糞山の王」）へ生け贄として差し出さないよう祈ってるよ。

三月中ずっと二人は仲良くしていた。おれは気にしないようがんばったが、三人とも同じ寮に住んでいる以上、それは難しかった。あとでロラが教えてくれたことだが、二人は一緒に映画にまで行き始めていたらしい。『ゴースト／ニューヨークの幻』（米の恋愛映画（一九九〇）。愛する人が幽霊になるという話）を見て、それからあのひどい『ハードウェア』（英のSF映画（一九九〇）。世紀末の描写に特色があるカルト的作品）も見たそうだ。そのあとフランクリン・ダイナーに行き、そこでオスカーは三人前食べないようにものすごくがんばった。このあほらしい成り行きについておれはほとんど知らなかった。おれは外で女を追いかけているか、玉突きをしているか、週末仲間と外出していたのだ。あんなにいい女とオスカーが一緒に過ごしているのが気にくわなかったかって？　もちろんさ。オスカーとの関係ではおれは金田のほうだといつも思ってきたが、今や鉄雄だった。

オスカーの前でジェニは情熱的に振る舞った。腕を組んで歩きたがり、チャンスがあればすぐやつに抱きついた。オスカーに崇拝されるというのは、ちょうど新しい太陽に照らされているようなものだった。宇宙の中心でいることが彼女は気に入っていたのだ。ジェニは自作の詩をすべてオスカーに読み聞かせ（あなたこそミューズのなかのミューズだ、おれはオスカーがそう言うのを聞いた）、つまんないスケッチを見せ（なんとオスカーはそれをおれたちの部屋のドアに掛けていた）、自分の全人生をオスカーに話した（律儀にもオスカーはそれを日記に書き記した）。叔母さんと住んでいるのは、七歳のとき母親が新しい夫と住むためにプエルトリコに行ってしまったから。十一歳のときからグリニッチ・ヴィレッジに出かけていた。大学に入る前の年は、一年間不法占拠した家に住んでいた。その家は水晶宮殿と呼ばれていた。

本当におれはオスカーに内緒でやつの日記を読んでいたのかって？　当たり前だろ。

ああ、でもあんたもオスカーを見ておくべきだったな。やつはすっかり見ちがえるほどだった。まさに愛は人を変える、ってやつだ。身なりに気を遣うようになり、毎朝シャツにアイロンをかけだした。クローゼットから侍の使うような木でできた刀を掘り出し、早朝ディマレストの芝生に立って、上半身裸で、想像上の敵を十億人斬り殺していた。しかもまた走り出しさえした！　まあ、軽いジョギング程度だが。なるほど、走れるように**なった**ってわけだ、おれが嫌みを言うと、やつはさっと手を挙げておれに挨拶しながら、どうにかこうにかおれの側をすり抜けていった。

ワオのためにおれは喜んでやるべきだったんだろう。つまりだ、正直言って、オスカーがちょっとうまくいっているからってやつを妬むなんて、おれはどういうやつなんだろう？　おれのほうは一人でも二人でもない、三人の美女と**同時に**ヤッていて、それとは別口でパーティとかクラブとかで引っかけるその場限りの女たちもいるって状態なのに。おれなんてオマンコ過剰なのに、だ。でももちろんおれはあの野郎に嫉妬した。おれみたいにどんな愛情も注がれずに育ったやつの心は、何にもまして手に負えない。当時もそうだったし、今もそうだ。オスカーを励ましてやるかわりに、やつがラ・ハブレセといるのを見るといつもおれは顔をしかめた。女性について知っていることをやつにも教えてやるかわりに、おれはオスカーに気をつけろと言った――言い換えれば、おれはプレイボーイが大嫌いだった。

おれ自身が誰よりもプレイボーイだったのにだ。

おれはエネルギーを浪費するべきじゃなかった。ジェニはいつも何人もの男の子に口説かれていた。そのなかでオスカーは彼女にとって中休みでしかなかった。そしてある日おれは、ディマレストの芝生でジェニが背の高いパンク野郎と喋っているのを見た。いつもディマレストをうろついていたやつで、と言っても住人じゃなかったが、ヤラせてくれる子となら誰とでも付き合った。ルー・リードみたいに痩せていて傲慢だった。やつがヨガの真似をすると、ジェニは笑っていた。二日も経たないうちにおれはオスカーがベッドで泣いているのを見つけた。おい、おまえ、ウェイトベルトをいじりながらおれは言った。いったいどうしたんだい？

ほっといてくれよ、やつはうなるように言った。

あいつにコケにされたのか？　な、コケにされたんだろ？

ほっといてくれよ、オスカーは叫んだ。**ほっ。といて。くれよ。**

いつもの通りの成り行きになるんだろうと思った。一週間ほどぼんやりして、それからまた書き始める。オスカーにとっては書くことが支えだった。でもいつもの通りにはならなかった。やつが書くのをやめたとき、何かがおかしいと気づいた――オスカーが書くのをやめるなんて今までまったくなかった――おれが浮気好きなくらい、オスカーは書くことが好きだったのだ――やつはただベッドに寝てSDF―1（『ロボテック』に登場する宇宙戦艦。SDFは「超時空要塞」の略称。人型に変形可能）をじっと見ていた。十日間も錯乱状態で、その間ずっとたわごとを言い続けた。みんながいいセックスしたいと夢見るように、僕は忘れ去ることを夢見てる、とかだ。それでちょっと心配になった。だからおれはマドリッドにいるオスカーの姉貴の電話番号を写して、こっそり電話した。うまく通じるまで五回はかけ直したし、その間に二百万回はオーケー《バレ》なんて言われた。

何なの？

切らないで、ロラ。オスカーのことなんだ。

ロラはその夜オスカーに電話して、どうなっているのか訊いた。そしてもちろんやつはしゃべった。すぐ横におれが坐っているのにだ。

ロラは命令した。ねえ、**忘れなきゃ**だめよ。

忘れられないんだ。オスカーはべそをかいた。心がずたずたなんだ。

それでもよ。といった会話が続き、やっと二時間しゃべったあと、オスカーはがんばってみる、と約束した。

ほら、オスカー。二十分ほどやつにうじうじする時間を与えたあと、おれは言った。一緒にテレビゲームでもしようぜ。

やつは首を横に振り、動こうとしなかった。もうストリート・ファイターはやらない。

どうしたらいい？　後でおれはロラに電話してそう言った。

わかんない。ロラは言った。ときどきそんなふうになることがあるの。

おれはどうしてたらいいかな？

ちゃんとオスカーのことを見ててくれる？

それは無理だった。二週間後、ラ・ハブレセはオスカーに友軍攻撃をしかけたのだ。オスカーは、彼女がパンク野郎を「もてなして」いるところに訪ねていってしまった。二人は裸で、もしかしたら血が出たりもしていたのかもしれない。出て行って、とラ・ハブレセが言う間もなくオスカーは逆上した。彼女を売春婦と呼び、壁に向かって当たり散らした。ポスターを破りまくり、本を四方八方に投げつけたのだ。そのことにおれが気づいたのは、白人の女の子が駆けてきてこう言ったたからだ。すいませんけど、おたくのイカれたルームメイトがキレて暴れてるんです。で、おれは走って階段を上り、やつにヘッドロックを食らわせなければならなかった。オスカー、おれはどなった。落ち着け、**落ち着くんだ。放してくれよ。**やつは金切り声で叫び、おれの足を踏みつけようとした。

本当にひどい状態だった。パンク野郎はと言えば、どうやら窓から飛び出してそのままジョージ通りまで走っていったようだった。素っ裸でだ。

これがディマレストだった。息つく暇もありゃしない。

手短に言うと、オスカーは寮から追い出されないよう、カウンセリングを受けるはめになった。そして用もないのに二階に行くのを禁じられた。それでも今や寮に住む全員がオスカーのことをひどい精神錯乱だと思うようになった。特に女の子たちはオスカーを避けた。一方ラ・ハブレセだが、彼女はもう卒業の年だったので、一ヶ月後、川沿いの寮に移されることで決着がついた。その後、彼女のことは一度しか見ていない。おれがバスに乗っていると彼女は道を歩いていて、例の女王様のブーツ姿でスコット・ホールに入っていった。

そんなふうにして一年が終わった。オスカーは希望を失い、コンピュータのキーを叩き続け、おれは廊下で、ミスター・クレイジーと住むのはどんなもんかと訊かれ、おれに尻を蹴られるのはどんなもんかと訊き返した。気まずい数週間だった。寮の更新の時期になっても、おれもオスカーもその話はしなかった。仲間たちはまだママの揺りかごでもたもたしていたから、おれはまた籤を引いて運試ししなければならなかった。すると今回おれは大当たりを引いて、フリーリングハイゼンの一人部屋に入れることになった。ディマレストから出て行くとオスカーに言うと、やつはびっくりした顔をするあいだだけ鬱状態から抜け出した。やつは何か別のことを予想していたようだった。それがわかっておれは――口ごもった。でもおれが何か言う前にやつは言った。いいんだよ。そしておれがむこうを向きかけると、オスカーはおれの手を握り、すごく礼儀正しく上下に振った。ご一緒できて光栄でした。

オスカー、おれは言った。

何か兆候はあったかと皆は訊く。兆候は？ もしかしたらあったのに、それについておれが考えたくなかっただけかもしれない。もしかしたらなかったのかもしれない。そんなことどっちだっていいよ。そのとき分かってたのは、今まで見たことがないくらいオスカーが不幸そうだったということだけだ。でもおれはどこかで、そんなこと知るか、と思っていた。前に地元の町から出たいと思っていたのと同じくらい、そこから出たいと思っていた。

ルームメイトとしての最後の夜、オスカーはおれが買ってやったシスコのオレンジのやつを二本飲み干した。シスコって覚えてるかい？ 別名、液体コカインと呼ばれてたワインだ。この下戸の男がどれだけ**イカれた**状態だったかわかるだろ。

わが童貞に乾杯！ オスカーは叫んだ。

オスカー、やめろって。そんなこと誰も聞きたくないんだから。

そうだよな、みんな僕をただ**じろじろ見たい**だけさ。

ほら、落ち着け《トランキリサテ》よ。

オスカーはうなだれた。僕は申し分ないよ。

申し訳ないなんてことないよ。

僕は**申し分ない**って言ったのさ。オスカーは首を振った。みんな僕を誤解してるよ。

ポスターも本も全部荷造りされていたので、もしオスカーがあんなに不幸そうな顔をしていなかったら、同室になった初日といってもおかしくない部屋になっていた。実際の初日にはオスカーは興奮していて、おれをフルネームで呼び続け、終いにおれはこう言った。ユニオールだよ、オスカー。ただユニオール。

やつと一緒にいるべきだってことはおれもわかっていた気がする。あの椅子に腰を落ち着けて、大丈夫、あんなことどうでもよくなるさってオスカーに言ってやるべきだった。でもそれは二人で過ごす最後の夜だったし、おれはやつには心底うんざりしていた。ダグラスにいるインド人の女の子とがんがんやって、マリファナ吸って、眠りたかった。

さらば。出て行くおれにオスカーは言った。さらば！

そしてオスカーはこんなことをした。三本目のシスコを飲み干し、ふらつきながらニューブランズウィックの駅まで歩いて行った。駅の正面はぼろぼろで、長い曲線を描く線路がラリタン運河の上高くに伸びていた。真夜中でも駅の中に入りこみ、線路の上を歩いて行くのはたやすかった。そしてオスカーはそうしたのだ。よろめきながら河のほう、十八号線のほうに向かった。やつの足下でニューブランズウィックの街はどんどん下がっていき、ついに上空二十五メートルの高さの場所にたどり着いた。二十五メートルぴったりだ。後で彼が覚えていたところによれば、オスカーはその橋の上でかなり長いこと立っていた。下を行き交う自動車の明かりの筋を見ていたのだ。そして惨めな人生を振り返っていた。違う体に生まれていたらよかったのにと思った。もういろんな本も書けないんだと残念に感じた。ひょっとしたら、考え直そうとがんばっていたのかもしれない。そして四時十二分のワシントン行き特急の警笛が遠くから聞こえてきた。そのころにはオスカーはもう立っていられなくなった。目を閉じ（閉じていなかったかもしれない）そして開けると、アーシュラ・ル＝グィン（米の小説家（一九二九―）。文化人類学やフェミニズム理論等を下敷きにした作風で知られる）の作品からそのまま出てきたような何かが側に立っていた。あとでオスカーがそれを説明するときには、黄金のマングースと呼んでいた。でも、マングースなんかではないことはオスカーにもわかっていた。それはとても穏やかで、とても美しかった。黄金に縁取られた、相手を射抜くような目は、非難でも叱責でもない、それよりはるかにおそろしい何かをたたえていた。二人は見つめ合った――それは仏教の信者のように落ち着いていて、オスカーは信じられない気持ちでいっぱいだった――それからまた警笛が聞こえてきて、オスカーの目がパッと開く（あるいは閉じる）とそれは消えていた。

やつは一生のあいだ自分の身にこんなことが起こるのを待っていた。魔法や神秘の世界に生きたいとずっと思っていたのだ。だがその啓示を心にとどめ、生き方を変える代わりに、あのクソ野郎は傲慢にも首を振った。今や電車は近づいていた。そして勇気をなくしてしまう前に、オスカーは下の暗闇に身を投げた。

オスカーはもちろんおれにメモを残していた（その下には姉、母親、ジェニあてのそれぞれの手紙もあった）。いろいろとありがとう、ユニオール、と書いてあった。本もゲームもビデオも特別な十面体ダイスもあげます。おれと友達でいられてよかったと書いてあった。そして最後に署名していた。君の友達《コンパニェロ》、オスカー・ワオ。

もしも予定通り十八号線の上にオスカーが落ちていたら、それで永遠に終わりだっただろう。でも酔って混乱したおかげでやつの計算が狂ったに違いない。あるいはもしかしたら、やつの母ちゃんが言っていたように、オスカーは神に見守られていたのかもしれない。なにしろやつは十八号線の車線を外れ、中央分離帯に落ちたのだ！　それだって十分なはずだった。十八号線の中央分離帯っていうのは、コンクリート製のギロチンみたいなものだったから。それでやつは一巻の終わりだったはずだ。腸が紙吹雪みたいに飛び散ってね。でもやつが落ちた先は中央分離帯植栽という、低木が植えられたりしているやつで、さらにオスカーはコンクリートではなく、ちょうど耕したばかりの黒土の上に落ちた。オタクの天国で気づく代わりに——どのオタクも五十八人の処女とロールプレイング・ゲームできるという天国だ——やつはロバート・ウッド・ジョンソン病院で目覚めた。両脚を骨折し片方の肩が脱臼していて、気分はまるで、そうだな、ニューブランズウィックの鉄道橋から飛び降りたみたいな感じだった。

もちろんおれも病院にいた。オスカーの母ちゃんもゴロツキみたいな叔父さんもいた。叔父さんは定期的にトイレに行っては麻薬を鼻から吸っていた。

オスカーはおれたちを見た。そしてこの阿呆はどうしたと思う？　むこうを向いて泣いたのだ。

オスカーの母ちゃんはやつの大丈夫なほうの肩を叩いた。あたしが本気で叱ったら泣くぐらいのことじゃすまないからね。

次の日ロラがマドリッドから着いた。ロラが口を開く前に、母ちゃんはいわゆるドミニカ式の挨拶をおっ始めた。で、あんたやっと帰ってきたわけね。弟が死にかかって。こんなことになるとわかってたら、あたし、とっくのとうに自殺してたわ。

母親を無視し、おれを無視してロラは弟のそばに坐り、やつの手を取った。

ミスター、ロラは言った。大丈夫？

オスカーは首を横に振った。**ぜんぜん。**

そのときから長い長い時間が経ったが、ロラのことを考えると病院での初日の姿が浮かんでくる。ニューアークの空港から直接来たばかりで、目の周りは真っ黒、髪はバッカスの巫女みたいにもつれていた。それでも現れる前に少し時間を取り、口紅を引いたりして化粧していた。

おれはちょっとした活力を求めていた――病院でさえ、隙あらばナンパしようと試みた――でもロラはおれを叱りつけた。どうしてちゃんとオスカーの世話をしてくれなかったの？　ロラは訊ねた。どうして？

四日後、家族はオスカーを家に引き取った。そしておれも自分の生活に戻った。一人ぼっちの母親のもとへ、荒廃したロンドン・テラスへ向かったのだ。もしおれがオスカーの本当の友達だったら毎週のようにパタソンを訪ねたんだろうと思う。でもそうはしなかった。何て言えばいいんだろう？　夏真っ盛りだったし、おれは新しい女の子を二人ほど追いかけ回していたし、それにアルバイトもあった。時間もなかったが、実際のところはなによりその気《ガナス》がなかった。それでもなんとか二度ほど、オスカーの様子を訊ねる電話はした。それだって相当の負担だった。やつの母ちゃんかロラが、オスカーは死にました、なんて言うんじゃないかと思っていたからだ。でもそんなことはなかった。自分は「生まれかわった」んだとオスカーは言っていた。自殺を試みることもなかった。

やつはたくさん書いていたし、それはどんな時でもいい兆候だった。おれはドミニカのトールキンになるんだ、とオスカーは言った。

　おれがオスカーの家に立ち寄ったのは一度きりだった。パタソンまで浮気相手《スシアス》の一人に会いに行ったのだ。もともとの予定に入れてはいなかったのだが、なんとなく車を走らせていて、ガソリンスタンドで停車して、電話をして、気づいたらオスカーが育った家にいた。オスカーの母ちゃんは病状がとても悪くて、部屋から出てこれなかった。オスカーは今まで見たなかでいちばん痩せていた。自殺がおれには効くみたい、やつは冗談を言った。やつの部屋はやつ自身よりオタクっぽかった。そんなことあり得るとすればだが。XウィングとTIEファイター（いずれも『スター・ウォーズ』シリーズに登場する宇宙戦闘機のこと）が何機も天井からぶら下がっていた。やつが最後に付けていたギプスに書いてあるサインのうち、本物はおれのとロラのだけだった（右脚の骨折のほうが左脚よりひどかった）。他には思いやりに満ちた様々な慰めの言葉が添えられた、ロバート・ハインライン、アイザック・アシモフ、フランク・ハーバート、サミュエル・ディレーニー（いずれもSFの黄金時代を築き上げた小説家たち）のサインがあった。ロラはおれがいることに気づいておらず、だから開いたドアの側を彼女が通りながらこう大声で言ったとき、おれは笑ってしまった。役立たず《ラ・ムダ》の調子はどう？

　ロラはここにいるのが嫌なんだ。オスカーが言った。

　パタソンの何が悪いんだ？　おれは大声で訊ねた。なあ、役立たず、パタソンの何が悪いんだ？

　全部よ、ロラは廊下から叫んだ。彼女は短めのランニング用短パンをはいていた――ロラの脚の筋肉がぴくぴく動くのを見られただけでも、わざわざここまで来たかいがあった。

　おれとオスカーはしばらくのあいだ部屋で坐ったまま、特にしゃべらなかった。おれはやつの本やゲームをじっと見ていた。オスカーが何か言うのを待っていた。やつだって、あのことをおれがそのまま流すわけないとわかっていたはずだ。

バカだったよ。とうとうオスカーは言った。もっとよく考えるべきだった。

本当にそのとおりだよ。いったい何を考えてたんだ、オスカー？

オスカーはみじめっぽく肩をすくめた。他にどうしていいかわからなかったんだよ。

なあ、おまえだって死にたくはないはずだ。よく聞けよ。女がいないっていうのは最低だ。でも死ぬっていうのはその十倍も最低だよ。

そんなふうな感じで三十分ぐらい話した。気になったことが一つだけあった。おれが部屋を出る直前にオスカーが言ったのだ。僕があんなことをしたのは呪いのせいだよ。

おれはそんなこと信じてねえぞ、オスカー。そんなの親の世代のたわごとだろ。

僕たちの世代だって同じさ。


オスカーは本当に大丈夫なのか？　おれは家から出がけにロラに訊ねた。

そう思う、ロラは言った。製氷皿に蛇口から水を入れていた。春にはディマレストに戻るって言ってるの。

それはマズくないか？

しばらくロラは考えていた。ロラはそういうやつなのだ。大丈夫だと思う。ロラは言った。

そう言うならいいや。おれはキーを取り出した。でフィアンセは元気？

元気よ、ロラは素っ気なく言った。まだスリヤンとは続いてるの？

彼女の名前を聞くだけでうんざりした。ずっと前に別れたよ。

これが理想世界だったら、おれは製氷皿越しにロラにキスをして、それで二人の抱えた問題は解決ということになっただろう。でもおれたちが住んでいる世界はそんなじゃないってことは、あんたも知ってるはずだ。おれたちは中つ国（『指輪物語』等の舞台となる架空の世界。トールキンは聖書の神にならって中つ国を「準創造」した）の住人じゃない。おれはただうなずいて言った。じゃあな、ロラ。そして車で帰った。

それでお終いのはずだった。だろ？　おれの知り合いのオタクが自殺未遂をしたっていう思い出話。ただそれだけ。だが結局のところ、デ・レオン家ってのは、そう簡単には縁を切ったりできない一族だった。

大学四年になって二週間も経たないころ、やつがおれの寮の部屋に現れたのだ！　自分が書いたものを持ってきて、おれが書いたものも読ませてくれなんて言い出しやがった！　おれは信じられなかった。最後におれが聞いたところでは、オスカーは自分が通った高校で代用教員をやりながらそっちのバーゲン・コミュニティカレッジで授業をとるつもりだって話だった。なのにやつは今ここで、おれの部屋のドアのところで、おどおどと青いフォルダーを持って立っていた。やあやあごきげんよう、ユニオール、やつは言った。オスカー、信じられない気持ちでおれは言った。やつはさらに痩せていて、髪をきちんと切り、ヒゲをちゃんと剃ろうとがんばっていた。まさかという感じだったが、オスカーは小ぎれいだった。もっともいまだスペースオペラの話はしていたが——四部作になる予定の小説のうち最初の一冊を書き上げたところで、完全にその作品に取り憑かれていた。この作品が命取りになるかもしれないな、オスカーはため息をつき、そして我に返った。ごめん。もちろんディマレストの誰もやつと同室にはなりたがらなかった――びっくりだよな（寛容なんて言ってもこれくらいのもんだ）――だからオスカーが春に寮に戻ったときには、二人用の部屋を一人で使うことになった。だからって役立てられそうにもないけど。オスカーは冗談を言った。

きみの体育会系の厳しさがなくなったらディマレストも変わっちまうだろうな。オスカーは淡々と言った。

おう、おれは言った。

余暇の折にはぜひパタソンの家まで来てよ。面白い日本のアニメが大量にあるからさ。

そうするよ、おれは言った。そうするよ。

おれは一度も行かなかった。忙しかったのだ。いや本当に。玉突きをして、成績を上げ、卒業できるようがんばっていた。それに、その秋には奇跡も起こった。スリヤンがおれの部屋に現れたのだ。今まで見たことがないほどきれいになっていた。もう一度やり直してみない？　もちろんおれは言った。ああ。そして二人で出かけ、その夜にはもうチンポコ《クエルノ》をスリヤンの中に入れていた。ああ神様《ディオス・ミオ》！　最後の審判までオマンコにありつけないやつもいるってのに、おれは嫌って言ってもオマンコのほうが放っておかないんだから。

おれがたいして相手にしていないのにもかかわらず、オスカーはときどきやってきた。新しく書いた章や、バスや道端やクラスで新たに見つけた女の子の話をたずさえて。

昔通りのオスカーだな、おれは言った。

ああ、オスカーは弱々しく言った。昔通りの僕さ。

ラトガーズ大学は以前からイカれた場所だったが、その最後の秋は特にひどかった。十月にはおれがリヴィングストンキャンパスで知り合った一年生の女の子たちが何人も、コカインの取り引きで逮捕された。ぽっちゃり《ゴルディタス》していてすごくおとなしい四人だった。おとなしい奴らにこそ気をつけな《ロス・ケ・メノス・コレン、プエラン》ってやつだ。ブッシュキャンパスでは、くだらない行き違いを巡ってラムダとアルファの会員が喧嘩をした。そして何週間か、ラテン系黒人同士の戦争だ、なんて噂が飛び交ったが、結局は何も起こらなかった。みんなパーティをしたりセックスしたりするのに忙しくて、殴り合ってる暇なんてなかったのだ。

その冬には、おれが寮の部屋に腰を据えて、短篇を書き上げるなんてこともあった。そんなに悪い短篇じゃなかった。ドミニカでおれの家の裏にある中庭《パティオ》に住んでいた女の人の話だった。みんなはその人のことを売春婦だって言ってたけど、母ちゃんや祖父ちゃん《アブエロ》が働きに行っているあいだ、その人がおれや兄の面倒を見てくれた。教授は信じられないほどすばらしいと言った。おれは得意だった。その短篇では誰も撃たれないし、誰も刺されない。だが、それはどうということもなかった。その年の創作の賞は一つも取れなかった。ちょっとは期待してたけれども。

そして期末試験がやって来た。で、なんと誰と出くわしたと思う？ ロラだ！ もうちょっとでロラだとわからないところだった。髪は変に長くて、安物のゴツいメガネをかけていたからだ。ちょうどオルタナティヴ系の白人女子がかけているようなやつだ。手首には銀の腕輪をじゃらじゃら付けていて、それだけで王室の誰かが誘拐されても身代金を払えそうだったし、デニムのスカートからはちょっとマズいくらい脚が出ていた。ロラはおれを見るとぎゅっとスカートを引っ張り下ろしたが、そんなに改善はされなかった。おれたちはE系統のバスに乗っていた。おれはまったくどうでもいい女の子に会った帰りで、ロラは友達のための下らないお別れパーティに向かう途中だった。おれがロラの隣に腰を下ろすと彼女は言った。元気？　ロラの目は信じられないほど大きくて、何の含みもなかった。はっきり言えば、何の期待も込められていなかったのだ。

どうしてた？　おれは訊ねた。

元気よ。あなたは？

冬休みの準備をしてるぐらいかな。

メリー・クリスマス。そう言うと、デ・レオン家の一員らしく、ロラはまた本を読み始めた！

おれはその本を覗いてみた。日本語入門。いったい何勉強してるんだよ？　もう外国には行っただろう？

来年日本で英語を教えるの。ロラは淡々と言った。きっと**スゴい**体験になると思う。

教えようと思ってるとか**申しこんだ**じゃなく**教えるの**だった。日本だって？　おれはちょっと意地悪っぽく笑った。ドミニカ人が日本まで行って何するって？

そうね。ロラは言い、イライラしながらページをめくった。**ニュージャージー**にいれば**誰もどこにも**行きたいなんて思う必要ないわよね。

しばし二人とも黙っていた。

そのいい方はないよな。おれは言った。

ごめんなさい。

さっき言ったように、もう十二月だった。おれの付き合っていたインド系の女の子、リリーはカレッジ通りでおれを待っていた。スリヤンもおれを待っていた。でもおれはそのどちらのことも考えていなかった。おれが考えていたのはその年、一度だけロラを見たときのことだった。ロラはヘンダーソン礼拝堂の前で本を読んでいた。ものすごく集中していて、そこまでしては体に悪いんじゃないかと思ったくらいだった。オスカーの話では、ロラは他の女友達数人とエディソンに住み、どこかの事務所で働いて、次の大きな冒険に備えているということだった。その日ロラを見ておれは挨拶したかったが、勇気がなくてできなかった。無視されるんじゃないかと思ったのだ。

おれはコマーシャル通りを見渡した。向こうのほう、ずっと遠くに十八号線の明かりが見えた。その瞬間こそおれにとって、これぞラトガーズだとこの後ずっと思えるような一瞬だった。前の席の女の子たちはクスクス笑いながら誰か男のことを話している。ロラの手はページの上で、その爪はクランベリー色に塗られている。おれの手はまるでお化け蟹みたいだった。うっかりすれば、二ヶ月後おれはロンドン・テラスに舞い戻るはめになるはずだったし、ロラは東京だか京都だか、どこでも自分が行きたい場所にいるはずだった。おれがラトガーズで出くわした女の子のなかで、おれがそれまでに出くわした女の子のなかで、おれにどうしても理解できなかったのはロラだった。それならどうしておれのことをいちばんわかってくれているのはロラだなんて感じたんだろう？　おれはスリヤンのことを考え、もう二度と口をきいてくれなくなるだろうなと思った。それに、自分がものすごく真面目になってしまうんじゃないかと思うと恐かった。だってロラとスリヤンは違っていて、ロラといると、今までなろうとしたこともないような人間にならなきゃいけなかったからだ。おれたちはカレッジ通りに着くところだった。最後のチャンスだ。だからおれはオスカーみたいに言った。夕食でもどう、ロラ？　パンティを脱がせようなんてしないからさ。約束する。

ええ、そうね。ほとんど引きちぎるみたいにページをめくりながらロラは言った。

おれはロラの手を握った。ロラは悔しそうな、見ていると心を締めつけられるような顔をした。まるでもうすでにおれのことを好きになりかけてしまっていて、自分でも一体全体なんでこんなことになったのかわからない、という顔だった。

大丈夫だよ、おれは言った。

ぜんぜん大丈夫じゃない。あんたはいつも**急すぎる**のよ。でもロラは手を引っこめなかった。

おれたちはハンディ通りにあるロラの家へ行った。そしてまさにいよいよというときに、ロラがストップをかけた。おれの両耳を摑んでマンコ《トト》から引っ張り上げたのだ。そのときのロラの顔をどうして今でさえ、こんなに何年も経ったのに忘れられないんだろう？　勉強で疲れ、睡眠不足でむくみ、荒々しさと傷つきやすさが混ざったその顔こそ、そのときもそれから後もロラそのものだった。

おれがこれ以上耐えられないと思うまでロラはじっとおれを見て、言った。私に嘘つかないでね、ユニオール。

つかないよ。おれは誓った。

笑わないでくれ。おれは純粋な気持ちでそう言ったのだ。

もう言うべきことはあんまりない。次のこと以外は。

その春、またオスカーと一緒に住むことにした。冬中ずっと考えてのことだった。最後の最後にも、あやうく気が変わりそうだった。ディマレストにあるやつのドアの前でおれは待っていた。午前中ずっと待っていたにもかかわらず、まさに最後の最後で、おれはほとんど逃げだしそうだった。でもそのとき階段からやつの声が聞こえてきた。オスカーが自分の荷物を運んで上ってきたのだ。

誰がいちばん驚いたのかはわからなかった。オスカーか、ロラか、おれか。


オスカーの話では、おれは手を挙げて言ったらしい。**メルロン**（『指輪物語』のシンダール語で「友」を表し、門を解錠する合い言葉）。その言葉をオスカーが理解するまで少しかかった。

メルロン、やつはようやく言った。


墜落《フォール》の後の秋《フォール》は暗かった（オスカーの日記にこう書いてあった）。暗かった。やつはまだ自殺しようかと考えていたが、いろんなことが怖かった。まずロラが、それに自分自身のことも。奇跡が起こる可能性も、無敵だった夏も怖かった。本を読み、文章を書き、母親と一緒にテレビを見た夏。やつの母親は断言した。もし何かバカなことをしでかしたら、一生あんたに取り憑いてやる。本気だからね。

わかってるよ、母さん。やつはそう言ったそうだ。わかってるよ。

その何ヶ月か、オスカーはよく眠れなかった。だから結局、母親の車で真夜中のドライブに出ることになった。家を出る度にオスカーは、もうこれが最後かもしれないと思った。所かまわず走った。キャムデンで迷った。おれが育った一角に行きあたった。ちょうどニューブランズウィックを走り抜けたのが酒場の閉まる時間で、みんなの姿を見たオスカーは胃が痛くなった。ワイルドウッドくんだりまで走ることもあった。やつがロラを救った喫茶店を探したが閉店していた。代わりの店が入ったりもしていなかった。ある晩オスカーはヒッチハイカーを乗せた。妊娠してものすごく大きなお腹をした女の子だった。彼女はほとんど英語をしゃべれなかった。グアテマラからの不法入国者で、ほほにあばたがあった。パースアンボイに行かなきゃならないんです。そしてわれらがヒーロー、オスカーは言った。心配しないで《ノ・テ・プレオクパス》。乗せていってあげるから《テ・トライゴ》。あなたに神のお恵みがありますように《ケ・ディオス・テ・ベンディガ》、彼女は言った。それでも必要なときにはいつでも窓から飛び降りる用意はできている様子だった。

何かのときのために、とやつは電話番号を渡した。でも彼女は一度も電話してこなかった。オスカーも特には驚かなかった。

幾晩かは、あまりにも長時間、あまりにも遠くまで運転したので、ハンドルを握りながら本当に眠ってしまうこともあった。ある瞬間、自分の作品のキャラクターについて考えていたかと思えば、次の瞬間にはうとうとしている。うっとりするような麗しく豊かな眠気で、そのまま完全に眠りこんでしまおうとするそのとき、最後の警報が響くのだった。

ロラ。

ただ目覚めるというだけで自分の命を救うのくらい気分のいいことはない（とオスカーは書いていた）。

第二部

なくてはならない人間なんていない。
でもトルヒーヨはかけがえがない。
トルヒーヨは人間ではないからだ。
彼は……無限の力だ……。
彼をありふれた同時代人と比べようとする者は間違っている。
彼は……特別な運命の下に生まれた人々の一員なのだ。

ラ・ナシオン

もちろん私はもう一度試してみた。一度目よりさらにバカげていた。十四ヶ月後、祖母《アブエラ》は言った。パタソンに帰りなさい、お母さんのところに。私は祖母の言葉が信じられなかった。ひどく裏切られたように思えた。私がそんな気持ちになったのは、あなたと別れるまでそのときだけだった。

でも帰りたくないのよ！　私は言い張った。ここにいたいの！

でも祖母は聞いてくれなかった。自分にできることは何もないというように両手を挙げた。あなたのお母さんも私もそうしたほうがいいと思ってるんだから、そうするのが正しいのよ。

でも私はそう思ってないでしょ！

ごめんなさいね。

人生ってそんなものだ。あなたがいくら幸せを集めても、まるでそんなの何でもないかのように消え去ってしまう。どう思うと聞かれれば、私は呪いなんてものはないと答えるだろう。あるのは人生だけ。それで十分だ。

私は大人げないことをした。部活をやめた。授業に行くのをやめ、女友達全員としゃべるのをやめた。ロシオとさえもだ。マックスにもう私たち別れましょうと言い、彼は眉間を撃たれたような顔をした。歩き去る私を彼は止めようとしたが、私は彼に向かって叫んだ。まるで母さんみたいに金切り声をあげた。すると彼は、感覚を失ったように手をだらりと下に落とした。私はマックスのためにこうしているんだと思っていた。必要以上に彼を傷つけないために。

　結局、最後の数週間、私はすっかり愚かになっていた。おそらく何より自分の身を消し去りたいと思っていたに違いない。だからそれを実行しようとしていたのだ。他の男と付き合ったりもした。それほど私は混乱していたのだ。相手は同級生の父親だった。いつも私を口説いてきた。娘がそばにいるときもだ。だから私は彼に電話をした。サント・ドミンゴで当てにできるものが一つある。交通信号でも法律でもない。

　セックスだ。

　それだけはいつもある。

　私は恋愛っぽいやりとりなんてすっ飛ばした。最初の「デート」でいきなりモーテルに行ってもいいと言った。彼は自惚れ屋の政治家《ポリティコ》、ドミニカ解放党の支持者《ペレディスタ》で、エアコンの効いた大きなSUV《ヒペタ》を持っていた。私がパンツを脱ぐと、こんなに嬉しそうな人見たことがないと思うほど大喜びだった。

　ただそれも私が二千ドルくれと言うまでのことだった。アメリカのお金でよ、私は強調した。祖母《アブエラ》が言っていたとおりだ。どのヘビも自分が噛むのはいつもネズミだと思っているものだ。ある日マングースに噛みつくまでは。

　それは私がまさに売春婦《プタ》として振る舞った瞬間だった。彼が金を持っていることは知っていた。

そうでなければ、そんなこと言いはしなかったろう。それに、彼から金を奪ったという感じでもなかった。全部で九回ほどもセックスしたのだから、私に言わせれば、彼は払った分より多くを得たはずだ。ことを終えると、そのままモーテルの部屋で私はラム酒を飲み、彼は小さな袋からコカインを吸った。彼は無口で、その点は楽だった。いつも終えたあと自分をすごく恥じていて、そのせいで私はすごくいい気分になった。この金は娘の授業料だとかぶつぶつ言っていた。ぶつぶつぶつぶつ。国から盗めばいいじゃない。微笑みながら私は言った。家の前で私を下ろしてくれるとき彼にキスしたのは、ただ彼が嫌がるのを感じたかったからだ。

最後の数週間、私がラ・インカに話しかけることはあまりなかったが、ラ・インカのほうはずっとしゃべりかけてきた。学校ではがんばりなさい。時間があったら訪ねてきなさい。自分の出身がどこだか忘れないようにしなさい。私の出発の準備は祖母が全部やってくれた。あまりに頭に来ていた私は、祖母のことは考えなかった。私が行ったあとどんなに悲しむかなんて。母が出て行って以来、祖母と暮らしたのは私だけだった。祖母は家を片付け始めた。まるで行ってしまうのは自分のほうだというように。

どうしたの？　私は言った。一緒にアメリカに来るの？

そうじゃないのよ。しばらく田舎《カンポ》に行こうと思って。

でも田舎《カンポ》は嫌いでしょ！

行かなきゃならないのよ、うんざりしたように祖母は説明した。しばらくのあいだだけだけど。

それからオスカーが急に電話してきた。私が戻ることになったので、仲直りするためだ。そろそろ家に戻ってくるんだってね。

どうかわかんないよ、私は言った。

早まったことするなよ。

早まったことするなよ、だって。私は笑った。自分の言ってること、わかってるの、オスカー？

オスカーはため息をついた。ちゃんとわかってるよ。

毎朝目覚めると、ベッドの下にちゃんと金があるか確認した。当時二千ドルあればどこへでも行けた。そしてもちろん私は日本やゴアに行こうと思っていた。ゴアについては学校で会った女の子が教えてくれた。そこも島なんだけどすごくきれいなの。彼女は私たちに断言した。サント・ドミンゴとは全然違う。


そしてそのあと、ついに母がやって来た。何ごとにしても私の母は、穏便に済ますということがなかった。普通のタクシーではなく、大きく黒いタウンカーで乗りつけ、近所《バリオ》の子供たちが全員、いったい何が始まるのかと集まってきた。母は彼らに気づかないふりをした。運転手はあたりまえのように母を口説こうとした。母は痩せてやつれていたので、私はそんなタクシー運転手《タクシスタ》が信じられなかった。

その人に構わないでよ、私は言った。恥ずかしいと思わないの？

母は悲しそうに首を振り、ラ・インカを見た。この子に何も教えてくれなかったのね。

ラ・インカは臆することなく言った。できる限りのことは教えたわよ。

そしていよいよその決定的な瞬間が訪れる。すべての娘が恐れている瞬間だ。母は私の全身を見回した。私は今までの人生でいちばんいい体型をしていた。今ほど自分のことを美しく魅力的だと思ったことはなかったのだ。そしてあのクソ女は何と言ったと思う？

まったく、あんたブサイクなんだから《コニョ・ペロ・トゥ・シ・エレス・フェア》。
それまでの十四ヶ月は――消え去った。まるでそんなもの最初からなかったように。

今や私も母親になり、彼女はそんなふうである以外どうしようもなかったとわかるようになった。それが母だったのだ。ことわざの通りだ。熟したバナナは青くはならない《プラタノ・マドゥロ・ノ・セ・ブエルベ・ベルデ》。人生の終わりが近づいてさえ、母は愛らしきものを私に示そうとはしなかった。母が涙を流したのは私のためでも母自身のためでもなく、オスカーのためだけだった。私の可哀想なオスカー《ミ・ポブレ・イホ》。母は泣きじゃくった。私の可哀想なオスカー《ミ・ポブレ・イホ》。少なくとも人生の最後になれば親も変わるはず、もっとましになるはずだと普通は思うものだ。でもうちはそうじゃなかった。

きっと私は逃げていただろう。アメリカに帰るまで、まるで稲の藁《パハ・デ・アロス》みたいにゆっくりゆっくり燃えながら待って、監視が緩んだらある朝私は消えているのだ。まるで母の前から父が消えて二度と現れなかったように。姿を消すあらゆるものがそうであるように、跡形もなく。そして私は遠くに住む。私は幸せに暮らすだろう。それは確かなことだ。そして決して子供は産まないだろう。私は日の光に照らされ、肌が黒くなるにまかせ、もう日陰に隠れたりしない。髪はぐちゃぐちゃになるにまかせる。そして母が道端で私とすれ違っても私だとは気がつかない。それが私の夢だった。でも、この数年間が私に教えてくれたことがあったとしたらこれだった。決して逃げられない。決して。出口なんてない。

そしておそらく、物事とはそういうものなのだ。

ああ、そうだ、私は逃げていただろう。ラ・インカがどうしようが、私は逃げていただろう。

でもそのときマックスが死んだ。

私は彼に全然会っていなかった。二人が別れた日から。可哀想なマックス、言葉では言い尽くせないほど私を愛してくれた人。セックスする度に**なんて幸せなんだ**と言ってくれた人。私たちは同じ階層だったわけでもないし、隣人同士でもなかった。ドミニカ解放党支持者《ペレディスタ》の運転する車でモーテルに向かう途中に、何度かサーッと通り抜けるマックスを見た気がした。真っ昼間のものすごい交通量の道を、フィルムの缶を脇に抱えて（私はリュックサックを買わせようとしたけれど、マックスはこうするのが好きなんだと言った）。勇敢なマックス、バンパーの間をすり抜けていくマックス。まるで歯の間を嘘がすり抜けていくように。

何が起こったかと言えば、ある日マックスは見込み違いをして――きっとひどく落ちこんでいたせいに違いない――シバオ行きのバスとバニ行きのバスの間でつぶされたのだった。マックスの頭は砕けて百万もの欠片になり、フィルムはほどけて道いっぱいに広がった。

私がそのことを聞いたのは、マックスが埋められたあとだった。彼の妹が電話をくれたのだ。兄はあなたを誰より愛してた、彼女は泣きじゃくった。誰より。

呪い、と言う人もいるかもしれない。

人生、私は言う。これが人生。

ここまで人が大人しくなるのを見たことがないだろう。私はドミニカ解放党支持者《ペレディスタ》から取った金をマックスのお母さんに渡した。マックスの弟のマクシムがその金で船を買い、プエルトリコに渡った。最後に聞いたところではマクシムはそこでうまくやっているらしい。マクシムは小さな店を経営していて、お母さんはロス・トレス・ブラソスにはもう住んでいない。私のマンコ《トト》が何かの役に立ったというわけだ。

　ずっと愛してるからね、祖母《アブエラ》は空港で言った。そしてむこうを向いた。

　私が泣き始めたのは、飛行機に乗ってからだった。バカみたいに聞こえるだろうけど、あなたに出会うまで、本当の意味では私は泣き止んでいなかったと思う。私は自分のしたことを後悔し続けた。他の乗客は私のことを気が変だと思ったに違いない。母に殴られるだろう、バカ《イディオタ》、間抜け《ブルタ》、ブス《フェア》、無礼者《マルクリアダ》と言われ席を変えさせられるだろうと思った。でも母はそうはしなかった。

　母は私の手に自分の手を重ねそのままでいた。前の席の女性が振り向き、静かにさせなさいよ、と言うと母は答えた。あんたの尻《クロ》を臭わないようにさせなさいよ。

　私は隣の席のお爺さん《ビエホ》をとても可哀想に思った。彼は自分の家族を訪ねて来たのだとわかった。小さなフェルト地のソンブレロ《フェドラ》を被り、きれいにプレスされたチャカバナ・シャツを着ていた。大丈夫だよ、お嬢さん《ムチャチャ》、彼は言い、私の背中をポンと叩いた。サント・ドミンゴはなくなったりしないよ。世界の始めから終わりまでずっとそこにある。

　まったく。母は言い、目を閉じて眠りこんだ。

第5章

かわいそうなアベラード

Poor Abelard

1944–1946

有名な医者

もしあの一家がそのことを語ることがあるとすれば――そんなことはまずないが――いつも同じところから始めるだろう。アベラードと彼が言ったトルヒーヨの悪口だ。[*22]

アベラード・ルイス・カブラルはオスカーとロラの祖父で、われわれみなが生まれる前、ラサロ・カルデナス（一八九五―一九七〇。メキシコの政治家。大統領を務めたのは一九三四―四〇年）が在任していた頃と一九四〇年代の半ばにメキシコシティで学んだ外科医だった。ラ・ベガではかなりの地位の人物だった。とても真面目で《ウン・オンブレ・ムイ・セリオ》、教育があり、しっかりとした《ムイ・エドゥカド・イ・ムイ・ビエン・プランタド》男。

＊22　違った形で語りはじめることもできるだろう。もちろんもっといいものも――自分ならどうすると言われれば、スペイン人が新世界を「発見した」ところから始める――もしくは、一九一六年にアメリカ合衆国がサント・ドミンゴを侵略したところからだ――けれどもデ・レオン家の人々がここから始めるのを選ぶのなら、彼らの歴史記述をおれが疑問視するなんてできやしない。

（もうこの話がどこへ向かっているかわかっただろう）。

大昔のそのころ——犯罪《デリンクエンシア》も銀行破綻も国外離散もないころ——カブラル家は国でも有数の家だった。サンティアゴのラル・カブラル家のように大金持ちだったとか、歴史的に重要だとかいうのとは違ったが、このカブラル家はケチな分家でもなかったのである。カブラル家は一七九一年からラ・ベガに暮らし、そこでは彼らは王族のようなもので、その邸宅は黄色い家《ラ・カサ・アマリジャ》やカム川《リオ・カム》と同等の目印となっていた。近所の人々はアベラードの父親が建てた十四の部屋のあるアトゥエイ邸[*23]について語った。頻繁な建て増しで不規則に広がった折衷様式の邸宅は、元になった石造りの中心部がアベラードの書斎に改築されていた。周りはアーモンドや背の低いマンゴーの木立に囲まれていた。サンティアゴには近代的なアールデコ様式のアパートもあり、週末にはアベラードはそこで家業に精を出した。新たに改装された馬小屋は優に一ダースの馬を飼える広さだった。そこにいる馬は六頭のベルベル種で、羊皮紙のような毛色をしていた。そしてもちろん、常勤の召使いが五人いた（隣国から来た人たち《ラヤノス》だ）。国の他の人々が石やキャッサバの欠片で暮らし、とぐろを巻く寄生虫たちを腹に住まわせていた当時、カブラル家の人々はパスタやイタリアのスイート・ソーセージを食べ、ベリーク磁器の皿に盛られた料理をハリスコ産の銀器ですくっていた。外科医の収入も大したものだったが、アベラードの有価資産（そんな言い方がもし当時あればだが）こそ、家族の富を生んでいる真の源だった。不快で怒りっぽい父親（すでに亡くなっていた）から、サンティアゴで繁盛しているスーパーマーケット《スペルメルカド》二つとセメント工場、北部地域にある一連の農場《フィンカ》の権利をアベラードは相続していたのだ。

もうお気づきかもしれないが、カブラル家の人々は恵まれていた。夏はプエルト・プラタにあるいとこの小屋《カバニャ》を借り、少なくとも三週間は街から逃げ出した。アベラードの二人の娘、ジャクリンとアストリッドは波のなかで泳ぎ遊んだ（しばしば白黒混血人の色素劣化疾患、すなわち日焼けに悩んだ）。そんな娘たちを用心深く見守る母親のほうは、もうこれ以上日焼けなどしたくなかったので、じっと傘の影から動けずにいた――そして父親のほうは、戦争のニュースを聞いていないときには海岸をぶらついていたが、その間も非常に集中した表情を浮かべていた。裸足で歩いていて、上着を脱ぎ、白いシャツとベスト姿だった。ズボンの裾はめくっていて、半ばアフロヘアの頭は優しげな松明《たいまつ》のよう、体つきは中年太りでふっくらしていた。ときどき貝の欠片や死にかけたカブトガニがアベラードの注意を引くと、彼は四つん這いになり、宝石細工師用のレンズで観察した。喜んでいる娘たちにも、驚いている妻にも、彼は糞の臭いを嗅いでいる犬に見えた。

シバオにはまだアベラードのことを覚えている人々がいる。その全員が言うだろう。彼は素晴らしい医者だっただけでなく、この国でも最も優れた知性の持ち主だったと。飽くなき好奇心を持ち、

＊23　もし忘れていたらいけないので言うが、アトゥエイはタイノ族のホー・チ・ミンだった。スペイン人たちがドミニカ共和国で最初の大虐殺を行ったとき、アトゥエイはカヌーでキューバに脱出し援軍を求めたのだ。その旅はおよそ三百年後マクシモ・ゴメスが行うことになった旅の先駆だった。アトゥエイ邸にアトゥエイの名が付いたのには訳があった。その建物は当時、ある司祭の子孫が所有していたと考えられており、その司祭というのが、スペイン人の手で火刑に処される直前のアトゥエイに洗礼を施そうとした人物だったのだ（薪の上でアトゥエイが言った言葉は伝説となった。天国に白人はいるのかい？　もしそうなら地獄に行ったほうがましだな）。だが歴史はアトゥエイには親切でなかった。今すぐにでも何かが変わらなければ、アトゥエイも仲間のクレイジー・ホースみたいになってしまうことだろう。異郷の地で、ビール瓶にラベルとして貼りつけられてしまうのだ。

恐ろしいほど優れていて、とくに言語や計算にかけては複雑なものも苦もなくこなした。彼はスペイン語、英語、フランス語、ラテン語、ギリシャ語に幅広く精通していた。稀覯本の収集家で、異国の抽象概念を論じ、『熱帯医学誌』に投稿し、フェルナンド・オルティス（一八八一—一九六九。キューバの民俗学者）流のアマチュア民俗学者でもあった。一言で言えば、アベラードは天才だった——彼が学んだメキシコではまったく稀な人材というわけではなかったが、崇高なるラファエル・レオニダス・トルヒーヨ・モリナ将軍の島では非常に稀な人材だった。彼は娘たちに読書を勧め、自分の仕事を継ぐ準備をさせた（娘たちは九歳になるまえにフランス語を話し、ラテン語を読んだ）。そして彼はあまりに学ぶことに熱心だったので、新たな知識さえあれば、それがどれだけ難解だろうが些細だろうが関係なく、バンアレン帯まで飛ぶことができた。父親の二度目の妻によって上品な壁紙がはられた家の応接間は、地元の賢人《トドロゴス》たちにとっていちばんのたまり場だった。夜を徹して議論が繰り広げられた。アベラードはそのお粗末な内容によく不満を抱いたものの——UNAM（メキシコ国立自治大学（Universidad Nacional Autónoma de México）の略称）での議論とは大違いだった——決してこうした会合をやめてしまおうとはしなかった。娘たちは、お休みなさいを言ってその翌朝、まだ友人たちと不可解な議論を続けている父親を目にすることがよくあった。目は充血し、髪はぐちゃぐちゃになった彼は、ぐったりと疲労しながらも生き生きしゃべっていた。娘たちが彼のところに行くと、彼は一人ずつキスをして、二人をわが素晴らしい子供《ブリャンテス》たちと呼ぶのだった。彼はよく友人たちに自慢した。あの若き二人の知性は、われわれ全員を凌ぐことになるだろうね。

トルヒーヨの治世は理念の愛好者にとって最適な時期ではなく、居間での議論への参加者にとっても、会合《テルトゥリアス》の主催者にとっても、普通とは異なる何をする者にとってもいちばん最適な時期とは言えなかった。だがアベラードは実に細心の注意を払っていた。決して今の政治（つまりトルヒーヨのこと）を話題にはさせず、抽象的な議論に終始し、出席したがった（秘密警察のメンバーたちも含めた）全員を参加させた。出来損ないの牛泥棒の名前を間違えて発音しただけで焼き殺される可能性もあるなかで、それは本当に簡単なことではなかった。通常、アベラードはボス《エル・ヘフェ》のことをまったく考えないように努めた。独裁者回避の道みたいなものにしたがっていたのだ。熱狂的なトルヒーヨ主義者という見かけを保つことにかけて、アベラードの右に出る者がなかったことを考えあわせると、それは皮肉なことだった。[*24] 個人としても所属する医学会の役員としても、彼はドミニカ党《パルティド・ドミニカノ》に惜しみなく身を捧げた。彼は最上の看護師であり最高の助手でもある妻とともに、トルヒーヨが組織したどんな医療団にも参加し、どれほど僻地《カンポ》であろうと出向いた。そしてボス《エル・ヘフェ》が選挙で勝利したときにも、アベラードほどうまくばか笑いをこらえた者はいなかった。なんとボス《エル・ヘフェ》の得票率は一〇三パーセントだったのだ！　どれだけ国民《プエブロ》の支持が厚かったことか！　トルヒーヨをたたえる晩餐会があれば、アベラードはいつもサンティアゴまで車を走らせて参加した。

＊24　だがより皮肉なのは、狂乱のボス《エル・ヘフェ》治世下でも最悪の時期にアベラードは**目立たぬ**ように努めたことで――言い換えれば、見て見ぬふりをしたことで有名だったことだ。たとえば一九三七年、ドミニカ共和国の友がハイチ人、ハイチ系ドミニカ人、ハイチ人風のドミニカ人を死に追いやっていたとき、つまりは虐殺が進行中だったとき、アベラードは頭も目も鼻も何の問題もなく本に突っこんだままで（召使いは妻に隠させ、自分は彼女からは何も聞かなかった）、なたで斬りつけられ言葉を失うほどの傷を負った生存者たちが自分の病院によろよろとやって来ると、アベラードはその凄まじい傷について何の感想も言わぬまま最善の治療を施した。まるで普段のように。

早く着き、遅く帰り、笑顔を絶やさず、決して**何も言わなかった**。知的ワープエンジンを切り、通常エンジンのみで動いていたのだ。しかるべきタイミングで、アベラードはボス《エル・ヘフェ》と握手をして、温かな崇拝の念を放ち、相手を包み込んだ（トルヒーヨ政権が同性愛的ではないと考えるとしたら、ジューダス・プリーストの曲のタイトルにあやかって言えば、**大間違いだ**）（英ヘヴィーメタルバンドのジューダス・プリーストの曲"You've Got Another Thing Comin'"（一九八二）への言及）。そしてそれ以上騒ぎ立てることもなく身を潜めるのだった（オスカーの好きな映画、『殺しの分け前』（米のギャング映画（一九六七）。登場人物の意図を明らかにしない、ミステリアスなムードで知られる）のように）。アベラードはボス《エル・ヘフェ》からできるかぎり距離を取った——自分がトルヒーヨと対等だとか、彼と友達だとか、必要な人間だとかいう幻想はいっさい抱いていなかった——結局のところ、ボス《エル・ヘフェ》と関わった者はすべて、むごたらしい死に方をするものと決まっていた。アベラードの一族は完全にボス《エル・ヘフェ》の言いなりでなくても問題にはならなかった。アベラードの父親はボス《エル・ヘフェ》の縄張りの近くで土地を耕したり、競合する事業《ネゴシオ》を行ったりはしていなかったのだ。ボス《エル・ヘフェ》との接触はアベラードにとって幸いにも限られたものだった。*25

もし一九四四年にはじまったあのことがなかったら、歴史の殿堂の中でアベラードと出来損ないの牛泥棒は互いにすれ違っていただけだったろう。だがアベラードはその年から、慣例通り妻と娘をボス《エル・ヘフェ》の行事に連れて行く代わりに、必ず彼女らを家に残すようになった。妻が「神経質」になりジャクリンがその看病をしているのだと友人たちには説明したが、彼女たちを連れて行かない真の理由は、トルヒーヨの悪名高き強欲と、娘ジャクリンの並外れた美貌だった。アベラードの真面目で知的な長女は、もう背が高くバランスの悪いやせっぽち娘《フラキータ》ではなかった。思春期が激しく彼女を襲い、若くとても美しい女性に変えたのだ。彼女の腿も尻も胸も大きく育っていた。一九四〇年代にあっては、まさに**ト・ル・ヒー・ヨ**とのあいだに問題が持ち上がらないわけにはいかない容姿だった。

　どんな老人にでもいいから尋ねればこう教えてくれるだろう。トルヒーヨは独裁者だったかもしれないが、なによりドミニカの独裁者だった。それはつまり、彼が国でもいちばんの女好き《ベヤコ》だったということだ。ドミニカ共和国にあるマンコ《トト》はすべて、文字通り自分のものだと信じていた。次のことは裏付けられた事実だ。トルヒーヨ治下のドミニカ共和国では、もしそれなりの階層に属している者が、どんな場所であろうと、かわいらしい娘をボス《エル・ヘフェ》に近づけようものなら、その週のうちに彼女はベテラン売春婦のごとく彼のペニス《リビオ》にフェラチオ《ママンド》することになる。それは父親にも**どうすることも**できないのだ！　これこそサント・ドミンゴに住むことの代価であり、この島でもっともよく知られている秘密だった。そうしたことがあまりにも日常的に起こり、またトルヒーヨの欲望はあまりにも限りなかったので、この国の多くの男たち、身分も地位もある男たち《オンブレス・デ・カリダー・イ・ポシシオン》が、あろうことか、出来損ないの牛泥棒に**自分から**娘を差し出した。立派にもアベラードはそうではなかった。何

*25　バラゲールとの関係もこんなふうだったらよかったのに、とアベラードは思った。当時デーモン・バラゲールはまだ選挙泥棒にはなっていなかった。単なるトルヒーヨ政府の教育相だったのだ——**その仕事**で彼がどれほどの成功をおさめたかはわかるだろう——そして機会があるたびに彼はアベラードを追い詰めた。彼はアベラードと自分の**理論**について話したがったのだ——その四割がゴビノーで、四割がゴダードで、二割がドイツの人種的優生学だった。彼はアベラードに断言した。ドイツの理論ってのは、ヨーロッパ大陸では大流行だね。アベラードはうなずいた。なるほど（でも、賢いのはどっちかって？　比べものになどならない。プロレスのTLC戦だったとしたら、シバオの知性であるアベラードは「虐殺の天才《ヘニオ・デ・ヘノシディオ》」に対して二秒以内に3D攻撃を決めていただろう）。

がどうなっているのか気づくとすぐ——娘のせいで太陽通り《カイェ・エル・ソル》の交通が麻痺し始めたり、あるいは患者の一人が彼の娘を見て、気をつけたほうがいいですよ、と言うと——アベラードは彼女をラプンツェル（『グリム童話』に登場する髪長姫）よろしく**閉じこめた。**それは勇敢な行動だった。彼のキャラクターには合っていなかったが。だがある日学校に行こうと身支度しているジャクリンを見て、体は熟してもまだ子供じゃないか、なんてことだ、まだ子供じゃないかと思うだけで、アベラードはその勇敢な行動に踏み切ることができた。

　しかしながら、あどけない瞳と大きな胸の娘をトルヒーヨから隠すというのは易しいとはいえなかった（まるでサウロンから「一つの指輪」を隠すようなものだ）。もしドミニカの普通の男が悪い奴だとしたら、トルヒーヨはその五千倍は悪かった。彼には何百人ものスパイがいて、その主な仕事は次の女を求めて地方を探し回ることだったのだ。もし女の調達がトルヒーヨ政権のまさに中核を成していたのだとしたら、ドミニカは世界初の女尻主義国家《クロクラシー》となっていたことだろう（もしかしたら、事実そうだったのかもしれない）。こうした状況下では、女たちを隠しておくことは反逆罪にあたった。少女《ムチャチャス》を差し出さない犯罪者はすぐに、サメが八匹泳ぐ風呂なんていう素晴らしく元気の出るものに放りこまれかねなかったのだ。はっきり言っておこう。アベラードは凄まじい危険を冒していた。彼が上流階級だとか、ちゃんと用意周到に準備していた、なんてことは関係がない。妻は躁病だと友人に診断させ、自分が主催するエリートの集まりでそのことを漏らしたりしていても関係なかったのだ。もしトルヒーヨとその取り巻きがアベラードの裏切りに感づいたら、ほんの二秒でアベラードを鎖に繋いだだろう（そしてジャクリンを押し倒したろう）。だからこそボス《エル・ヘフェ》が歓迎の列を足を引きずりながら握手をしつつ回ってくるたびに、彼が高い声でこう叫ぶのではないかとアベラードは覚悟していた。アベラード・カブラル先生、**美味な**娘さんはどこですかな？　**近所の人々**から彼女のことはいろいろ聞いてますが。そう言われただけでアベラードは高熱を出しただろう。

娘のジャクリンはもちろん、どんな危険が迫っているかまったく気づいていなかった。今より純粋な時代の、純粋な娘だったのだ。自国の有名な独裁者に犯されるというのは、彼女の優れた知性が、最も思い及ばないようなことだった。二人の娘のうち、父親の頭脳を受け継いだのは彼女だった。熱心にフランス語を学んでいたのは、父親にならって海外、パリ医学校に医学を勉強しに行くつもりだったからだ。フランスにだ！　そして次なるキュリー夫人になるのだ！　昼も夜も本を読み、父親や召使いのエステバン・エル・ガヨを相手にフランス語を練習した。エステバンはハイチ出身で、まだかなりのフランス語をしゃべれたのだ。*26 娘は二人とも何も気づかず、ホビット（『ホビットの冒険』や『指輪物語』等に登場する小人族。綺麗な穴の中に住み、平和を好み、日に五回の食事とパイプ草を何よりも好む）のようにのんきで、地平線に影が差していることなど思いもよらなかった。病院にも行かず書斎で書きものもしない休日には、アベラードは裏手の窓の側に立ち、娘たちが子供じみた遊びに興じるのを眺めた。胸が痛み、ついには見ていられなくなった。

毎朝、ジャッキーは勉強を始める前に、真っ白な紙にこう書いた。Tarde venientibus ossa.（遅

*26　一九三七年にトルヒーヨがハイチ人やハイチ系ドミニカ人を虐殺したあと、ドミニカ共和国で働くハイチ風の人をあまり見かけなくなった。少なくとも一九五〇年代後半までだ。エステバンは特別だった。なぜなら（a）まるでドミニカ人に見えたし（b）虐殺のあいだ妻のソコロが娘のアストリッドのおもちゃの家に彼を隠したからだ。彼は四日間、まるで肌の浅黒いアリスのように、その中でぎゅうぎゅうになっていた。

く来た者には骨しか残っていない)。

こうした事情をアベラードは三人にしか話さなかった。一人目はもちろん妻のソコロだった。ソコロ自身(ここでちゃんと言っておかねばならない)才能ある人物だった。イグエイ出身の名高き美女で、娘たちの美貌の源だった。若いときソコロは色黒のデジャー・ソリスのようで(アベラードが自分よりだいぶ低い階層の少女を追い回した主な理由はこれだった)、しかもアベラードがメキシコやドミニカ共和国で一緒に働くことのできた看護師のうち、彼女はもっとも有能だった。彼のメキシコ時代の同僚に言わせれば、これはかなりの褒め言葉である(これが彼女を追い回した第二の理由だった)。彼女は馬車馬のように働き、民間医療や伝統療法について百科全書のような知識を持っていたので、アベラードの医療活動のかけがえのないパートナーとなった。しかし、トルヒーヨについてのアベラードの悩みを聞いた彼女の反応は、典型的なものだった。賢く、熟練した、勤勉なソコロは、なたで切り落とされた腕の付け根の動脈からシューシュー血が噴き出していても瞬き一つしなかったが、たとえばトルヒーヨのような抽象的な脅威となると、彼女は頑固かつ強情にその問題の存在自体を認めまいとするのだった。一方でジャクリンには息が詰まるような服を着せ続けた。なんで私がおかしい《ロカ》なんて他の人に言うの? ソコロは訊ねた。

アベラードはこのことを愛人のセニョーラ・リディア・アベナデルにも話した。メキシコでの勉強から戻ってきたアベラードに結婚を申しこまれ、それを断った三人のうちの一人だった。いまや彼女は未亡人で、彼の第一の愛人だった。アベラードの父親は彼にリディアと一緒になってほしいと思っていたので、アベラードが振られると、父親はその気難しい人生の最後の日までアベラードを半人前と嘲った(ソコロを追い回した第三の理由はこれだった)。

最後にアベラードが話したのは、古くから近所に住む友人であるマーカス・アップルゲート・ロマンだった。マーカスは車を持っていなかったので、大統領主催の会の行き帰りに乗せていかなければならないことがよくあった。マーカスに対しては、アベラードは問題のあまりの重さに耐えかねて、思わずこぼしてしまったのだった。二人はラ・ベガまで海軍占領道路の一つを車で戻っていた。八月の夜中で、シバオの真っ暗な農業地帯を抜けながら、あまりの暑さに窓を開けなくてはならず、そのせいで蚊の群れがずっと鼻の穴に滑りこみ続けた。そしてアベラードは話し始めた。この国では娘たちは乱暴されずに成長するなんてできないんだ、彼は嘆いた。そして例として、つい最近ボス《エル・ヘフェ》に乱暴された若い女性の名前をあげた。二人とも知っている娘《ムチャチャ》で、フロリダ大学を卒業した、知り合いの娘だった。最初マーカスは何も言わなかった。パッカードの車内は真っ暗で、彼の顔は深い影になり見えなかった。気がかりな沈黙。マーカスはボス《エル・ヘフェ》のファンではなかったし、一度ならずアベラードの前で彼をけだもの《ブルート》とか愚か者《インベシル》と呼んだこともあった。でもそうであってもアベラードは、自分が途方もなく軽率な言葉を口にしたことにただちに気づかないわけにはいかなかった（秘密警察に支配された日々の暮らしとはそうしたものだった）。ついにアベラードは言った。おかしいとは思わないのかい？

マーカスは煙草に火を点けようと屈んだ。それでやっと彼の顔がまた見えた。引きつってはいたが、見慣れた顔だった。おれたちにはどうすることもできないよ、アベラード。

でも自分が同じ窮地に陥ったとしてみろよ、**どうやって**自分の身を守る？

ブサイクな娘を持つよう気をつけるね。

リディアははるかに現実的だった。彼女は衣装ダンスの前に坐り、ムーア人風の髪を櫛でといていた。アベラードは裸でベッドに寝たまま、ぼんやりと自分のペニス《リビオ》を引っ張っていた。リディアは言った。あの子を修道院に入れなさい。キューバに行かせなさい。向こうにいる私の家族がちゃんと世話するから。

キューバはリディアの夢の場所だった。彼女にとってのメキシコだったのだ。彼女はキューバに戻ることばかり話していた。

でもそれには国の許可がいるんだよ！

じゃあ申請すれば。

でも申請にボス《エル・ヘフェ》が気づいたら？

リディアは鋭い音を立てて櫛を置いた。どれぐらいの確率でそうなるっていうの？

わからない、アベラードは言い訳するように言った。この国では何もわからない。

愛人はキューバを奨め、妻は家に閉じこめることを奨め、いちばんの親友は何も言わなかった。用心深い彼は追って連絡があるまで待つことにした。そしてその年の終わりに連絡があった。

飽き飽きするほど長い大統領主催の集まりの一つで、ボス《エル・ヘフェ》はアベラードと握手した。だが次に行く代わりに、彼は立ち止まった――悪夢が現実になったのだ――手を握ったまま、甲高い声で言った。アベラード・カブラル先生ですかな？　アベラードはお辞儀をした。そのとおりです、閣下。十億分の一秒も経たないうちにアベラードは汗だくになった。次に何が来るかわかっていたのだ。出来損ないの牛泥棒はそれまでの人生では単語三つほどしかアベラードに発したことはなかった。ならばあの話に違いない。トルヒーヨの厚化粧した顔から目をそらさないように彼はがんばった。だが視界の隅で取り巻きたち《ランベサコ》をちらりとみて、やりとりが進行中であることに気づいた。

先生、あんたはよくここに来ているが、最近は奥さんを連れてないね。離婚したのかい？しておりません、閣下。妻はソコロ・エルナンデス・バティスタと申します。

ボス《エル・ヘフェ》は言った。そりゃいい。あんたが**ホモ**《マリコン》にでもなったんじゃないかと思ったから。そして彼は取り巻きのほうにむかい笑った。彼らは叫んだ。またまた、**キツい**ことをおっしゃる。

この時点で誰か別の男なら、男気《コホネス》に駆られて自らの名誉を守らんと何か言い返したかもしれないが、アベラードはそういう男ではなかった。何も言わなかった。

だがもちろんボス《エル・ヘフェ》は、げんこつで涙を拭いながら続けた。あんたはホモ《マリコン》じゃない。娘が二人いると聞いたからな。カブラル先生、一人はすごくきれいで上品らしいね《ウナ・ケ・エス・ムイ・ベヤ・イ・エレガンテ・ノ》？

アベラードはこの質問に対する答えを一ダースは練習してあった。だが彼の答えはまったく反射的で、不意の思いつきだった。ええ、ボス《エル・ヘフェ》、おっしゃるとおり、娘が二人います。でも実はですね。娘たちをきれいだと思うのは髭のある女性が好きな人だけですよ。一瞬、ボス《エル・ヘフェ》は何も言わなかった。そしてこの身もだえするような静けさのなか、アベラードにはこんな光景が見えた。目の前で娘が犯されていて、そのあいだ自分はトルヒーヨの悪名高きサメのプールへ、耐え難いほどゆっくりと下ろされていく。だがそのとき、奇跡のなかの奇跡と言うべきだろうか、ボス《エル・ヘフェ》は豚のような顔に皺を寄せ笑い、アベラードも笑い、ボス《エル・ヘフェ》は次の人へ移ったのだ。アベラードはその夜遅くラ・ベガに戻ると、深い眠りについていた妻を起こし、家族を救ってくれたものに二人で祈りと感謝の念を捧げた。今までアベラードは当意即妙な受け答えなどしたことがなかった。彼は妻に言った。あの思いつきは心の深い場所から来たに違いないね。なにか神秘的なものから。

神様のこと？　妻は問いただした。
神秘的ななにかだよ。アベラードは暗い声で言った。

それで？

その後の三ヶ月間、アベラードは最期のときを待っていた。自分の名前が新聞の「人民の広場《フォロ・ポプラル》」欄に出始めるのを待っていた。ラ・ベガのある外科医に対する、ほんの少しだけ遠回しの批判——政府がアベラードのような名誉ある市民を破滅させる手始めとして、よく行った方法だ——シャツと靴下が合っていないなんていう非難から始めるのである。アベラードはボス《エル・ヘフェ》に個人的に会いに来るようにという手紙を待っていた。娘が学校へ戻る途中、失踪したとわかるのを待っていた。こうして辛く警戒するうちに、彼は十キロ近く痩せた。酒をたくさん飲み始めた。手が滑り、あやうく患者を殺してしまうところだった。もし妻が、その傷つけた箇所を縫合前に見つけていなかったら、どうなっていたかわからない。ほぼ毎日妻や娘を怒鳴りつけた。愛人の前でもほとんど勃起できなかった。だが雨期から乾期に入り、不運な者、負傷した者、苦しんでいる者で病院がいっぱいで、四ヶ月間何も起こらないと、アベラードは安堵のため息をつきかけた。
もしかしたら、彼はそう毛深い手の甲に書きこんだ。もしかしたら。

サント・ドミンゴの秘密

ある意味で、トルヒーヨ治下のサント・ドミンゴに住むということは『トワイライト・ゾーン』（米の人気SFテレビドラマシリーズ（一九五九―二〇〇三））のなかでもオスカーが大好きだった、例の有名な回（"It's a Good Life"（一九六一）のこと）のなかで暮らすことにすごくよく似ている。その回では白人の極悪な子供が神のような力を振るって、ある街を支配する。ピークスビルという名のその街は、他の世界からまったく孤立している。白人の子供は凶悪かつ気紛れで、コミュニティに住む全員がその子供に対する完全な恐怖の下で生きている。住民たちがためらいもなく互いを非難し合い裏切り合うのは、自分の身に危害を加えられたり、あるいはより悲惨なことに、トウモロコシ畑送りになるターゲットとならないためである（彼が残虐行為を行うたびに――リスの頭を三つにしたり、もう飽きた遊び仲間をトウモロコシ畑に送ったり、収穫前の穀物の上に雪を降らせたりすると――怯えたピークスビルの人々は言わなくてはならない。いいことをしたね、アンソニー。**いいことを**）。

一九三〇年（出来損ないの牛泥棒が権力を握った年）から一九六一年（彼が焼かれた年）まで、サント・ドミンゴはまさにカリブ海のピークスビルだった。アンソニー役はトルヒーヨで、残りのわれわれが演じるのはびっくり箱に変えられた男の役だった。こんな比較をすると、本当かよ、という顔をあんたはするかもしれないが、でも友よ。トルヒーヨがドミニカの人々に振るった権力や、国中に投げかけた恐怖の影は誇張するのが難しいほどだ。奴はサント・ドミンゴをまるで自分のモルドールのごとく支配した。[*27] 彼はドミニカを他の世界から切り離し、バナナ《プラタノ》のカーテンの向こうに隔離しただけではない。トルヒーヨはドミニカをまるで自分専用のプランテーションのように扱った。すべての物や人を所有しているように振る舞ったのだ。息子たち、兄弟たち、父親たち、母親たちなど、殺したければ誰でも殺した。結婚式の夜に夫から花嫁を奪うと、その翌日に、前夜過ごした素晴らしい新婚旅行のことを公の場で吹聴した。彼のスパイはどこにでもいた。トルヒーヨの秘密警察はシュタージ（旧東ドイツの秘密警察）よりもシュタージ的で、あらゆる人を監視していた。**アメリカ**に暮らす人まですべてだ。秘密警察の組織はマングースのようにとんでもなくしつこくて、誰かが朝の八時四十分にボス《エル・ヘフェ》の悪口を言ったら、十時前にはもうクァレンタで牛追い棒を尻の穴に突っこまれているという具合だった（われわれ第三世界のやつらは無能だなんて誰が言った？）。そこでは十三日の金曜日野郎のみを怖がらねばならないというのではなかった。トルヒーヨが生み出したのは国民総密告者国家《チバト》だった。つまり、すべての暗黒の王が影を持つように、トルヒーヨにも献身的な国民たちがいたのだ*28。広く信じられているところでは、常に四二パーセントから八七パーセントのドミニカ人が秘密警察から給料をもらっていたという。隣人があんたを密告《アカバル》する理由が、そいつのすごく欲しがっている物を持っていたとか、食堂《コルマド》の列で横入りしたとかいうことだってありえた。分別をなくした人々はそんな風にして消えていった。友人《パナス》だと思っていた人々や自分の家族に密告され、あるいは自らの失言によって。ある日、法を守る市民としてベランダ《ガレリア》で木の実《ナッツ》を割っていたのが、次の日にはクァレンタで**自分の**キンタマ《ナッツ》を割られているのだ。あまりの悲惨さに、トルヒーヨは超自然的な力を持っていると本気で信じている者がたくさんいた！　彼は眠らず、汗をかかず、何百マイルも先の出来事でも見抜き、嗅ぎつけ、感づくことができる、しかも島でも最強のフクに守られていると噂されていたのだ（で、あんたたちが不思議がるように、二世代も下ったおれたちの親はいまだに相当な秘密主義者で、自分の兄弟が実は兄弟じゃないなんてことも、まったくの偶然によって知る以外はないというような具合になっているのだ）。

だが、あまり大げさには書きすぎないようにしよう。トルヒーヨは確かに恐るべき存在であり、その支配体制はいろんな点でカリブ海のモルドールのようだったが、それでもたくさんの人々がボス《エル・ヘフェ》を忌み嫌い、さほど婉曲的ではない表現で軽蔑の念を表したり、**抵抗**を試みたりした。だが

＊27　アンソニーはピークスビルを支配するのに念力を使ったかもしれないが、トルヒーヨは同じことをするのに政権の力を使った！　大統領になってすぐに、出来損ないの牛泥棒は他の世界からドミニカを切り離した——われわれがバナナ《プラタノ》のカーテンと呼ぶ、強制的な隔離だった。ハイチとの間の歴史的には厳密でなかった国境に関しては——それは国境と言うより、悪霊《バカ》による区切りという感じだった——出来損ないの牛泥棒は『フロム・ヘル』（アラン・ムーア原作のグラフィック・ノベル（一九九九）。切り裂きジャック事件を題材にしている）のドクター・ガル（『フロム・ヘル』の登場人物で、作品内において切り裂きジャックの正体とされる。自分が神だと認識している）のように振る舞った。ディオニュソス的な建築家の信条に学んで、自分は歴史の建築家になろうと強く望んだのだ。そして沈黙と流血、ナタと発音の訛り審査《ペレヒル》による処刑、暗闇と否定の恐るべき儀式を通じて二国のあいだに真の国境を引いた。それは地図を越え、歴史や人々の想像力に直接刻みこまれた国境だった。トルヒーヨが「政権」を取って二十数年経つころには、バナナ《プラタノ》のカーテンはあまりにもうまくいっていたので、連合国側が第二次世界大戦に勝ったとき、国民《プエブロ》の大部分はそんなことが起こったなんて少しも知らなかった。知っていた者たちでも、日本とドイツ野郎を打倒するのにトルヒーヨが重要な役割を果たしたというプロパガンダを信じていた。もしトルヒーヨが島の周りにシールドをめぐらしたとしても、これほど思い通りになる場所を作りあげることはできなかっただろう（結局のところ、ナタの力がありさえすれば未来的な発生器なんて必要ないのだ）。ボス《エル・ヘフェ》はドミニカから世界を締め出そうとしていたのだと多くの者は言う。だが、それと同じくらい何かを閉じこめようとしていたようだと指摘する者もいる。

＊28　国民は実際、あまりにも献身的だったので、ガリンデス（スペイン生まれの作家（一九一五—五六）。ヘスス・デ・ガリンデスのこと。トルヒーヨの側近に誘拐され、暗殺された）が『トルヒーヨの時代《ラ・エラ・デ・トルヒーヨ》』（ガリンデスの死後出版された実録本（一九七三））で書いているように、ある大学院生が審査員たちの前でコロンブス以前の南北アメリカ文化について論じよと言われたとき、彼はためらわずこう答えた。南北アメリカでもっとも重要なコロンブス以前の文化は「トルヒーヨ時代のドミニカ共和国」だ、と。まったくもう。だがもっと笑えるのは、審査員たちがその学生を「ボス《エル・ヘフェ》に言及した」という理由で落第させなかったことだ。

アベラードはまったくそうしたことはしなかった。彼はメキシコの同僚たちとは違っていたのだ。彼らは世界でなにが起こっているかをよく知り、変革は可能だと信じていた。アベラードは革命を夢見てはいなかったし、コヨアカンで住んでいた学生用の下宿から十ブロックも離れていない場所でトロツキーが暮らし、殺されたことについても関心がなかった。病気にかかった裕福な患者たちの世話をして、そのあとは勉強に戻りたいだけだった。頭を撃たれたり、サメの池に落とされたりする心配なしに。ときどき知り合いが——たいていはマーカスが——トルヒーヨがどんな残虐行為をしたかの最新情報を教えてくれた。富裕な一族が財産を奪われ追放された、ある一家の息子が、怯えた同僚たちの前でトルヒーヨをアドルフ・ヒトラーになぞらえてみせたせいで一家全員が一人ずつサメの餌にされた。ボナオでは有名な組合活動家が何者かによって暗殺された。アベラードはこうした恐ろしい話を食い入るように聞き、ぎこちない沈黙のあと話題を変えるのだった。彼は不運な人々の運命、すなわちピークスビル的な出来事に深く立ち入りたくなかっただけだった。こうした話を自分の家では聞きたくもなかったのだ。アベラードはこう考えていた——言うなれば彼のトルヒーヨ哲学だ。頭を下げて、口を閉ざし、ポケットを開き、あと十年か二十年娘たちを隠していさえすればいい。そうするうちにトルヒーヨは死に、ドミニカ共和国は真の民主主義国家になるだろう。彼はそう予言した。

だが結局のところ、アベラードは予言が得意なわけではなかった。サント・ドミンゴが民主化されることは決してなかった。彼があと二十年生きることもなかった。誰が予想したよりも早く彼の運は尽きてしまったのだ。

悪いこと

一九四五年はアベラードと家族にとって重要な年だったに違いない。アベラードの書いた二つの論文が出版され、ささやかながら賞賛された。一本は権威ある雑誌で——もう一本はカラカスで出ている小さな雑誌でだった。彼はヨーロッパの大陸部に住む二人の医師から好意的な反応を得た。もちろんすごく嬉しかった。スーパーマーケット《スペルメルカド》の売り上げはこれ以上ないくらいだった。戦争後の好景気で島はまだ豊かで、雇っている店長たちが棚に置く品物はなんでもすぐに売れてしまった。農場《フィンカス》では作物がよく育ち収益が上がっていた。農作物の価格が世界的に暴落するのはまだ数年後のことだ。アベラードの病院には患者がたくさん来た。彼はたくさんの難しい手術を完璧な技術でこなした。娘たちもうまくやっていた（ジャクリンはル・アーブルにある有名な寄宿学校に合格していた。学校が始まるのは来年で——彼女がこの国から逃げ出すチャンスだった）。妻も愛人も彼に愛情を注いだ。召使いたちすら満足げだった（アベラードが彼らと直接話したわけではなかったが）。全体として、この優秀な医師は完璧に満たされていてしかるべきだった。毎日の終わりには足を上げて休み、口の端に葉巻《シガロ》をくわえて、大きく笑い、熊のような顔に満面の笑みをたたえているべきだった。

それは——言うなれば——**いい**人生だった。

だが実際にはそうではなかったが。

二月にはまた大統領関係の会があった（独立記念日だ！）。今回の招待はあからさまなものだった。アベラード・ルイス・カブラル先生、**ならびに**奥様、**ならびに**令嬢ジャクリン。会の主催者の手で、令嬢ジャクリンの下には線が引いてあった。一度でなく、二度でもなく、三度。これを見たアベラードはほとんど気絶しかかった。机の前でぐったり椅子にもたれかかった。心臓が食道を押し上げていた。アベラードは四角い羊皮紙を丸一時間ほど見つめ続けたあと、折りたたみシャツのポケットに入れた。次の朝アベラードは隣人である主催者を訪ねた。彼は畜舎の前で、召使いが何人かで一頭の種馬に種付けをさせるのを苦い顔でじっと見ていた。アベラードを見ると、彼は暗い顔をした。おれにどうしてくれって言うんだ？　命令は宮殿《パラシオ》から直接来たんだ。アベラードは車に向かって歩きながら、震えているのを悟られないように努めた。

彼はまたマーカスとリディアに相談した（招待状のことは妻には何も言わなかった。妻を、そして娘をパニック状態に陥らせたくなかったのだ。そんなこと家の中では口にしたくもなかった）。前回はアベラードにもいくらかの理性はあったが、今回は彼は常軌を逸して《フエラ・デ・セリエ》、あたりかまわずわめきたてた。マーカスの前で一時間ほども、この非道について、希望が皆無であることについて憤慨し続けた（おどろくほど婉曲表現が多かったのは、アベラードが一度も誰についての不平なのかを直接は言わないようにしたからだ）。やり場のない怒りと、感傷的な自己憐憫を彼は往復した。最後にはアベラードの友人は自分の意見を言うのに、良き医者の口をふさがなければならなかった。それでもアベラードはしゃべりつづけた。これは異常だよ！　完全に異常だよ！　私は一家の主なんだ！　どうするかを決めるのは私のはずだ！

何ができるって言うんだい？　マーカスは少なからぬ諦めを込めて言った。トルヒーヨは大統領で、あんたはただの医者だ。もしパーティで大統領があんたの娘を欲しがったら、とにかく従うしかないよ。

でもこんなの人間的じゃない。

この国がいつ人間的だったって言うんだい、アベラード？　あんたは歴史家だろ。誰よりあんたがわかってるはずだ。

リディアはもっと同情してくれなかった。彼女は招待状を読み小声で、なんてこと《コニョ》と言い、アベラードのほうを向いた。だから言ったでしょ、アベラード。まだ可能性があるうちに娘さんを国外に出せって。キューバにいる私の家族のところで無事にいられたはずだったのに、今となっちゃどうにもならない《ホディド》。今ごろ秘密警察が監視してるはずよ。

わかってる、わかってるよ、リディア。でも**どうしよう？**

だめよ、アベラード、彼女は震える声で言った。どんな選択肢があるって言うの。相手はトルヒーヨなのよ。

家ではトルヒーヨの肖像が待っていた。良き市民はすべて家に肖像を掲げるものだと決まっていたのだ。肖像のトルヒーヨはありきたりだが腹黒そうな慈愛の表情で微笑み、アベラードを見下ろしていた。

もしアベラードが直ちに娘たちと妻を引っ摑みプエルトプラタからボートで国外に連れ出していたら、あるいは家族とともにこっそりと国境を越えハイチに向かっていたら、彼らにも可能性はあったかもしれなかった。バナナ《プラタノ》のカーテンは強固ではあったが、きわめて強固というわけではなかったのだ。だが、ああ、何らかの手を打つ代わりに、アベラードは悩み、迷い、絶望していた。食べられず、眠れず、夜通し家の廊下をうろつき、この数ヶ月間で取り戻した体重をすべて失った

（もしかしたら、アベラードは娘の哲学を心に留めておくべきだったかもしれない。**Tarde venientibus ossa**）。暇さえあれば彼は娘たちと過ごした。夫妻にとって黄金の子供であるジャッキーはフランス地区の道をすべて暗記していたし、その年だけで、四人や五人ではなく、なんと十二人にプロポーズされていた。もちろんすべてアベラードと妻を通して申しこまれ、ジャッキーはそんなことなど知らなかった。それにしても、である。そして十歳のアストリッドは見た目も性格もだいぶ父親似だった。不平家で、冗談を好み、人を信じやすく、シバオでもいちばんというくらいピアノが上手で、何につけても姉の大いなる味方だった。父親が急に世話を焼くようになったことを姉妹はいぶかった。お父さん《パピ》、休暇中なの？　アベラードは悲しげに首を振った。いや、ただおまえたちと過ごしたいだけだよ。

　あなた一体どうしたの？　妻が訊ねたが、アベラードは答えようとはしなかった。ほっといてくれよ、頼む《ムヘル》。

　事態があまりに悪くなったので、アベラードは教会に行くようにさえなった。教会に行くのは初めてだった（それはものすごく悪いアイディアだったかもしれない。というのも誰もが知っていたように、当時の教会はトルヒーヨに支配されていたからだ）。彼は毎日のように懺悔に通い司祭と話したが、助言から得たのは、祈り、望み、間抜けな蠟燭に火を灯す、ということだけだった。アベラードはウィスキーを日に三本空けた。

　メキシコの友人たちなら、ライフルを摑み独裁者を攻撃していたかもしれない（少なくともアベラードにはそう思えた）。だがアベラードは自分でも認めたくないくらい父に似ていた。アベラードの父親というのは教養のある男で、息子をメキシコにやることには反対したが、トルヒーヨへの協力は惜しまなかった。一九三七年に軍がハイチ人全員を殺し始めたときも、父親は軍に自分の馬を使わせた。そして馬が一頭も戻ってこなくても、トルヒーヨには何も言わなかった。事業のための経費として計上しただけだった。アベラードは飲み続け、悩み続け、リディアと会うのをやめ、書斎に閉じこもり、ついには何も起こらないだろうと自分を納得させた。ただ試されているだけなのだと。パーティに行く準備をするよう妻と娘に告げた。トルヒーヨのパーティだとは言わなかった。まずいことなど何もないようなふりをした。自分の嘘が心底嫌だったが、他にどうできただろう?

Tarde venientibus ossa.

とくに滞りもなく済むはずだったのだが、ジャッキーはものすごく興奮した。彼女にとっては初めての大きなパーティで、それだけでも大ごとだった。母親と服を買いに出かけ、美容室で髪をセットし、新しい靴を買い、親戚の女性から真珠のイヤリングをプレゼントまでしてもらった。ソコロは娘の準備をすべての面で手伝い、何の疑いも感じていなかったが、パーティの一週間ほど前から恐ろしい夢を見るようになった。彼女はかつて住んでいた古い町にいた。叔母が彼女を養女にし、看護学校に入れる前、人を癒す才能が自分にあることに気づく前のことだ。首都まで続くといわれるプルメリアの並木のある埃っぽい道をじっと眺めている。すると陽炎《かげろう》が揺れる遠くの方から、男がやって来るのが見える。そのぼんやりとした男の姿にソコロはとても恐ろしくなり、叫びながら目を覚ますのだった。アベラードはパニック状態でベッドから飛び降り、娘たちは自分の部屋で叫んだ。最後の一週間、彼女はその夢をほとんど毎晩見た。最後の秒読みが続いていた。

パーティのほんの二日前、リディアはアベラードに、汽船に乗って一緒にキューバに行こうと持ちかけた。船長は知り合いだから、私たちをうまく隠してくれる、絶対に大丈夫よ。そのあとで娘さんたちを連れ出せばいいじゃない。ちゃんとそうするから。

そんなことできない、惨めにアベラードは言った。家族をおいてなんて行けないよ。

リディアはまた髪をとかし始めた。お互いもう何も言わなかった。

パーティのある当日の午後、アベラードが悲しげに車に向かっていると、娘の姿が見えた。ドレス姿の彼女は応接間に立ったまま、屈んでフランス語の本を読んでいた。その姿は神々しく、絶対的に若々しかった。その瞬間、彼はあの直感的認識《エピファニー》と呼ばれるものを経験した。われわれ文学専攻の学生がいつも論じさせられるあれだ。彼の心の中に急に光が溢れたとか、新たな色や感覚が現れたといったものではなかった。アベラードにはただわかったのだ。自分にはできないと。妻にはパーティはなしだと言った。同じことを娘にも言った。二人の猛烈な抗議も無視した。車に飛び乗り、マーカスを拾い、パーティに向かった。

ジャクリンはどうした？　マーカスは訊ねた。

娘は来ない。

マーカスは首を振った。何も言わなかった。

歓迎の列を進みながら、トルヒーヨは再びアベラードの前で立ち止まった。猫のように空気の臭いを嗅いだ。で妻と娘は？

アベラードは震えていたがなんとか持ちこたえた。すべてが変わってしまうだろうことは既に感じていた。申し訳ございません、閣下。連れてくることができませんでした。

トルヒーヨの豚のような目が細くなった。わかった。彼は冷たく言い、手の一振りでアベラードに下がれと命じた。

マーカスさえアベラードのほうを見られなかった。

破滅的な冗談

そのパーティから四週間も経たないうちに、アベラード・ルイス・カブラル医師は秘密警察に逮捕された。罪状は？　大統領に対する誹謗とひどい中傷だ。

もし噂が真実だとすれば、すべては冗談が発端だった。

噂によればある午後、あの運命的なパーティのすぐ後のことだった。ここで明らかにしておくと、アベラードはあごひげを生やした、背が低いがっしりした男で、驚くほど力があり、好奇心に満ちたその目はやや中央に寄っていた。彼は自分の古いパッカードに乗り、妻に衣装ダンスを買うためにサンティアゴまで来た（そしてもちろん、愛人にも会うつもりだった）。彼はまだ取り乱していたようで、その日彼を見たものはアベラードの身なりが整っていなかったことや注意散漫な様子を覚えていた。衣装ダンスを首尾よく手に入れた彼は、自動車の屋根にそれを雑に縛りつけた。だがリディアの家に急いで向かう前に、アベラードは通りがかった何人かの「仲間」たちに引き止められ、クラブ・サンティアゴで一杯やらないかと誘われた。一体なぜアベラードは誘いに応じたのだろう？　ひょっとしたら体面を保つためだったかもしれないし、誘われる度にまるで生死がかかっているように感じていたのかもしれない。その夜クラブ・サンティアゴで、彼は破滅が差し迫っているという感覚をなんとか振り払おうとした。歴史や医学やアリストファネスについて熱心にしゃべり、ものすごく酔ったのだ。そしてその夜もお開きということになり、アベラードは衣装ダンスをパッカードのトランクに移動させる手伝いをボーイたち《ムチャチョス》に頼んだ。彼はこう言った。駐車係は不器用だから手伝わせたくないんだ。ボーイたちは快く手伝った。だがトランクを開けようと鍵を探りながら、アベラードはこう声に出して言った。死体が入っていなきゃいいけどな。彼がこうした発言をしたことについては疑問の余地がないとされている。アベラードが供述書ではっきりと認めているのだ。ボーイたちはトランクを冗談にするのを聞いて不安になった。ドミニカの歴史にパッカードという車がどれだけ暗い影を投げかけているか、みんな知りすぎていたのだ。初期のころトルヒーヨが民衆《プエブロ》を脅かして最初の二回の選挙を勝利に導いたときに乗っていたのがその車だった。一九三一年のハリケーンのあいだにも、ボスの子分たちは何台ものパッカードに乗りこみ、ボランティアが死体を焼いているところへ向かった。そしてトランクから「ハリケーンの犠牲者」を引きずり出すのだった。死体はどれも奇妙なほど乾いていて、手に反対政党の物品を摑んでいるものも多くあった。子分たちは冗談を言った。風で飛んできた弾が頭を貫通したんだな。ハッハッ。

　その後どうなったのかについては今日でも、熱い議論が続いている。母親にかけてこう誓う者たちがいる。アベラードはようやくトランクを開けると、自分の頭を突っこみこう言った。いや、死体はないな。アベラード本人もこう言ったと主張している。確かに詰まらない冗談だが、誹謗でもひどい中傷でもない。アベラードの話によれば、彼の友人たちは笑い、衣装ダンスはトランクに収まり、彼はサンティアゴのアパートに向かい、そこでリディアが待っていた（彼女は四十二歳でまだ美しく、彼の娘をまだひどく心配していた）。だが裁判所の役人と彼らが見つけ出した証人たちはまったく違うことが起こったと言っている。アベラード・ルイス・カブラル博士はパッカードのトランクを開け、こう言った。いや、死体はないな。**トルヒーヨが片付けてくれたんだろう。**

引用終わり。

愚見を述べるなら

これはシエラマドレ山脈のこっち側では最も有り得ない冗談《ヒリンゴンサ》のように思える。だがある者にとっての冗談《ヒリンゴンサ》は、別のある者にとっては生き死にの問題となる。

転落

アベラードはその夜リディアと過ごした。二人にとっては気まずい時期だった。十日も経たぬ前、リディアは妊娠したと彼に告げた――あなたの息子よ、彼女は嬉しそうに歓声を上げた。だがその二日後に、それは誤りだったとわかった。ただの消化不良らしかったのだ。彼は安堵した――もし彼の抱えているものに何かが付け加わるとして、もう一人娘が増えたとしたらどうなるだろう――だが失望もしていた。アベラードは幼い息子ならできてもいいなと思っていたのだ。たとえその息子《カラヒト》が愛人の子で、人生でもいちばん暗い時期に生まれたとしてもである。リディアがこれまでずっと何かを欲しいと思っていたことは、アベラードもわかっていた。アベラードとの二人の、そして二人だけのものだと彼女が言える確かな何かを欲しがっていたのだ。奥さんを捨てて自分と住むべきだとリディアはいつも言い続けた。サンティアゴで二人で過ごしているあいだはアベラードにもその選択が魅力的に思えたが、家に戻り二人の美しい娘に出迎えられるとすぐに、その可能性は消え去るのだった。彼はありきたりな男で、ありきたりな安らぎが好きだった。だがリディアは彼を静かに説得し続けるのをやめなかった。愛は愛なんだから、人はその気持ちに従うべきだと。息子ができていなかったと分かっても、リディアは明るく振る舞った——おっぱいがしぼんじゃうなんて嫌よねえ、なんて冗談を言った——でも、落胆していることはアベラードにもわかった。彼も落胆していた。この数日間、アベラードはぼんやりとした不安な夢を見ていた。夜泣いている子供たちや父親の最初の家が出てくる夢だ。そのせいで、起きているあいだも胸騒ぎがした。ちゃんと考えることもないまま、妊娠が誤りだったという知らせを聞いた夜から、彼はリディアと会わず、飲みにばかりでかけていた。思うに、アベラードはどこかで、息子が生まれないせいで二人の仲が終わってしまったのかもしれないと恐れていたのだろう。だが実際には、彼は出会ったころのままの欲望をリディアに感じた。いとこのアミルカルの誕生日に、初対面で彼をほとんど打ち倒したあの欲望を。当時は二人とも痩せていて若く、可能性に満ちあふれていた。

この時だけは二人はトルヒーヨのことを話さなかった。

二人が出会ってからそんなに時が経ったなんて信じられるかい？　最後になった土曜の夜の密会で彼は仰天しつつ訊ねた。

信じられるわよ、リディアは腹の肉をつまみながら悲しそうに言った。私たちは時計みたいなものよ。ほんとに。

アベラードは首を振った。そんなことないよ。素晴らしい二人さ、リディア《ミ・アモル》。

できることならおれはこの瞬間に留まりたい。アベラードの幸福な日々を物語り続けたい。でもそれは不可能だ。その翌週には、原子の二つの目が一般市民の暮らす日本の都市で開き、誰も気づかぬうちに世界を作りかえてしまった。原子爆弾が日本を永久に傷つけてから二日も経たぬうちに、ソコロはこんな夢を見た。顔のない男が夫のベッドの側に立って見下ろしているのに、彼女は叫べず、何も言えない。そして次の晩も夢を見た。その男は子供たちのベッドも見下ろしていた。変な夢を見たの、ソコロは夫に告げたが、彼は手を一振りして相手にしなかった。ソコロは家の前の道を見張り、自分の部屋で蠟燭を灯すようになった。サンティアゴではアベラードはリディアの手にキスをし、リディアは喜びのため息をついていた。我々連合国側は太平洋での勝利に向かっており、三人の秘密警察官は輝くシボレーに乗りこみ、曲がりくねる道をアベラードの家に向かっていた。転落の時は訪れた。

鎖に繋がれたアベラード

秘密警察（まだ軍情報局という呼び名ではなかった頃だが、ここではそう呼ぶことにしよう）の役人が彼に手錠をかけ自分たちの車に乗せたことは、アベラードにとって人生で最も大きな衝撃だった、と言っても言いすぎではない。だがその後九年間、アベラードは次から次へと人生で最も大きな衝撃を受け続けることになる。アベラードはやっとしゃべれるようになると懇願した。お願いだから、妻にメモを残させてくれないか。その件はマヌエルが処理します。軍情報局員一号《ヌメロ・ウノ》は説明し、いちばん大柄な軍情報局員を指し示した。その男はすでに家のほうを見ていた。アベラードが最後に自分の家を見たとき、マヌエルは慣れたぞんざいな手つきで、彼の机を漁っていた。

軍情報局にいるのは犯罪者や本も読まないゴロツキばかりだろうとアベラードは想像していたのだが、実際には、彼を車に閉じこめたこの二人の職員は礼儀正しくて、残虐な拷問より掃除機の販売が似合うタイプだった。軍情報局員一号は道中でアベラードをなだめた。大丈夫、あなたへの嫌疑は晴れるでしょう。こういうケースは今までにも見てきましたから。一号は説明した。誰かがあなたを悪く言っているわけですが、そんなものすぐに嘘だとわかるはずです。そうだといいがね。半分は怒り、半分は恐れながらアベラードは言った。心配いりません《ノ・テ・プレオクペス》、軍情報局員一号は言った。ボス《エル・ヘフェ》は無実の人を刑務所に入れるようなことはしませんから。二号《ヌメロ・ドス》は黙ったままだった。彼はとても粗末なスーツを着ていた。そして二人ともウィスキーの臭いをさせていることにアベラードは気づいた。彼は平静を保とうとした――『デューン』が教えてくれるとおり、恐怖は精神をだめにしてしまうのだ――だがアベラードは自分を抑えることができなかった。娘たちと妻が何度も強姦されるのを思い浮かべた。自分の家が燃え上がるのを思い浮かべた。この豚どもが現れる直前に膀胱を空にしていなかったら、車中で小便を漏らしてしまうところだった。

アベラードは速やかにサンティアゴまで連れて行かれた（沿道の誰もが、フォルクスワーゲン・ビートルから律儀に目をそらした）。そしてサン・ルイス要塞《フォルタレサ》に到着した。この悪名高き場所に入っていきながら、恐怖の鋭い刃がぐさりとアベラードにささった。これは何かの間違いじゃないか？　あまりの恐怖に彼の声は震えていた。二号は言った。心配ないよ、ドクター、あんたはいるべき場所にいるのさ。二号があまりにも長いあいだ黙っていたので、彼がしゃべれることをアベラードはほとんど忘れかけていた。今や微笑んでいるのは二号で、一号は窓の外に注意を向けていた。いったん石の壁の内側に入ると、礼儀正しい軍情報局の職員はそれほど礼儀正しくない二人の看守にアベラードを引き渡した。彼らは靴と財布とベルトと結婚指輪をアベラードから奪うと、狭苦しく暑い事務所に彼を坐らせ、何かの書類に記入させた。空気にはひどい糞の臭いが充満していた。どの職員も彼の罪状を説明しなかったし、彼の要望にも耳を貸さなかった。そしてアベラードがそうした待遇に抗議しかけると、書類をタイプしていた看守が身を乗り出して彼の顔を殴った。まるでタバコに手を伸ばすように気軽にだ。その男は指輪をしていたので、アベラードの唇がひどく切れた。痛みはあまりに突然で、驚きはあまりに大きかったので、押さえている指のあいだからアベラードは訊ねた。なぜだ？　看守は再び彼を力一杯殴った。アベラードの額に溝ができた。ここじゃあ質問にはこう答えるのさ。看守は事務的にこう言い、書類がタイプライターにちゃんと差しこまれているか屈んで確かめた。アベラードは泣きじゃくり始めた。指のあいだから血が溢れ出した。タイプを打っている看守はこの光景を喜んだ。彼は他の事務室から何人か仲間を呼び寄せた。見ろよ！　本当に泣き虫だな！

何が起こっているのかわからないうちに、アベラードは一般留置房に押しこまれた。そこはマラリアの汗と下痢の臭いがしていて、ブローカ（フランスの外科医、病理学者、解剖学者、人類学者ポール・ブローカ（一八二四―八〇））なら「犯罪階級」と呼ぶだろう典型的に下品な輩で一杯だった。看守たちは他の囚人たちにアベラードはホモセクシュアルの共産主義者だと告げた――**嘘だ！**　アベラードは抗議した――だがゲイの共産主義者の言うことなど誰が聞くだろう。その後二時間以上アベラードは手荒い扱いを受け、服もほとんど脱がされてしまった。がっしりとしたシバオ出身者は下着さえよこせと言った。そしてアベラードがしぶしぶ渡すと、その男は自分のズボンの上に穿いた。これすごく気持ちいい《ソン・ムイ・コモドス》ねえ、彼は友人たちに言った。アベラードは裸で糞の壺の隣に坐らされた。乾いた場所に這っていこうとすると、他の囚人が叫ぶのだった——そこで糞にまみれてな《ケダテ・アイ・コン・ラ・ミエルダ》、ホモ野郎《マリコン》——こうして彼は小便と大便とハエの中で眠らなければならなかった。一度ならず、誰かに乾いた糞を唇に押し当てられて目が醒めた。要塞の囚人たちにとって、公衆衛生はあまり重要ではなかったのだ。異常者たちは彼が食べることも許さなかった。三日続けて、ただでさえ少ない食事を横取りしたのだ。四日目になって片腕のスリがアベラードを哀れに思ってくれたおかげで、彼は誰にも妨げられることなくバナナ一本まるごと食べることができた。アベラードは筋ばった皮まで食べようとした。それだけ腹が減っていたのだ。

かわいそうなアベラード。外の世界の誰かがやっと彼に注意を払ったのは四日目のことだった。その日の夜遅く、全員が寝静まったころ、一団の看守がやって来て彼を引きずっていき、もっと狭くてうす暗い房に入れた。彼は手荒にではなかったが革紐でテーブルに繋がれた。一般留置房から出されて以来ずっと彼はしゃべり続けていた。これは誤解なんだ、頼むよ、自分はとても高い家柄の出なんだ、妻や弁護士に連絡してくれよ、この嫌疑を晴らしてくれるから、こんなひどい扱いを受けるなんて信じられない、担当の職員は私の苦情を聞くべきだ。彼はこれ以上早くしゃべれないというくらい早口で話し続けた。部屋の隅で看守たちが電気的な装置をいじっているのに気づいてはじめて彼は黙りこんだ。アベラードはひどい恐怖を感じながらそれを見詰めた。そしてどうしても分類したいという、尽きることなき欲望に苛まれていた彼は訊ねた。それは一体全体何て名前なんだい?

おれたちはタコ《ブルポ》って呼んでるよ。看守の一人が言った。

彼らはそれをどう使うかをアベラードに朝までやって見せてくれた。

ソコロが夫を見つけ出すのに三日かかった。そして政府から訪問の許可を得るのにもう五日かかった。ソコロが夫を待っていた訪問室は便所を改装して作ったもののようだった。照明はパチパチ言う灯油ランプが一つだけで、今まで多くの人々が隅っこで山のように糞をしたらしかった。ソコロはこうした意図的な侮辱には気づかなかった。興奮しすぎていてわからなかったのだ。一時間ぐらいと思えるあいだ待たされたあと（これについても、他の婦人《セニョラ》だったら抗議しただろうが、彼女は糞の臭いにも、暗い部屋にも、椅子がないことにも、動揺をこらえて耐えた）、手錠をしたアベラードが連れてこられた。彼は小さすぎるシャツと小さすぎるズボンを与えられていた。彼はまるで手から、あるいはポケットの中から何か落とすんじゃないかと心配しているような様子で足を引きずって歩いた。まだ捕まってから一週間しか経っていなかったが、既にぎょっとするような姿に変わっていた。両目の周りは黒かった。両手と首は傷だらけで、破れた唇はぞっとするくらい腫れ上がっており、まぶたの裏側の肉みたいな色をしていた。前の晩、彼は看守たちに尋問されていた。看守たちは革製の警棒で冷酷に彼を打ち据えた。強打されたせいでアベラードの睾丸が片方、永久にしぼんでしまっていた。

かわいそうなソコロ。彼女の一生は不幸の連続だった。母親は口がきけなかった。酒飲みの父親は親から受け継いだ中流階級の財産を浪費し続けた。一区画《タレア》ずつ失い、ついに財産は掘っ立て小屋と数羽のニワトリだけになり、父親は他人の土地を耕さざるを得なくなった。一生移動し続け、健康を害し、いつでも手を痛めていた。彼は自分の父親が隣人に殴り殺されるのを見て、その心の傷から一生回復しなかったのだとも言われている。たまたまだが、その隣人は巡査部長でもあった。

ソコロの子供時代といえば、食べ損ねた食事やいとこから貰った服といったことばかりで、父親とは年に三、四回しか会えなかった。訪ねて行っても父親は口をききもせず、ただ酔って自分の部屋で寝ていた。ソコロは不安気質の娘《ムチャチャ》になった。一時は自分で髪の毛を引き抜いて薄くしてしまっていた。研修中の病院でアベラードの目を引いたのは十七歳のときだったが、彼女の生理が始まったのは結婚の**一年後**だった。大人になってもソコロは夜中に恐怖でよく目を覚ました。家が火事だと思いこみ、部屋から部屋へ走り回って、燃えさかる火を見つけようとした。アベラードが新聞を読んでくれるときも、彼女の興味を引くのは地震や火事や洪水や牛の大脱走や船の沈没だった。彼女は一族で最初の天変地異主義者だった。かのキュヴィエも誇りに思うだろうほどの。

ソコロは何を予期していたのだろう? ドレスのボタンをいじくりながら、肩にかけたバッグの位置を直し、メイシーズで買った帽子を傾け過ぎないように注意しながら。ひどい事態《トヨ》を予期していたことは間違いない。だが、殺されかかった夫の姿を見るとは思っていなかったろう。アベラードは老人のように足を引きずっていたし、彼の目はおいそれとぬぐい去ることのできない恐怖で光っていた。終末論的な熱情の中にいた彼女でさえも、ここまでの状況は想像していなかった。これはまさに転落だった。

ソコロがアベラードに触れると、彼は恥ずかしいくらいとても大きな声で泣き始めた。自分の身に起きたことを彼女に語ろうとするアベラードの頬を、涙が流れ落ちた。

自分が妊娠していることにソコロが気づいたのは、訪問を終えてさほど経たないころだった。アベラードの三人目の、最後の娘だった。

これはサファだったのかフクだったのか?

あんたが教えてくれよ。

常に憶測が飛び交ってきた。いちばん基本的なレベルで言えば、アベラードはそう言ったのか言わなかったのか？（言い換えればこうなる。アベラードは自分の破滅に自ら手を貸してしまったのだろうか？）一族の意見ですら分かれていた。いとこはそんなこと言っていないとラ・インカは断固主張した。すべては罠で、一族の財産や土地や事業を奪おうとしてアベラードの敵が仕組んだものだ。他の者たちにはそこまでの確信はなかった。アベラードはもしかしたらクラブでの夜、そんなことを**言った**のかもしれない。そして運の悪いことに、ボス《エル・ヘフェ》の手先に聞かれてしまったんだろう。入念な陰謀ではなく、ただ酔っぱらってしでかした愚行だったのだ。その後の大虐殺はと言えば、そりゃあさ《ケ・セ・ヨ》――すごく運が悪かったんだよ。

　地元の人の多くは超自然的なひねりのある説を好む。トルヒーヨはアベラードの娘を欲しがっただけではなく、いったん彼女を自分のものにできないとわかると、恨みから一族にフクの呪いをかけたのだと。ひどい出来事はすべてそのせいで起きたのだ。

　いったい本当はどれなんだ？　あんたは訊ねるだろう。事故か、陰謀か、フクか？　おれに言えるただ一つの答えはいちばん頼りないものでしかない。あんたが自分で決めるしかないのさ。確かなのは、何も確かじゃないということだけだ。われわれは沈黙の中を探し回るしかない。トルヒーヨとその仲間たちは痕跡となる書類を残さなかった――ドイツの同時代人たちと違って、やつらには記録しておきたいという欲望はなかったのだ。そしてフク自体もまた回想記や何かを残すことはない。生き残ったカブラル家の人々も当てにはできない。アベラードの投獄とその後一族を襲った破滅について、カブラル家の者たちは沈黙を守っている。その沈黙は記念碑のように何世代も続き、語りから出来事を復元しようという試みの前にスフィンクスのように立ちふさがっているのだ。そこここに囁き声は聞こえるが、それだけのことである。

つまり、話の全体をあんたが聞きたがっているとしても、おれは知らないということだ。オスカーもまた最後の日々に、話の全体像を探し求めた。そして彼が見つけたかどうかは誰にもわからない。

けれども正直に言おう。トルヒーヨが欲しがった少女といった話が話題になるのは、この島ではすごくありふれたことだった[*29]。オキアミくらいありきたりだったのだ（別にこの島で特にオキアミがありきたりだというわけでもなかったけど、どういうことかはわかるだろう）。あまりにもありきたりだったので、マリオ・バルガス＝リョサはただ口を開けるだけで、空気中をただよっているそんな会話を吸いこむことができたくらいだった。誰の故郷でも聞かれる好色漢《ベヤコ》の話の一つというわけだ。分かりやすい類のお話のひとつで、というのも本質的に**単純な話**だからだ。トルヒーヨが屋敷や財産を奪い、父親や母親を牢屋に入れたって？　そりゃあその家のきれいな娘とやりたかったからさ！　で家族はおとなしく従わなかったってわけ！

これって完璧な話だろ。楽しい読書にうってつけの話だ。

だがアベラード対トルヒーヨの物語にはもう一つの、あまり知られていない別バージョンがある。アベラードが災難に遭ったのは娘の尻《クロ》のせいでも、軽率な冗談のせいでもなかったと言い張る秘密の歴史だ。

彼が災難に遭ったのは一冊の本のせいだとこのバージョンは主張している。
(テルミンの伴奏お願いします)。

*29　アナカオナ、別名黄金の花と呼ばれた人物のことだ。彼女は新世界創設の母親の一人であり、世界でも最も美しいインディアンでもあった(メキシコ人にはマリンチェがいたが、我々ドミニカ人にはアナカオナがいる)。アナカオナはカオナボの妻だった。カオナボは「発見」された時代に、この島を治めていた五人いた族長《カシケス》の一人だった。バルトロメ・デ・ラス・カサスは彼の報告書で彼女についてこう書いている。「とても賢明で権威ある女性で、話し方や物腰は上品で礼儀正しかった」。他の証人たちはより簡潔にこう記している。彼女はセクシーで、後にわかるように、戦士としての勇気も持ち合わせていた。ヨーロッパ人たちはタイノ族に対しハンニバル・レクターのように振る舞い始めると、アナカオナの夫を殺した(これはまた別の話だ)。そして良き女戦士にふさわしく、彼女は自らの民を招集し抵抗しようとした。だが元祖フクたるヨーロッパ人を止めることはできなかった。虐殺また虐殺また虐殺だ。捕らえられたとき、アナカオナは交渉しようとして言った。「殺人は名誉あるものではありません。暴力で名誉を回復することもできないのです。敵さえ渡ることのできる愛の橋を共に築きましょう、彼らがそこに誰にもわかる足跡を残してくれるでしょう」。だがスペイン人たちはそんな橋など築こうとはしなかった。いんちきな裁判のあと、彼らは勇敢なアナカオナの首を吊った。サント・ドミンゴの、最初に建てられた教会の陰で。おしまい。
　ドミニカ共和国でアナカオナについてよく聞かれる話がある。そのなかで彼女は、処刑の前の晩に生き延びる機会を与えられる。彼女はただ、自分に夢中なスペイン人と結婚すればよかった(同じ流れなのがわかるだろうか。トルヒーヨはミラバル姉妹を求め、スペイン人はアナカオナを求めた)。現在のドミニカ人少女にこんな機会が与えられたら、彼女はさっさとパスポートの申請書類を埋めるだろう。だがアナカオナは悲劇的なまでに古風だった。彼女はこう言ったと伝えられている。白人野郎どもよ、ハリケーン並みの糞を食らえ!　それがアナカオナの最期だった。黄金の花。新世界創設の母親の一人であり、世界でも最も美しいインディアン。

（この話によれば）一九四四年のいつか、自分はトルヒーヨとやっかいなことになっているのかどうかまだアベラードが悩んでいたころ、彼は——何あろう——トルヒーヨについての本を書き始めた。一九四五年にはすでに、元政府職員がトルヒーヨ政権についての暴露本を書くという伝統があった。だがアベラードが書いていた本はどうやらそういった本ではなかった。その本は、もし人々の囁きを信じるとするならば、トルヒーヨ政権が超自然的な出自を持っていることについて解説していたのだ！　大統領の持つ暗い力についての本である。その本でアベラードが論じたのは、大統領について普通の人々が語っていたこと——彼は超自然的な存在だとか、人間ではないとか——がある意味では**本当**かもしれないということだった。トルヒーヨは、現実にではないにせよ、原理的には他の世界からやってきた生き物だというのだ！

それを読めたらいいのにとおれは思う（オスカーもそう思ったことは知っている）。おそらくものすごい本だったに違いない。ああ、（その話によれば）問題の魔術指南書はアベラードが逮捕されたあと処分されてしまった。一冊も残っていない。妻も子供もその存在を知らなかった。唯一、アベラードが民話を集めるのを内緒で手伝っていた召使いの一人だけが知っている、うんぬんかんぬん。これ以上何が言えるだろう。サント・ドミンゴでは、超自然的な影がないかぎり話は話ではない。この話も、広める人はたくさんいるが信じる者は一人もいない、というたぐいの作り話だ。ご想像通り、オスカーは転落の話のこのバージョンをとてもとても魅力的だと思った。彼が持つオタク脳の組織の深い部分に訴えかけたのだ。神秘的な書物、超自然的な、あるいはひょっとしたら地球外生物である独裁者が新世界第一の島に住み着き、世界の他の場所からその島を切り離す。彼は呪いの力で敵を破滅させることができる——まるでニューエイジ版ラヴクラフトみたいじゃないか。

アベラード・ルイス・カブラル博士の失われた最後の本。これが、我が島の肥大化したヴードゥー的想像力が作りあげた虚構以上のものではないってことはおれにもわかっている。そしてまたそれ以下でもない。トルヒーヨが欲しがった少女ってのは、出発点となる神話としては陳腐にすぎる。けれども少なくとも本当だと信じられるだろう？　本当の話だと。

だが奇妙だったのは、トルヒーヨは結局ジャッキーを一度も自分のものにはしなかったということだ。アベラードはすでに捕まえていたのに、である。トルヒーヨは予測不能な人物として知られていたが、それにしても変ではないか？

もう一つ奇妙だったのは、アベラードの本が、自著の四冊だけでなく、所有していた数百冊もまったく残っていないということだ。とにかく文書館にも個人所有のコレクションにも全然ないのだ。ただの一冊も。全て紛失したか、あるいは破棄されたかだ。彼の家にあった紙すら没収され焼却されたと言われている。ぞっとするだろう？　彼の手書き文字だって一つも残っていないのだ。そりゃトルヒーヨは徹底的だったかもしれない。でも、彼の手書き文字が書かれた紙切れ一枚すら残っていないというのはどうだろう？　それは徹底的という以上のものである。ここまでのことをするには、トルヒーヨがアベラード自身か、あるいは彼の書いたものを相当に恐れていたに違いない。

でもほら、こんなのは確実な証拠なんてない、オタクだけが大好きなたぐいの物語でしかないのさ。

判決

あんたが何を信じようとも、一九四六年二月にアベラードは公式にすべての罪状で有罪となり、十八年の刑を宣告された。十八年！　やせ衰えたアベラードは一語も発することができないまま法廷から引きずり出された。ソコロは妊娠して非常に大きなお腹を抱えていたが、裁判官に襲いかからないように押さえつけられた。ひょっとしたらあんたはこう訊ねるかもしれない。どうして新聞は激しく批判しないのだろう。人権団体は行動を起こさないのだろう。野党は抗議集会を開かないのだろう。ねえ、勘弁してくれよ。この島には新聞も人権団体も野党もなかったのさ。トルヒーヨがいただけだ。そして法曹界について言えばこうだ。アベラードの弁護士は宮殿《パラシオ》からの電話一本ですぐに上告を取り下げた。何も言わないほうがいいですよ。弁護士はソコロに助言した。そうしたほうがアベラードの命は延びます。何も言わなかろうが何でも言おうが——そんなことは関係なかった。これは転落だったのだ。ラ・ベガにある部屋数十四の屋敷、サンティアゴの贅沢なアパート、一ダースは余裕で馬が飼える馬小屋、繁盛している二軒のスーパーマーケット《スペルメルカドス》、たくさんの農場《フィンカス》、すべてが大爆音のなか消え去ってしまった。すべてトルヒーヨに没収され、彼と子分たちで分けてしまったのだ。子分のうち二人はアベラードが悪口を言ったあの夜、その場にいた（彼らの名前を明かすこともできるが、そのうちの一人の名前はもうあんたも知っていると思う。厚い信頼を受けていた例の隣人だ）。とにかくアベラード自身の消滅ほど完璧かつ究極的なものはなかった。

屋敷や財産をすべて失うというのは、トルヒーヨの治世ではありきたりのことだった——だがあの逮捕（あるいはもし空想物のほうがお好みならば、あの著作）をきっかけとして一族の運命は未曾有なまでに降下していった。なにか宇宙的なレベルで、レバーが一族に不利な方向に倒されたのだ。それは大量の悪運とも、莫大なカルマの負債とも、何か別のものとも（フク？）呼べるだろう。それがなんであれ、あの逮捕のせいで何かひどいものが一族に押し寄せるようになり、それはもう二度と止むことはないだろう、と言う人々もいるほどだ。

置き土産

あれが最初の兆候だったと一族が主張しているのは、アベラードの三番目にして最後の娘が、父親の逮捕からほどなくこの世に生を受けたときに、黒かったということである。そしてそれはただの黒というわけではなかった。**真っ黒々**の黒――コンゴの黒、シャンゴの黒（シャンゴ（Shango）はDCコミックス作品に登場する雷の神。アフリカ起源の神々（オリシャ）のうちの一人）、カーリーの黒（カーリー（Kali）はインド神話の女神。「黒」「暗黒」の意味もある）、サポテの黒（サポテ（zapote）は西インド諸島原産の果物。ブラックサポテは果肉がチョコレートのような褐色）、レカの黒（インド人の美人女優（一九五四―）。大衆映画、芸術映画問わず四十年間で百八十本以上の映画に出演した）だ――いくらドミニカ特有の人種的ごまかしを凝らしても、この事実を覆い隠すことはできなかった。子供の肌の色が黒いということを人々は悪い兆しだと取る。おれが属しているのはこうした文化だ。

本当に最初の兆候のことを知りたいかい？

三番目で最後の娘（彼女はイパティア・ベリシア・カブラルと名づけられた）を生んでから二ヶ月も経たないころ、おそらく悲しみや夫の消滅、あるいは夫側の親族にまるで、そう、フクのように避けられ始めたことや出産後の鬱で目が眩んでいたのだろう、ソコロは弾薬を積んだトラックが疾走してきた前に踏み出してしまい、アマリジャ邸のほぼ前まで引きずられた。そこでやっと運転手は何か変だと気づいたのだった。もし撥ねられた衝撃では死んでいなかったとしても、トラックの車軸から引きはがされるころにはソコロは確かに死んでいた。

それは非常な悪運だったが、それに対して何ができただろう？　母が死に、父は獄中で、他の一族は貧乏だった（つまりトルヒーヨのせいでそうなったということだ）せいで、娘たちは誰であろうと引き取ってくれるという人たちに、それぞれ引き取られた。ジャッキーは首都に住む富裕な名付け親夫妻のもとへ行き、アストリッドは、サン・フアン・デ・ラ・マグアナの親戚のところに落ち着いた。

姉妹は再会することはなかったし、父親にも二度と会わなかった。

いかなる種類のフクも信じない者でさえ、一体全体何が起こっていたのだろうと思うことだろう。ソコロの恐ろしい事故のすぐあと、一家の召使いのトップであるエステバン・エル・ガヨがキャバレーの外で刺されて死んだ。犯人は見つからなかった。そのあと間もなくリディアが亡くなった。悲しみのあまり死んだとも、女性特有の癌で死んだとも言われている。彼女の遺体が見つかったのは死後何ヶ月も経ってからだった。結局のところ、彼女は孤独な人生をおくっていたのだ。

一九四八年には、家族の黄金の子供であるジャッキーが名付け親夫妻のプールで溺死しているのが発見された。水深六十センチにまで排水されていたプールで。そのときまで彼女はいつも元気いっぱいだった。おしゃべりで、マスタードガス攻撃にだって明るい面を見つけられそうな女の子だった。自分が受けたトラウマにもかかわらず、そして両親との別れのいきさつにもかかわらず、彼女は誰も失望させなかったし、すべての期待を上回った。勉強面ではクラスでも一番で、アメリカ人街に住む私立学校の生徒さえ打ち負かした。すさまじく頭がよくて、試験では教師の出題の間違いを正すこともしょっちゅうだった。ディベート部の部長で水泳部の部長で、テニスをしても彼女にかなう者はいなかった。まさに黄金の生徒だった。それでも彼女は一族の転落と、そのなかで自分に課された役割を乗り越えることはできなかったのだ。人々はそう解釈した（それでも、フランスの医学校の入学許可を三日前にもらったばかりの彼女が「自殺」するというのは奇妙だったし、すべての証言からも、サント・ドミンゴを離れられると彼女がとても喜んでいたのは明らかだった）。

ジャッキーの妹であるアストリッドも——ごめん、君のことはほとんどわからないんだ——姉よりずっと幸運だったという訳ではなかった。一九五一年、叔父《ティオ》夫婦と住んでいたサン・フアンの教会で祈っていたアストリッドは、突然通路を飛んできた銃弾に後頭部を撃ち抜かれ即死した。その銃弾がどこから来たのかは誰にもわからなかった。発砲音を聞いた者もいなかった。

元々の四人家族のうち、最後まで生きていたのはアベラードだった。それは皮肉なことだった。一九五三年に彼が死んだという政府の発表を、ラ・インカも含めた彼の周囲のほぼ全員が信じていたからだ（どうして信じたかって？　それしかないだろ）。彼が本当に死んではじめて、アベラードはずっとニグア刑務所に入っていたことが明らかになった。トルヒーヨの刑務所で十四年ぶっ続けで過ごしていたというのだ。なんという悪夢だろう。[*30] アベラードの投獄については語るべき物語が千はある——あんたの**両目**から塩を絞り出せる物語が千はある——だがその無駄に過ぎ去った十四年間の苦悶や拷問や孤独や混乱については言わないでおこう。実際の事実は言わず、結果だけ言うことにしよう（それを聞いたらあんたは、それ以上のことがあったのだろうかと、きっと思うだろう)。

一九六〇年に、トルヒーヨに抵抗する地下活動が最高潮を迎えていたとき、アベラードは身の毛もよだつような仕打ちを受けた。彼は椅子に縛りつけられ、焦げつくような日光のもと外に出された。そして残酷にも、濡れたロープが額の周りにきつく巻かれたのだ。この拷問は王冠《ラ・コロナ》と呼ばれていた。単純だが恐ろしく効くやつだ。最初ロープはただ頭蓋骨を摑んでいるだけだが、太陽に乾かされるにつれて締まってくる。苦痛は耐え難いほどになり、ついには頭がおかしくなってしまう。トルヒーヨ治下の囚人たちの間でも、これ以上に恐れられていた拷問はそうなかった。生かさず殺さずというやつだった。アベラードは生き残ったが、もはや同一人物ではなかった。彼は植物状態になってしまったのだ。知性の誇り高き炎は消え去った。短かったその人生の残りを彼は愚鈍な恍惚状態で過ごした。だが彼がほとんど正気に戻っているように見える瞬間があったのを覚えている囚人もいる。そんなときのアベラードは野原に立ち、自分の両手をじっと見て泣いていた。まるで、自分がかつてはもっとましだった頃があったことを思い出しているようだった。尊敬の念から、他の囚人たちは彼を先生《エル・ドクトル》と呼び続けた。トルヒーヨが暗殺される二日前にアベラードは亡くなったと言われている。ニグア刑務所の外のどこかにある墓標のない墓に彼は埋められた。オスカーは人生最後の日々にそこを訪れた。語るべきことは何もなかった。サント・ドミンゴのどこにでもある、何てことない野原と変わらなかった。彼は蠟燭を灯し、花を手向け、祈り、ホテルに戻った。政府はニグア刑務所で亡くなった者たちのために標識を立てたという話だったが、実際には何もしていなかった。

三番目で最後の娘

三番目で最後の娘、イパティア・ベリシア・カブラルはどうなったのだろうか？　母親が亡くなったときたった二ヶ月で、父親には会ったこともなく、二人の姉も彼女を数度抱いただけで姿を消し、アトゥエイ邸では過ごしたこともない、まさに惨事の申し子である彼女は。彼女については、アストリッドやジャッキーほど簡単には調べがつかなかった。なんと言っても新生児だったし、それから一族内の噂によれば、ベリシアはあまりに肌が黒かったので、アベラード側の親類は誰も彼女を引き取ろうとはしなかった。さらに悪いことに彼女は未熟児《バキニ》だった――体重も少なく不健康だったのだ。彼女はうまく泣くこともできず、育てるのも難しかったし、親族でもない人は誰もその

＊30　ニグアとエル・ポソ・デ・ナグアは死の収容所で――究極の場所《ウルタモス》だ――新世界でも最悪の刑務所と言われていた。トルヒーヨ時代、ニグアに入るはめになった者たちの大部分は生きては出られなかった。そして生きて出た者たちも、死んだほうがましだったかもしれないと思ったろう。ある友人の親父はボス《エル・ヘフェ》の父親にしかるべき敬意を払わなかったという理由でニグアに八年間入れられた。歯が痛いと看守たちにこぼすという間違いをした囚人の話を彼から聞いたことがある。看守たちは彼の口に銃を突っこみ、脳みそをぶっ飛ばした。これでもう歯は痛まないだろう、看守たちは大笑いした（その手で殺人を犯した看守はそのあと歯医者《エル・デンティスタ》と呼ばれるようになった）。ニグア出身者には多くの有名人がいる。作家のフアン・ボッシュもその一人だ。彼はそのあと亡命中に反トルヒーヨ主義者でも最有力となり、ついにはドミニカ共和国の大統領にまで上り詰めた。フアン・イシドロ・ヒメネス・グルヨンが著書『アメリカのゲシュタポ《ウナ・ゲシュタポ・エン・アメリカ》』で次のように言っている。「片足に百匹のスナノミがたかっているほうが、片足をニグアに突っこんでいるよりよっぽどいい《エス・メホル・テネル・シエン・ニグアス・エン・ウン・ピエ・ケ・ウン・ピエ・エン・ニグア》」。

肌の黒い子供に生きていてほしいとは思わなかった。こんなふうな非難をするのはタブーだとはわかっているが、親族だって生きて欲しいと思っていたかは疑わしいとおれは思う。二週間ほど予断を許さない状況が続いた。そしてもしソイラという名前の、肌が黒く優しい女性が自分の乳をやり、一日何時間もベリシアを抱いていなかったとしたら、もしかしたら彼女は生き延びられなかったかもしれない。四ヶ月目の終わりくらいには赤ん坊は回復してきたようだった。いまだに完全な未熟児なことは確かだったが、体重が増え始めたのだ。そして彼女の泣き声も、以前は墓場から聞こえてくる囁き声くらいだったのが、だんだんと鋭くなってきた。ソイラ（彼女はちょっとした守護天使だった）は赤ん坊のまだらの頭を撫でながら断言した。六ヶ月もしたら、あんたはウリセス・ウロよりも強い《マス・フエルテ・ケ・リリス》子になるだろうよ（ウリセス・ウロは一八八二—九九の間ドミニカを統治した独裁者）。

だがベリシアには六ヶ月は与えられなかった（彼女の星回りに安定というものはなく、ただ変化があるだけだった）。突然ソコロの遠い親戚が姿を現すと、子供は自分たちのものだと主張し、ソイラの腕からベリシアを奪い取ったのだ（アベラードとの結婚を機に、ソコロが喜んで縁を切ったまさにその親戚たちだった）。この人たちには本気でベリシアの世話をするつもりなど一瞬たりともなかったのではないかとおれは疑っている。カブラル家から何らかの金銭的な見返りがあるのではないかと期待してこんなことをしたのだろう。そして転落があまりに完璧なものであり、何の分け前もないと気づくと、この残酷な人々《ブルトス》はベリシアをアスア郊外に住むさらに遠い親戚のもとへやった。ここから彼女の人生は奇妙な道筋をたどることになる。アスアの人々はとてもひどい仕事をしていたらしかった。おれの母親の呼ぶところの野蛮人《サルバヘス》だ。この不幸な赤ん坊をほんの一ヶ月世話したあと、その家の母親はある午後、赤ん坊と姿を消した。そして村に戻ってきたときには赤ん坊がいなくなっていたのだ。彼女は隣人《ベシノス》たちに赤ん坊は死んだと言った。彼女の言葉を信じた者もいた。確かにベリはここしばらく健康を害していたのだ。地球上で最もチビな黒人の女の子《ネグリタ》。フク第三部だ。だが他の大部分の人々は彼女が他の家族にベリシアを売り飛ばしたのだと思った。そのころには、そして今でも、子供の売買は普通のことなのだ。

そしてそれこそが実際に起きたことだった。オスカーが書いたファンタジー小説の登場人物の一人のように、この孤児（この子が超自然的な復讐の対象だったにせよそうでないにせよ）はアスアの他の地区に住む赤の他人に売られたのだった。そう——彼女は売られたのだ。彼女はメイド《クリアダ》に、家庭内奴隷《レスタヴェク》になったのである。島でも最も貧しい地区で人知れず暮らし、自分の本当の一族が誰かも知らなかった。そしてそのあと彼女は長い長いあいだ人々の視界から消え去った。*31

火傷

彼女が次に姿を現したのは一九五五年だった。ラ・インカの耳に彼女の噂が届いたのだ。

今まで転落と呼んできた期間、ラ・インカの精神状態がどうだったかをとてもはっきり、とても率直に語っておくべきだと思う。転落のあいだラ・インカはプエルトリコに亡命していたという者もいるが、実際には彼女はバニにいて、家族からは距離を置き、三年前の夫の死を悲しんでいた（陰謀説好きな人たちのためにここははっきりさせておく。夫が死んだのは転落の前であり、彼は断じてその犠牲者ではない）。最初の数年間の悲しみはひどいものだった。夫はラ・インカが愛した唯一の人物だったし、彼もまたラ・インカを本当に愛していた。そして二人の結婚生活は数ヶ月しか続かなかった。彼女は悲しみの荒野でさまよっていた。だからいとこのアベラードがトルヒーヨとひどく面倒なことになっていると聞いても、ラ・インカは何もしなかった。このことを彼女は一生悔やむことになる。ラ・インカはそれほどの痛みを抱えていたのだ。そんな彼女にいったい何ができただろう？　ソコロが死に、娘たちが別々に引き取られたと聞いても、ラ・インカは何もしなかった。このことを彼女は永遠に悔やむことになる。一族の他の人々にどうすべきか考えてもらえばいいじゃない。ジャッキーもアストリッドも亡くなったと聞いて、はじめてラ・インカは長く続いた悲しみから自分自身を引きずり出した。そして夫が死んでいようがいまいが、悲しんでいようがいまいが、自分はいとこに対する責任をまったく果たせなかったことに気づいたのだった。アベラードはいつも優しくしてくれたし、一族全員が自分の結婚に反対したときにも彼だけは支援してくれたのに。このことに気づいてラ・インカは恥と屈辱を感じた。彼女は自分の身を清め、三番目で最後の娘を捜しに出かけた。だがベリシアを買い取ったアスアの家族にまでたどり着くと、ラ・インカは小さな墓を見せられた。それで終わりだった。ラ・インカは邪悪な家族やベリシアの死について強い疑念を感じたが、彼女は霊能者でも科学捜査班でもなかったので、もはやできることは何もなかった。ラ・インカはベリシアが死んだことを認めるしかなかったし、その死はある意味、自分のせいでもあった。恥と罪悪感には良い面もあった。そのおかげで彼女の悲しみは吹き飛んだのだ。ラ・インカは再び生き始めた。パン屋のチェーン店を開いたのだ。客のために身を粉にして働いた。ときどき小さな黒人娘《ネグリタ》の夢を見た。彼女こそ死んだいとこの血を受け継ぐ最後の者だったのに。こんにちは、叔母《ティア》さん、その子は言い、ラ・インカは胸に何かつかえているように感じながら目を覚ますのだった。

そして一九五五年になった。恩人の年だ。ラ・インカのパン屋はすごく繁盛していて、彼女は街での存在感を取り戻した。ある日ラ・インカは驚くべき話を聞いた。アスア郊外に住む田舎娘《カンペシナ》が、トルヒーヨの建てた地方の新しい学校に入学しようとしたが、本当の両親ではない両親が許さなかった。それでもその子はすさまじく頑固で、仕事をさぼって授業に参加し続け、本当の親ではない両親は怒り狂った。そしてそのあとの激しい喧嘩であわれな少女《ムチャチタ》はひどい火傷を負わされた。本当の父親ではない父親が、鍋で煮えたぎる油を彼女の裸の背中にぶっかけたのだ。火傷のせいで危うくその子は死ぬところだった（サント・ドミンゴでは良い知らせが雷の速さで広まるとすれば、

＊31　おれはサント・ドミンゴに九歳までしか住んでいなかったが、それでもメイド《クリアダス》のことは知っていた。家の裏の路地《カジェホン》に二人住んでいたのだ。おれがそれまでに見たことのある人間の中で、最もひどい扱いを受け、こき使われていたのは彼女たちだった。ソベイダのほうは**八人**もいる家族の料理全部、洗濯全部をやり、水を全て汲み、二人の赤ん坊の世話をしていた——そして彼女はたった七歳だったのだ！　彼女は学校に通ったことはまったくなかったし、おれの兄の最初にできた彼女であるヨアナがわざわざ——彼女の家族に隠れて——アルファベットを教えてやらなかったら、ソベイダは何も知らなかったことだろう。合衆国から毎年おれは里帰りしたのだが、状況は変わらなかった。無口で勤勉なソベイダはほんの一瞬立ち寄ると、おれの祖父《アブエロ》やおれの母に何か言い（そして連続メロドラマを数分見て）次の雑用を終えるため走っていくのだ（おれの母はお土産としていつも彼女に現金をあげた。あるとき服をあげたら、次の日には彼女の「家のもの」がそれを着ていたのだ）。おれは彼女としゃべろうとした。もちろんだ——コミュニティ活動家ってわけ——でも彼女はおれもおれの間抜けな質問もサッとかわしてしまった。あんたたち二人で何をしゃべるって？　母は訊ねた。そのかわいそうな子《ラ・ポブレシタ》は自分の名前だって書けないんだよ。そして彼女が十五歳のとき、路地に住むバカどもの一人がソベイダを妊娠させた。そして母によれば、今や家族はソベイダの子供も家で働かせているらしい。子供はソベイダのために水を運んでいるそうだ。

悪い知らせは光の速さで広まった）。そしてその話の一番すごいところはどこかって？　なんと噂では、その火傷した少女はラ・インカの親類だというのだ！

一体そんなことどうしてありえるの？　ラ・インカは訊ねた。

ラ・ベガで医者をやっていたあんたのいとこを覚えてるだろ？　トルヒーヨの悪口を言って牢屋に行ったあの人さ。でな、ある人物《フラノ》が、どこのどいつかなんて知らんが、そいつが言うには、その少女はあんたのいとこの娘だって。

二日間、ラ・インカは信じまいとした。サント・ドミンゴではいつもみんな、なんだって噂話の種にするものだ。ベリシアがまだ生きていて、よりにもよってアスア郊外なんて場所で暮らしているなんてラ・インカは信じたくなかった。[32]彼女は二晩眠れず、マリファナを吸わなければならなかった。そしてついに、死んだ夫の夢を見たあと、そして何より自分の良心を静めるために、ラ・インカは隣人であり彼女の店で一番うまくパン種をこねることのできるカルロス・モヤ（彼は一度は彼女というパン種もこねたが、その後逃げ出して結婚した）に頼んで、少女が生きているとされる場所まで車で連れて行ってもらった。もし少女がいとこの娘だったら一目見ただけでわかる、と

＊32　島のことを知っている人なら（あるいはキニト・メンデス（一九六一—。ドミニカ出身のメレンゲ・シンガー）の歌に親しんでいる人なら）おれが言っているのがどんな景色のことかはっきりとわかるだろう。これは君らがあれこれ話題にするような田舎《カンポス》ではない。トゲバンレイシ《グアナバナ》が生い茂る夢の田舎《カンポス》ではないのだ。アスア郊外はドミニカ共和国でも最も貧しい地区の一つだ。それは荒れ地であり、わが国における奥地《セルタオン》であり、オスカーが愛して止まない世界の終末を描くシナリオに出てくるような放射能に蝕まれた土地に似ている——アスア郊外はアウトランド（同名の米のSF映画（一九八一）に登場する宇宙鉱山のこと）であり、バッドランド（『スタートレック』シリーズに登場するプラズマストームが吹き荒れる危険な宙域のこと）であり、呪われた土地（の英

コミック『ジャッジ・ドレッド』（一九七七―）に登場する放射能に汚染された荒れ地）であり、禁断の地（『猿の惑星』で猿が決して足を踏み入れない人間の文明跡地）であり、大砂漠（D&Dの背景世界の一つ。「ミスタラ」（一九八〇―）に登場する広大な砂漠）であり、ガラスの砂漠（日本のデジタルゲーム『聖剣伝説』シリーズ（一九九一―）に登場する、至るところにガラスの結晶が生えている砂漠）であり、燃えさかる土地（ライブアクション・ロールプレイング（現実世界で参加者の身体行動を大きく伴って行なうRPGの表現形式の一種。演劇やオリエンテーリング的な要素が強い）の一つであるアムトガルド（一九八二―）のテキサス州エルパソ支部の別名）であり、ドウベン・アル（米のSF―RPG『スカイレルムス・オブ・ジョルーン』（一九八四―九二）に登場する、野蛮人や略奪者たちが跋扈する荒廃した土地）であり、サルサ・セカンダス（『デューン』シリーズに登場する帝国の牢獄惑星）であり、セティ・アルファ第五惑星（『スタートレックⅡ カーンの逆襲』（一九八二）等に登場する惑星。もとは美しい惑星だったが、隣の第六惑星の爆発により荒廃した）であり、タトゥイーン（『スター・ウォーズ』シリーズに登場する辺境の惑星。ほぼ全域が砂漠で覆われている）であった。その住民たちはそんなに遠い昔ではないホロコーストの生き残りと言っても通ったことだろう。貧しい者たちは――そして彼らはベリが生き抜いたような不幸を背負っていた――ボロをまとい、裸足で歩き回り、過去の世界の瓦礫を使って建てられたような家に住んでいることもしばしばだった。彼らの中にテイラー宇宙飛行士（『猿の惑星』で猿の惑星に不時着する宇宙飛行士）を着陸させたら、彼は地面に倒れ伏し喚きたてたことだろう。とうとうやっちまったんだな！（いや、チャールトン（米の有名俳優チャールトン・ヘストン（一九二三―二〇〇八）。『猿の惑星』などSF映画にも多数出演した）、世界の終末ではなくて、ただのアスア郊外だよ）。この土地で栄えている生命体のうち、刺がなく昆虫ではなくトカゲではないのは、アルコア社の掘削業者たちとこの地区では有名な山羊たちだけだ（ヒマラヤを飛び回りスペインの旗に糞をするやつら《ロス・ケ・プリンカン・ラス・イマラヤス・イ・カガン・エン・ラ・バンデラ・デ・エスパニャ》）。

アスア郊外は実に悲惨な荒れ地だ。ベリシアと同世代であるおれの母はアスア郊外に十五年間という、記録破りの長さ住み続けた。彼女の子供時代はベリのものより遥かにましだったが、それでも母が言うには、五〇年代前半のその地区は煙と、近親相姦と、腸内の寄生虫と、十二歳の花嫁たちと、激しい鞭打ちに満ちていたという。どの家族もグラスゴーのゲットーくらい大きかった。それは暗くなったあとすることがないからであり、乳児死亡率があまりにも高く、かつ不幸な出来事があまりにも多かったせいで、自分の家系を途絶えさせたくなければ懸命に補充する必要があったからだ、というのが母の説明だ。もう少しで死ぬという目に**遭わなかった**子供はかえっていぶかしがられた（母はリューマチ熱にかかってもなんとか助かったが、彼女と親しかったいとこは亡くなった。母の熱が下がり意識が戻ったときには、おれの祖父母《アブエロス》は既に彼女を埋葬するための柩を買っていたという）。

ラ・インカは言い切った。そして二十四時間後にラ・インカが連れて戻ったのは、信じられないほど背が高く、信じられないほど痩せ、半ば死にかけたベリシアだった。ラ・インカは田舎《カンポ》も田舎者も大嫌いだと強く思い、そのまま一生思い続けた。あの野蛮人たちはあの子に火傷を負わせただけでは足りず、夜は鶏小屋に監禁までして罰し続けていたのだ！　最初は彼らは少女を出したがらなかった。あの子はあんたの家族じゃないよ、だって黒人《プリエタ》なんだから。だがラ・インカは譲らず、「声」を使って無意識にまで働きかけた。そして鶏小屋から出てきた少女は火傷のせいで体を伸ばせずにいた。すこともできなかった。ラ・インカは少女の怒りに燃えた目を覗きこみ、アベラードとソコロが見詰め返しているのを見て取った。肌の黒さなんて関係ない――この子だ。三番目で最後の娘は。死んだと思われていたが、ここにいたのだ。

私はあんたの本当の家族だよ。ラ・インカは力をこめて言った。助けに来たよ。

こうして一瞬のうちに、たった一言で、二つの人生は決定的に変わった。ラ・インカは使っていない部屋にベリを住まわせた。それはかつて夫が昼寝をしたり彫刻をしたりしていた部屋だった。きちんと身元を確立するための事務手続きをすませ、何人も医者を呼んだ。ベリの火傷は信じられないほどひどいものだった（少なくともヒットポイント一一〇点分のダメージはあった）。化膿した傷跡は怪物の手袋のようにベリの首の後ろから腰まで摑んでいたのだ。まるで被爆者のような、爆弾によるクレーター、巨大な傷痕だった。ベリが普通の服を着られるようになるとすぐに、ラ・インカは彼女に服を着せ、家の前でベリの人生最初の写真を撮った。

イパティア・ベリシア・カブラル、三番目で最後の娘ここにあり。疑り深く怒りに満ち、しかめ面で言葉少なく、傷を負い飢えた田舎娘《カンペシナ》、だが顔つきと態度は黒々と太い文字でこう叫んでいる。

反抗的。色は黒いが明らかに一族の娘だった。そのことに疑いの余地はない。元気なころのジャッキーよりすでに背は高かった。ベリの目の色は父親のものと完全に同じだったが、ベリ自身はそんなことまったく知らなかった。

ワスレナ者

その九年間について（そして火傷について）ベリはしゃべらなかった。まるでアスア郊外での日々が終わるとすぐ、そしてバニに着くとすぐ、ベリの人生のその一章がまるごと容器に入れられてしまったようだった。政府が核のゴミを入れ産業用レーザー光線で三重に封をするような容器に入れられたうえ、彼女の魂の地図にもない暗い溝に保管されてしまったのだ。人生のその期間について**四十年**ものあいだ一言も漏らさなかったということが、ベリについて多くを物語っている。彼女は母親《マドレ》にも友達にも恋人にもギャングにも夫にも何も言わなかったのだ。そしてもちろん、愛する子供たち、ロラにもオスカーにも言わなかった。**四十年**だ。ベリのアスアでの日々についてみなが知っているほんの少しのことはすべて、ラ・インカがベリを救出した日に自称両親から聞いたものだった。今でさえラ・インカはこれ以外のことはめったに言わない。あの子、もう少しで殺《カシ・ラ・》されるところだった《アカバロン》のよ。

実際のところ、いくつかの重要な瞬間以外、ベリはそのころの人生についてまったく考えることがなかっただろうとおれは思う。彼女のこうした健忘症は、そのあたりの島ならどこでも普通のことだった。半分は否認で、あとの半分は否定的妄想というやつだ。アンティル諸島の力をベリも身につけていた。そしてそこから新たな自分を創りだしたのだった。

安らぎの場所

だがそのことはいい。大事なのはバニが、そしてラ・インカの家がベリシア・カブラルにとって安らぎの場所となったということだった。そして彼女はラ・インカのことを、それまで自分にはいなかった母親だと思った。ラ・インカはベリに読み書き、服の着方、ものの食べ方、行儀作法を教えた。ラ・インカはまるで、早送りの花嫁学校だった。彼女はベリを**文明化するという使命**を負っていたのだ。しかも自責の念や背信、挫折感といった巨大な感情に突き動かされていた。そしてベリは、耐えなければならなかったすべてのことにもかかわらず（あるいはそれゆえに）、非常に優秀な生徒となった。まるでニワトリを与えられたマングースのように、ラ・インカの文明化の授業に貪欲に取り組んだ。安らぎの場所で過ごした一年が終わるころには、ベリのおおざっぱな輪郭線がこね上げられた。確かにベリはよく罵ったし、すぐに怒ったし、動きは攻撃的かつ気ままで、鷹のような冷酷な目をしていたが、彼女の物腰やしゃべり方（そして傲慢さ）には家柄のいい少女《ウナ・ムチャチャ・レスペタブレ》特有のものがあった。そして長袖を着ると、傷跡は首のところしか見えなくなった（もっと大きな傷痕の縁であることは確かだったが、生地の裁ち方を工夫することでかなりの部分を隠しおおせていた）。これが一九六二年にアメリカ合衆国に行くことになる少女だが、オスカーやロラが当時の彼女のことを知ることはない。初期のベリを見たのはラ・インカだけだ。そのころのベリは服を全部着たまま眠り、夜中に叫んでいた。ラ・インカが見ていたのは、より良い自分を組み立てる前のべリだった。ビクトリア朝風の食事作法を身につけ、汚いものと貧乏人が大嫌いという自分を組み立てる前のベリだ。

あんたの想像通り、この二人の関係は奇妙なものだった。ラ・インカはベリがアスアで過ごした期間について決して話し合おうとしなかったし、言及することもなかった。火傷についても触れなかった。ラ・インカはそんなもの存在しないふりをしていたのだ（ちょうど自分の住む地区《バリオ》に、実際にはあふれかえっている薄汚い怠け者たちが存在しないふりをしていたように）。毎朝毎晩、ベリの背中に油を塗っているときにも、ラ・インカはこう言うだけだった。ここに坐りなさい、ベリ《シエンテセ・アキ・セニョリタ》。ベリがすごく心地よく思っていたのはこの沈黙であり、詮索がないことだった（時々ベリの背中に押し寄せてくる感情の波を、簡単に忘れ去ることさえできればだ）。火傷やアスア郊外について話す代わりに、ラ・インカはベリにこんな話をした。失われ忘れ去られた過去について、有名な医者である父親のこと、美しい看護師である母親のこと、二人の姉、ジャッキーとアストリッドのこと、そしてシバオの驚くべき城、アトゥエイ邸のこと。

二人は決して親友同士にはならなかったかもしれない――ベリはあまりに怒りっぽく、ラ・インカはあまりに礼儀正しかった――だがラ・インカはベリにとても大きな贈り物を与えた。その贈り物にベリが感謝するのはずっとあとのことだったが。ある晩ラ・インカは、古い新聞を取り出し写真を指差した。彼女は言った。これがあなたのお父さんとお母さんよ。彼女は言った。あなたはこういう人間なのよ。

それは二人が病院を開いた日の写真だった。二人はとても若く、とても真面目な顔をしていた。べリにとってそうした日々こそ唯一の安らぎの場所で、自分には望めないと思っていた安全な世界だった。ベリには服もあったし、食べ物もあったし、時間もあった。それにラ・インカは決して彼女を怒鳴らなかった。何をしたってまったく怒鳴らなかったし、他の人にもベリを怒鳴らせなかった。ラ・インカが金持ちの生徒たちの通うエル・レデントル学園にベリを入れるまで、彼女は埃っぽくハエが飛び回る公立学校に三歳下の生徒たちと一緒に通っていた。友だちはできなかった（できるわけないとベリは思っていた）。そして人生で初めて、見た夢を覚えているようになった。それは今までベリがふけることのできなかった贅沢だった。そしてはじめのころにベリが見た夢は、まるで嵐のように力強かった。ベリはあらゆる夢を見た。飛ぶ夢から行方不明になる夢、そしてさらには、火傷の夢さえ見た。鍋を持ち上げた瞬間の、「父親」の顔がどんなにうつろだったかを。夢の中のベリはちっとも恐がっていなかった。ただ首を振っただけだった。あんたはもういないんだよ、ベリは言った。もういないのさ。

　だがベリを悩ませた夢もひとつあった。ベリは一人で巨大な空き家の中を歩いている。その天井からは雨のあたるポツポツという音がしていた。一体誰の家なんだろう？　ベリにはまったくわからなかった。だが中にいる子供たちの声は聞こえた。

　最初の年の終わりに、先生がベリに、黒板まで来て日付を書き入れるよう言った。それはクラスでいちばん「できる」生徒にだけ与えられる特権だった。黒板の側にいるベリは巨人のようだったし、子供たちは心の中で、世間一般がそう呼ぶようにベリをこう呼んでいた。火傷した黒人娘《ラ・プリエタ・ケマダ》、あるいは火傷したブサイク《ラ・フェア・ケマダ》。ベリが席に戻ると先生は彼女の殴り書きを見てこう言った。よくできました、カブラルさん《セニョリタ・カブラル》！　ベリはこの日のことを決して忘れなかった。国外離散の女王になったあとですら覚えていた。

よくできました、カブラルさん《セニョリタ・カブラル》！

ベリは決して忘れなかった。彼女は九歳と十一ヶ月だった。トルヒーヨの時代のことだ。

第6章

取り乱した者たちの国

Land of the Lost

1992–1995

暗黒時代

卒業後オスカーは家に戻った。童貞として家を出て、童貞として戻ってきたのだ。子供時代のポスターを剥がした――『宇宙戦艦ヤマト』や『キャプテンハーロック』（いずれも日本の漫画家松本零士（一九三八―）原作のSFテレビアニメシリーズ）だ――そして大学時代のものを貼った――『AKIRA』や『ターミネーター2』である。今やレーガンや彼の言う悪の帝国はありがたくもネバーランド（スコットランド出身の劇作家・小説家J・M・バリー（一八六〇―一九三七）の『ピーター・パン』（一九〇二―一一）に登場する異世界。親とはぐれた子供たちが妖精と暮らす国）に消えてしまい、オスカーは世界の終わりを夢見ることもなくなった。転落のことだけだ。オスカーは『アフターマス！』を片付け、『スペースオペラ』（米のSF―RPG（一九八〇―八三）。『スター・ウォーズ』『レンズマン』『デューン』のような世界を冒険する）を取り出した。

そのころはクリントンの時代になったばかりで、経済はまだ八〇年代のチンポコを吸っていた。オスカーはただダラダラ、ほとんど七ヶ月間なにもせず、教師の誰かが病気になるたびにドン・ボスコ高校で代用教員をしていた（ああ、なんと皮肉なことだろう！）。短篇や長篇を出版社に送り始めたが、誰も興味はもってくれないらしかった。それでも、オスカーはあきらめずに送り続け書き続けた。一年後には代用教員から本採用になった。オスカーはそれを断って、拷問を逃れるために「セーヴィング・スロー」（D&D用語。敵の特殊攻撃を回避するために行なう特別な判定のこと）を行うこともできたのだが、そうする代わりに彼は流れに身を任せた。自分の世界が崩れ去るのを眺めながら、どうだっていいと独り言をつぶやいていたのだ。

　われわれが最後に見たときから、ドン・ボスコ高校はキリスト教友愛精神のおかげで奇跡的な転換を遂げていただろうか？　神の永遠なる慈愛のおかげで、生徒たちは堕落から救われていただろうか？　そんなことあるわけないだろ。確かに今や高校はオスカーには小さく感じられたし、この五年で修道士たちはすっかりインスマウス面《づら》（ラヴクラフトの小説等に登場する、「深きものども」という半魚人のような種族の血を引いている者に特有の面持ち。蛙のように両目が離れている）になったみたいだった。有色人の生徒も多少増えてはいた——だがある種のことは（白人至上主義や有色人の自己嫌悪なんかは）決して変わったりしない。若いころオスカーが感じた陽気な残酷さは、いまも廊下をビリビリさせていたのだ。そしてもし若いころオスカーがドン・ボスコを愚者の地獄だと考えていたとしたら——年を重ねて国語と歴史を教えるようになった今はどうだろう。イエス《ヘスス》様、聖なるマリア《サンタ・マリア》様。まさに悪夢だった。オスカーは教えるのがうまくはなかった。彼は熱心でもなかったし、学年や性格にかかわらずすべての生徒が彼をあからさまにからかった。生徒たちは廊下で彼を見つけると笑った。自分たちのサンドイッチを隠すふりをした。授業中に、セックスをしたことがあるか質問した。オスカーがどう答えようとも、生徒たちは容赦なくげらげら大笑いした。オスカーは知っていた。生徒たちは彼が当惑するのを見て笑っていただけではない。オスカーが誰か不運な娘に片思いをするという姿を想像して笑っていたのだった。生徒たちはそんな片思いの漫画を描き、授業のあとそれが床に落ちているのをオスカーは見つけた。会話の吹き出しさえ付いていた。**やめて、オスカーさん、やめて！**　こんなことをされてどれだけヘコんだことだろう。オスカーが毎日目にしていたのは、かっこいい生徒たちが太ったやつ、ブサイクなやつ、頭の良いやつ、貧乏なやつ、肌の色が濃いやつ、黒いやつ、人気のないやつ、アフリカ人、インディアン、アラブ人、移民、変なやつ、女っぽいやつ、ゲイのやつをめちゃくちゃにいじめている様子だった――そしてこうしたいじめすべてに彼は自分の姿を見た。かつて中心となっていじめていたのは白人だったが、今や有色人の生徒がその任務を担っていた。ときにオスカーは、学校のいじめられっ子に手を差し伸べようとした。慰めの言葉をかけようとした。ほら、君はこの宇宙で一人っきりじゃないんだよ。だがのけ者にとって最も欲しくないものは、別ののけ者からの救いの手だった。声をかけられた少年たちは恐れをなしてオスカーから逃げた。急にやる気になり、オスカーはSFとファンタジーのクラブを作ろうとした。廊下に勧誘のポスターを貼り、木曜日の放課後、二週続けて自分の教室で坐っていた。お気に入りの本を魅力的な配列に並べ、廊下を遠ざかっていく足音の轟きや、「転送を頼む！」「ナヌー、ナヌー！」（米ホームコメディ『モーク・アンド・マインディ』（一九七八―八二）に登場する宇宙人モークの挨拶の言葉）という叫びがときおり上がるのをドアの向こうに聞いていた。そして何も起こらないまま三十分過ぎると、オスカーは本をまとめて、部屋に鍵を掛け、同じ廊下を歩いて行くのだった。一人で歩く彼の足音はおかしなほど上品に響いた。

　教職員でオスカーの唯一の友達だったのは、聖職者ではなくラテンアメリカ系でオルタナ好きの教員、二十九歳のナタリーだった（そう、彼女はオスカーにジェニを思い起こさせた。ジェニから並外れた美貌とくすぶった感情を引いたような女性だった）。ナタリーは精神病院で四年を過ごしたことがあり（神経よ、彼女は言った）、自称魔術崇拝者だった。恋人であるブタ箱のスタンとは精神病院で出会った（「あそこがハネムーンだったの」）。彼は救急医療の技術者で、ナタリーの話によれば、道端でバラバラになった死体を見ると、ブタ箱のスタンはなぜだか勃起するのだった。オスカーは言った。スタンってすごく興味深い人物みたいだね。その通りなのよ、ナタリーは言いため息をついた。ナタリーは見た目がいまいちで、かつ薬のせいでいつもぼーっとしていたが、オスカーはかなり奇妙な、ハロルド・ローダー（『ザ・スタンド』に登場する肥満体の青年。知識はあるが繊細で、幼馴染みのフランに片思いをする）的な幻想を彼女に関して抱いていた。彼女は公然と付き合うほどには、もちろん想像上の話だが、きれいではなかったので、寝室の中でだけの倒錯した関係を彼は空想した。彼女のアパートへ行き、服を脱いで裸でグリッツを調理しろとナタリーに命じるのだ。二秒後には彼女はエプロンだけ身につけて台所のタイルでひざまずいている。その間もオスカーは服を着たままだ。

　そしてその先はさらにひたすら奇妙な展開になるのだった。

　オスカーが勤めだして一年が過ぎようとしていた。ナタリーは休み時間にこっそりとウィスキーを飲み、オスカーに『サンドマン』（英の小説家ニール・ゲイマン（一九六〇―）が原作をつとめたコミックシリーズ（一九八九―九六））や『エイトボール』（米の漫画家ダニエル・クロウズ（一九六一―）によるオルタナティヴ・コミックの伝説的作品（一九八九―二〇〇四））を教え、オスカーからたくさんの金を借りたがまったく返してくれなかった。その彼女がリッジウッド高校に転勤になり――ヤッホー、ナタリーはいつもの無表情な声で言った、郊外よ――二人の友人関係は終わった。オスカーは何度か電話してみたが、偏執狂の恋人はまるで頭に電話を溶接したまま暮らしているようだった。彼に伝言を頼んでもまったくナタリーには伝えていないようで、とにかくそのまま自然消滅させるしかなかった。

　人付き合いだって？　実家での最初の数年間、オスカーにはそんなものはなかった。週に一度ウッドブリッジのショッピングモールに行き、ゲームルームでロールプレイング・ゲームを、ヒーローズワールドでマンガを、ウォールデンブックスでファンタジー小説をチェックした。オタクの順路だ。フレンドリーズで働いている爪楊枝みたいに細い黒人の女の子をじっと眺めた。オスカーは彼女に恋をしていたが、一言もしゃべることはなかった。

　アルとミッグズはと言えば――二人とは長いことつるんでいなかった。二人とも大学を中退していた。モンマス大とジャージーシティ州立大だ。そして二人とも街の反対側のブロックバスターで働いていた。たぶん墓まで一緒だろう。

　オスカーはマリツァにももう会わなかった。聞くところによると、キューバ人と結婚してティーネックに住み、子供を産んだらしい。

　そしてオルガは？　誰もよくは知らなかった。噂によれば、彼女は地元のセーフウェイをダナ・プラトー風のやり方（ダナ・プラトー（一九六四―一九九九）は米女優。一九九一年に玩具の銃を持ちビデオ店に押し入り逮捕された事件への言及）で襲ったらしい――スーパーマーケットにいた全員が彼女のことを知っているにもかかわらず、覆面すらかぶっていなかった――そしてまだミドルセックスにいると言われている。五十歳になるまで出所できないようだ。

　オスカーを愛してくれる女の子は誰もいなかったのか？　彼の人生には誰も？

　一人もいなかった。少なくともラトガーズにはたくさんの女の子たちがいたし、心が広いふりをするべしという校風があったので、オスカーみたいな突然変異体が近付いてもパニックは起こらなかった。でも実社会ではそんなに単純ではなかった。オスカーが通り過ぎると女の子たちは嫌悪感で顔を背けた。映画館に行けば席を移られ、街を横断するバスでは、乗り合わせた女性にこう言われさえした。私のことを考えるのはやめて！　何考えてるかわかってるんだから、彼女は罵った。

だからやめて！

僕は永遠の独身者だ、オスカーは姉への手紙に書いた。彼女は日本を捨て、おれと一緒に住むためにニューヨークへ来ていた。この世界に永遠のものなんてないのよ、姉は返事を書いた。オスカーはげんこつを目に押し当てた。こう書いた。僕にとってはあるんだ。

家庭生活は？　オスカーを殺しはしなかったが生かしもしなかった。母親は痩せ細り、無口になり、若いころの狂気からはだいぶ自由になっていたが、相変わらず仕事のロボットみたいで、まだペルー人の下宿人が一階に詰めこめるだけ多くの親戚を詰めこもうとするのを許していた。そしてルドルフォ叔父《ティオ》さん、友人にはフォフォと呼ばれている叔父《ティオ》さんは、刑務所に入る前のひどい習慣に舞い戻っていた。またヘロイン《カバジョ》中毒になり、夕食中突然汗だくになったりして、ロラの部屋に住み着くようになっていた。そのせいで今やストリッパーの恋人たちと叔父《ティオ》さんが毎晩のようにセックスしている音をオスカーは聞かなければならなくなった。オスカーは一度こう叫んだことがあった。ベッドの頭板をばんばんいわせないでもらえますかね。自分の部屋の壁にルドルフォ叔父《ティオ》さんはブロンクスで過ごした最初の何年かに撮った写真を飾った。当時叔父《ティオ》さんは十六歳で、ウィリー・コロン（一九五〇―。米トロンボーン奏者。ニューヨーク・サルサの立役者として知られる）風のポン引きみたいなイカした服を着ていた。ベトナムに行く前の写真だ。叔父《ティオ》さんが言うには、軍全体でドミニカ人は叔父《ティオ》さん一人だけだった。それからオスカーの両親の写真もあった。若いころの写真で、二年続いた結婚生活のあいだに撮ったものだった。

お父さんを愛してたんでしょ、オスカーは母に言った。

母は笑った。知りもしないのにそんなこと言わないで。

外見について言えば、オスカーはとにかく疲れて見えた。背が高くなったわけでも体重が増えたわけでもなかったが、目の下の皮膚だけが変化していた。静かに絶望し続けた何年かで膨れてきたのだ。内面的には、オスカーは苦しみの世界に住んでいた。目の前で黒い閃光がまたたくのをオスカーは見た。空中を自分が落ちていくのを見た。自分がどうなりつつあるのかオスカーは知っていた。地球上でも最悪の種類の人間に変わりつつあったのだ。不機嫌な年増のオタクである。オスカーに見えたのは、ゲームルームに出没し、死ぬまでミニチュアをあさり続ける自分の姿だった。こんな未来は嫌だったが、どうすれば避けられるのかオスカーにはわからなかった。どうやって抜けだせばいいのかわからなかったのだ。

フクだ。

暗黒。目が醒めたあと、ベッドから出られない朝もあった。まるで胸に十トンの重りを載せられたようだった。加速のせいで重力がかかっているようだった。笑えないほどオスカーの心は深く傷ついていた。こんな夢をよく見た。邪悪な惑星ゴルド《デブ》を彼はさまよい、墜落してしまったロケット式宇宙船の部品を探している。だが見つけるのは焼け焦げた残骸だけで、どれも新しい種類の有害な放射線をすごい勢いで発している。自分のどこがどう悪いのかわからないんだよ、オスカーは電話で姉に言った。ただの**危機**だと思っていたけど、目を開くたびに視界に入ってくるのは**一巻の終わり**なんだ。このころのオスカーといえば、生徒たちを何でもない理由で教室から追い出し、母親にはうるせえと言い放ち、一語も書けなくなり、叔父《ティオ》のクローゼットの中でコルトをこめかみにつきつけ、鉄道の陸橋のことを考えた。何日もベッドに寝っ転がり、このまま一生母親にご飯を作ってもらうのかと思い、このままオスカーが近くにはいないと思って母が叔父《ティオ》に言った言葉、**私はい**

いのよ、オスカーがいてくれて嬉しいんだから、について考えた。

そのあと――もはや自分を鞭打たれた犬のように思わなくなり、ペンを手にとっても泣きたい気分にはならなくなると――オスカーは圧倒されるほどの罪の意識に襲われた。オスカーは母親に謝った。僕の脳内に良い部分があるとしても、誰かがそれを持って逃げてしまったみたいなんだ。いいのよ、オスカー《イホ》、彼女は言った。彼は車に乗り、ロラを訪ねた。ブルックリンで一年過ごしたあと今はワシントンハイツに住んでいた。髪を伸ばしていて、一度は妊娠し、ものすごく興奮したものの結局は堕ろしてしまった。おれが他の女と浮気していたからだ。戻ってきたよ、オスカーは言いドアを開けて入って行った。ロラもまた、いいのよ、と言い、オスカーにご飯を作り、それからオスカーはロラのそばに坐り、ロラのマリファナをもらいおずおずと吸った。こんな愛に満ちた気持ちをどうして永遠に保てないんだろう、とオスカーは思った。

オスカーはSFファンタジー四部作を書き上げるという計画を抱き始めた。それは彼の最高傑作になるはずだ。J・R・R・トールキンとE・E・「ドク」・スミスを合わせたような作品である。オスカーは車で遠出をした。わざわざアーミッシュの住む地域まで行き、道端にあるレストランで食事をし、アーミッシュの少女たちを見て、自分が牧師の服を着ているところを思い浮かべ、車の後席で寝て、家まで戻った。

ときどきだが、夜にマングースの夢を見た。

（そしてもしオスカーの人生がこれ以上悪くなりようがないとあなたが思うとしたら、このエピソードはどうだろう。ある日オスカーはゲームルームに行って驚いた。一夜にして新世代のオタクたちはもうロールプレイング・ゲームを買わなくなっていたのだ。彼らが夢中になっていたのは**マジ**

ック：ザ・ギャザリング（米のカード・ゲーム（一九九三―）。トレーディング・カード・ゲームと呼ばれるジャンルの最初の作品。参加者は魔法やモンスターを表すカードを買い集め、デッキと呼ばれる自分だけの山札を構築して相手と対戦する）だった！　そんなものが流行るなんて誰も思っていなかった。もはやキャラクターもキャンペーン（RPGにおいて、スケールの大きな一連の冒険を遊ぶこと）もなかった。ただカード同士の闘いが延々続くだけだ。ゲームからすべての物語や演出は取り去られ、ただ飾りのないゲーム・メカニズムがあるだけだった。なんで子供たちはこんなもの大好きになれるんだ！　オスカーは『**マジック：ザ・ギャザリング**』も試してみた。それなりにカードを組み合わせてみようとしたのだ。でもそれはオスカー向きではなかった。十一歳のガキに全部巻き上げられたが、そのことを何とも思っていない自分に気づいた。自分の世代が終わりかけていることに気づいた最初の徴候だった。最新のオタクものに魅力を感じなくなり、新しいものより古いものがいいと思うようになったのだ）。

オスカー休暇を取る

ドン・ボスコでの日々がほぼ三年過ぎたころ、母親がオスカーに夏の予定を訊ねた。ここ数年、彼の叔父がサント・ドミンゴで七月と八月の大部分を過ごしていて、今年は彼女も一緒に行こうと思っていたのだ。母さん《ミ・マドレ》にずっとずっと会ってないからね、母親は静かに言った。まだ果たしてない約束《プロメサス》がたくさんあるのよ、だから私が死んじゃう前に帰らないとね。オスカーも何年も戻っていなかった。何ヶ月も寝たきりだった祖母の一番の使用人が、国境がまた侵されそうだと信じこむようになり、**ハイチ人だ！**　と叫んで死んだ。そのときみんなで葬式に行って以来だった。

不思議なものだ。もし行かないと言っていたら、もしかしたらやつはまだ大丈夫だったかもしれない（フクの呪いを受け、惨めなんてもんじゃない状態を大丈夫と呼ぶとしたらだ）。だがマーベル・コミックスめいた『もしも？』（マーベル社の企画コミックシリーズ（一九七七―）。「もしもスパイダーマンがファンタスティック・フォーの一員になったら？」のように、ヒーローたちのifの世界を描いた番外編企画）なんてものはない――憶測はやめておこう――残り時間は刻々と尽きていく。その五月に限っては、オスカーはいい精神状態にあった。その数ヶ月前、暗黒と特に激しく闘ったあと、彼はまたダイエットをはじめ、ついでに近所をどたどた長時間歩き回りだしたのだ。そしてどうだろう。やつはちゃんとやり続け、十キロほども痩せたのだ。奇蹟《ミラグロ》だ！　オスカーはようやくイオン駆動装置を修復したのだった。邪悪な惑星ゴルド《デブ》はオスカーを引きずり戻そうとしたが、彼の五〇年代風ロケットである**犠牲の息子**《イホ・デ・サクリフィシオ》は止まらなかったのだ。われらが宇宙探検家を見よ。目は見開き、加速シートに縛りつけられた状態で、手は己のミュータント心臓の上に置かれている。

どんなに想像力を駆使しても、彼はすらりとしている、とは言えなかったが、もはやジョセフ・コンラッドの妻ではないというのも事実だった。その月の上旬、彼はバスのなかで眼鏡をかけた黒人の少女にこう話しかけさえした。なるほど、君は光合成に夢中ってわけだね。すると彼女はなんと読んでいた雑誌『セル』を下ろして、そうよ、と言ったのだ。たとえ、彼が地球科学の単位を取っていなかったとしても、このささやかな会話で電話番号を聞きだしたり、デートに持ち込んだりできなかったとしても、それがどうだというのだ？　たとえ彼が次のバス停で降り、オスカーの希望に反して彼女は降りなかったとしたって、それがどうだというのだ？　十年ぶりに、この野郎はまるで生き返ったような気分だった。気に病むようなことなど何もないように思えた。生徒たちのことも、PBSが『ドクター・フー』を放映中止にしたことも、孤独も、次から次へと不掲載の手紙が届き続けることもだ。自分が**無敵の存在**であるようにオスカーは感じた。サントドミンゴの夏……そう、サント・ドミンゴの夏には特有の魅力がある。オスカーみたいなオタクにとってもだ。

　毎年夏になると、サント・ドミンゴは国外離散のエンジンを逆回転させ、追放した子供たちをできるだけ多く連れ戻す。空港は厚着しすぎた人たちでいっぱいだ。その年のネックレス《カデナス》や小荷物《パケーテス》の度重なる重みで彼らの首や手荷物コンベアはうめいていた。パイロットたちは飛行機――信じられないほど重量オーバーだった――も自分の身も案じていた。レストラン、バー、クラブ、映画館、堤防《マレコン》、海岸、行楽地、ホテル、モーテル、追加の部屋、地区《バリオ》、地域《コロニア》、田舎《カンポ》、製糖工場《インヘニオ》。すべては世界中から集まったドミニカ人《キスケヤノ》でいっぱいだった。まるで誰かが全域に逆避難の命令を発したようだった。みんな戻ってこい！　戻ってこい！　ワシントンハイツからローマまで、パースアンボイから東京まで、ブリッジポートからアムステルダムまで、ローレンスからサン・フアンまで全域に。今や熱力学の基本原則は変更され、現実は最終局面を映し出していた。大きな尻の少女たちを引っかけて、前述のモーテルに連れて行くのだ。これは大きな一つのパーティだった。誰でも参加できるパーティだ。ただし貧乏な者、色の黒い者、失業者、病人、ハイチ人、その子供たち、製糖工場《バテイ》の労働者、一部のカナダ人やアメリカ人やドイツ人やイタリア人の観光客がレイプしたがる子供たちは参加できなかった――そうさ、サント・ドミンゴの夏は最高だ。そしてこの何年かで初めてオスカーは言った。ママ、僕の上位霊が言い続けてるんだ。一緒に行ったほうがいいって。オスカーは自分が女の子を引っかけているところを思い浮かべ、島の女の子と恋に落ちているところを想像していた（ドミニカ人男子たるもの、一生しくじり続けるわけにもいかないだろう？）。

　価値観のあまりに唐突な変化に、ロラさえオスカーを問い詰めた。サント・ドミンゴには**絶対に**行かないんじゃなかったの。

オスカーは肩をすくめた。何か新しいことをやってみたくなったのさ。

生国への帰還に関する縮約版ノート

デ・レオン家のご一行は六月十五日、飛行機で島に降り立った。オスカーはひどく怯え興奮していたが、いちばん変だったのは母親だった。まるでスペイン王ファン・カルロス本人に謁見でもするような格好だったのだ。もし毛皮があれば、それも着ていただろう。どれだけの距離を旅してきたかを表現し、自分は他のドミニカ人たち《ドミニカノス》とまったく違うと強調するためならば、だ。オスカーはと言えば、母親がこんなに着飾った上品な《エレガンテ》姿でいるところを見たことがなかった。あるいは偉そうにしている《コンバロナ》ところを。ベリシアは**すべて**の人につらくあたった。搭乗手続きの係にも、客室乗務員にもだ。そして家族がファーストクラス（払ったのはベリシアだ）の座席につくと彼女は周囲を見回し憤慨したような顔をした。品のいい人《ヘンテ・デ・カリダー》なんて誰もいないじゃない。

オスカーはよだれを垂らし、食事のときも映画のときもずっと眠り続け、飛行機が地面に降り立ち皆が拍手してはじめて目覚めたらしい。

いったい何？　驚いたオスカーは訊ねた。

大丈夫よ、オスカー。ちゃんと着いたってだけだから。

照り付ける日射しも、肥沃な熱帯の匂いも同じだった。オスカーが決して忘れたことのなかったこの匂いは、どんなマドレーヌよりも彼の記憶を呼び覚ました。それはまた、汚染された空気の匂いだった。数千のオートバイ《モトス》や自動車、道を走るボロボロのトラックやどの信号にもいる物売りの集団（彼らがすごく色黒なことにオスカーは気づいた。母親は軽蔑するように言った。嫌なハイチ人たち《マルディトス・アイチャノス》）、そしてけだるく歩いている人々は何も遮るものもないまま日光を浴びている。通り過ぎるバスは乗客で溢れていて、外から見るとまるで遠くの戦場に予備兵たちを急いで運んでいるようだった。そしてこんなにもたくさんの建物が荒廃しているのを見ると、まるでサント・ドミンゴは、崩れてだめになったコンクリートの建物たちが死ぬためにやって来る場所のようだった——そして飢えた顔の子供たちもいた、絶対に忘れることのできない顔だ——しかしまた、残骸となった古い国の上にまったく新しい国が姿を現しているような場所もたくさんあった。いい道にはいい車が走り、豪華でエアコンがついている新しい長距離バスがシバオやその先まで行き来している。そしてアメリカのファストフード（ダンキンドーナツやバーガーキング）やオスカーには名前もロゴもなじみのない地元の店（ポヨス・ビクトリナやエル・プロボコンNo．4）。そして至るところに交通信号があるが誰も気にする様子はない。いちばん大きな変化は？　数年前にラ・インカは事業全体を首都《ラ・カピタル》に移していた——うちはバニの町には大きくなりすぎてしまってね——そして今や家族はミラドル・ノルテにある新築の家に住み、六つのパン屋は首都の郊外のあちこちにある。おれたちは都会人《カピタレニョス》なんだ、いとこのペドロ・パブロ（空港まで彼らを迎えに来た）は誇らしげに言った。

　ラ・インカ自身もオスカーが前回訪れたときから変わっていた。以前の彼女はいつも若々しくて、まさに家族のガラドリエルだったが、今回はそうは言えないとオスカーにもわかった。髪はほぼすべて白くなり、姿勢こそしゃんとしていて腰も曲がっていなかったが、肌には皺の網目がつき、何を読むにも眼鏡をかけなければならなかった。まだ元気はよくて誇り高く、ほぼ七年ぶりにオスカーに会うと、ラ・インカはその両肩に手を置き言った。息子《ミ・イホ》よ、とうとう帰ってきたんだね。

やあ、お祖母ちゃん《アブエラ》。そしておずおずと言った。光栄《ベンディシオン》です。

（それでも、ラ・インカとオスカーの母親の再会ほど感動的なものはなかった。初め母親は何も言わず、それから顔を覆い、こらえきれずに泣き出し、少女の声で言った。ママ《マドレ》、ただいま。それから二人は抱き合って泣き、そこにロラも加わった。オスカーはどうしていいかわからず、いとこのパブロがせっせとバンから裏　庭《パティオ・デ・アトラス》まで荷物を運んでいるのを手伝った）。

オスカーは驚くほどドミニカのことを忘れていた。どこにでも小さなトカゲがいて、朝は雄鶏が鳴き、それから続いてバナナ農家《プラタネロス》の人々や干し鱈《バカラオ》売りの男、カルロス・モヤ叔父《ティオ》さんの大きな声が聞こえてくる。最初の夜オスカーを数杯のブルーガルで撃破した叔父《ティオ》さんは、オスカーとロラとの思い出話に、目を潤ませた。

でもオスカーがいちばん忘れていたのは、ドミニカの女性たちがこんなにも、信じられないほどきれいだということだった。

何を今さら、ロラは言った。

最初の数日間、オスカーは車に乗るたびに窓から首を突き出さんばかりにしていた。

ここは天国だ。オスカーは日記に書いた。

天国だって？　いかにも軽蔑したふうにいとこのペドロ・パブロは歯を吸う音を立てた。ここは《エスト・アキ・》まさに**地獄**《エス・ウン・マルディト・インフィエルノ》だよ。

弟の過去の証拠品

ロラが持ち帰った写真にはオスカーが写っている。裏庭でオクタヴィア・バトラーを読んでいるオスカー。手にプレシデンテの瓶を持って海沿いの堤防《マレコン》にいるオスカー。コロンブス灯台にいるオスカー。そこはドゥアルテ邸の半分が建っていた場所だ。ビヤ・ファアナでペドロ・パブロと点火プラグを買っているオスカー。コンデ通りで帽子を試着しているオスカー。バニでロバ《ブロ》のそばに立っているオスカー。ロラの隣にいるオスカー（見たら角膜が飛び出るような、横がひもになっているビキニをロラは着ている）。オスカーもがんばっていることは明らかだ。眼に困惑の色を浮かべながらも、オスカーはたくさん笑っていた。

それに、お気づきかもしれないが、オスカーはデブが着るようないつものコートも着ていない。

オスカー地元民になる

帰国して最初の一週間が経ち、いとこたちにたくさんの名所に連れて行かれたあと、焼けつくような気候や雄鶏たちに起こされる驚きや、みんなにウアスカル（それがオスカーのドミニカでの名前だった。これも彼は忘れていた）と呼ばれることに慣れたあと、移住者の心中で聞こえる囁き、**おまえはここの人間じゃない**という囁きをはねつけられるようになったあと、五十ものクラブに行き、サルサもメレンゲもバチャタも踊れないせいで、ロラといとこたちが床に焦げ穴を作っているあいだも、坐ってプレシデンテを飲んでいるしかなかったあと、生まれたとき姉と引き離されたのだとみんなに百回も説明したあと、何度か静かな朝を思うままに一人書いて過ごしたあと、タクシー代を全部物乞いたちにあげてしまい、ペドロ・パブロに電話して迎えに来てもらわなければならなかったあと、屋外のカフェで彼が皿に食べ残したものを、シャツも靴も身につけていない七歳児二人が奪い合っているさまをオスカーが見ていたあと、母親が全員をソナ・コロニアルまで夕食に連れて行き、ウェイターたちが彼らの食事風景をずっと横目で眺めていたあと（ロラは言った、気をつけて、ママ、もしかしたらやつらママのことをハイチ人だと思ってるのかも――この中でハイチ人って言ったらあんたしかいないでしょ《ラ・ウニカ・アイティアナ・アキ・エレス・トゥ・ミ・アモル》、母親は言い返した）、骸骨のような老婆《ピエハ》がオスカーの両手をつかみ一ペニー恵んでくれと言ったあと、もしそれくらいでひどいと思うならサトウキビ農場で働く人たちの集落《バテイ》を見るべきだとロラが言ったあと、バニでオスカーが一日過ごし（ラ・インカが育った田舎《カンポ》だ）、便所で糞をしてから尻をトウモロコシの穂軸で拭いた――**これぞ**お楽しみだとオスカーは日記に書いた――あと、首都での暮らしという現実離れした回転運動――小さなバス《グアグア》や、警官や、圧倒的な貧困、ダンキンドーナツ、物乞い、交差点で炒ったピーナツを売っているハイチ人たち、圧倒的な貧困、すべての海岸を占拠している最低の観光客たち、『シッカ・ダ・シルバ』（ブラジル映画（一九七六）。黒人奴隷の子に生まれながら、上流階級へ進出した女性を描く。九六年にはテレビドラマシリーズとなった）のような、地元の女性たちが五秒に一回は裸になる、ロラや女のいとこたちが夢中なメロドラマ、コンデ通りでの午後の散歩、圧倒的な貧困、通りのうなり声と下町《バリオス・ポプラレス》にある錆びたトタン屋根の小屋、もしオスカーがぼうっと立っていたらぶつかって倒してその上を歩いて行きそうな人々の群れを毎日かき分けること、壊れたショットガンをもち商店の前に立っている痩せた夜警、音楽、通りで聞こえる卑猥な冗談、圧倒的な貧困、他の四人の乗客にすごい力で押されてぼろぼろのタクシー《コンチョ》の隅の座席に押しこまれること、音楽、ボーキサイトの土壌に掘られた新しいトンネル、そのトンネルに掲げられたロバの荷車通行禁止の表示――にオスカーがいくらか慣れたあと、ボカ・チカ海岸とビヤ・メヤという村に行き豚の皮炒め《チチャロン》を食べ過ぎたオスカーが我慢できず道端に吐き――**これぞ**お楽しみってやつだなとルドルフォ叔父《ティオ》さんが言った――あと、出歩きすぎだとカルロス・モヤ叔父《ティオ》さんがオスカーを叱りつけたあと、出歩きすぎだとラ・インカがオスカーを叱りつけたあと、出歩きすぎだといとこたちがオスカーを叱りつけたあと、シバオの忘れられないほどの美しさを再びオスカーが見たあと、母親についての話をオスカーが聞いたあと、空いている壁に貼ってある大量の政治的なプロパガンダ――泥棒ども《ラドロネス》、と母親は言った、どいつもこいつもね――にオスカーが驚かなくなったあと、バラゲールの治世に拷問され頭がおかしくなった叔父《ティオ》さんがやってきてカルロス・モヤと（二人とも酔ってから）政治に関して激しい議論をしたあと、ボカ・チカ海岸で初めてオスカーが日焼けしたあと、オスカーがカリブ海で泳いだあと、ルドルフォ叔父《ティオ》さんがオスカーに魚介を漬け込んだママファナ酒《ママファナ・デ・マリスコ》を飲ませぐでんぐでんにしたあと、乗客たちが「臭い」と言ったせいでハイチ人が小型バス《グアグア》から追い出されるのを初めて見たあと、美女《ベジェサス》を見るたびにほとんど狂いそうになったあと、母親が新しいエアコンを二台取り付けるのを手伝って自分の指をひどくつぶしてしまい、爪の下に黒い血がにじんだあと、家族が持ってきたお土産が全部きちんと配られたあと、十代の頃ロラが付き合っていて、今は首都に住んでいる《カピタレニョ》男にオスカーが紹介されたあと、悲しげな目をした背の高い少女《ムチャチャ》だったロラが私立学校の制服を着ている写真をオスカーが見たあと、ラ・インカのいちばんの召使いで子供のころオスカーの世話もしてくれた男の墓に花を持っていったあと、オスカーがひどい下痢になり、爆発が起こる前はいつも口に唾がたまるようになったあと、首都にあるすべてのぼろい美術館に姉と行ったあと、みんなにデブ《ゴルド》（ひどいときにはアメ公《グリンゴ》）と呼ばれてもへこまなくなったあと、ほとんど何を買おうとしてもふっかけられ続けたあと、ほぼ毎朝ラ・インカがオスカーのために祈りを捧げたあと、彼の部屋のエアコンをラ・インカが最強にしていたせいでオスカーが風邪をひいたあと、この夏は最後まで母親や叔父《ティオ》さんと島に居続ける、と何の前触れもなく突然オスカーは決めた。ロラとは帰らない。ある晩、堤防《マレコン》で海を見ながらオスカーはそう決めたのだった。パタソンに戻ったって何があるんだい？　オスカーは訊ねた。この夏は授業は持っていなかったし、ノートも全部持ってきていた。それはいい考えね、姉は言った。しばらく母国《パトリア》で過ごすといい。もしかしたら田舎の素敵な女の子《ナイス・カンペシタ》に出会えるかもしれないしね。確かにそうすべきだと思えた。ここにいれば頭もすっきりするだろうし、この何ヶ月かずっと抱え続けていた憂鬱な気分も晴れるだろう。母親はそこまで喜んではいなかったが、ラ・インカは彼女を黙らせた。オスカー《イホ》、あんた一生ここにいてもいいんだからね（オスカーも不思議に思ったのだが、そのすぐあとにラ・インカが彼に十字架のついたネックレスを付けさせた）。

さて、ロラがアメリカに飛行機で帰り（よく気をつけてね、ミスター）、ドミニカに戻ってきた恐れと喜びがしずまったあと、祖母《アブエラ》の家、つまりは国外離散によって建った家に落ち着き、ロラが去ってしまい、残りの夏は何をしようと考えたあと、島の彼女という幻想がありえない冗談に思えるようになったあと――オスカーは**なに**を考えていたのだろう？　彼は踊れなかったし、金もなかったし、服装も変だったし、自信もなかったし、男前でもなかったし、ヨーロッパから来たわけでもなかったし、どの島の女の子ともやったことがなかった――一週間書き続けて過ごし（皮肉にも）売春宿に行こうという男のいとこたちの誘いを五十回ほども断ったあと、オスカーは半ば引退した売春婦《プタ》に恋した。

彼女の名前はイボン・ピメンテルだった。オスカーは彼女こそ**真の**人生の始まりだと思った。

その娘《ラ・ベバ》

彼女は二軒向こうに住んでいて、デ・レオン家と同じく、ミラドル・ノルテに来たばかりだった（オスカーの母も二つの仕事を昼夜掛け持ちでこなして家を買った。イボンも掛け持ちで買ったが、それはアムステルダムの飾り窓での仕事だった）。彼女はブロンドの黒白混血《ムラタ》だった。カリブ海のフランス語圏ではシャビーンと呼び、我々は金の娘《チカ・デ・オロ》と呼んでいるやつだ。彼女の髪はめちゃくちゃにもつれていて、目は銅の色、そして貧困《ハバ》には縁のない白い肌をしていた。

最初オスカーは彼女がただここを訪れているだけだと思っていた。この小柄な、ちょっとお腹が出た娘は、いつもハイヒールを履いて自分のパスファインダーに向かった（界隈の大部分の者たちとは違って、彼女はアメリカかぶれの新世界人《ヌエボ・ムンド》らしい格好はしていなかった）。オスカーが彼女に出くわした二度とも――執筆の合間に暑くて退屈な袋小路を散歩したり、地元の喫茶店で坐っていたときのことだ――彼女はオスカーに微笑みかけた。そして三度目に出くわしたとき――そう、こうして奇跡は起こったのだ――彼女はオスカーのいるテーブルの席に坐って言った。何読んでるの？　最初オスカーは何が起こっているかわからず、それからやっと気づいた。**なんてこった！**　女性が**自分に**話しかけてるなんて（こんなふうに運命が変わったことなどかつてなかった。まるでオスカーのぼろぼろになった運命の糸束が、誤ってもっとずっと格好良く幸運なやつの糸束と絡まったようだった）。イボンはラ・インカを知っていることがわかった。カルロス・モヤが配達で出ているときに、いつも車に乗せてあげていたのだ。あなた写真の男の子ね、彼女は思わせぶりにほほえみながら言った。あのころは小さかったからね、オスカーは弁解がましく言った。それに、戦争のせいで変わってしまう前だったから。彼女は笑わなかった。実際そうだったのかもしれない。じゃ行くから。影が行き、尻が行き、美女《ベジェサ》が行った。オスカーの勃起したペニスはダウジング・ロッド（地下水や鉱脈などを探すための金属製の棒）のように彼女を追っていた。

イボンはずいぶん昔、サント・ドミンゴ自治大学に通っていたが、彼女はもう女子大生というわけではなかった。目元にはしわがあり、少なくともオスカーにはひどく開けっぴろげで、ひどく世慣れて見えた。セクシーな中年女性たちが苦もなく発散しているような、ジッパーを押し開く強烈な魅力があった。次に彼女にばったり会ったのはイボンの家の前で（オスカーはその機会を待っていた）、彼女は英語で言った。おはよう《グッド・モーニング》、デ・レオンさん。ご機嫌いかが《ハウ・アー・ユー》。オスカーは言った。いいですよ、あなたは《アイ・アム・ウェル、アンド・ユー》。イボンは笑った。いいですよ、ありがとう《アイ・アム・ウェル、サンキュー》。オスカーは両手をどうしていいかわからなかったので、まるで陰気な牧師のように後ろで組み合わせた。しばらくはどうすることもできず、彼女は門の鍵を開けていた。オスカーは必死になって言った。暑いですね《イット・イズ・ベリー・ホット》。そうね《アイ・シ》。彼女は言った。更年期のせいかと思っていたけど。そして振り向いて彼を見た。がんばって彼女を見ないようにしているオスカーの奇妙な人柄に興味を持ったのかもしれないし、どれほど彼女が自分に恋しているかを見抜いて、かわいそうになったのかもしれない。彼女は言った。お入りなさい。何か飲むものを出してあげるから。

家《カサ》はほとんど空っぽだった――祖母《アブエラ》の部屋にも大したものはなかったが、ここはもう一段違うレベルだった――ちゃんとそろえる時間がないのよね、彼女はざっくばらんに言った――そして台所のテーブル、椅子一脚、化粧ダンス、ベッド、テレビしかなかったので、二人はベッドに坐るしかなかった（オスカーはベッドの下にある占星術の本とパウロ・コエーリョの小説が何冊かあるのを盗み見た。彼女はオスカーの視線をたどり、微笑んで言った。パウロ・コエーリョは命の恩人よ）。彼女はオスカーにビールを出し、自分はダブルのスコッチを飲んだ。そしてそのあと六時間、自分の人生を語って彼をもてなした。彼女には長いこと話し相手がいなかったのは明らかだった。オスカーはとにかくうなずくだけで、彼女が笑ったときには一緒に笑おうとした。そのあいだずっと、彼は玉のような汗を流し続けた。そして何か仕掛けるべきなんだろうかと思い悩んでいた。会話の中程を過ぎるまで、イボンが饒舌に語っている仕事とは売春のことだとオスカーは気づかなかった。まったく、**なんてこった！**　というたぐいの結末だった。売春婦《プタス》こそサント・ドミンゴ第一の輸出品ではあったが、オスカーが売春婦の家に行ったのは人生でも初めてのことだった。

イボンの寝室の窓から、家の前の芝生でオスカーを捜している祖母《アブエラ》が彼には見えた。窓を開けて声をかけたかったが、イボンの話の腰を折ることなどとうていできなかった。

イボンはものすごく変わった女性だった。彼女はおしゃべりで、一緒にいるとくつろげるおおらかな人物だったが、どこかしら超然としたところがあった。まるで彼女は（オスカーの表現によれば）島流しにされた異星人の王女で、部分的には他の次元に属しているようだった。タイプとしては、冷静すぎるせいで、ほんの少し早すぎるタイミングで人に忘れられてしまうような女性だ。そのことは彼女にもわかっていて、本人自身ありがたいと感じてもいた。男性に激しく関心を持たれることを楽しみはしても、それが長く続くのは嫌なようだった。二ヶ月にいっぺんぐらい、夜の十一時に電話がかかり、「何してる」と尋ねられるような扱いをされても、別に気にしない。彼女が維持できる関係はその程度で、彼女を見ていると、子供のころ遊んだオジギソウが死んだり生き返ったりする、ちょうどその逆を思い出した。

だが彼女が持つジェダイのマインドトリック（『スター・ウォーズ』の登場人物、オビ＝ワン・ケノービらが用いる、フォースを使用して他人の心を操る技）もオスカーには効かなかった。女の子のこととなると、オスカーはヨガ行者のような精神力を発揮するのだ。一度食いついたらもうそのままだった。夜になり彼女の家を出て、島の蚊百万匹に攻撃を受け帰り着くころには、彼の心は奪われていた。

（四杯目を飲んだあと、イボンがスペイン語にイタリア語を交ぜ始めたり、彼を誘おうとしてほとんどうつぶせに倒れたことなど、何の問題があっただろう！）

オスカーは恋していた。

母親と祖母は玄関でオスカーを迎えた。陳腐な表現で申し訳ないが、二人とも髪にカーラー《ロロス》を巻いたままで、彼女たちにはオスカーの恥知らず《シンベルグエンセリア》な行為が信じられなかった。あの女が**売春婦**《プタ》だって知ってるの？　**セックス**《クレアンド》**で**あの家を買ったって知ってるの？

一瞬オスカーは二人の怒りに圧倒されたが、足場を固めて言い返した。彼女の叔母さんが**判事**だったって知ってるの？　父親が**電話会社**の社員だって知ってるの？

もし女がほしいなら、いい女を連れてきてやる、怒って窓の外をじっと見たままの母親が言った。でもあの売春婦《プタ》はあんたの金がほしいだけさ。

助けなんていらないよ。それにあの人は売春婦《プタ》なんかじゃない。

ラ・インカは信じられないほどの力を持つ例の視線でオスカーを見た。オスカー《イホ》、母さんの言うことをききなさい。

一瞬オスカーは従いそうになった。二人の女性は全エネルギーをオスカーに集中させていたのだ。そしてその時、オスカーは唇にビールの味を感じ、首を振った。

テレビで試合を見ていたルドルフォ叔父《ティオ》さんはこのときとばかりに、シンプソンじいさん（米アニメ『ザ・シンプソンズ』（一九八九―）に登場する主人公ホーマーの父エイブラハム・シンプソンのこと）の声で叫んだ。売春婦のおかげでおれの人生は台無しだよ。

さらに奇跡は続いた。次の朝オスカーは目覚めると、心の中には伝えたいことがすさまじい量あって、イボンの家まで走っていき彼女のベッドに自分を縛り付けたいぐらいだったのに、そうしなかった。彼は焦らずにそれを手に入れ《コヘルロ》なくてはならないとわかっていた。狂った気持ちを抑えなければ、すべてをだめにするとわかっていたのだ。その**すべて**というのが何であろうが、だ。もちろんオスカーの頭はいかれた妄想でいっぱいだった。そうに決まっているじゃないか。オスカーはそこまで太くないデブで、女の子にキスをしたことがなく、女の子とベッドに寝たことすらなかった。それが今、世界は彼の鼻先に美しい売春婦《プタ》をちらつかせているのだ。彼は確信していた。イボンとの出会いは、オスカーをドミニカ男の正道に何とか戻そうという高次の力による最後の試みに違いない。もしだめにしてしまえば、また『ヴィレインズ＆ヴィジランテス』（スーパーヒーローと悪漢の戦いを遊ぶＲＰＧ（一九七九―））を一人で遊ぶことになる。ここだ、オスカーは自分に言い聞かせた。勝つチャンスが巡ってきた。彼はトランプでも最古のカードを切ることにした。待つことにしたのだ。そして丸一日、彼は鬱々と家を歩き回り、書こうとしたが書けず、コメディ番組を見た。腰蓑を身につけた黒人のドミニカ人たちが、サファリスーツ姿の白人のドミニカ人たちを食人用深鍋に入れ、そして全員がクッキー《ビスコチョ》はどこだとわめいた。恐ろしかった。オスカーは昼頃までには、この家の炊事と掃除をしているドロレスという三十八歳でひどい傷のある「娘《ムチャチャ》」を、すっかりいらいらさせていた。

次の日の一時にオスカーは洗いたてのチャカバナシャツを着て、彼女の家までぶらっと歩いて行った（少々早足だった）。赤いジープが停車していて、彼女のパスファインダーと鼻をつき合わせていた。国家警察《ポリシア・ナシオナル》のナンバープレートがついていた。門の前に立っていたオスカーを日光が踏みつけた。まるで自分がボケ役のように感じた。結婚していて当たり前だ。つき合っている男たちもいて当たり前だ。赤色巨星のように膨れあがっていた彼の楽観は陰鬱にしぼみ果て、そこからはもう出口はなかった。次の日も結局訪ねて来てしまったが、家には誰もいなかった。そして次にイボンに会えた三日後までには、オスカーは考え始めていた。彼女を生み出したフォアランナーの世界がどこであれ、そこへ時空を越えて戻ってしまったんじゃないかと。どこにいたんだい？　惨めな気持ちを出さないように注意しながらオスカーは言った。滑ってバスタブにはまっちゃったかなにかしたのかと思ったよ。イボンは笑い、尻が少し揺れた。私は祖国《パトリア》を強化していたのよ、あなた《ミ・アモル》。

オスカーが目にしたときイボンはテレビの前でエアロビクスをしていた。下はスエットのパンツで、上はホールタートップスのようなものを着けていた。オスカーにとって、彼女の体を見ないようにするのは大変だった。彼を招き入れながらイボンは叫んだ。オスカー、よくきたわ《ケリド》ね！　さあ入って！　入って！

著者からのメモ

みんながなんて言うだろうかはわかってる。ほら、こいつ南国の郊外ってやつを書いてるんだよ。売春婦《プータ》が出てきたのにコカイン中毒の未成年じゃないんだって？　リアリティーに欠けるね。おれは市場《フェリア》に行ってもっと典型的な娘を運ぶべきだろうか。イボンを他の、おれが知ってる売春婦《プータ》に代えたらどうだろう？　ハイラはビヤ・フアナで近所に住んでる友達で、まだ昔ながらのトタン屋根でピンク色の木造に住んでるんだ。ハイラは――まさにカリブの売春婦《プータ》の典型で、半ばかわいいが半ばそうでもない――十五歳のとき家を出てクラサオ、マドリード、アムステルダム、ローマに住んだ。子供が二人いて、十六歳でマドリードに住んでいたころにはその巨大な胸を売りに稼いでいた。『ラブ・アンド・ロケッツ』のルバより大きいくらいだ（でもベリほど大きくはない）。彼女は誇らしげに言っている。ママの故郷の町が舗装された半分は私のあそこ《アバラト》のおかげよ。オスカーとイボンが出会う場所を、ワールド・フェイマス・カーウォッシュ《ラバカロ》にしたらもっといいんじゃないか。ハイラはそこで週六日働いていて、客として行けば待ち時間のあいだに**あれも**車も磨いてくれるってわけだ。便利だろう？　そっちのほうがいいんじゃないか？　ね？

でもそうしたら嘘をつくことになる。確かにここまでにもファンタジーやSFの要素をいっぱい混ぜてきたが、これはオスカー・ワオの短く凄まじい人生の**真実**を記すべきものなのだ。イボンみたいな人物が存在したり、オスカーみたいな男に二十三年ぶりに少々のツキが回ってくるというのは信じられないことだろうか？

ここはあんたの選択だ。青い薬を選ぶなら、読み続けて。赤い薬を選ぶなら『マトリックス』（米のSF映画（一九九九―二〇〇三）。コンピュータに支配された近未来を描く。作品内で赤い薬を飲むと自分が生きている世界が仮想現実だと気づくが、青い薬を飲むとそうした真実を受け入れずに済む）に戻って。

サバナ・イグレシア出身の少女

写真のなかのイボンは若く見える。どの写真でも笑顔でピシッと胸を張っているせいで、彼女が自分を世界に差し出しているように見える。ジャーン、これが私よ、あとは好きにして、と言っているように見えるのだ。彼女は若い格好をしていたが実は三十六歳で、ストリッパーになるのでなければ、申し分のない年齢だった。近づけば目尻の皺が見えたし、少々お腹が出ているのを彼女はいつも嘆いていた。胸と尻は張りを失い始めていて、彼女によれば、だからこそ週五回ジムに通わなくてはならなかった。十六歳ならこういう体はただで手に入る。四十歳では――まったく！――フルタイムで手入れしなくちゃならないのよ。オスカーが三度目に訪ねたとき、イボンはまたスコッチをダブルで飲みながら、クローゼットからアルバムを持ってきて見せてくれた。十六歳、十七歳、十八歳の彼女はいつもビーチにいて、いつも八〇年代初頭風のビキニ姿で、いつもボリュームのある髪型で、いつも笑っていて、いつも八〇年代風の白人中年野郎に両手を回していた。こうした毛深い老いぼれの白人《ブランコス》たちを見ていると、オスカーは自分にも希望があるのではないかと思ってしまうのだった（彼は言った。うーんと、この人たちは君の叔父さんかい?）。どの写真にも日付と場所が書かれていたから、イタリア、ポルトガル、スペインと移動したイボンの売春婦《プタ》としての道のりをオスカーはたどれた。あのころ私は本当にきれいだったのよ、イボンは悲しげに言った。

それは事実だった。彼女のほほえみの前では太陽も消えてしまうほどだった。でも今だって同じくらい素敵だとオスカーは思った。見た目が少々衰えたことさえも彼女の輝き（色あせる前の最後の光）を増していると思えたし、イボンにもそう言った。

あなたってとっても優しいのね、オスカー《ミ・アモル》。彼女はダブルのウィスキーをもう一杯ぐいと飲み干し、しゃがれ声で言った。あなた何座？

オスカーはどれだけ恋い焦がれたことだろう！　彼は書くのをやめ、ほぼ毎日彼女の家に行った。彼女が働いているとわかっているときにさえ行った。ひょっとして病気になっているかもしれないし、あるいはもう仕事をやめる決意をしていて、そうしたらオスカーと結婚してくれるかもしれないと思ったのだ。オスカーの心の扉は開き、脚は軽く、無重力の中、**しなやかな**体になったように感じた。祖母《アブエラ》はずっと文句を言い続けた。神様も娼婦《プタ》は愛しちゃくれないよ。叔父《ティオ》さんは笑った。ああ、でも神様は男娼《プト》なら**愛してくれる**ってことはみんな知ってる。叔父《ティオ》さんは自分の甥がもはやマスかき野郎《パハロ》ではないと思って喜んでいるようだった。信じられないね、彼は誇らしげに言った。この鳩野郎《パロモ》もとうとう男になったとは。叔父《ティオ》さんはオスカーの首をニュージャージー州警察開発の、きついロックで固めた。いったいいいつやったんだい？　おれも家に帰ったらそんなのやってみたいな。

さあさあ。オスカーとイボンが彼女の家にいる。オスカーとイボンが映画を見る。オスカーとイボンがビーチに行く。イボンはたくさんしゃべり、オスカーは数語漏らす。イボンが語るところでは、彼女にはスターリングとペルフェクトという二人の息子がいて、プエルトリコで祖父母と暮らしている。イボンが会えるのは休暇のときだけだ（イボンがヨーロッパにいたあいだ、二人は写真と金でしかイボンを知らなかった。そしてようやく彼女が島に帰ってくると、二人は少年になっていて、二人にとっての唯一の家族から引き離す気にはイボンはなれなかった。そんな話を聞いても、おれだったら本当かよ、という目をしただろうが、オスカーはこの話をすっかり信じ込んだ）。イボンは二回の堕胎の話をし、マドリードで牢屋に入れられたときの話をし、体を売るのがどんなに大変かを話し、こんなふうに訊ねた。あることが同時に不可能かつ可能だってこと、あると思う？もしサント・ドミンゴ自治大学で英語を習っていなかったらもっと大変だっただろうと言った。手術で性転換したブラジル人の友人とベルリンに行った旅の話をした。ときどき電車はものすごく遅くなるので、住人に気づかれないまま沿道の花を摘める。ドミニカ人の恋人である大尉《カピタン》や外国人の恋人たちの話をした。イタリア人、ドイツ人、カナダ人、その三人のお人好し《ベンディトス》たちはそれぞれ違う月に彼女のところにやってくる。全員所帯持ちであなたよかったわね。そうじゃなかったらこの夏中**働きづめ**ってことになってたでしょうからね（男たちの話はやめてほしいとオスカーは言いたかったが、そうしても彼女は笑っただけだったろう。オスカーが言えたのは、みんなをスルサに連れて行ってやれたのにな、あそこの人たちは旅行者が大好きだって聞いたから、というセリフだけで、イボンは笑い、意地悪言わないでと言った）。そしてオスカーは大学時代、ゲームのコンベンション（RPG等を遊ぶことを目的とした大規模な集会。イベントホール等で開催されることが多い）に出席するため、オタクの友人たちとウィスコンシンまで車で行ったときの話をした。彼がした唯一の大旅行がそれで、ウィニベーゴ居留地でキャンプをし、地元のインディアンとパブストを飲んだのだった。オスカーは姉のロラへの愛について語り、彼女に何があったかを語った。オスカーは自殺未遂について語った。このときだけはイボンも何も言わなかった。代わりに二人のグラスに酒をつぎ自分のグラスを掲げた。人生に！

　一緒に過ごした時間の量については二人は決して話題にはしなかった。僕たち結婚すべきなのかもしれないね、オスカーは一度本気で言ってみた。そして彼女は言った。私ひどい奥さんになるわよ。オスカーはあんまりイボンの家に行きすぎたせいで、何度か彼女の悪名高い「不機嫌」に晒されることになった。そうなると彼女の異星人の王女という部分が前面に押し出されてきて、イボンはとても冷淡で無口になる。そしてビールをこぼしたオスカーをアメリカ人《アメリカノ》のバカと呼ぶのだった。そういう日にはイボンはドアを開けるだけで、あとはベッドに身を投げ出したまま何もしなかった。一緒にいるのは難しかったが、それでもオスカーは言う。ねえ、イエスが中央広場《プラサ・セントラル》に現れてコンドームを配ってるって。そして映画に行こうと彼女を説得する。外出して映画館の座席に座ることで、どうやら王女の機嫌も少しは治ったようだった。そのあとは彼女も少し優しくなった。オスカーをイタリア料理店に連れて行き、どれだけ気持ちが良くなってもなおも酒をガブ飲みし続けた。あまりに飲んだせいで、オスカーが彼女を車に乗せ、よく知らない街を通って家まで送らなければならなかった（すぐにオスカーはいいことを思いついた。家族がいつも頼りにしている、敬虔なタクシー運転手《タクシスタ》のクライブスを電話で呼び出したのだ。彼は訳なくやってきてオスカーを家まで先導してくれた）。オスカーが運転しているあいだ、ずっとイボンは彼の膝に頭をのせたまま、あるときはイタリア語で、あるときはスペイン語で話し続けた。刑務所で女同士が殴り合ったことや、素敵な思い出について話したのだ。彼女の口がキンタマのそばにあるというのは想像を越えてすばらしかった。

ラ・インカの話

彼女とは道端で出会ったんじゃないよ。あの子の言うのとは違って。いとこたち、あの馬鹿者ども《イディオタス》がオスカーをキャバレーに連れて行って、そこで初めてあの子はイボンを見たんだ。そこでオスカー《エジャ・》はイボンにうっとりしちまった《セ・メティオ・ボル・スス・オホス》んだよ。

オスカーの記録によるイボンの言葉

サント・ドミンゴなんて絶対帰ってきたくなかったの。でも刑務所から出所したとき、借金を返すあてもなかったし、お母さんも病気だったからとりあえず帰ってきたのよ。最初はつらかった。一度外《フエラ》に出ちゃったら、サント・ドミンゴは世界でいちばん狭い場所だと思うようになる。でも旅で学んだことがあるとしたら、人は何にでも慣れることができる、ってことなの。サント・ドミンゴにすらね。

変わらないもの

さて、二人が親密になったのはわかった。でも再び厳しい質問をしなくちゃならない。パスファインダーの中で二人はキスしたのだろうか？　彼女の凄まじく短いスカートの中にオスカーは手を入れたのか？　イボンは体を押しつけながらしゃがれた囁き声でオスカーの名前を呼んだのか？　イボンにフェラチオでいかされながら、世界の終わりみたいにもつれた彼女の髪をオスカーはなでたのか？　二人はヤッたのだろうか？

もちろんそんなことはなかった。奇跡にも限度があるのだ。オスカーは徴《しるし》を求めてイボンを見た。彼女に愛されているという徴を。この夏にはそんなことは起きないかもしれない、とオスカーは思い始めていたが、すでに感謝祭にもクリスマスにも戻ってくる予定を立てていた。そのことを言うと、イボンは不思議そうな顔で彼の顔を見て、少々悲しげに、オスカー、と彼の名前だけを口にした。

イボンがオスカーのことを好きなのは明白だった。イボンはいかれた話をしているときのオスカーが好きだった。なにか新しいものを、それがまるで他の惑星から来たんじゃないかという顔をして見つめているときのオスカーが好きだった（バスルームで石鹸石を見つめている彼を見つけたときがそうだった――いったいぜんたい**こりゃ**どんな特殊な鉱物なんだい？　オスカーは言った）。オスカーは、自分がイボンのごく数少ない真の友人の一人だと思えた。外国や国内にいる恋人たちを除けば、そしてサン・クリストバルで精神科医をしている姉とサバナ・イグレシアにいる病気の母親を除けば、彼女の人生は彼女の家と同じくらい空っぽだと思えた。

ランプとかいろいろ買ったほうがいいとオスカーは言ったのだが、彼女の家についてのコメントは、旅は身軽じゃなきゃ、だけだった。友だちを増やすことについても、イボンは同じことを言うんじゃないか、とオスカーは思っていた。それでも、イボンの家を訪ねてくるのは自分だけじゃないということは彼にもわかっていた。ある日ベッドの周りの床にコンドームを包んでいたホイルが三つ捨ててあるのをオスカーは見つけた。夜寝てるあいだに悪魔たちに襲われたの？　彼は訊ねた。イボンは恥じらうことなく笑った。**やめる**って言葉を知らない男なの。

かわいそうなオスカー。夜になると彼は自分のロケット船、**犠牲の息子**《イホ・デ・サクリフィシオ》がぐんぐん飛んでいく夢を見たが、それは光の速度でアナ・オブレゴン（一九五五―。スペイン女優）のバリアに向かっていたのだ。

ルビコン川を前にしたオスカー

八月初めに、イボンは恋人の大尉《カピタン》についてより多くしゃべるようになった。どうやらオスカーのことを大尉《カピタン》が聞き、会いたがっているようだった。彼ったら本当に嫉妬深いの、イボンはかなり弱々しく言った。だったら連れてくればいいさ。オスカーは言った。僕と会えばどんな恋人でも自信がつくだろうよ。どうかしら、イボンは言った。こんなふうにずっと一緒にはいないほうがいいのかもしれない。あなたも恋人を探したほうがいいんじゃないの？

もういるよ。オスカーは言った。僕の心の恋人はあなただ。

第三世界で警官をやっている、嫉妬に狂った恋人だって？　こんなふうにずっと一緒にはいないほうがいいのかもしれない、だって？　他のどんなやつでもスクービー・ドゥー（米の長寿テレビアニメ番組（一九六九―））よろしく、一度は受け流すがはっと気づいて驚くだろうし――ええええぇぇぇ？――そしてこれ以上一日でもサント・ドミンゴにいるべきかどうかよくよく考えるだろう。だが大尉《カピタン》の話を聞いてオスカーはひたすら落ちこんだ。一緒にはいないほうが、と言われたこともそうだが。ドミニカの警官が会いたいと言ってきたときには、花束を手にやって来るといった状況では必ずしもない、ということをオスカーは延々と考え続けざるを得なかった。

コンドームのホイルのことがあった日からそんなに経たないある夜、エアコンのききすぎた部屋でオスカーは目覚め、自分がまたあの道をたどっているのだといつになくはっきり気づいた。女の子にのぼせ上がるあまりに、思考停止に陥るというあの道だ。とても悪いことが起こるあの道だ。今ここで立ち止まらなきゃ、オスカーは自分に言い聞かせた。けれど石碑に刻んだ文字のようにはっきりと、自分は立ち止まらないだろうと彼にはわかっていた。オスカーはイボンを愛していたのだ（そしてこの青年にとって愛とは、揺るがすことも否むこともできない聖なる掟だった）。その前日の夜、イボンはあまりに酔ってしまい、ベッドに入るのにオスカーに助けてもらわなくてはならなかった。そのあいだもずっと彼女は言い続けた。まったく、私たちもっと注意しなくちゃね、オスカー。でもマットレスに倒れこむと、すぐに身をよじらせて服を脱ぎ始めた。オスカーが一緒にいることなどまったく気にしていなかった。イボンがシーツの下に入ってしまうまでオスカーは見るまいと努力した。それでも見えてしまったものが、オスカーの目の縁に焼きついた。オスカーが出て行こうとすると、イボンが起き上がったのだ。彼女の乳房は見事に完全に剝き出しだった。まだ行かないで。私が眠るまで。彼は彼女の隣に、だがシーツの上に横になった。家に歩いて戻ったのは、夜が白々と明け始めた頃だった。彼女の美しい乳房を見てしまったオスカーにはわかっていた。あの小さな声が言うように、荷物をまとめて家に戻るにはもう完全に遅すぎる、完全に遅すぎるのだ。

最後のチャンス

二日後、叔父《ティオ》さんが玄関のドアを調べているのをオスカーは見た。どうしたの？　叔父《ティオ》さんはオスカーにドアを見せ、玄関の反対側にあるコンクリートブロックの壁を指さした。昨日の晩、誰かが家に発砲したみたいだ。彼は激怒していた。くそドミニカ人め。ここら一帯を発砲して回ったのかもしれないな。誰も死ななくてよかったよ。

母親は弾丸でできた穴に指を突っ込んだ。よかったとは思えないけど。

その通りよ、オスカーをじっと見つめながらラ・インカは言った。

オスカーは一瞬、後頭部が奇妙な感じで引っ張られているのを感じた。他の人だったら、それを本能と呼ぶのかもしれない。だが、そのことについて腰を据えて入念に考えてみる代わりに、オスカーは言った。うちはエアコンのおかげで聞こえなかったのかもしれないね。そしてイボンの家に歩いて行った。その日は彼女とドゥアルテに行くことになっていたのだ。

オスカー殴られる

八月中旬にオスカーはついに大尉《カピタン》に会った。だがようやく最初のキスをしたのも同時だった。だからその日オスカーの人生が変わったと言える。

イボンはまた酔いつぶれた（お互いに「距離」をとったほうがいいということについて長々と演

説をした後にだ。オスカーは下を向いたまま、じっとそれを聞いていた。じゃあなんで夕食のときずっと僕の手を握ってたんだよ、と思いながら)。とても遅い時間で、オスカーはパスファインダーでいつもどおりクライブスの後からついて行っていた。すると数人の警官がクライブスを通したあと、オスカーには車から出てくるように言ったのだ。これは僕の車じゃないんだよ、オスカーは説明した。この人のなんだ。オスカーは眠っているイボンを指さした。わかりました、ちょっと車を路肩に寄せてください。オスカーは少し心配になりながらも従った。だがちょうどそのときイボンが起き上がり、薄い色の瞳でオスカーを見つめた。私が何を欲しいかわかる、オスカー?

そんなこと怖くて訊けないよ、オスカーは言った。

私が欲しいのは、体の向きを変えながらイボンは言った。キス《ベソ》よ。

そしてオスカーが何か答える前に、彼女は唇を重ねた。

女性の体が自分に押しつけられているという初めての感覚——いったい誰が忘れられるだろう? そして初めての本当のキス——まあ、正直言えば、おれは両方とも忘れちゃったけど、でもオスカーは決して忘れないだろう。少しのあいだオスカーはこの状況が信じられなかった。これだ、本当にこれがそうなんだ! イボンの唇はビロードのようにしなやかで、彼女の舌はオスカーの口にぐいぐい入ってきた。そしてその時、二人の周囲は光で満たされ、僕はすべてを超えるんだ! すべてを**超えていく**んだ! とオスカーは思った。でも彼は気づいた。車を路肩に寄せさせた二人の私服警官が——二人とも地球より重力の強い惑星で育ったように見えた。便宜上彼らをソロモン・グランディ(DCコミックス作品に登場する怪力のゾンビ)とゴリラ・グロッド(DCコミックス作品に登場するゴリラ怪人)と呼ぼう——懐中電灯で車内を照らしていたのだ。そして二人の後ろに立っているのは誰だろう? 殺意に満ちた顔で車内の状況をのぞいているのは？　もちろん大尉《カピタン》に決まっている。イボンの恋人だ！

グロッドとグランディは車からオスカーを引きずり出した。するとイボンは彼を抱きしめ抵抗しただろうか？　二人のラブシーンが乱暴に中断されたことに抗議しただろうか？　もちろんしなかった。単にまた気を失ったのだ。

大尉《カピタン》。痩せた四十がらみの混血《ハバオ》の男が、染み一つない赤いジープの側に立っていた。服装はちゃんとしていた。スラックスを穿き、ぱりっとプレスの効いた白のボタンダウンを着ていて、靴はコガネムシのように輝いていた。いわゆる長身で、傲慢、恐いほどハンサムといった男で、彼の前では地球上のほとんどの人が劣等感を感じるだろう。そしてまた、いわゆる極悪人で、その悪さはポストモダニズムですら説明できないほどだ。トルヒーヨの治世には彼は若かったので、実権を握って行動する機会はアメリカ合衆国による軍事侵攻まで訪れなかった。侵攻のとき彼は出世したのである。おれの父親同様、彼もアメリカの侵略者たちを支持した。そして彼は仕事をきちんとこなし、左翼に対して完全に無慈悲に振る舞ったので、彼は憲兵隊の最上位まで駆け上がった。いや跳び上がった。悪の権化バラゲールのもとで、とても精力的に働いたのだ。車の後部座席から労働組合員《シンディカトス》たちを射殺した。組合組織者の家を焼き討ちにした。人々の顔を金てこでぶん殴った。バラゲールの十二年は彼のような男たちにはいい時代だった。一九七四年には老婆の頭を死ぬまで水に沈め続けた(彼女はサン・フアンにおける土地の権利を求めて農民たちを組織しようとしたのだった)。一九七七年にはフローシャイムの靴の踵で十五歳の少年の喉元に祝福《マゼル・トヴ》をお見舞いした(こいつも共産主義者の厄介者だ。これでせいせいしたよ)。おれはこの少年をよく知っている。彼の家族はクイーンズにいて、毎年クリスマスになると彼はいとこたちにジョニー・ウォーカーの黒ラベルを何本か持ってくるのだ。友人たちは彼をフィトと呼んでいた。幼いころに弁護士になりたがっていたが、独裁者の部下《カリエ》たちによる行為を知ると、弁護士のことなどすっかり忘れてしまった。

で、あんたがニューヨーカーってわけだ。大尉《カピタン》の目を見たとき、オスカーは自分がとんでもないことに巻き込まれてしまったことを知った。大尉《カピタン》の両目は顔の中央に寄り気味だったが、青くて恐ろしかった（リー・ヴァン・クリーフ（一九二五―八九。米俳優。西部劇などで鋭い眼差しの悪役として知られる）の目だ！）。もしオスカーの括約筋に元気がなかったら、昼食と夕食と朝食がそのままピューッと飛び出していたところだった。

僕は何もしてないよ、怖じ気づいたオスカーは言った。そして思わず口にした。僕はアメリカ国籍だ。

大尉《カピタン》は蚊を手で払った。おれもアメリカ国籍だよ。ニューヨーク州のバッファローで市民権を取った。

おれはマイアミで市民権を買ったぜ、ゴリラ・グロッドは言った。おれは持ってない、ソロモン・グランディは嘆いた。居住権だけだ。

お願いだから信じてくださいよ、**何も**してないんです。

大尉《カピタン》は笑った。このクソ野郎は先進国の歯まで持っていた。おれが誰だかわかるか？

オスカーはうなずいた。経験不足ではあったが、バカではなかったのだ。イボンの別れた恋人だろ。

別れた恋人《ノビオ》じゃねえよ、この見物人野郎《マルディト・パリグアヨ》！　大尉《カピタン》は叫んだ。首の筋がクリクファルシ（特徴的な作画で知られるカナダのアニメーター、ジョン・クリクファルシ（一九五五―）のこと）の絵みたいに浮き出した。

別れたってイボンは言ってたけど、オスカーは言い張った。

大尉《カピタン》はオスカーの喉を掴んだ。

そう言ってたんだ、オスカーは泣き声で言った。

オスカーは幸運だった。もし奴がおれの友人《パナ》でドミニカのスーパーマンみたいなペドロや、モデルをやってるベニーみたいなみかけだったら、多分その場で射殺されていただろう。でもオスカーはブサイクなデブだったせいで、まさに人生で一度もいいことなんてなかった哀れな傍観者《マルディト・パリグアヨ》に見えたせいで、大尉《カピタン》はゴクリ（『ホビットの冒険』『指輪物語』に登場する、「一つの指輪」に魅入られた哀れみを誘う存在）への情けを彼にかけ、数回殴るだけにしたのだった。軍で鍛えた大人に数回殴られたことのなかったオスカーは、一九七七年頃のピッツバーグ・スティーラーズのバックス全員に踏みつけられたように感じた。息が止まるほど殴られ、本気で窒息して死ぬかと思った。大尉《カピタン》の顔がぬっと現れた。もしおれの女《ムヘル》にまた触ったら殺すぞ、傍観者野郎《パリグアヨ》。そしてオスカーはどうにかささやいた。元恋人だろ。そしてグランディ氏とグロッド氏はオスカーを（少々手こずりながら）引きずり上げ、カムリの後席に押し込んで発車した。オスカーが最後に見たときイボンは？　大尉《カピタン》に髪を掴まれ、パスファインダーから引きずり出されていた。

オスカーは車から飛び降りようとしたが、ゴリラ・グロッドが強く肘打ちをし、オスカーの闘争心を根こそぎ吹き飛ばした。

サント・ドミンゴの夜。もちろん真っ暗闇だ。灯台すら夜は消える。

やつらはオスカーをどこに連れて行ったかって？　他にどこがある。サトウキビ畑だよ。

サトウキビ畑というのは、永劫回帰にうってつけの場所だろ？　オスカーはあまりに混乱し驚愕して小便をちびった。

ここら辺で育ったんじゃなかったっけ？　グランディは色黒の同僚に訊ねた。

このクソバカ野郎、おれはプエルト・プラタ出身だよ。

本当に？　おまえちょっとフランス訛りがあるように聞こえるけど。

そこまで車で行くあいだ、オスカーは声を出そうとしたが出なかった。ものすごく動揺していたのだ（こういう状況になると秘密の英雄が現れてジム・ケリー（香港・アメリカ合作のアクション映画『燃えよドラゴン』（一九七三）等に出演している米の俳優、格闘家（一九四六―））みたいに悪者の首を折ってくれるだろうとオスカーはずっと思ってきたが、秘密の英雄はどこかでパイでも食べているらしかった）。すべてがすごい速さで進んでいるように思えた。どうしてこんなことになったんだろう？　オスカーはどこで間違いを犯したのか？　オスカーは信じられなかった。自分はこれから死ぬのだ。ほとんど透け透けの黒いワンピースを着たイボンが葬式に来ている姿を想像しようとしたが、できなかった。母親とラ・インカが墓に来ている姿が目に浮かんだ。だから言ったじゃない。だから言ったじゃない。サント・ドミンゴが過ぎ去っていくのを見て、オスカーはどうしようもないほどの孤独を感じた。何でこんなことが起こりうるんだ？自分に？　退屈で、デブで、ものすごくビビっている僕に。母親のことや姉のこと、まだ塗っていないミニチュアのことを思い、彼は泣き出した。静かにしろよ、グランディは言った。でもオスカーには止められなかった。両手で口を押さえてもだ。

車は長いあいだ走り続けた。そしてついに突然停まった。サトウキビ畑で、グロッド氏とグランディ氏はオスカーを車から引きずり出した。二人はトランクを開けたが、懐中電灯の電池が切れていたので、食料品店《コルマド》まで車で戻り電池を買い、また戻ってこなければならなかった。二人が食料品店《コルマド》の経営者と値段の交渉をしているあいだ、オスカーは逃げることを考えていた。車から飛び降り叫びながら道を走っていくんだ。でもそうできなかった。怖がってるから動けないだけだ、オスカーは頭の中で繰り返し唱えたが、それでも自分を行動に駆り立てることはできなかった。だってあいつら銃を持ってるじゃないか！　オスカーは暗闇に目を凝らし、アメリカの海兵隊員がぶらついていないかなと思った。でもそこにいたのはたった一人の男だけで、彼は崩れかけた家の前で揺り椅子に揺られていた。あいつには顔がない、オスカーは一瞬思ったが、そのとき人殺したちが車に戻ってきて発車してしまった。再び点くようになった懐中電灯を手に、サトウキビ畑のなか二人はオスカーを歩かせた——こんなにうるさく、こんなに耳慣れない音をオスカーは聞いたことがなかった。サラサラ、パチパチいう音、足の下でパッと何かが動く気配（蛇か？　マングースか？）、頭上には星まで出ていた。それらすべてが自らを褒めそやす会合に集まっていた。それでもオスカーにはこの世界は奇妙なほど親しみ深く思えた。遠い昔、自分はまさにこの場所にいたという圧倒的な感覚があったのだ。それはデジャ・ビュよりたちの悪いものだったが、オスカーはその感覚にちゃんと集中する前に時間の感覚をなくしてしまった。恐怖に溺れてしまったのだった。それから二人はオスカーに、立ち止まって振り向けと言った。おまえにあげたいものがあるんだよ、二人は愛想よくそう言った。それでオスカーは現実に戻った。彼は叫んだ。頼むからやめてくれ！　だが銃口がパッと光り永遠の闇が訪れる代わりに、ピストルの銃床でグロッドはオスカーの頭をおもいきり一発殴った。一瞬のあいだ、その痛みのせいでオスカーの恐怖のくびきが外れ、脚を動かす力が湧き上がり、向きを変え走り出そうとした。だがそのとき二人はピストルでオスカーを殴り始めた。

二人がオスカーを脅すつもりだったのか、それとも殺すつもりだったのかははっきりしない。もしかしたら大尉《カピタン》がどちらかを命令して、二人はそれにそむいたのかもしれない。だがもしかしたら、二人は命令通りにしたのかもしれない。あるいはもしかしたら、オスカーはただ幸運だったのかもしれない。それはわからない。おれにわかっているのは、それが究極の殴打だったということだ。それは殴打における神々の黄昏だった。あまりにも残酷で容赦ない殴打だったせいで、究極の殴打の街であるカムデンでさえ誇りに思っただろうほどだ（そうだ。あの特許取得済みのパックマイヤー（米の銃器アクセサリー・メーカー）・プレゼンテーション・グリップで顔を殴られるくらいひどいことはない）。オスカーは**悲鳴を上げた**が、殴打は止まらなかった。オスカーは懇願したが、それでも殴打は止まらなかった。オスカーは気絶したが、それでも許してもらえなかった。二人にキンタマを蹴り上げられて、オスカーはガバッと起き上がった！ オスカーは身を引きずりサトウキビ畑の奥に逃れようとしたが、二人は引っ張り戻した！ それはまるで朝八時からの悪夢のようなＭＬＡ（米国現代語学文学協会(Modern Language Association of America)の略語）のパネルディスカッションのようだった。**永久に続く**のだ。ゴリラ・グロッドは言った。まったく、こいつのおかげで**汗かいちまったぜ**。二人はおおむね交互にオスカーを殴っていたが、ときどきは二人一緒に殴った。ときには二人でなく確かに三人に殴られている、とオスカーが思う瞬間があった。食料品店《コルマド》の前にいた顔のない男が加わっている気がしたのだ。終わりが近付き、すべての生命力がオスカーから消え去り始めたころ、オスカーは自分が祖母《アブエラ》に向かい合っていることに気づいた。祖母は揺り椅子に坐り、オスカーを見ると怒鳴りつけた。ああいう売春婦《プタス》たちについて私が何を言ったか聞いていたの？ おまえは死ぬことになるって言ったでしょ？

そして最後にグロッドがブーツを履いた両足でオスカーの頭に飛び降りた。その直前にオスカーははっきりと感じた。二人以外に三人目がいて、そいつはサトウキビ畑の少し奥に立っている。でもオスカーがその顔を見る前に、おやすみなさい素敵な王子様、の時間がやってきて、オスカーは自分がまた落ちていく、十八号線に真っ逆さまに落ちていくのを感じた。そして落下を止めるために彼にできることは何も、まったく何もなかった。

クライブス救出する

さらさらと葉擦れの音をさせている果てしないサトウキビ畑の中でオスカーが気絶したまま残りの一生を終えることにはならなかった唯一の理由は、クライブス、すなわち敬虔なタクシー運転手《タクシスタ》が根性と才知と、それからもちろん善良さの持ち主で、密かに警官たちの後をつけ、彼らが立ち去るとヘッドライトを点灯し彼らが最後にいた場所へ向かったからだった。クライブスは懐中電灯は持っていなかった。そして暗闇のなかつまずきながら三十分ほど探し回ったあと、いったん朝まで捜索を中断しようかと思った。そのとき誰かが**歌っている**のを彼は聞いたのだった。しかもいい声だった。礼拝で歌っていたクライブスにはその良さがわかった。彼は全速力で声の元に向かった。そして最後のサトウキビの茎をかき分けようとすると、猛烈な風がサトウキビのあいだを吹き抜けてきた。まるでハリケーンの最初の一撃のようだった。まるで天使が飛び上がるときに巻き起こす突風のようだった。そして吹いてきたときと同じくらい突然におさまった。ただシナモンが焦げるような匂いだけ残して。そしてサトウキビ数本の向こうにオスカーが倒れていたのだった。意識を失い、両耳からは血を流していた。あとほんの指一本触れただけでも死んでしまうように見えた。クライブスはがんばったが、一人ではオスカーを車まで引きずっていくことはできなかった。そこでオスカーをそのままにして――頑張って待ってろよ！――近くのサトウキビ労働者の村《バテイ》まで行き、ハイチ人労働者《ブラセロス》数人に加勢を頼んだ。説得には少々時間がかかった。村《バテイ》を離れたのを監督に見つかったら、彼らはオスカーと同じくらい叩きのめされる。彼らはそれが恐かったのだ。ついにクライブスは彼らを説き伏せ、全員で急いで犯罪現場に戻った。こりゃデカいな。労働者の一人が冗談を言った。バナナがたくさん《ムチョス・プラタノス》、もう一人がふざけた。バナナがたくさんたくさん《ムチョス・ムチョス・プラタノス》、三人目が言った。そして彼らはオスカーを後席に押し込んだ。ドアが閉まるとすぐにクライブスはギアを入れ発進した。神の名にかけて全速力で走った。ハイチ人たちは彼の車に石を投げた。村まで乗せて帰ってやる、とクライブスは彼らに約束していたのだ。

カリブにおける接近遭遇

マングースと話している夢を見たことをオスカーは覚えている。ただしそのマングースは、例のマングースだった。

どうしたい、少年《ムチャチョ》？　まだ生きるか、もういいか？

そして一瞬、オスカーはもういいと答えそうになった。すごく疲れていたし、すごく痛かったのだ――もういい！　もういい！　もういい！――でも頭の奥のほうでオスカーは家族のことを思い出した。ロラや母親やラ・インカばあちゃんのことだ。自分が今より若くて楽観的だったころのことを思い出した。ベッドの隣には弁当箱が置いてあった。朝いちばんに目に入るものはそれだ。『猿の惑星』。

まだ生きる、オスカーは低いしゃがれ声で言った。

――、――、――、マングースは言った。そして風がオスカーを暗闇に連れ戻した。

生か死か

鼻は折れ、頬骨のアーチは潰れ、第七脳神経は切断され、三本の歯が歯茎から抜け、脳震盪を起こしていた。

でもオスカーは生きてるんでしょう？　母親は訊ねた。

ええ、医者はしぶしぶ認めた。

祈りましょう、ラ・インカは険しい顔で言った。彼女はベリの両手を摑み頭を垂れた。

過去と現在の類似性に気づいていたとしても、二人は何も言わなかった。

地獄への墜落に関する簡潔な説明

オスカーは三日間、目を覚まさなかった。

その間とてつもなく奇妙な夢を見ていたという感覚があったが、最初の食事である鶏のスープ《カルド・デ・ポヨ》を飲むころには、なんてことだろう、オスカーにはもう思い出せなかった。彼が覚えていたのは、金色の目をしたアスラン（英の小説家・英文学者C・S・ルイス（一八九八—一九六三）のファンタジー小説『ナルニア国ものがたり』（一九五〇—五六）に登場するライオン。架空世界ナルニアの創造主）のような生き物がオスカーに何度も話しかけようとしたのだが、近所の家から聞こえてくるメレンゲの音がうるさすぎてオスカーには一言も聞こえない、という光景だけだった。

後になり、人生最後の日々が訪れてやっと、オスカーはその夢の一つを思い出した。崩れた城の中庭で、オスカーの前に老人が立っている。彼は読めとオスカーに本を差し出す。老人は仮面をかぶっていた。オスカーの目の焦点が合うのに少しかかり、やっと見えた本には何も書いていなかった。

本には何も書いてない。オスカーが意識不明の状態を突き破って現実の世界に戻ってくる直前に、ラ・インカの使用人が聞いた言葉はそれだった。

生

それで終わりだった。デ・レオン家の母親は医者から許可をもらうと、すぐ航空会社に電話した。彼女はバカではなかった。こういうことについては自分も経験があったのだ。状況を一番簡単な表現にして、混乱しているオスカーにも理解できるようにした。このバカで役立たずで能なしなクソ野郎《イホ・デ・ラ・グラン・プタ》、家に帰るよ。

嫌だ、ぐちゃぐちゃの唇のあいだからオスカーは言った。彼は冗談を言っているわけではなかった。やっと目覚め、自分がまだ生きていると気づくと、イボンに会いたいと言ったのだった。愛してるんだ、オスカーはささやいた。母親は言った。お黙り！　とにかくお黙り！

何でこの子に怒鳴ってるんだい？　ラ・インカは訊ねた。

バカだからよ。

家族のかかりつけの女医《ドクトラ》は硬膜外血腫はないが、オスカーの脳が損傷を受けていないとは言い切れない、と言った（あの女、警官と付き合ってたんだって？　ルドルフォ叔父《ティオ》さんは口笛を吹いた。絶対に脳までやられてるな）。今すぐオスカーをアメリカに帰してください、女医《ドクトラ》は言った。だがオスカーは四日間、自分を飛行機に乗せようとする試みに抵抗した。このことからも、このおデブさんにはすごく根性があるということがよくわかる。オスカーは片手いっぱいの量のモルヒネを摂取していたし、顔は**苦痛**でゆがんでいた。一日中休みなしで四拍子の偏頭痛が続き、右目は視力が全然なかった。頭は膨れあがり、まるでジョン・メリック・ジュニア（身体の奇形から「エレファント・マン」として知られたジョゼフ・ケアリー・メリック（一八六二―九〇）のこと）のようだった。立ち上がろうとするたびに、足の下から地面がサッと逃げ出した。本当にまったくもう！　オスカーは思った。**ブチのめされる**っていうのはこういうことなんだ。痛みは常に湧き上がり、オスカーがどんなにがんばっても抑えられなかった。もう死ぬまで格闘シーンは書くまい、と彼は誓った。でも悪いことばかりでもなかった。殴打されたおかげで奇妙なことに気づいたのだ。まったく役にも立たないことをオスカーは悟ったのだった。もし自分とイボンの関係が本気なものでなかったら、大尉《カピタン》もおそらく、こんな風にはかまってこなかっただろう。これはオスカーとイボンは恋愛関係にあったという明らかな証拠だった。オスカーは鏡に向かって訊ねた。祝うべきだろうか、泣くべきだろうか？　他に気づいたことは？　ある日、母がベッドからシーツを引きはがしているのを見ていてオスカーは思いついた。生まれてからずっと話には聞いていた家族の呪いっていうのは、ひょっとしたら**本物**かもしれない、と。

フク。
オスカーはその言葉を口の中で実験的に転がしてみた。**ファック・ユー**《クソ食らえ》。母親は激怒して拳を上げたが、ラ・インカが止めに入った。二人の体がぶつかりピシャリと音を立てた。あんた気でも狂ったの？ ラ・インカが言った。祖母が言っているのが自分のことか母のことか、オスカーにはわからなかった。

イボンはと言えば、ポケベルの呼び出しにも応えなかった。オスカーはほんの何度か窓まで何とか体を引きずっていったのだが、彼女のパスファインダーは停まっていなかった。愛してるよ、オスカーは道に向かって叫んだ。愛してるよ！ 一度だけオスカーは彼女の家の玄関までたどり着きブザーを鳴らした。彼がいないことに気づいた叔父《ティオ》さんが、すぐにオスカーを家まで引きずり戻した。夜になってもオスカーはベッドに横になったまま苦しむしかなかった。あらゆる悲惨な**事件**《スセソス》によるイボンの死を想像していたのだ。頭が爆発しそうになると、オスカーはテレパシーの力でイボンのもとまでたどり着こうとした。

そして三日目に彼女がやってきた。イボンがベッドの隅に坐っているあいだ、母親は台所で鍋をガチャンと大きな音で鳴らしたり、**売春婦**《プタ》と二人に聞こえるように言ったりした。

起きられないけど許してね。オスカーはささやいた。ちょっと頭蓋骨に問題があるんで。

彼女は白い服を着ていた。まだシャワーで濡れている髪は茶色いカールがぐちゃぐちゃになっていた。もちろん大尉《カピタン》は彼女も激しく殴った。もちろん彼女の両目の周りは黒かった（大尉《カピタン》は自分の四四口径マグナムをイボンのヴァギナに突っ込み、**本当に**愛しているのは誰だと訊ねもした）。それでも、オスカーが喜んでキスしたいと思わないようなところは彼女の体にはなかった。イボンは彼の手に自分の指を重ね、もう二度と会えないのと言った。何らかの理由でオスカーには彼女の顔が見えなかった。顔はぼやけてしまっていた。イボンは自分とは別の世界に完全に退却してしまっていた。彼はただ彼女の呼吸に悲しみを聞き取っただけだった。先週、オスカーが痩せた女の子《フラキタ》を目で追っているのに気づき、骨が好きなのは犬だけよ、オスカー、と半分冗談で言った女の子はどこへいったのだろう。家を出る前にどうしても五着は着てみなくては服が決まらなかった女の子はどこへいったのだろう？　オスカーは目の焦点を合わせようとしたが、見えたのは彼女に対する愛だけだった。

　オスカーは書いた原稿を差し出した。これなんだけど、聞いてほしいことがいっぱいあるんだよ――。

　私と――は結婚するの。イボンはそれだけ言った。

イボン、オスカーは言い、言葉を続けようとしたが、もう彼女はいなくなっていた。

もうおしまい《セ・アカボ》。母親と祖母《アブエラ》と叔父《ティオ》は最後通牒を突きつけ、それでもう終わりだった。空港までの車中で、オスカーは海も風景も見なかった。前の晩に自分が書いたものを解読しようとして、ゆっくりと言葉を声にして読み上げていた。今日はいい天気ですね。クライブスが言った。オスカーは涙に曇った目を上げた。そうだね。

　飛行機の中でオスカーは叔父《ティオ》さんと母親のあいだに坐った。まったく、オスカー。ルドルフォ叔父《ティオ》さんはいらいらして言った。シャツに糞つけられたような顔してるぞ。

　姉がJ・F・ケネディ空港でみんなを出迎えた。彼女はオスカーの顔を見ると泣き出し、おれのアパートに戻ってきてもまだ泣き続けていた。ミスターの顔を見てよ、彼女は泣き声で言った。やつらオスカーを**殺そう**としたの。

いったいどうしたんだい、オスカー、おれは電話で言った。何日か目を離してたあいだに死にかかったんだって？

くぐもった声でオスカーは言った。女の子にキスしたんだよ、ユニオール。とうとう女の子にキスしたんだ。

でもさ、オスカー、ほとんど殺されかかったんだろ。

そこまで完璧にひどかったわけじゃないよ。オスカーは言った。何ヶ所かは殴られなかった。

でも二日後おれは奴の顔を見て言った。どうしたんだよ、オスカー。まったくどうしたんだよ。

彼は首を振った。この顔なんかよりもっとひどいことが進行中なんだ。

オスカーはおれのために書いてくれた。**フク**。

忠告

旅は身軽じゃなきゃ。彼女は腕を伸ばし、自分の家を、ひょっとしたら世界を抱きしめた。

パタソン再び

オスカーは家に戻った。ベッドに横たわって回復した。母親は激怒したまま、オスカーの顔を見なかった。

オスカーは完全にただの残骸だった。今まで自分は誰もイボンほど愛したことはないとわかっていた。自分がすべきこともわかっていた——ロラを見習い、飛行機で舞い戻るのだ。大尉《カピタン》なんて糞食らえ。グランディもグロッドも糞食らえ。全員糞食らえ。理性ある昼間にそう言うのは簡単だったが、夜中になると彼のキンタマは冷たい水に変わり、まるで小便のように脚をつたって流れた。サトウキビ畑、あの恐ろしいサトウキビ畑を何度も何度も夢に見た。ただ夢の中では、殴られているのはオスカーではなかった。姉が、母が殴られていたのだ。叫び声や止めてと懇願する声、お願いだから**止めて**、という声が聞こえた。でも声のする場所まで走っていく代わりに、オスカーは**逃げ出した！　叫びながら**目覚めた。**僕じゃない、僕じゃないよ**。

オスカーは千回目の『復活の日』を見て、日本人の科学者がティエラ・デル・フエゴについにたどり着き、最愛の人と再会するシーンで千回目に泣いた。オスカーは、おれの推測では百万回目の『指輪物語』を読んでいた。それは彼が初めて見つけたときから、最愛の書物であり最高の安らぎだった。オスカーと『指輪物語』の出会いは九歳のときで、途方に暮れ孤独だった彼に、仲の良かった図書館員が言ったのだった。ほら、これを読んでみたら。そしてこの一言が彼の人生を変えた。三部作をほぼ最後まで読み通し、「そして遠いハラドから……半分トロルのような黒い人間たちがいました」（『指輪物語　王の帰還』(上)、瀬田貞二・田中明子訳、評論社、一九九二年）という文章まで来てオスカーは中断しなければならなくなった、彼の頭と心があまりにも痛んだのだ。

途方もない殴打の六週間後、彼はまたサトウキビ畑の夢を見た。だが叫び声が起こり骨が砕け始めたとき、逃げ出す代わりに、オスカーは過去と現在に自分が持ち得た勇気のすべてを振り絞り、どうしてもやりたくなかったこと、どうしても耐えられなかったことを自分に強いた。
彼は聞いたのだった。

第三部

それは一月のことだった。おれとロラはワシントンハイツの別々のアパートに住んでいた――白人のガキどもが侵攻してくるまえ、マンハッタン北部をずっと歩いていてもヨガマットなんて一枚も見かけなかったころの話だ。おれとロラはあまりいい関係じゃなかった。話せば長いが、そんなこと話したって仕方がない。おれたちは一週間に一度話せばいいほうだった、と言えばわかるだろう。それでも名目上は彼氏彼女の関係だったのだが。もちろんすべておれのせいだ。チンポコ《ラボ》をパンツの中にしまっておけなかったのさ。ロラは世界一きれいな女の子だっていうのにな。

とにかく、おれはその週は家にいた。派遣会社から電話がなかったんだ。そしてオスカーが通りに面したエントランスのブザーを押してきた。オスカーが戻ってきてすぐに会ってからもう何週間か経っていた。おう、オスカー、おれは言った。上がってこい、上がってこい。おれは通路で待っていて、オスカーがエレベーターから出てくると握手した。元気か、おい？　最高だね、オスカーは言った。おれたちは坐り、オスカーがあれこれしゃべっているあいだ、おれはマリファナを吸っていた。もうすぐドン・ボスコに戻るんだ。

本当に？　おれは言った。本当さ。オスカーは言った。やつの顔はまだひどい状態だった。左側が垂れ下がっていた。

吸う？

ご一緒しようかな。でもちょっとだけだよ。頭がぼんやりするのは嫌だから。

おれのソファに坐った最後の日、オスカーは落ち着いているように見えた。少々上の空だったが、落ち着いて見えたのだ。オスカーもとうとう生きようと決意したんだ、とその晩おれはロラに言うことになるのだが、そのあとわかることになる事実はもっと複雑だった。あんたもオスカーを見るべきだったな。すごく痩せていて、贅肉をすべてなくしていて、そして、本当に落ち着いていた。最近何してるんだ？　書いてるんだよ、もちろん。それから読書。パタソンから引っ越す準備もしてる。過去から逃れて、新しい人生を始めたいんだ。持って行くものを決めようと思って。十冊だけ持って行くんだ。（オスカーの表現によれば）古典の、しかも核だけ。どうしても必要なものだけに切り詰めるんだよ。持って行けるものだけ。またオスカーらしい変なことやってるなと思ったが、あとでそうじゃなかったとおれたちは気づくことになる。

そしてオスカーは息を吸い込み、言った。本当に悪いんだけど、ユニオール、ここに来たのには別の理由があるんだ。どうしてもお願いしなきゃならないことがあるんだよ。

なんだってするぜ、なあ。言ってみろ。

ブルックリンに目をつけているアパートがあって、その保証金が必要なんだとオスカーは言った。おれはちゃんと考えるべきだった――オスカーは金を貸してくれなんて、今まで誰にも言ったことがなかった――でもおれは考えなかった。無理して金を渡したのだ。今でも罪悪感がある。

おれたちはマリファナを吸い、おれとロラの問題について話した。あのパラグアイの女の子と肉体関係なんて持っちゃいけなかったんだよ、オスカーは指摘した。わかってる、おれは言った。わかってる。

ロラはあんたのこと愛してる。

わかってるよ。

じゃあどうして浮気なんてするんだ？

それがわかってたらこんなことにはならないよ。

そのことにちゃんと向き合うべきなんじゃないかな。

オスカーは立ち上がった。

ロラが来るまで待ってればいいのに。

パタソンまで行かなくちゃいけない。デートの約束があるんでね。

おれをからかってんのか？

オスカーは首を振った。困った野郎だ。

おれは訊ねた。彼女きれいなの？

オスカーは笑った。ああ。

土曜日にオスカーは行ってしまった。

第7章

最後の旅

The Final Voyage

前回サント・ドミンゴに飛行機で行ったときは、みんなが拍手したことにオスカーはびっくりした。でも今回は心の準備ができていたので、飛行機が着地すると彼は手が痛くなるまで拍手した。

空港の出口に着くとすぐに、オスカーはクライブスに電話した。彼が迎えに来たのは一時間後で、オスカーは自分のタクシーに引っ張り込もうとするタクシー運転手《タクシスタ》たちに取り囲まれていた。おやまあ《クリスティアノ》、クライブスは言った。

古代の力だな、オスカーは真顔で言った。何してるんです？

二人はイボンの家の前に車を停め、彼女が帰ってくるまでほぼ七時間待っていた。クライブスはなんとか説得してやめさせようとしたが、オスカーは聞かなかった。そしてイボンがパスファインダーでやってきた。彼女は痩せて見えた。オスカーの心臓は悪い脚のように動きを止め、一瞬彼はすべてを諦めてボスコに戻り、惨めな人生を続けようかと思った。だがそのとき、まるで世界中に見張られてでもいるようにイボンが屈み込んだ。そしてオスカーは心を決めた。車の窓を下ろした。イボン、彼は言った。彼女は動きを止め、目を細め、彼に気づいた。イボンも彼の名を口にした。

オスカー。彼はドアをバッと開け、立っている彼女のもとまで行き抱きしめた。

彼女の最初の言葉は？　ねえオスカー《ミ・アモル》、今すぐここから離れて。

道の真ん中でオスカーは思っているままをイボンに話した。彼女を愛していて、傷つきもしたがもう大丈夫だ、もし一週間だけ、たった一週間だけ一緒にいられれば、自分の気持ちも全部おさまるし、向き合わなくちゃならないことにもちゃんと向き合えると思う。どういうことかわからないとイボンが言ったので、オスカーは繰り返した。宇宙全体よりもイボンを愛している、だから簡単に思い切ることなんてできない、ちょっとのあいだでいいから自分と一緒に来てほしい、力を貸してほしいんだ、それでもう終わりにしたいとあなたが言うなら、そうするつもりだ。

もしかしたらイボンはオスカーを少しは愛していたのかもしれない。もしかしたら心の奥底では、ジム用のバッグをコンクリートの上に置き、彼とタクシーに乗り込んでいたのかもしれない。でも彼女は生涯を通じて大尉《カピタン》みたいな男たちと付き合ってきた。そうした男たちにヨーロッパで丸一年むりやり働かされ、その後やっと自分の稼ぎが入るようになったのだ。それにドミニカ共和国では警官との離婚のことを銃弾と呼んでいることもイボンは知っていた。だからジム用のバッグが道路に置かれることはなかった。

彼に電話するわよ、オスカー、涙を浮かべながらイボンは言った。だから彼が来る前にここから離れて。

僕はどこにも行かない、オスカーは言った。

行って、イボンは言った。

いやだ、オスカーは答えた。

オスカーは祖母《アブエラ》の家に入り込んだ（まだ鍵を持っていたのだ）。一時間後に大尉《カピタン》が現れ、長いことクラクションを鳴らし続けた。でもオスカーはわざわざ外に出はしなかった。オスカーはラ・インカの写真を全部取り出し、一枚ずつ全部眺めた。パン屋から戻ってきたラ・インカは台所のテーブルで走り書きしているオスカーを見つけた。

オスカー？

ええ、お祖母ちゃん《アブエラ》、目を上げずにオスカーは言った。僕です。

説明するのは難しいな、オスカーはのちに姉への手紙に書いた。

そうだろうよ。

カリブ海の呪い

二十七日間、彼は二つのことを続けた。調査して書きながら、イボンを追いかけたのだ。彼女の家の前に坐り、彼女のポケベルを鳴らし、彼女が働いていたワールド・フェイマス・リヴァーサイドに行き、彼女の車が発車するのを見れば、そのたびに先回りするつもりでスーパーマーケットまで歩いた。十回のうち九回は出会えなかったが。縁石に坐っているオスカーを見た近所の人たちは首を振り、あのイカれた野郎《ロコ》を見ろと言った。

最初のうち、彼女にとってそれは純粋な恐怖だった。イボンはオスカーとまったく関わりたくなかった。彼に話しかけなかったし、彼を無視した。そして最初にクラブで彼を見つけたときは、恐くて脚ががたがた震えた。オスカーのほうもイボンをとても怖がらせていることはわかっていたが、それでも止められなかった。でも十日目には、恐怖を感じることすらつらくなってきて、通路をついてきたり仕事中に笑いかけてきたりするオスカーにイボンは声をひそめて叱った。家に帰って、オスカー。

オスカーを見ると、イボンは惨めな気持ちになった。あとでオスカーに告げることになるのだが、オスカーを見なくても、もう殺されたのだろうと思って惨めな気持ちになった。オスカーは英語で書いた情熱的な長い手紙を門の下に差し入れた。そしてオスカーへの唯一の返事は、切り刻んでやると脅す大尉《カピタン》や彼の友人たちからの電話だけだった。脅迫される度にオスカーは時間を記録し、大使館に電話して、警官の——に殺してやると脅迫されました、なんとか対処してもらえませんかと係官に告げた。

オスカーは希望を持っていた。もしイボンがオスカーに本当にいなくなってほしいなら、野外に彼をおびき出し、大尉《カピタン》に殺させればいい。それにもし望むなら、オスカーがリヴァーサイドに入るのを禁止できるだろう。でもイボンはそうしなかった。

すごいね、ダンスが**上手い**んだね、オスカーは手紙に書いた。結婚してイボンをアメリカに連れて帰る計画を他の手紙には書いた。

イボンは走り書きのメモをクラブでオスカーに渡したり、彼の家に送ったりするようになった。お願いだから、オスカー、私もう一週間も寝てないのよ。あなたに怪我したり死んだりしてほしくないの。家に帰りなさい。

オスカーは返事を書いた。でも、きれいな女の子たちのなかでもきれいな君、ここが僕の家なんだ。

あなたの本当の家よ、オスカー《ミ・アモル》。

本当の家が二つあっちゃいけないの？

十九日目の夜、イボンが門のところでブザーを鳴らした。オスカーはペンを置いた。彼女だとわかったのだ。彼女は手を伸ばし、車のドアを内側から開けた。そしてオスカーが乗り込み彼女にキスしようとするとイボンは言った。お願いだから止めて。二人はラ・ロマナのほうに走った。そこなら大尉《カピタン》の友人たちがいないだろうと思ったのだ。何も新たに話し合われはしなかったが、オスカーは言った。君の新しい髪型が好きだよ。そしてイボンは笑い泣きしながら言った。本当に？安っぽく見えると思わない？

君が安っぽいなんてあり得ないよ、イボン。

おれたちに何ができただろう？ロラは飛行機でオスカーに会いに行き、戻ってくるよう懇願し、このままではイボンもあなたも殺されるだけだと言った。オスカーは聞いていたが、静かに言った。今何が問題なのか、お姉ちゃんにはわかっていない。完ぺきにわかってるわよ、ロラは叫んだ。いいや、わかってない。オスカーは悲しげに言った。祖母《アブエラ》は力を用いようとした。例の声を使おうとしたのだ。でももはやオスカーは彼女が知っていた男の子ではなかった。彼の中で何かが変わってしまったのだ。オスカーは自分の力を手に入れていたのだった。

オスカーの最後の旅も二週間が過ぎたころ、母親が到着した。彼女は激怒していた。帰るのよ、今すぐ。オスカーは首を振った。無理だよ、ママ。母親はオスカーを摑み引っ張ろうとしたが、彼はまるでウーヌス・ジ・アンタッチャブルだった。ママ、オスカーは優しく言った。体を悪くしちゃうよ。

で、あんたは自殺するってわけ。

そんなことしたいんじゃないよ。

おれも飛行機で飛んだかって？　もちろんだ。ロラと一緒にね。大惨事くらいカップルを結びつけるものはない。

君も《エ》かい《トゥ》、ユニオール？　おれを見てオスカーは言った。

何をしても効き目はなかった。

オスカー・ワオの最後の日々

二十七日なんて信じられないほど短いものだ！　ある晩には大尉《カピタン》と友人たちがリヴァーサイドに肩で風を切りながら入ってきた。オスカーは彼をたっぷり十秒も見て、それから全身を震わせながら立ち去った。クライブスを呼ぶ余裕もなく、見つけた最初のタクシーに飛び乗ったのだ。一度リヴァーサイドの駐車場で彼女に再びキスしようとしたことがあった。イボンは体ではなく顔だけ背けた。やめて、私たち彼に殺されちゃう。

二十七日。オスカーは毎日毎日書いた。もしオスカーが手紙に書いていたとおりならほぼ三百ページ書いた。それに望みもかないそうだし、ある夜、電話でオスカーは言った。おれたちにほんの何本かかけてきた電話の一本だった。何のことだ？　おれは知りたかった。何のことだ？

今にわかるよ、オスカーが言ったのはそれだけだった。

そしてそれから、予想していたことが起こった。ある夜オスカーとクライブスが、ワールド・フェイマス・リヴァーサイドから車で帰る途中に信号で停まった。すると二人の男がタクシーに乗り込んできたのだ。もちろんゴリラ・グロッドとソロモン・グランディだった。また会えて嬉しいよ、グロッドは言った。そして二人はタクシーの車内という限られた空間が許す限り存分にオスカーを殴り続けた。

またサトウキビ畑に連れて行かれても今回はオスカーは泣かなかった。秋の収穫《サフラ》はもうすぐで、サトウキビはびっしりとよく育っていた。所々で聞こえてくるのは、まるでトリフィド（ウィンダムの『トリフィド時代』に登場する歩行性の食肉植物）たちのように茎がぶつかり合って鳴るコツコツという音や、夜の闇に消えていくクレオールたちの声だった。熟れたサトウキビのにおいは忘れられないほど強かった。そして月が、美しい満月が輝いていた。クライブスはオスカーのために命乞いをしたが、二人は笑っただけだった。おまえは自分の心配をしたほうがいい、グロッドが言った。怪我をした口でオスカーも少し笑った。心配することないよ、クライブス。オスカーは言った。こいつらは来るのが遅すぎたんだ。グロッドは反論した。ちょうどいい時間に来たと思うけどな。車はバス停を過ぎた。一瞬オスカーは、家族全員がバス《グアグア》に乗り込んでいるのを見たような気がした。死んだかわいそうな祖父《アブエロ》も、死んだかわいそうな祖母《アブエラ》も。そしてバスを運転しているのはあのマングースで、車掌はあの顔のない男だった。だがそれは結局最後の幻覚でしかなくて、まばたきするとすぐに消えてしまった。そして車が停まると、オスカーは母にテレパシーでメッセージを送り（愛してる、ママ《セニョーラ》）、叔父《ティオ》に（叔父《ティオ》さん、もうやめなよ、ちゃんと生きて）、ロラにも（こんなことになってごめん。ずっと愛してる）、今まで愛した全ての女性たちにも――オルガ、マリツァ、アナ、ジェニ、ナタリー、そして名前がわからない全員――そしてもちろんイボンにも送った。*33

二人はオスカーをサトウキビ畑のなかまで歩かせ、振り向かせた。オスカーは堂々と立とうとした（クライブスはタクシーの中で縛られていた。二人が背を向けると、彼はサトウキビ畑に隠れた。オスカーを家族のもとに運んだのもクライブスだった）。二人はオスカーを見て、オスカーは二人を見て、それから彼はしゃべり始めた。まるで誰か他の人がしゃべっているように言葉がすらすら出てきた。このときだけは彼のスペイン語は流暢だった。オスカーは二人がやっていることが悪いということ、大いなる愛をこの世から消し去ろうとしていることについて語った。愛は希少なもので、他の百万もののものと混同されがちだ、そしてもしこのことを真に知っている者がいるとしたらそれはこの僕だ。そしてオスカーはイボンについて、どれだけ彼女を愛しているか、彼らがどれほどの危険を冒したか、どんなふうに同じ夢を見るようになったか、同じ言葉を語るようになったかを述べた。今まで自分がしてきたことができたのは彼女の愛があったからで、もはや二人にはそれを止めることはできないと言った。もし二人がオスカーを殺しても二人は恐らく何も感じないだろうし、二人の子供たちも恐らく何も感じないだろう、でも年を取って体が弱ったり、あるいは車に撥ねられそうになったら、そのとき彼らは向こう側でオスカーが待っていることに気づくだろう、そこではオスカーはデブでもオタクでもどの女の子にも好かれなかったガキでもない、そこではオスカーは英雄で復讐者なのだと言った。人は自分が夢見ることができるものなら何ものにでも（オスカーは片手を挙げた）なることができるのだから。

二人は礼儀正しくオスカーが話し終えるのを待っていた。そして言った。二人の顔が夕闇に少しずつ消えていった。なあ、**フエゴ**って英語で何て言うのか教えてくれたら逃がしてやるぜ。

ファイヤー《撃て》、オスカーは思わず口にした。

オスカー――。

＊33 「どんな遠くまで旅しても……この限りない宇宙のどこへ行こうとも……君は決して……**一人じゃない**」（一九六三年五月発行の『ファンタスティック・フォー』第十三巻、「ザ・ウォッチャー」より）。

第 8 章

物語の終わり

The End of the Story

まあざっとこんなところだ。

おれたちは飛行機で飛んでいき、遺体を受け取った。葬式を手配した。おれたち以外誰もいなかった。アルもミッグズもいなかった。ロラは泣きに泣いた。一年後、ロラたちの母親の癌が再発し、今回はそのまましっかり居座ってしまった。おれはロラと病院に見舞いに行った。全部で六回だ。母親はそうして十ヶ月生きたが、そこで力尽きた。

私にできることは全てしたのよ。

ママ、よくがんばったわよ、ロラは言ったが、母親はその言葉を聞くまいとした。火傷で傷付いた背中をおれたちに向けたのだ。

私にできることは全てしたけど、それでも足りなかった。

母親は息子の隣に埋葬された。そしてロラは自分で書いた詩を読んだ。それで終わりだった。灰は灰に還り、塵は塵に還る。

オスカーの家族は四度弁護士を雇ったが、告訴が認められることはなかった。大使館も政府も何もしてくれなかった。聞いたところではイボンはまだミラドル・ノルテに住んでいて、まだリヴァーサイドで踊っていた。だがラ・インカはあの家を一年後に売り、バニに戻った。

あのひどい国には二度と行かない、とロラは言い切った。おれたちが恋人《ノビオス》として過ごした最後の幾晩かのうちのある晩に、彼女は言った。私たちは一千万人のトルヒーヨなのよ。

おれたちのこと

できることなら、結局うまくいった、と、オスカーの死が二人を結び付けてくれた、と言えればいいのにと思う。おれは当時あまりにめちゃくちゃで、ロラは半年間母親の看病をしたあと、女たちの多くが言う土星回帰という状態になった。ある日ロラが電話してきて、前の晩どこにいたのか訊いた。おれが上手い言い訳を思いつけないでいるとロラは言った。さようなら、ユニオール、体に気をつけてね。そして一年間おれは見知らぬ女の子たちをむさぼり続けた。そしてロラなんて糞食らえと思ったり、またやり直せるんじゃないかなんて信じられないくらいナルシスト的な希望を抱いたりした。自分からは何も行動しなかったけど。そして八月に、サント・ドミンゴへの旅から戻ったあと、ロラがマイアミに住んでいる誰かと付き合い始めたと母親から聞いた。ロラはもうマイアミに引っ越して妊娠もしていて結婚する予定だと。

おれはロラに電話した。何なんだよ、ロラ——

でもロラは電話を切った。

最後の最後のメモ

何年も何年も経った今でも、おれはまだオスカーのことを考える。あの凄まじいオスカー・ワオを。いつも夢に出てくるオスカーはおれのベッドの縁に坐っている。おれたちはラトガーズ大学のディマレスト寮にいる。どうやらおれたちはずっとそこにいるらしい。この夢のなかのオスカーは死ぬ前の痩せた姿ではなく、かならず巨漢だ。オスカーはおれに話しかけたがり、しゃべりまくりたがってはいるのだが、だいたいの場合、おれもやつも一言もしゃべれない。だからおれたちは黙って坐っている。

オスカーが死んでから五年後、おれは別の夢を見始めた。夢に出てくるのはオスカーか、やつに似た誰かだ。おれたちは荒れ果てた城の中庭にいて、そこは古い埃っぽい本で縁まで埋まっている。オスカーは通路に立っていて、神秘的な感じで、激怒した表情の仮面を被った顔は隠れているが、目のところの穴の向こうには見慣れた、左右くっつき気味の目がのぞいている。やつは一冊の本を掲げて、おれによく見ろと手招きをする。オスカーが好きなイカれた映画の一シーンそのものじゃないか、とおれは気づく。おれはやつから走って逃げたいと思い、その後もずっと思い続ける。しばらくしてから、オスカーの手に皺がないことや、本のページが真っ白だということにおれは気づく。

そして仮面の向こうでオスカーの目が笑っている。

サファだ。

だがときどき、おれが目を上げてオスカーを見ると、やつに顔がないことがある。おれは叫び声を上げて目を覚ます。

夢

その時まで十年かかった。あんたが想像できないほどどろくでもない状況をかいくぐり、長いあいだ正気を失っていた——ロラのことも自分のことも何もかも見失っていた——そしてついには、おれは目覚めるとまったくどうでもいい相手の隣にいて、上唇はコカインの混ざった鼻水とコカインの混ざった血でべっとりで、おれは言った。わかったよ、ワオ、わかった、おまえの勝ちだ。

おれのこと

最近おれはニュージャージー州のパースアンボイに住んでいて、ミドルセックス・コミュニティ・カレッジで作文と創作を教えていて、エルム通りのいちばん奥まったところに家まで持っている。製鋼所から遠くない場所だ。食料品店《ボデガ》のオーナーたちが上がりで買うような豪邸じゃないが、ショボい家でもない。おれの同僚たちはみなパースアンボイなんてゴミためみたいなもんだと思っているが、おれはそうは思ってない。

子供のころ夢見たとおりの暮らしとは言えないかもしれない。ニュージャージーに住んで教えてるっていうのは。でもおれはうまくいくように精一杯がんばってる。愛する妻がいて、妻もおれを愛してくれてる。サルセド出身の黒人《ネグリタ》で、おれにはもったいないような女だ。ときどきは子供を作ろうかなんて話もなんとなくしたりしている。そうしてもいいかな、なんて思うこともある。もう女の子たちの尻を追っかけたりはしていない。いや、あんまりしていない。教えたり野球のコーチをしたりジムに行ったり妻と外出したりしていないときにはおれは書いている。最近はよく書いている。朝早くから夜遅くまでだ。オスカーから学んだ。おれは生まれ変わったんだ、わかるだろ、生まれ変わったんだ、生まれ変わった。

おれたちのこと

　信じられないかもしれないが、おれたちはまだ会うことがある。彼女とキューバ人の糞野郎と娘は二年ほど前パタソンに戻ってきた。古い家を売り、新しい家を買って、家族でいろんなところに旅行している（少なくともおれの母親からはそう聞いた——ロラは相変わらずで、まだおれの母親の家に行ったりしているのだ）。ときどき星の巡り合わせが良いと、パーティやおれたちが以前ぶらついた本屋やニューヨークの路上で彼女に出くわす。キューバ人の糞野郎が一緒のこともあれば、そうでないこともある。でも娘とはいつも一緒だ。オスカーの目。ベリシアの髪。彼女はすべてのものをじっと見ている。もしロラの言葉が本当なら、まだ小さいのに本も読んでいる。ユニオールに挨拶しなさい、ロラは促す。ユニオールはあなたの叔父《ティオ》さんの親友だったんだから。

　叔父《ティオ》さん、こんにちは、彼女はおずおずと言う。

　叔父《ティオ》さんの**友達**だって、ロラは正す。

こんにちは、叔父《ティオ》さんの**友達**。

今のロラの髪は長くて、ストレートパーマもかかっていない。前より体重が増え明るくなったが、彼女はやはりおれの夢の美女《シグアパ》だ。いつもおれと会うと嬉しそうで、何のわだかまりもない。わかるかい《エンティエンデス》。まったく何もだ。

ユニオール、元気、元気?

ああ。元気かい?

すべての希望が消え去る前、おれは愚かな夢を見たものだった。彼女とやり直せるという夢だ。昔みたいに一緒にベッドに入り、ファンが回っていて、おれたちが吸っているマリファナからの煙が昇っていき、おれは最後に、二人の関係を元に戻すような言葉を言おうとする。

――、――、――。

でも母音を発音する前におれは目を覚ましてしまう。おれの顔は濡れていて、それで決してやり直すことなんてできないと知る。

決して、決して。

でもそんなに悪いことじゃない。偶然会うとおれたちは微笑み、笑い、代わる代わるロラの娘の名前を呼ぶ。

おれは彼女の娘が夢を見始めたかどうかなんて訊かない。おれたちの過去のことについても触れない。

おれたちが話すのはオスカーのことだけだ。

もうあと少し。最後にほんのいくつか言っておくことがある。ウォッチャーが宇宙での仕事を終えてついに月の青い領域に戻り、そのまま最後の日まで活躍することがなくなる前に、だ。

その少女を見よ。きれいな女の子《ムチャチタ》だ。ロラの娘。色黒で目が眩むほど素早い。曾祖母であるラ・インカによれば野生動物《フロナ》だ。もしおれが賢かったら——もしそうだったらおれの娘になっていたはずの少女。だからといって彼女の貴重さは変わらない。彼女は木に登り、門の側柱に尻をこすりつけ、誰も聞いていないと思うと悪い言葉使い《マラバラブラス》を練習する。スペイン語と英語を話す。

キャプテン・マーベルでもビリー・バットソン（キャプテン・マーベルに変身する少年）でもなく、稲妻だった。

幸福な子供だ、これまでのところは。幸福な！

だが首にかけたネックレスには、三つ黒い玉がついていた。一つはオスカーが赤ん坊のころ身につけていたやつで、もう一つはロラが赤ん坊のころ身につけていたやつ、そしてもう一つは安全な場所にたどり着いたベリがラ・インカからもらったやつだ。旧き強力な魔法。「目」から彼女を守る三つの防御バリアだ。長さが六マイルある祈りの台座に支えられている（ロラは馬鹿ではなかった。おれの母親とラ・インカの二人をこの子の名付け親《マドリナス》にしたのだ)。実に強力な保護者たちだ。

それでも、ある日仲間の結束が崩れるときが来る。

仲間というのはそういうものだ。

そして初めて彼女は**フク**という言葉を耳にすることになる。

そして顔のない男の夢を見ることになる。

今じゃないが、そのうちに。

もし彼女があの一族を引き継ぐ娘であるならば——おれはそう思っている——ある日彼女は恐れることをやめ、ここにやってきて答えを探すだろう。

今じゃないが、そのうちに。

ある日、おれがまったく予想もしていない日に、誰かがおれの家のドアをノックする。

イシスです《ソイ・イシス》。ドロレス・デ・レオンの娘《イハ》です。

なんだって！　入ってこいよ、なあ！　入ってこい！

(彼女がまだ黒い玉を身につけていて、脚は母親似、目はオスカー似なことをおれは見て取るだろう)。

おれは彼女に飲み物を注ぎ、妻は得意のパイ《パステリト》を揚げる。おれはできるかぎりさりげなく彼女の母親について訊ね、あのころおれたち三人を写した写真を取り出す。そして遅くなってくると、おれは彼女を地下室に連れて行き、四台の冷蔵庫のドアを開ける。そこには彼女の叔父さん《ティオ》の本、ゲーム、原稿、マンガ、メモがしまってある——火事や地震やほとんどすべてのことから守るには冷蔵庫がいちばんいいのだ。

明かり、机、ベッド――全部用意してある。

彼女がおれの家に何泊するかって？

必要なだけだ。

そしてもしかして、本当にもしかして、おれが思うくらい彼女が賢くて勇気があれば、おれたちがやったこと、おれたちが学んだことすべてを吸収して、そこに彼女自身の洞察を加えて何もかも終わらせてくれるだろう。

これが調子がいい日におれが抱く望みだ。おれの夢だ。


でもそうじゃない日もある。さんざんやられてげっそりしていたり塞ぎ込んだりする日も、気づくと夜遅く、眠れぬまま机の前にいて、（他ならぬ）オスカーの読み古した『ウォッチメン』のページをめくっている日もある。オスカーが最後の旅に持っていったもののなかで、おれたちが回収できた数少ないものの一つだ。初版本だ。間違いなくオスカーのお気に入り三冊のうちの一つであるこの本をおれはめくっていき、恐ろしい最終章にたどり着く。「より強き愛ある世界」だ。オスカーが唯一丸を付けているコマにたどり着く。生涯本を汚したことのないオスカーが、家に最後の手紙を書いてきたのと同じペンで三回も、強調するようにあるコマにグルグルと丸を付けているのだ。エイドリアン・ヴェイトとドクター・マンハッタンが最後の会話をしているコマである。超能力者の脳がニューヨークを破壊し、ドクター・マンハッタンがロールシャッハを殺害し、「世界を救う」というヴェイトの計画が成功したあとである（エイドリアン・ヴェイト、ドクター・マンハッタン、ロールシャッハはそれぞれ『ウォッチメン』の主要登場人物で、ヒーロー。オスカーが丸をつけているシーンは、ラストシーンの一部）。

ヴェイトは言う。「私のしたことは正しかったんだな？　最後には……」
そしてマンハッタンは、宇宙から消え去る前に答える。「最後？」「何事にも最後などありはしない」

最後の手紙

最期を迎える前にも、オスカーは一応はアメリカに手紙を送ってきていた。大したことない決まり文句ばかりの葉書を何枚かだ。おれに来たやつではおれのことをフェンリング伯爵と呼んでいた。もし行ったことがないならアスアの海岸に行ってみたほうがいいと書いてあった。ロラのところにも来た。親愛なる魔女ベネ・ゲセリット（『デューン』に登場する、特殊な教育訓練施設出身の、意志の力で筋肉や神経等を動かす女性たち）と彼女を呼んでいた。

そして、彼の死からほぼ八ヶ月経ったころパタソンの家に小包が届いた。いわゆるドミニカの速達ってやつだ。手書きのものが二つ入っていた。一つは彼が完成させることがなかった作品である、『星の天罰』という名前のついた四巻本になるはずのE・E・「ドク」・スミス風スペースオペラの新たな数章だった。もう一つはロラへの長い手紙で、どうやら彼が殺されるまえ最後に書いたものらしかった。その手紙のなかでオスカーは、自分のしている調査と今書いている新しい本について触れていた。別の封筒で送るつもりなので、次の小包を待っていてくれ。それにはこの旅について自分が書いたすべてが入っている。お姉ちゃんに必要になるだろうと思えるすべてが。結論部分を読めば、お姉ちゃんもわかってくれるだろう（僕たちを苦しめているものに対する治療薬だよ。オスカーは余白に殴り書きしていた。宇宙ＤＮＡさ）。ただ一つの問題は、それがいつになっても届かなかったということだった！　郵送中に紛失したのか、送る前にオスカーが殺されてしまったのか、あるいは彼が託した人物が忘れてしまったのか。

　だがとにかく、届いたほうの小包には驚くべきニュースが入っていた。あの二十七日間の終わりころ、あの野郎《バロモ》はイボンを首都から**連れ出して**いたのだ。大尉《カピタン》が「仕事」でいないあいだに、ある週末をまるまる二人きりでバラオナの海辺で隠れて過ごした。で、どうなったと思う？　イボンはやつに本当の**キス**をしたんだ。それでどうなったと思う？　イボンはやっと本当に**セックス**したのさ。神は偉大なり！　オスカーは気に入ったと書いていた。そしてイボンの例のあれは、やつの予想とは違う味だった。オスカーによれば、ハイネケンみたいな味だった。大尉《カピタン》に見つかるという悪夢で、イボンは毎晩うなされたらしい。ある晩など、イボンは目を覚まし、本当に怯えた声で言った。オスカー、あの人が来た。本当に大尉《カピタン》がいると思って、オスカーも目を覚まし大尉《カピタン》に飛びかかった。でも結局それはホテルが飾りとして壁にかけておいた亀の甲羅だった。鼻の骨が折れるかと思ったよ！　イボンの陰毛はほぼへそまであったとか、オスカーがなかに入っていくとイボンは寄り目になるとか彼は書いていたが、オスカーが本当に感動したのはセックスのバンバンバンという部分ではなくて――それまでの人生で彼が予想もしなかった、ちょっとした親密さだった。イボンの髪をとかしたり、干してある彼女の下着を取り込んだり、裸のままトイレに行くイボンを眺めたり、彼女が急にオスカーの膝に坐り、彼の首に顔を埋めたりといったことだ。イボンから少女時代の話を聞いたり、自分がこれまでずっと童貞だったことを話したりするという親密さ。こんなにも長い間これを待たなきゃならなかったなんて信じられないとオスカーは書いていた（待っていたなんて言い方はしないほうがいいと言ったのはイボンだった。じゃあなんて言えばいい？　彼女は言った。そうね、ちゃんと生きてきた、かしら)。オスカーは書いていた。他のやつらがいつも話していたのはこれだったんだね！　まったく《ディアブロ》！　僕も前から知っていたらなあ！　素晴らしい！　素晴らしい！

謝辞

感謝を捧げます。

ドミニカの人々《プエブロ・ドミニカノ》。そして上から我々を見守ってくれている方々。

愛する祖父《ミ・ケリド・アブエロ》オステルマン・サンチェス。

母《ミ・マドレ》 ビルトゥデス・ディアス、そして叔母たち《ティアス》イルマとメルセデス。

ハマウェイ夫妻（僕に初めての辞書を買ってくれ、ＳＦブッククラブに入会させてくれました）。

サント・ドミンゴ、ビヤ・フアナ、アスア、パーリン、オールド・ブリッジ、パースアンボイ、イサカ、シラキュース、ブルックリン、ハンツ・ポイント、ハーレム、エル・ディストリト・フェデラル・デ・メヒコ、ワシントンハイツ、下北沢、ボストン、ケンブリッジ、ロックスベリ。

僕に親切にしてくれたすべての教員、僕に本を貸してくれたすべての図書館員。僕の学生たち。

アニタ・デサイ（ＭＩＴでの職を得られたのはあなたのおかげです。感謝してもしきれません、アニタ）。ジュリー・グラウ（あなたの信頼と忍耐のおかげでこの本ができました）。ニコール・アラギ（十一年間僕を見捨てないでいてくれました。自分でさえ見捨てかかったのに）。

ジョン・サイモン・グッゲンハイム記念財団、ライラ・ウォレス・リーダーズ・ダイジェスト財団、ハーバード大学ラドクリフ高等研究所。

ハイメ・マンリケ（作家で僕をちゃんと評価してくれたのはあなたが初めてでした）、デヴィッド・ムラ（進むべき道を教えてくれたジェダイ・マスター）、フランシスコ・ゴールドマン、悪名高きフランキー・G（僕をメキシコに連れて行ってくれ、この作品を書き始めたときもそこで助けてくれました）、エドウィッジ・ダンティカ（愛すべき妹《ミ・ケリダ・エルマナ》として）。

デブ・チャスマン、エリック・ガンスワース、フレイカ・ランティグア、ジャネット・リンドグレン博士、アナ・マリア・メネンデス、サンドラ・シャガット、レオニー・サパタ（原稿を読んでくれました）。

アレハンドラ・フラウスト、ハニタ、アリシア・ゴンサレス（メヒコで助けてくれました）。

オリヴァー・ビデル、ハロルド・デル・ピノ、ビクトル・ディアス、ビクトリア・ロラ、クリス・アバニ、ファアナ・バリオス、トニー・キャペラン、ココ・フスコ、シルビオ・トレス＝サヤント、ミシェル・オオシマ、ソレダー・ベラ、ファビアナ・ウォリス、エリス・コース、リー・ランベリス、エリサ・コース、パトリシア・エンヘル（マイアミで助けてくれました）、シュリーレカ・ピライ（延々と黒人少女たちの素晴らしい話をしてくれました）、リリー・オエイ（気合を入れてくれました）、ショーン・マクドナルド（やっつけてくれました）。

マニー・ペレス、アルフレド・デ・ビヤ、アレクシス・ペーニャ、ファラッド・アシュガル、アニ・アシュガル、マリソル・アルカンタラ、アンドレア・グリーン、アンドルー・シンプソン、ディーム・ジョーンズ、デニーズ・ベル、フランシスコ・エスピノサ、チャド・ミルナー、トニー・デイヴィス、アンソニー（避難所を作ってくれました）。

マサチューセッツ工科大学。リヴァーヘッド・ブックス社。「ニューヨーカー」誌。僕を支えてくれたすべての学校と施設。

家族に。ダナ、マリツァ、クリフトン、ダニエル。

エルナンデス家の人々。ラダ、ソレイユ、デビー、リービー。

モイヤー家の人々。ピーターとグリセル。マヌエル・デル・ビヤ（安らかに眠れ。ブロンクスの息子、ブルックリンの息子にして真の英雄）。

ベンサン家の人々。ミラグロス、ジェイソン、ハビエル、ターニャ、マテオとインディアの双子たち。

サンチェス家の人々。アナ（エリの側にいつもいてくれた）とマイケルとキアラ（彼女を取り戻してくれた）。

ピーニャ家の人々。ニビア・ピーニャと我が名付け子《ミ・アイハド》たるセバスティアン・ピーニャ。メレンゲをありがとう。

オオノ家の人々。ツネヤ・オオノ博士、マキコ・オオノさん、シンヤ・オオノ、そしてもちろんペイちゃん。

アメリア・バーンズ（ブルックリンとヴィンヤード・ヘイヴン）、ネフェルティティ・ジャック（プロヴィデンス）、ファビアノ・メイゾンナブ（カンポ・グランデとサン・パウロ）、オメロ・デル・ピーノ（僕を初めてパタソンに連れて行ってくれました）。

ロドリゲス家の人々。ルイス、サンドラ、そして僕の名付け子たちカミラとダリア（二人とも愛してるよ）。

バティスタ家の人々。ペドロ、セサリナ、フニオル、イライジャと我が名付け子《ミ・アイハダ》アロンドラ。

ベルナルド・デ・レオン家の人々。ドニャ・ロサ（僕のもう一人の母親《ミ・オトラ・マドレ》）、セリネス・デ・レオン（真の友人）、ローズマリー、ケルヴィンとカイラ、マーヴィン、ラファエル（またの名をラフィ）、アリエル、そして我が息子ラモン。

バートランド・ワン、ミチユキ・オオノ、シュウヤ・オオノ、ブライアン・オハロラン、ヒシャム・エル・ハマウァイ、みんな会ったときから僕の兄弟でいてくれました。

デニス・ベンザン、ベニー・ベンザン、ピーター・モイヤー、エクトル・ピーニャ、最後には僕の兄弟になってくれました。

そしてエリザベス・デ・レオン。僕を大いなる暗闇から救い出し、光という贈り物をくれました。

訳者あとがき

ジュノ・ディアス『オスカー・ワオの短く凄まじい人生』を読んで感じるのは圧倒的な新しさである。なにしろ既存の分類を全く許さないのだから。マイノリティ文学のはずなのに、アメリカ合衆国とカリブ海を貫く暗黒世界を構想する幻視力の巨大さはトマス・ピンチョンのようだし、そもそも純文学のはずなのに、マンガ、アニメ、SF、ファンタジーなどの知識が大量に投入されているところは中南米マジックリアリズムのポップ・バージョンみたいだ。しかも原注がやたらと多く、読んでみると知識を伝えるというより、本文から離れて勝手に物語を語りまくっている。

そしてこうした試みはただ実験的なだけに終わっていない。なにしろ本書は全米批評家協会賞、ピュリツァー賞というアメリカを代表する文学賞を二つも獲得した上で、大ベストセラーにもなったのだから。ここまで新しくて面白い、というのは尋常なことではない。その点で、本書の登場は二十一世紀のアメリカ文学における一つの事件である。

なぜジュノ・ディアスがこんな作品に行き着いたのか。すべて必然性があってのことである。

一九六八年にドミニカ共和国サント・ドミンゴ近郊で生まれた彼は、七四年にアメリカ合衆国に移住、ニュージャージー州で育った。一九九六年に出た第一短篇集である『ハイウェイとゴミ溜め』では、ドミニカでの少年時代やアメリカ合衆国での移民コミュニティについて彼は鮮烈な文章で書いている。

幼いころ家に乱入してきた豚に顔面を食われた少年に兄弟で会いに行く短篇「イスラエル」、浮気している父親の車に乗るとどうしても気分が悪くなってしまう少年の話「フィエスタ、1980」など、デビュー作であるにもかかわらず傑作揃いで、その多くは現代アメリカ文学のアンソロジーに収録され、後に大学でも教材として教えられるようになった。たった一冊でディアスがマサチューセッツ工科大学の教授になったことからも、その評価の高さはわかるだろう。

次に彼が取り組んだのが、一九三〇年から三十一年間もドミニカを支配した独裁者トルヒーヨと彼の統治下で生きた人々の悲劇を描く本作である。もちろん、一九六八年生まれであるディアスはトルヒーヨの時代を直接は知らない。だが、いまだ親世代の心を支配し、それを通じて移民社会にも多大な影響を与え続けているトルヒーヨに彼の興味が向かうのは必然だった。だがディアスは本書を書き上げるのに十一年もの月日を費やしてしまった。それはドミニカを世界から隔離し、気分次第で誰でも殺したトルヒーヨの治世があまりにも異様だったからである。その世界を書くために、ディアスはいったん、瑞々しい文章で綴られたマイノリティ文学、という自分の強みを捨て去らなければならなかった。そして彼が導入したのが、アニメやコミック、SFやファンタジーなどあらゆるサブジャンルの想像力を駆使した異形の文学だったのである。「ありきたりの政治小説を書くことでは、トルヒーヨの幻燈のような力を捉えることは誰にもできないでしょう。だからこそ私は、ものすごくオタク的になる必要があったんです。呪いや宇宙から来たマングースやサウロンやダークサイド抜きではトルヒーヨの治世には近づけません。それは僕らの『近代的な』思考では捉えられないんですよ」(Slate インタビュー)。

もちろん本書を書くためにディアスは急にサブジャンルを勉強し始めたわけではない。それは登場するSFやファンタジー、ロールプレイング・ゲームに関する知識の深さを見てもすぐにわかる。幼少時からジョン・クリストファーを読み、『猿の惑星』を見て育ったディアスが、自分の持っているものをすべて投入することにした、というのが実際のところだろう。もちろんそれだけではなく、ラトガーズ大学での大学生活、ディマレスト寮の様子など、自伝的な要素は作品各所に散りばめられている。

もう一つ本書を特徴づけているのは、ノーベル賞作家バルガス゠リョサへの猛烈な対抗意識だろう。「トルヒーヨが欲しがった少女といった話が話題になるのは、この島ではすごくありふれたことだった。(中略)あまりにもありきたりだったので、マリオ・バルガス゠リョサはただ口を開けるだけで、空気中をただよっているそんな会話を吸いこむことができたくらいだった」(二九四ページ)。そしてトルヒーヨの後継となった残虐な独裁者バラゲールをバルガス゠リョサは思いやりある人物として描いている、ともディアスは書いている(一一七ページ)。

これらはすべて、バルガス゠リョサの新たな代表作とも言われる傑作『チボの狂宴』(二〇〇〇）への言及だ。この本でバルガス＝リョサはトルヒーヨ政権末期の権力闘争や彼の暗殺のなり行きについて、綿密な取材に基づいた上、息もつかせぬような見事な文章で綴っている。しかしディアスはこれが気に食わない。なぜペルーの白人であるバルガス＝リョサがドミニカの独裁者について、あたかも自分の所有物のように語るのか。そして権力者を視点に置いた、興味深いもののシンプルな物語に仕立て上げてしまうのか。

この、中南米マジックリアリズム全体に喧嘩を売っているとしか思えないディアスの態度の裏にはある問いかけがある。スペイン語圏を後にし、アメリカ合衆国という英語圏で育った移民である自分には、中南米の独裁者について語る権利はないのか。そして、支配する側からではなく、支配される側から独裁政権を見てはいけないのか。

それはまた、小説というものに対するディアスの問いかけにもつながる。「独裁政権では、語ることが本当に許されているのはたった一人です。そしてまた僕が小説や短篇を書くときも、本当に語っているのは僕だけなのです。登場人物たちの背後にいかに隠れていようとも」（同インタビュー）。すなわち、バルガス＝リョサの独裁者小説への批判はそのまま、ディアスの自己批判にもなっているわけだ。だからこそ、小説という枠組み自体をいったん壊して、多様な声が響き得る器へとディアスは鍛え直す必要があったのである。

だからこそ彼は本文中に大量のスペイン語を使う。しかも多くの場合、英語訳すらつけない。「アメリカ合衆国にはたくさんのスペイン語話者がいるって事実に、もうそろそろみんな慣れ始めてもいいころでしょう？」（同インタビュー）。そしてそれはアメリカ文学を、英語、スペイン語、フランス語が行き交うカリブ文学へと開いていく試みでもある。

冒頭に掲げられたセントルシアの詩人であるデレク・ウォルコットの作品「逃避号」の一節は象徴的だ。「おれにはオランダ人、黒人、イギリス人の血が流れている／おれが誰でもない人間じゃないとすれば、言わば一人で一国家だ」。あるいはまた、マルティニークの作家パトリック・シャモワゾーがフランス語にクレオール語を混ぜ合わせて語り、ゴンクール賞まで獲得した『テキサコ』（一九九二）の影響についてもディアスは語っている。

語る者が一人である独裁批判はそのまま、マッチョ主義批判にもつながっていく。そのための武器がオタク文化の導入だ。主人公のオスカーは幼いころからSF、ファンタジーをこよなく愛し、古典的なテーブルトーク・ロールプレイング・ゲームに興じるオタクである。もちろん原語では多くの場合nerd（ナード）と表現されていることからしても、日本のオタクとは重なりながら違う部分も多い。

オタクとの一番大きな違いは、ナードがジョックスの反対概念だということだ。スポーツ万能、容姿端麗、男性中心主義、ゲイ差別などで知られるジョックスたちは、その女性版であるチアガールらとともに、アメリカのハイスクールにおけるスクールカーストの最上位を占める。そして下層にいるのがナードといわれる集団だ。内向的でパッとせず、空気を読めず、他人の感情に配慮できずにコミュニケーションが下手、だがスポーツ以外の知識に対する興味は旺盛、という彼らの性格付けを知らないと、なぜオスカーが究極の非モテキャラに設定されているかは理解できない。そしてナードにはSF・アニメ・特撮ファンだけでなく、ガリ勉、パソコンマニア、ロックファン、ゴスまで全て含まれるというからアメリカは恐ろしい。オスカーと一瞬だけつきあうラ・ハブレセがロックファンかつゴスに設定されているのもそのせいだ。

もちろんオスカーは純粋にアメリカ風ナードなだけではない。本文中にもotakuness（オタク性）という言葉が出てくるとおり、彼は日本のオタク文化にも多大な影響を受けている。『宇宙戦艦ヤマト』や『キャプテンハーロック』などを見て育ち、好きな映画が『ＡＫＩＲＡ』で、週末はヤオハンのモールに通い、メカ人形を見たりチキンカツカレーを食べたりする、というのだからオスカーはただ者ではない。だが日本のオタクと違うのは、二次元の女性に対する「萌え」感覚が皆無なことだ。だからこそ三次元の大量の女性を口説き、ふられ、傷つき、命を懸けた危険な恋に突っ走る。ここら辺はやはりドミニカ系アメリカ人である。

マッチョ主義批判は男性だけに限られるものではない。独裁的な母親と常に踏みつけられる娘、という女性版もある。ロラが母であるベリシアと闘い続ける第二章「原始林《ワイルドウッド》」は圧倒的だ。男性であるディアスが、どうしてここまで女性の心情を書けたのかとまで思うほどである。

ジュノ・ディアスの今までの著作リストは以下のとおりだ。

Drown. NY: Riverhead, 1996.（邦訳『ハイウェイとゴミ溜め』江口研一訳、新潮社、一九九八年、絶版）

The Brief Wondrous Life of Oscar Wao. NY: Riverhead, 2007.（本書）

多くの新しい試みに満ちた本書を訳すにはたくさんの困難があった。まず英語とスペイン語の混在である。二〇〇八年に訳し始めてから僕は泥縄式にスペイン語学校に通う一方、スペイン語にも堪能な久保尚美さんに共訳者として参加してもらうことにした。その過程で判明したのだが、本書に登場するスペイン語は必ずしも標準的なものですらなかった。ドミニカ共和国やドミニカ系アメリカ人のコミュニティで使われる特殊な言い回しも多く、しかも発音に従ってディアスが勝手に綴りを変えていたりする。ウェブ上でも語義に関する議論は活発で、多くを参照させてもらった。とりわけ The Annotated Oscar Wao というサイトが登場してくれたおかげで、作業が飛躍的に楽になった。

次にSF、アニメ、ゲーム、映画、テレビ番組など、本作に大量に投入されたオタク的知識の数々である。調べればある程度はわかるものの、ロールプレイング・ゲーム関係などはウィキペディアにすら載っていない。ほとほと困り果ててフランス語版、スペイン語版などを参照してもろくな注がない。結局この窮地から救ってくれたのは岡和田晃さんだった。日本SF評論賞優秀賞まで受賞した若き俊才である彼の該博な知識には大いに助けられた。作成してもらった膨大な割注を読むだけでも、SF、そしてロールプレイング・ゲーム文化入門になっているほどである。

二人の超人的な努力の結果、日本語版は世界初の「読んでわかるオスカー・ワオ」になったと自負している。とはいえ、誰が読んでも必ずわからないところが残る部分が魅力だったのに、と言われれば返す言葉もない。

実際の翻訳作業についてだが、まず都甲が最後まで訳したものを久保が直し、スペイン語訳を加え、それをまた都甲が見直す、という作業を繰り返した。一通りできあがったところで岡和田さんにも見てもらい、加えて割注も作成してもらった。二人には大変感謝しています。なお、訳文の最終的な決定は都甲が行っている。なお文中一二二ページに出てくるメルヴィル訳文は千石英世訳『白鯨　モービィ・ディック』を引用させていただいた。

　本書の完成には多くの方がかかわっている。栩木伸明さんにはデレク・ウォルコットの訳文を見ていただいた。後藤美月さんには作品世界にぴったりの素晴らしい装画を描き下ろしていただいた。佐々木一彦さんの卓越した進行と作業がなければ訳了はおぼつかなかったろう。本当にみんなみんな、どうもありがとうございました。

　そして柴田元幸先生。柴田ゼミ生総動員のこの訳ができたのも、我々を育ててくれた先生のおかげです。先生には最大限の感謝の念を送ります。

二〇一一年二月

訳者を代表して　都甲幸治

The Brief Wondrous Life of Oscar Wao

Junot Díaz

オスカー・ワオの短《みじか》く凄《すさ》まじい人生《じんせい》

著 者
ジュノ・ディアス
訳 者
都甲幸治・久保尚美
発 行
2011年 2 月 25 日
10 刷
2018年 8 月 25 日
発行者 佐藤隆信
発行所 株式会社新潮社
〒162-8711 東京都新宿区矢来町 71
電話 編集部 03-3266-5411
読者係 03-3266-5111
http://www.shinchosha.co.jp

印刷所
株式会社精興社
製本所
大口製本印刷株式会社

ISBN978-4-10-590089-2 C0397

いちばんここに似合う人

No one belongs here more than you.
Miranda July

ミランダ・ジュライ
岸本佐知子訳

孤独で不器用な魂たちが束の間放つ、生の火花。
カンヌ映画祭新人賞受賞の女性映画監督による、
とてつもなく奇妙で、どこまでも優しい、16の物語。
フランク・オコナー国際短篇賞受賞。

CREST BOOKS